BASTEI
LÜBBE

Hedwig Courths-Mahler

# Durch Liebe erlöst

BASTEI LÜBBE

BASTEI LÜBBE TASCHENBUCH
Band 15 395

1. Auflage: April 2005

Vollständige Taschenbuchausgabe

Bastei Lübbe Taschenbücher in
der Verlagsgruppe Lübbe


Umschlaggestaltung: Gisela Kullowatz
Titelbild/Bildtafelteil: © Network Movie/ZDF 2004
Satz: hanseatenSatz-bremen, Bremen
Druck und Verarbeitung: Ebner & Spiegel, Ulm
Printed in Germany
ISBN 3-404-15395-2

Sie finden uns im Internet unter
www.luebbe.de
www.bastei.de

Der Preis dieses Bandes versteht sich einschließlich
der gesetzlichen Mehrwertsteuer.

# I

Udo, Graf Plessen auf Plessentin, war der deutschen Botschaft in Paris zugeteilt; sein Vater, Graf Herbert, unumschränkter Herr eines fürstlichen Besitzes. Schloß und Gut waren im weiten Umkreis bekannt.

Vor mehreren Jahren hatte Graf Udo seine Mutter verloren, als sie einem Töchterchen das Leben gab. Damals zählte er bereits zwanzig Jahre und war eben im Begriff, die Universität in Bonn zu beziehen.

Er verschob diese Absicht für kurze Zeit, um seinem Vater in der Trauerzeit zur Seite zu stehen. Dieser trug schwer am Verlust der geliebten Frau.

Gräfin Ulrike war noch nicht vierzig Jahre alt, als sie starb. Ihr gütiges Wesen hatte sie überall beliebt gemacht. Da war es kein Wunder, wenn Graf Herbert den Verlust kaum zu tragen vermochte.

Man hatte sie hinausgetragen in die kühle Gruft des Plessentiner Schlosses. Statt ihrer hatte ein winziges Mädchen Einzug ins Schloß gehalten.

Der Vater mochte in seinem starren Schmerz nichts von dem Kind sehen und hören.

Udo erbarmte sich des kleinen Wesens. Es tat ihm leid in seiner Hilflosigkeit. Er betrachtete die Schwester als ein teures Vermächtnis der Mutter und ließ dem Vater nicht eher Ruhe, bis er den ungerechten Groll gegen Klein-Hella gemildert hatte.

Erst dann, als es der Vater über sich gewann, das Kind anzusehen, und als er sich von neuem dem Leben zuwandte, reiste Udo nach Bonn. Sein Vater verwand jedoch die Trauer um seine Frau nicht. Er wurde nie mehr der frohe, lustige Weltmann früherer Tage. Still und zurückgezogen lebte er auf Plessentin, und nur, wenn Udo in den Ferien nach Hause kam, war Leben in dem großen Schloß.

Klein-Hella wuchs trotz der trüben Umgebung froh und vergnügt auf. Sie war ein echtes Sonnenkind mit goldigschimmerndem Haar und den strahlenden Blauaugen der Mutter.

Als sie erst auf den drallen Beinchen durch die weiten Räume des Schlosses tollte und lachend und schmeichelnd wie ein zwitscherndes Vöglein den Vater umkoste, als ihre Ähnlichkeit mit der Mutter mehr und mehr hervortrat, da schwand des Grafen Groll auf das liebliche Kind endlich.

Die Jahre gingen dahin. Udo hatte seine Studien beendet und war der deutschen Botschaft in Paris zugeteilt worden. Dadurch kam er seltener nach Hause. Er schickte aber dem Schwesterchen oft Geschenke und kleine, herzliche Briefchen, die sie dann mühsam mit ihren ersten Krakelfüßen beantwortete.

Stillsitzen und Lernen waren Hella ein Greuel.

Es stand demzufolge schlecht mit der Gelehrsamkeit. Aber reiten und klettern konnte sie vorzüglich, darin nahm sie es mit dem wildesten Jungen auf.

*

Dem jungen Grafen gefiel es in Paris sehr gut. Er genoß sein Leben in vollen Zügen, ohne jedoch auszuarten.

Seine natürliche Liebenswürdigkeit machte ihn überall beliebt. Er wurde von den Damen der Gesellschaft in jeder Weise verwöhnt und besaß sehr viele Freunde. Daß er trotzdem keine Miene machte, sich zu vermählen oder überhaupt eine der Damen auszuzeichnen, fiel auf. Man wollte ihn zuweilen mit einer bildschönen jungen Begleiterin gesehen haben, die nicht zur Gesellschaft gehörte. Er wurde von seinen Freunden deshalb weidlich geneckt, bis er sich eines Tages energisch diese Neckereien verbat.

Natürlich sprach man in seiner Abwesenheit nun erst recht davon. Es wurde bald allgemein bekannt, daß Udo Plessen ein Liebesverhältnis mit einer Dame hatte, die außerhalb seines Kreises leben mußte.

Eines Tages war Udo verstört, bleich und elend in seine Wohnung zurückgekehrt und wie ein Wahnsinniger am Diener vorüber in sein Zimmer gestürmt. Der Diener hörte ihn zuweilen aufstöhnen wie in höchster Seelenqual.

Als Udo am nächsten Tag aus seinem Zimmer trat, erschrak der Diener bei seinem Anblick. So furchtbar verändert hatte sich das sonst so lebensfrohe, strahlende Gesicht, daß der Diener an eine schwere Krankheit seines jungen Herrn glaubte.

»Befehlen Herr Graf, daß ich den Arzt hole?« hatte er gefragt.

Udo hatte den Kopf geschüttelt und ihm mit der Hand zugewinkt. Dann war er ausgefahren. Als er nach einigen Stunden zurückkehrte, schien er in Schmerz und Gram über ein Erlebnis wie erstarrt. Und dann hatte er sich auf das Ruhebett geworfen und stundenlang starr zur Decke emporgesehen. Erinnerungen quälten ihn ...

Ein kleines, hübsches Landhaus bei Paris. Dort wohnte seit Monaten eine Dame mit ihrer Dienerin. Das Häuschen lag ganz im Grünen und weitab von anderen Behausungen. Jeden Tag um die Dämmerstunde fuhr ein Wagen vor, dem ein hochgewachsener junger Mann entstieg. Er eilte stets mit ungeduldigen Schritten ins Haus und wurde dort von der schönen jungen Dame begrüßt. Er nannte sie mit den zärtlichsten Namen, und sie ließ sich lächelnd seine überschwenglichen Liebkosungen gefallen.

Einige Tage vor seiner Abreise war Graf Udo – dies war der junge Herr – zu einer anderen Tageszeit als sonst zu dem kleinen Landhaus hinausgefahren. Er hatte den Wagen an der Straßenecke halten lassen und war lächelnd auf das Häuschen zugeschlichen. Galt es doch, die geliebte Frau zu überraschen.

Leise hatte er mit seinem Schlüssel die Tür geöffnet und war eingetreten. Die Dienerin, der er im Flur begegnete, erschrak heftig bei seinem Anblick und wollte ihm den Weg vertreten. Doch er schob sie lächelnd beiseite.

Da hörte er plötzlich das laute Lachen einer Männerstimme aus dem Zimmer der geliebten Frau erschallen. Erstaunt wandte er sich nach der Zofe um. In deren Gesicht stand deutlich Angst und Schuldbewußtsein zu lesen. Erneut wollte sie ihn zurückhalten; er blickte forschend in ihre Züge. Da – wieder dasselbe Lachen!

Er zuckte zusammen. Sinnlos vor Eifersucht trat er schnell in das Zimmer; seine Hand hatte einen Revolver hervorgezogen. Mit dunkel gerötetem Gesicht stand er auf der Schwelle. Da lag die Frau, der sein ganzes Herz gehörte, in nachlässiger Grazie auf dem Ruhebett, ihr zur Seite ein junger Mann. Er hielt sie umschlungen, die beiden küßten sich und waren so vertieft in zärtliches Kosen, daß sie den Eintretenden nicht bemerkt hatten.

Plötzlich krachte ein Schuß. Entsetzt schrie die Frau auf, und ihr Liebhaber sank getroffen zu Boden.

Der andere lehnte an der Tür und sah mit Grausen auf sein Opfer herab. Der rote Nebel sinnloser Eifersucht war vor seinen Augen verschwunden. Er sah mit Entsetzen, was er in maßloser Leidenschaft getan. Dann blickte er starr auf das schöne Weib, das sich erhoben hatte und ihm voll Furcht und Grauen ins Gesicht starrte.

»Das ist dein Werk!« rief er tonlos und stürzte davon, wie von Furien gejagt.

Am anderen Tag war er nochmals in das kleine Haus zurückgekehrt. Er fand nur die Dienerin, die ihm zitternd auf seine Fragen Auskunft gab.

»Wo ist Madame?«

»Abgereist, gnädiger Herr!«

»Und – was ist mit – mit – ihm geschehen?«

Diese Frage schien ihn viel Überwindung zu kosten. Die Zofe reichte ihm einen Brief.

»Darüber wird Ihnen dieser Brief Auskunft geben, gnädiger Herr.«

Udo griff mit zitternder Hand danach und wischte über die Augen, als ob er etwas entfernen wollte. Dann öffnete er den Brief.

Er lautete:

*»Ich fliehe vor Dir, denn ich fürchte mich. Du hast in blinder Wut einen Mann erschossen, der einst mein Freund war, mein Jugendgeliebter. Lange Jahre blieb er der Heimat fern. Heute war er zurückgekehrt, und die alte Liebe erwachte in unseren Herzen. Ich fühlte, daß ich Dich nie geliebt habe – nie –, aber ich wurde Dein, weil Du mich mit Glanz und Wohlleben umgabst. Du hast meinen Geliebten ermordet, mir graut vor Dir, aber ich will Dich nicht den Gerichten überliefern.*

*Mein alter Jugendfreund wird hier von niemand vermißt werden, ich habe ihn mit Babett heute nacht beiseite geschafft – eine furchtbare Arbeit. – Alle Spuren sind verwischt.*

*Unserer Verschwiegenheit kannst Du sicher sein, wenn Du Babett zehntausend, mir hunderttausend Francs auszahlst. Babett wird mir mit dem Geld folgen. Wir werden uns nie wiedersehen. Ich schwöre Dir, daß nie ein Mensch erfahren soll, daß Du zum Mörder wurdest. Leb wohl und suche zu vergessen, wie ich es tun will.*

*Liliane.«*

Der junge Graf lehnte sich wie im Schwindel an die Wand und sah starr in das Gesicht der Zofe. Er hatte noch eine leise Hoffnung gehabt, der Verwundete wäre am Leben geblieben! Diese war nun vernichtet.

Er wischte sich den kalten Schweiß von der Stirn. Etwas wie Mitleid blickte ihn aus den Augen der Zofe an.

»Fassen Sie sich, Herr Graf«, sagte sie jetzt leise.

Er richtete sich auf und riß zwei Blätter aus einem Buch.

»Erheben Sie das Geld bei meinem Bankier – ich unterrichte ihn, Babett, und – und – nun, Sie werden wissen, was Sie dann zu tun haben. Ich – ich kann nicht darüber sprechen.«

Die Zofe küßte schnell seine Hand.

»Ich danke sehr, Herr Graf, und Sie sollten nicht so elend sein – es war ein Unglück – kein Verbrechen!«

Er winkte ihr zu und ging langsam, mit unsicheren Schritten, davon. Die Zofe öffnete ihm die Tür. Auf ihrem Gesicht lag ein unschlüssiges Zögern, so, als wünschte sie zu sprechen.

»Lieber Herr Graf, Sie sind wirklich kein so großer Verbrecher!« rief sie ihm zu, als er schon ein paar Schritte zur Tür getan hatte.

Aber er schien es kaum zu hören und stürmte hinaus.

Unschlüssig schaute die Zurückbleibende die gewichtigen Zettel in ihrer Hand an.

Dies waren die bekannten und Udo verschleierten Vorgänge – denen er nachsann, bis ihn der Diener störte. Er trug ein Telegramm auf dem silbernen Tablett. Udos Vater lag im Sterben. Man rief den Sohn und Erben heim.

*

Graf Udo war ohne Unterbrechung gereist. Mit bleichem Gesicht und unstet blickenden Augen hatte er während der ganzen Fahrt im Zug gesessen, ohne etwas anderes zu genießen als einige Gläser Wein.

Beim Morgengrauen traf er in Plessentin ein.

Er kam zu spät.

In der Nacht war Graf Herbert gestorben. Sein geschwächtes Herz hatte das hohe Fieber nicht bewältigen können. Ohne voll zum Bewußtsein zu kommen, war er hinübergeschlummert.

Sein Sohn stand mit schmerzdurchwühltem Gesicht am Totenbett des geliebten Vaters. Keine Träne brachte ihm Linderung. Mit trockenen und brennenden Augen sah er in die friedvollen Züge, bis er allein mit dem Toten war, bis der Diener, der ihn hereingeführt, das Zimmer verlassen hatte.

Dann sank er in die Knie und drückte seine zuckenden Lippen auf die erkaltete Hand seines Vaters.

»Vater, mein teurer Vater, gut, daß du gegangen bist. Gut, daß dir erspart bleibt, deinen Sohn mit Schuld bedeckt zu sehen. Vater, hilf, daß ich's trage! Hilf, daß unser alter Name nicht befleckt wird, daß meine Schwester nie erfährt, was ich getan habe.«

Er legte seine schmerzende Stirn auf die kalte Hand des Vaters.

Da kam etwas wie Ruhe über ihn. Wollte die tote Hand noch Segen erteilen? Hatte Vaterliebe Macht über das Grab hinaus?

Stundenlang blieb Udo mit dem Toten allein. Die Sonne ging auf und warf ihre Strahlen in das Sterbezimmer.

Da wurde leise die Tür geöffnet. Leichte Kinderfüße schritten über den Fußboden, und zwei weiche Arme umschlossen den jungen Grafen.

»Udobruder, o Udobruder!«

Jammernd sank Hella neben dem Bruder in die Knie und barg ihr Köpfchen mit dem vom Weinen verschwollenen Gesicht an seiner Brust.

Er zuckte zusammen. Einen Augenblick schien es, als wollte er vor der Berührung zurückschrecken! Dann aber legte er wie schützend den Arm um das weinende Kind.

Später nahmen die Geschäfte, die einen Trauerfall in einem so großen Haus zu begleiten pflegen, Udos ganze Aufmerksamkeit in Anspruch. Er mußte Befehle erteilen und Anordnungen treffen. Die Todesanzeigen mußten fortgeschickt werden, das Begräbnis vorbereitet werden.

Es gab eine Unmenge zu tun für den jungen Grafen. Und das war sehr gut. Es lenkte ihn ab von seinen düsteren Gedanken und half ihm über die schwerste Zeit hinweg.

Die Dienerschaft flüsterte darüber, daß der junge Herr so elend und verstört zurückgekehrt war.

Franz, der Diener, den Udo mit in Paris gehabt hatte, setzte eine wichtige, allwissende Miene auf.

»Es ist nicht bloß der Tod des seligen Herrn Grafen, der ihn so heruntergebracht hat. Ich sage euch weiter nichts, aber wenn ich sprechen wollte – es gibt Abenteuer in Paris – Abenteuer –, ihr macht euch keinen Begriff davon! Und eins kann ich euch sagen: Graf Udo war schon elend und verstört, ehe wir eine Ahnung hatten, daß der alte Graf erkrankt war.«

Man wollte mehr von ihm wissen. Da der dumme Wichtigtuer aber selbst nichts wußte, zuckte er nur vielsagend die Achseln.

»Verschwiegenheit ist Ehrensache. Nur eins kann ich euch verraten, was in Paris passiert, hängt immer mit Weibsleuten zusammen.«

Man sah den erfahrenen Mann bewundernd an, und »Monsieur« Franz ging im erhebenden Bewußtsein davon, eine wichtige Persönlichkeit geworden zu sein.

Die nächsten Tage vergingen in Unruhe. Gäste trafen ein, die dem Grafen Herbert das letzte Geleit geben wollten. Man kondolierte Udo und fragte, ob man ihm irgendwie behilflich sein könnte.

Auf all das mußte Udo Rede und Antwort stehen.

Auch für Hella mußte er tröstende Worte finden, mußte mit ihr sprechen und ihre Liebkosungen erwidern. Alles das erforderte seine ganze Kraft.

Als das Begräbnis endlich vorüber war, atmete er erleichtert auf und zog sich auf einige Stunden auf sein Zimmer zurück.

Hella hatte er gesagt, daß er todmüde sei und schlafen wollte. Das Kind umschlang ihn liebevoll.

»Geh, Udobruder, und schlaf dich aus. Ich lasse niemand in dein Zimmer. Du sollst nicht gestört werden.«

Udo aber fand den heißersehnten Schlaf nicht. Seine Schuld stand vor ihm und hielt die Ruhe fern; Angst, daß seine Schuld ans Tageslicht kommen könnte, packte ihn wie mit Geierkrallen.

Würde er zeit seines Lebens dieses würgende Gefühl mit sich herumschleppen müssen? War es dann nicht besser, ein Ende zu machen?

Aber dagegen bäumte sich seine Jugend auf. Mit einem Selbstmord machte er seine Schuld nur noch größer und – seine unmundige Schwester wäre dann ganz verlassen! Nein! – er wollte Hella Vater und Mutter zu ersetzen suchen. Er wollte Not und Elend zu lindern versuchen und Gutes tun, soviel in seiner Macht stand. Das war eine bessere Sühne als Selbstmord.

Diese Stunde brachte Udo die Entscheidung. Er nahm das Los auf sich und lebte nach seinem Vorsatz.

# II

Fünf Jahre waren seit dem Tod des Grafen Herbert vergangen. Die Gesellschaft in der Nachbarschaft hatte gehofft, daß nach Ablauf des Trauerjahres Schloß Plessentin wieder Schauplatz heiterer Geselligkeit werden würde. Darin hatte man sich jedoch getäuscht. Der junge Graf lebte noch zurückgezogener als sein Vater.

Man zerbrach sich den Kopf darüber, was den früher so lebenslustigen Mann so still und ernst gemacht hatte. Herr von Brenken, ein Freund von Udos Vater, besuchte ihn eines Tages.

»Lieber Udo, ich kenne Sie schon seit Ihrer frühesten Kindheit. Ich kann es nicht länger mit ansehen, daß Sie sich hier in Plessentin wie ein Einsiedler vergraben. Sie bilden sich zum Sonderling aus. Das Andenken Ihres teuren Vaters in Ehren – aber er selbst würde nicht damit einverstanden sein, daß die Trauer um ihn Sie zum Einsiedler macht.«

»Das bin ich gewiß nicht, Herr von Brenken, ich finde nur keine Befriedigung mehr am lauten Treiben der Gesellschaft.«

»Sie müssen heiraten, lieber junger Freund. Sie sind der letzte Ihres Stammes.«

Udo machte ein gequältes Gesicht.

»Das hat Zeit, ich bin noch jung.«

»Schön – Sie müssen das selbst wissen; ich wollte nur einmal mit Ihnen sprechen. Auch an Ihr Schwesterchen müssen Sie denken. Wenn sie erst zur jungen Dame heranwächst, muß sie in die Gesellschaft eingeführt werden.«

»Meine Schwester ist noch ein Kind. Damit eilt es nicht.«

Herr von Brenken schüttelte Udo herzlich die Hand und ging.

Erreicht hatte er nichts. Udo hielt sich nach wie vor zurück.

Kamen zuweilen Gäste nach Plessentin, so wurden sie freundlich und aufmerksam bewirtet. Klein-Hella plauderte lustig drauflos, und Udos Schweigsamkeit fiel nicht so auf.

Töchtergesegnete Familien versuchten natürlich alles, Udo für sich zu gewinnen, und mancher jungen Dame schlug beim Anblick des hübschen Mannes mit den schwermütigen Augen das Herz unruhig in der Brust.

Es verging aber Jahr um Jahr, ohne daß Udo Anstalten gemacht hätte, Plessentin eine Herrin zu geben.

Rührend war Udos Verhältnis zu Hella. In ihrer Gegenwart suchte er, so schwer es ihm auch wurde, ein heiteres Gesicht zu machen; Hella hatte bald die Trauer um den Vater verwunden. Sie war noch ein Kind und ihre Gemütslage sonnig und heiter.

Bald jubelte sie wieder wie ein zwitscherndes Vöglein durch Park und Schloß. Wenn sie ins Dorf ging, um mit ihren kleinen Händen Gaben für Kranke und Arme zu bringen, dann sahen die derben Bauern andächtig in das holde Gesicht der kleinen Gräfin.

Die Bewohner des Dorfes Plessentin hatten jetzt eine gute Zeit. Udo baute ihnen Schule und Kirche aus, errichtete ein Versorgungshaus für Kranke und Arme und war stets bereit, zu raten und zu helfen, wenn es seinen Leuten an etwas fehlte.

Hella durfte zu Weihnachten die Dorfjugend beschenken, und zu ihrem Geburtstag wurden sämtliche Kinder im Schloßgarten mit Schokolade und Kuchen bewirtet.

Bei solchen Gelegenheiten war es eine Lust, die goldblonde Hella zu beobachten. Wie glückselig sie aussah, wenn sie ringsherum Freude austeilen konnte.

Und Udo schien nur noch für das Wohl seiner Schwester und seiner Untergebenen zu leben. Für sich verlangte er nichts mehr vom Leben als sühnen zu können, was ihn mit Schuld beladen hatte. Alles Glück erflehte er für seine Schwester.

Diese war dabei durchaus nicht das, was man ein Musterkind nennt. O nein! Sie hatte kleine Unarten genug und wollte sich nicht zum Lernen bequemen. Ihre Erzieherinnen hatten ihre Not mit dem Wildfang.

Als sie zwölf Jahre alt war, drohte Udo, sie in eine Erziehungsanstalt zu schicken. Aber da gab es Herzeleid, Tränen, und die Bitten wollten kein Ende nehmen. Hella versicherte ernsthaft, daß sie in der Fremde vor Sehnsucht nach Plessentin sterben müsse.

Udo brachte es nicht über sich, sie fortzuschicken. Es wurde also eine neue Erzieherin angenommen. Ein Weilchen ging es dann auch gut. Hella war lieb und artig und wollte ihrem geliebten Udobruder gewiß keinen Ärger bereiten. Lachte aber dann die Sonne wieder zum Fenster herein, oder gab es im Winter eine herrliche Schlittenbahn, und auf dem großen Parkteich konnte man so prächtig Schlittschuh laufen, waren all' die guten Vorsätze vergessen.

Da mußte Hella bald wieder überall gesucht werden, wenn es ans Lernen gehen sollte. Und die Erzieherin beschwerte sich wieder und wieder bei Udo.

So auch heute.

Fräulein Daumann betrat das Arbeitszimmer des Grafen und teilte ihm mit, daß sie Plessentin verlassen wolle. Sie müßte sich zuviel über Hella ärgern. Udo hörte ihr still zu – er war solche Auftritte schon gewöhnt – und sagte dann ruhig:

»Es ist gut, Fräulein Daumann! Ich kann Sie natürlich

nicht hindern, zu gehen. Es tut mir leid, aber ich meine, Sie hätten etwas mehr auf die Eigenart meiner Schwester Rücksicht nehmen sollen.«

»Oh, Herr Graf, Sie nennen Eigenart, was nur grobe Unart ist.«

Udo erhob sich und sah sie ruhig an.

»Ich kenne meine Schwester länger und auch besser als Sie. Glauben Sie mir, sie ist ein gutes Kind mit einem reinen, goldenen Herzen. Nur ist sie wild und ungestüm und – ein bißchen zu offenherzig. Doch genug, Sie wollen gehen –, ich halte Sie nicht.«

Fräulein Daumann entfernte sich mit einer Verbeugung und einem unglaublich hämischen Gesichtsausdruck. Udo sah nachdenklich hinter ihr her. Mit so wenig Güte im Gemüt sollte eine Frau diesen schwierigen Beruf nicht ergreifen. Seufzend ging er in den Garten hinaus, um Hella zu suchen und ihr wieder einmal den Kopf zurechtzurücken.

Die kleine Komteß saß in den Ästen eines großen Kirschbaumes und schmauste mit Behagen von den dunkelroten Früchten. Sie hatte in diesem Augenblick vergessen, daß es so etwas wie französische Vokabeln oder Geographie und Weltgeschichte gab. Ihre Geographie und Weltgeschichte umfaßte Plessentin – und darin fand sie sich ohne langweiliges Lernen zurecht.

Sie sah ihren Bruder schon von weitem kommen und beugte ihr strahlendes, fröhliches Gesicht zwischen den Zweigen durch.

»Udobruder!«

Er schaute empor. Zunächst sah er nur ein paar hübsche, schlanke Mädchenbeine, die vom Baum hinabbaumelten. Dann erst erblickte er das lachende Gesicht mit dem vom reichlichen Kirschenessen geröteten Mund.

Er mußte lächeln.

»Wildfang, was machst du da oben?«

Sie lachte.

»Aber Udo, siehst du denn nicht, daß ich auf dem Kirschbaum sitze? Nun bitte ich dich, was soll ich wohl anderes hier oben tun als Kirschen essen?«

»Dazu brauchst du nicht auf den Baum zu klettern – Unband. Du kannst dir vom Gärtner Kirschen pflücken lassen.«

Sie zog ein Mäulchen und schüttelte energisch den Kopf.

»Als ob das dann noch ein Vergnügen wäre! Nein, Udo, dafür danke ich! Kirschen muß man sich selbst pflücken, wenn sie schmecken sollen. Soll ich dir vielleicht welche hinunterwerfen?«

»Nein, ich danke.«

»Siehst du, das magst du auch nicht!«

Er mußte lachen.

»Übrigens, weißt du vielleicht, daß du jetzt eigentlich eine Stilarbeit über den »Taucher« von Schiller machen müßtest?«

Hella machte ein erschrockenes Gesicht.

»Grundgütiger Himmel, das habe ich ganz und gar vergessen. Ach, lieber, lieber Udobruder, es war zu wonnig hier oben.«

Udo versuchte ein strenges Gesicht zu machen.

»Nun komm vor allen Dingen mal von dem Baum herunter. Mit vierzehn Jahren solltest du nicht mehr wie ein wilder Junge herumklettern. Dazu bist du nun doch zu alt.«

Schnell und gewandt wie ein Eichhörnchen kletterte sie hinab und stand gleich darauf vor ihm. Das Haar war zerzaust und umgab das gerötete Gesicht wie ein goldiger Kranz.

Udo musterte sie eine Weile schweigend, dann sagte er mit vorwurfsvollem Blick:

»Wie siehst du wieder aus, Hella!«

Sie sah verwundert an sich hinab, dann lachte sie vergnügt.

»Oje — Kirschflecken! Na, das gibt Schelte vom Fräulein. Gelt, Udo, das wird ein Donnerwetter?«

Sie sah so unglaublich reizend und schelmisch aus, daß er nicht zürnen konnte. Er zwang sich aber, ernst zu bleiben.

»Fräulein ist unzufrieden mit dir, Hella, sie will fort von Plessentin«, setzte Udo hinzu.

Hella klatschte fröhlich in die Hände.

»Wunderbar — da gibt es Ferien! Ach, Udo, wir brauchen keine Erzieherin. Du machst das viel besser.«

Sie hängte sich zutraulich in seinen Arm.

»Wir?« fragte er, nun doch lachend. »Ich jedenfalls nicht, Hella, aber du doch sehr. Oder willst du, daß ich dich in ein Internat gebe?«

»Um Himmels willen nicht, Udo. Du weißt, daß ich da vor Herzeleid sterben würde, ganz sicher.«

»Ja, aber lernen mußt du noch sehr, sehr viel.«

Sie seufzte tief auf und schritt, halb hüpfend, neben ihm her.

»Lernen! Wer das nur erfunden hat — zur Qual der Menschen!«

»Du bist ein Dummchen, Hella.«

»Hm! Ich wollte, ich dürfte es bleiben. Ich will nicht gelehrt werden.«

»Was hast du wieder angestellt, daß Fräulein so böse auf dich ist und fortwill?«

Sie sah ihn nachdenklich an.

»Ich weiß es nicht. Wenn ich manchmal gar nicht merke, daß ich unartig bin, dann zankt sie wie toll. Heute morgen erst. Da sage ich ganz ruhig zu ihr, daß ich es so gräßlich finde, wenn bei einem Menschen das Haar und die Zähne nicht angewachsen sind. Da wurde sie böse — du glaubst es nicht.«

Udo wandte sich ab, um ernst zu bleiben.

»Kind, über solche Sachen spricht man nicht.«

Sie sah ihn mit großen Augen an.

»Nein? Es ist merkwürdig, über was man alles nicht sprechen soll. Ich glaube, ich werde das nie begreifen; Na, nun weiß ich es, ich will gewiß nie mehr darüber sprechen.«

»Aber was soll nun werden? Wir müssen eine neue Erzieherin suchen. Das ist recht unangenehm für mich. Du weißt, ich gewöhne mich so schwer an neue Gesichter.«

»Wenn du aber auch immer so alte, häßliche aussuchst! Ach, Udobruder, tu mir den Gefallen und wähle eine junge und hübsche Erzieherin. Du sollst sehen, es geht dann besser mit dem Lernen und Artigsein.«

Udo sah nachdenklich vor sich hin. Wahrscheinlich hatte Hella recht, vielleicht paßte ein junges, frohes Menschenkind besser zu ihr als eine ältere Dame, die Hellas losen Streichen verständnislos gegenüberstand und ihre kleinen Unarten zu schweren Vergehen stempelte.

Da er unverheiratet war, mußte er allerhand Rücksichten nehmen. Aber schließlich war Frau Bode, die bejahrte Haushälterin, als Anstandsdame ausreichend.

Während er darüber nachsann, waren sie tiefer in den Park hineingeschritten, bis über den Teich hinaus.

Man konnte sich kaum größere Gegensätze denken als diese beiden Geschwister.

Die sonnige heitere Hella mit dem zartrosigen Teint und dem goldenen Haar und der hochgewachsene düstere Mann mit dem dunklen Haar und den schwermütigen Samtaugen. Der herbe Leidenszug um seinen Mund, der auch jetzt nicht ganz verwischt war, und die gefurchte Stirn ließen ihn viel älter erscheinen als vierunddreißig Jahre.

An den Schläfen schimmerte sogar schon graues Haar.

Hella plauderte drolliges Zeug durcheinander, und wenn Udo darüber lachen mußte, sprang sie vor Vergnügen neben ihm her.

»Ach, Udobruder, du siehst viel hübscher aus, wenn du

lachst. Manchmal siehst du aus wie ein Wolf, der die Leute umbringen will«, rief sie lachend.

Udo zuckte wie unter einem Peitschenhieb bei ihren letzten Worten zusammen. Er wurde totenblaß und zog ein Taschentuch hervor, um sich den Schweiß von der Stirn zu wischen. Hella sah ihn bestürzt an.

»Was ist dir, Udo – mein lieber Udo –, bist du krank?«

Es klang zärtliche, heiße Sorge aus diesen Worten. Er hatte sich schon wieder gefaßt und versuchte zu lächeln.

»Es ist nichts, Hella – nur die Hitze –, komm, laß uns ins Haus zurückgehen, da ist es kühler.«

»Ist dir wieder besser?«

»Ganz wohl, Hella. Sorge dich nicht, es war wirklich nichts.«

Sie kehrten um und gingen ins Schloß zurück.

Am nächsten Tag, als Udo mit dem Inspektor vom Feld zurückkehrte, sprang ihm Hella im Park entgegen.

»Udobruder, denke nur, in der Stadt ist ein Zirkus, ein richtiger großer Zirkus. Bitte, bitte laß uns in die Stadt fahren, ich möchte so furchtbar gern einmal in einen Zirkus gehen.«

Udo strich ihr lächelnd das Haar aus der Stirn.

»Woher hast du denn diese Neuigkeit, Schwesterchen?«

»Ein Bote hat einen großen gelben Zettel gebracht, da steht alles drauf. Warte mal ...«

Sie kramte in ihrer Rocktasche herum. Außer einem mit Kirschflecken durchtränkten Taschentuch, einem Stück Bindfaden, einer leeren Zwirnrolle und einigen runden Kieselsteinen kam ein zusammengefalteter gelber Zettel zum Vorschein.

Sie hielt ihn Udo vor die Augen.

»Da – lies nur mal –, fein, was? Herrliche Sachen und hier zuletzt: ›Im Feenreich – Große Ausstattungspantomime mit Tanz!‹ Muß das herrlich sein! Denk nur, wie ein Märchen. Nicht wahr, Udo, du gehst mit mir hin?«

Er hatte flüchtig den Zettel überflogen und gab ihn nun lächelnd zurück.

»Wer weiß, ob du nicht enttäuscht sein wirst von diesem Feenreich, Hella. Aber gleichviel, ich will dir den Spaß machen.«

Sie wollte schon jubelnd davonstürmen, aber er hielt sie an einem Zopf fest.

»Halt, Wildfang, ich habe eine Bedingung.«

Hella blieb stehen und sah ihn erwartungsvoll an.

»Nun?«

»Zuerst mußt du alle deine Aufgaben erledigen. Und dann mußt du mir versprechen, in Zukunft recht vernünftig zu sein. Ich will deinen Wunsch erfüllen und eine junge Erzieherin anstellen. Dann mußt du aber auch anders werden.«

Sie seufzte tief auf, sah ihm aber offen und ehrlich ins Gesicht.

»Mühe will ich mir gewiß geben, Udo. Aber hab Geduld mit mir. Sieh mal, ich will eigentlich nie unvernünftig sein, das kommt immer ganz von selbst. Manchmal denke ich, ich habe etwas recht gut gemacht – und dann zankt Fräulein erst recht. Es ist wirklich schwer herauszufinden, was die Großen für unartig halten. Aber ich werde es schon noch lernen. Bist du mir böse?«

Er zog sie fest an sich.

»Nein, mein Liebes – wer dir böse sein kann, muß ein Herz von Stein haben. Nun geh an deine Arbeit. Für fünf Uhr halte dich bereit zum Fortfahren, ich habe in der Stadt vor dem Zirkusbesuch noch Geschäfte zu erledigen.«

Hella sprang vergnügt ins Haus zurück. Udo ging noch etwas im Park spazieren. Sein Gesicht trug verstärkt den düsteren, vergrämten Ausdruck. Die dunklen Augen sahen leidvoll in die grüne, blühende Pracht ringsum. Am Parkteich blieb er stehen und sah nachdenklich auf den stillen dunklen Wasserspiegel.

Wie friedlich das aussah, diese glatte, glänzende Fläche. Was mochte alles darunter verborgen liegen? War dieser reglose Teich nicht sein Abbild? Verbarg sich nicht auch hinter seinem stillen, ruhigen Wesen ein dunkles, unheimliches Etwas? Die Schuld – die ungesühnte, schwere Schuld! – Sie streckte wieder und wieder die Arme nach ihm aus und stellte sich zwischen ihn und alle Lebensfreude.

*

Hella hatte ihre Aufgaben erledigt. Es war ihr sehr schwergefallen, aber schließlich nimmt auch das greulichste Ding mal ein Ende. Sie legte Fräulein Daumann ihre Arbeiten vor.

Diese saß wie eine leibhaftige Illustration des Begriffes »Gekränkte Unschuld« am Fenster des Schulzimmers und nahm mit spitzer Miene die Schreibhefte aus Hellas Hand.

»Hab ich's gut gemacht, Fräulein?« fragte Hella mit von der schweren Arbeit gerötetem Gesicht.

Das Fräulein sah beleidigt von ihr fort.

»Ich werde es nachher durchsehen.«

»Ach, liebes Fräulein, sehen Sie doch nicht mehr so böse aus! Mein Bruder hat mir gesagt, daß Sie von Plessentin fortwollen? Wie kann man nur so dumm sein, sich von Plessentin fortzuwünschen? So schön wie hier ist es nirgends auf der Welt«, sagte sie treuherzig.

Das Gesicht der Erzieherin war noch spitzer und beleidigter geworden bei Hellas Worten.

»Du bist ein ungezogenes Mädchen. Wenn ich hier bleiben müßte, würdest du mich totärgern.«

Hella sah sie ganz bestürzt an.

»War ich wieder unartig?«

»Wenn du von mir sagst: Wie man nur so dumm sein kann?«

»Ach so – ja –, das war wirklich ungezogen. Aber böse gemeint habe ich das ebensowenig wie das mit Ihren Haaren und Ihren Zähnen. Ich will gewiß niemals wieder sagen, daß ich es gräßlich finde, wenn die nicht angewachsen sind.«

»Du widerwärtige, abscheuliche Range – geh mir aus den Augen!«

Hella wich erschrocken vor dem wütenden Gesicht zurück und floh aus dem Zimmer. So böse war noch niemand zu ihr gewesen, und diesmal hatte sie gewiß nicht geglaubt, daß sie unartig sei.

Als Hella eine Stunde später neben ihrem Bruder festlich angekleidet im Wagen saß und der Stadt zufuhr, sah sie erstaunlich ernsthaft aus für einen so freudigen Anlaß.

»Nun, Kleinchen, du bist so still?« fragte Udo.

Hella sah ihn fragend an.

»Sag mal, Udobruder, bin ich eine widerwärtige, abscheuliche Range?«

Er blickte forschend in ihre Augen.

»Wer hat das von dir gesagt, Liebling?«

»Fräulein. Oh, war die böse zu mir! Und ich kann dir nur sagen, diesmal glaubte ich gewiß und bestimmt, artig zu sein. Ich versprach Fräulein ganz von selbst, daß ich nie mehr über ihre Haare und Zähne sprechen wollte, und da wurde sie wieder so böse und schalt mich eine widerwärtige und abscheuliche Range. Bin ich das nun wirklich?«

Udo legte seinen Arm wie schützend um die Schwester.

»Nein, mein Liebling, gottlob, das bist du nicht. Aber ein unbedachtes, kleines Plappermäulchen, das bist du! Sieh mal, Fräulein hat vielleicht durch eine schwere Krankheit oder durch ihr mühevolles Dasein Haare und Zähne verloren. Weil das häßlich aussieht, hat sie diesen Verlust künstlich zu ersetzen versucht. Es ist nun peinlich, daß du das bemerkt hast, und wenn du ihr auch noch sagst, daß du das gräßlich findest, dann tust du ihr weh. Begreifst du das?«

Hella nickte und machte große, betrübte Augen.

»Das hab ich nicht bedacht, Udo. Es tut mir nun ehrlich leid.«

»Weiß ich, Dummerchen. Ein andermal vorsichtiger sein! Du bist im Alter dazu.«

»Ja. Ich will auch Fräulein sehr um Verzeihung bitten und nicht eher aufhören, bis sie in Plessentin bleiben will.«

»Um Verzeihung bitten kannst du sie, aber nicht um ihr Bleiben. Ich habe mir das überlegt – sie ist wirklich nicht die geeignete Person, um deine Erziehung zu leiten. Ich werde morgen zu Frau von Brenken hinüberfahren und sie bitten, für dich eine junge Erzieherin zu engagieren. Vielleicht hat sie eine glücklichere Hand als dein Udobruder.«

»Oh, darf ich mitkommen? Frau von Brenken ist so lieb – sie hat auch mein geliebtes totes Mütterchen noch gekannt und erzählt mir immer, wie lieb und schön sie gewesen ist. Ach, Udo, wenn wir unsere Mutter noch hätten, wäre ich vielleicht nicht so ungenießbar.«

Udo küßte sie auf die Stirn.

»Mein Liebling, denke heute nicht an so traurige Sachen!«

*

Udo hatte in der Stadt seine Geschäfte erledigt. Die Vorstellung im Zirkus hatte gerade begonnen, als er mit seiner Schwester eintrat. Es waren Bekannte aus der Nachbarschaft da, mit denen Udo und Hella Grüße austauschten.

In unmittelbarer Nähe saß zufällig Herr von Brenken mit seiner Gattin. Da konnte Udo bequem in den Pausen nach den einzelnen Nummern sein Anliegen vorbringen.

Die alte Dame versprach ihm bereitwillig, nach einer passenden jungen Dame Ausschau zu halten.

Voll lebhaften Entzückens sah Hella auf das bunte Treiben in der Manege. Die Kunststücke der Pferde, Reiter und Reiterinnen entlockten ihr Ausrufe der Bewunderung. Noch nie hatte sie etwas Derartiges zu sehen bekommen.

Als die große Pause begann, traten die anwesenden Bekannten zu den Geschwistern heran. Hella wurde von den jungen Damen mit Süßigkeiten gefüttert und umschmeichelt. Man wußte doch, daß der Erbherr von Plessentin seine Schwester zärtlich liebte, und man suchte sich dadurch bei ihm in Gunst zu bringen.

Frau von Brenken besprach mit einigen älteren Damen den Wunsch Hellas nach einer jüngeren Erzieherin. Diese oder jene machte ihre Bedenken geltend. Ob es gut tat, einer jungen Person Hellas Erziehung anzuvertrauen? Und Graf Plessen war noch jung und unverheiratet ... Freilich, wenn er heiraten würde, dann ...

Und bei diesem »dann« sahen die Mütter auf ihre Töchter. Frau von Brenken widerlegte jedoch alle Bedenken mit ihrer schönen, liebenswürdigen Heiterkeit.

»Das hat keine Gefahr! Plessen ist ein Ehrenmann, und außerdem ist auch eine ältere Dame Haushälterin auf Plessentin. An dieser würde eine junge Dame genügend Schutz gegen üble Nachrede finden, wenn sich eine solche hervorwagen würde. – In unseren Kreisen gibt es gottlob keine bösen Zungen«, fügte sie mit einem feinen Lächeln hinzu, und die Damen, die sich dadurch getroffen fühlen konnten, waren gleich zu Anfang kaltgestellt.

Das hatte Udo beabsichtigt, als er Frau von Brenken in Anspruch nahm.

Während die jungen und alten Damen in zwei Gruppen beschäftigt waren, war Udo mit Herrn von Brenken und den übrigen Herren in die Ställe gegangen.

»Vorzügliches Pferdematerial, mein lieber Plessen.«

»Allerdings, ich bin überrascht.«

»Aber mittelmäßige Leistungen, keine hübschen Weiber«, näselte ein Leutnant in Zivil, der in der Nachbarschaft zu Besuch weilte.

»Na, dann warten Sie noch ein Weilchen, Verehrtester«, rief ein jovial aussehender alter Herr. »Die zweite Nummer nach der Pause ist glänzend, ich war gestern schon hier. Mademoiselle Clermont, ausgezeichnete Schulreiterin, Rasseweib, bildschön, zauberhaft schön, ganz entschieden erstklassig. Ich war entzückt, ich bin nur deshalb heute wieder da!«

»Hört, hört, Gersdorff ist nur wegen Fräulein Clermont hier. Wenn das seine Frau hörte.«

Der alte Herr lachte.

»In meinem Alter ist das ein ungefährliches Entzücken – aber ihr jungen Leute, haltet euer Herz fest! Sie auch, Plessen; wenn so ein Weiberfeind Feuer fängt, dann ist gewöhnlich nichts mehr zu retten.«

Udos Stirn rötete sich.

Man neckte ihn noch eine ganze Weile mit seiner Ehescheu. Brenken zog ihn schnell mit fort. Er sah, daß Udos Augen einen gequälten Ausdruck bekamen. Er ahnte längst, daß der junge Mann durch irgendeine schlimme Erfahrung zu dieser Einstellung gekommen war.

Ein schrilles Klingelzeichen kündete das Ende der Pause an. Man suchte seine Plätze wieder auf.

Udo sah starr und gedankenschwer auf die Manege hinab. Die Neckereien hatten ihn gepeinigt. Er wußte selbst, daß mit ihm sein alter Name aussterben mußte; aber konnte er eine Frau an seine Seite fesseln, durfte er seine schuldbefleckte Hand nach einer Lebensgefährtin ausstrecken?

Und wenn er Kinder bekam, mußte sich der Fluch ungesühnter Schuld nicht an ihnen erfüllen?

Er schrak auf aus seinem Brüten. Mit ohrenzerreißendem Geschrei kam ein dummer August in die Manege gestolpert und zankte sich in seinem drolligen Kauderwelsch mit den Stallmeistern herum.

Hella lachte jubelnd auf und klatschte so lebhaft Beifall, daß die Zirkusbesucher lächelnd nach ihr hinschauten. Auch der dumme August sah zu ihr hinauf und machte ihr eine unglaublich komische Verbeugung.

Da mußte Hella wieder lachen. Udos Gesicht blieb jedoch ernst.

Die erste Nummer war vorüber. Nun sprengte Fräulein Clermont im Damensattel auf einem prachtvollen Schulpferd herein. Sie wurde mit lebhaftem Beifall empfangen. Die schlanke, klassisch schöne Gestalt in dem knappen, schwarzen Reitkleid verbeugte sich mit stolzer Anmut nach allen Seiten. Dann wandte sich ihr schönes Gesicht mit den großen dunklen Augen lächelnd dem Spaßmacher zu, der sich ihr mit allerhand Unfug bemerkbar machte.

Hella sah voll Bewunderung auf die schöne Reiterin.

»Herrlich, Udo! Sieh nur, wie prachtvoll sie zu Pferde sitzt! Solch ein Reitkleid will ich auch haben, wenn ich erst eine Dame bin; dann reite ich auch so vornehm wie sie.«

Udo wandte gleichgültig seine Augen nach der Künstlerin. In demselben Augenblick zuckte er jedoch in tödlichem Schreck zusammen. Sein Gesicht wurde blaß und schlaff wie das eines Sterbenden, und seine Augen weiteten sich in jähem Entsetzen.

Zum Glück war Hella ganz ins Schauen vertieft, so konnte sie die auffallende Veränderung nicht sehen, die mit ihrem Bruder vor sich gegangen war.

Udo saß regungslos, wie im Entsetzen versteinert.

Als wenn sie sein Blick gebannt hätte, so wandte sich Mademoiselle Clermont plötzlich dem Grafen zu.

Die beiden Augenpaare trafen einander und hielten sich eine Weile fest. Die Hände der Reiterin zuckten mit jähem Griff in den Zügeln. Das Pferd bäumte sich hoch auf.

In den Augen der Reiterin blitzte es auf. Sie bekamen einen dämonischen Ausdruck. Der schöne rote Mund preßte sich einen Augenblick zusammen, dann huschte ein spöttisches Lächeln über ihr Gesicht.

Unmerklich, nur für ihn erkennbar, grüßte sie ihn durch ein flüchtiges Senken ihrer Reitpeitsche. Ein forschender Blick ihrer Augen streifte Hella, dann wandte sie sich mit ruhiger Grazie ab und richtete ihre Aufmerksamkeit auf ihr Pferd.

Udo erhob sich, unfähig, sich länger zu beherrschen. Er ging langsam, mit unsicheren Schritten, dem Ausgang zu.

Ein furchtbarer Druck schnürte seine Brust zusammen, das Blut sauste ihm in den Ohren, wie rote Nebel lag es vor seinen Augen. Fast taumelnd erreichte er den Ausgang des Zirkus, der nahe am Fluß aufgebaut worden war.

Die Ufer des Flusses waren hier durch ein Geländer begrenzt. Über dieses Geländer lehnte sich Udo wie gebrochen und starrte in das vom Mondlicht beschienene Wasser.

Er stöhnte auf.

Ein kalter Schauer kroch ihm den Rücken herunter. Er fühlte sich zum Sterben elend. Alle Schmerzen der Vergangenheit wachten von neuem auf ...

Schulreiterin Mademoiselle Clermont! Ncin, das war ihr Name nicht. So nannte sie sich wohl nur im Zirkus. Er hatte sie sofort erkannt, dieses schöne Weib, das er einst so heiß, so grenzenlos geliebt hatte, daß er sie zu seinem Weib machen wollte; allen alten Gepflogenheiten seines Geschlechts zum Trotz.

Er hatte nur Zeit gewinnen wollen, den Vater mit seiner Wahl auszusöhnen. Oh, wie er sie geliebt hatte, diese großen dunklen Augen, dieses herrliche schwarze Haar, das sie wie ein Mantel umfloß, wenn es gelöst über die Schultern hing. Und wie unsagbar glücklich war er gewesen, als er noch an ihre Liebe glaubte.

Vorbei! Jene unselige Stunde hatte all sein heißes Glück zertrümmert, hatte ihn elend gemacht, elend und schuldig.

Was wollte sie hier? Wie kam sie in diesen Zirkus als Kunstreiterin? Ja, ganz sicher, sie hatte ihn erkannt.

Wußte sie, daß Plessentin in der Nähe dieser Stadt lag? War sie vielleicht nur deshalb hierher gekommen, um ihn an vergangene Schuld zu mahnen?

Die Schuld würde bleiben, bis er einst seine Augen schloß. Das machte auch die Erkenntnis nicht besser, daß sich die Frau ihr Schweigen hatte abkaufen lassen. Oft hatte sich Udo seiner damaligen Kopflosigkeit wegen schon bittere Vorwürfe gemacht. Tat und Folgen, Entschlüsse und Handeln an diesem furchtbaren Wendepunkt seines Lebens bedrängten ihn in dieser Stunde erneut.

Mühsam richtete er sich endlich auf. Udo sah ein, daß er einer Begegnung nicht ausweichen konnte – nicht ausweichen durfte. Er mußte ergründen, was sie für Pläne hatte.

Beim Schein einer Öllampe nahm er eine Visitenkarte heraus. Darauf schrieb er unter seinen Namen:

*»Bitte Fräulein Clermont um eine Unterredung morgen im Laufe des Tages und um Angabe der Zeit, wann mein Besuch angenehm.«*

Diese Karte schickte er in die Garderobe der Künstlerin.

Die Kunstreiterin war beim Umkleiden, als ihr die Zofe die Karte gab. Ihre Augen blitzten auf, als sie dieselbe gelesen hatte. Die weißen Zähne bissen fest in die Unterlippe. Dann trat sie mit rätselhaftem Lächeln an den Tisch und kritzelte mit Bleistift auf ein Stück Papier:

*»Fräulein Clermont ist morgen und die nächsten Tage verreist; wird Ihnen jedoch Ende der Woche Nachricht nach Plessentin senden, wann sie zu sprechen ist.«*

»Gib das dem Diener zur Antwort, Maria«, nickte sie lächelnd zur Zofe. In ihren Augen aber funkelten böse Lichter.

Die Zofe, eine blasse hagere Person mit einem nichtssagenden Gesicht, erfüllte den Auftrag.

Als sie zurückkam, ließ sich ihre Herrin einen Mantel um die Schultern legen und einen Spitzenschal über den Kopf werfen.

»Du folgst mir, sobald du hier Ordnung geschaffen hast.«

»Gewiß, Fräulein Clermont.«

»Vergiß den Schmuckkasten nicht, und sei vorsichtig damit!«

»Sie können unbesorgt sein.«

»Es ist gut.«

Die Clermont ging hinaus.

Draußen am Eingang zu den Logen stand Udo noch immer und blickte auf die Antwort der Kunstreiterin. Als er sie kommen sah, wollte er auf sie zutreten und sie ansprechen. Da warf sie den Kopf zurück und sah ihn drohend an.

Der Blick bannte ihn auf seinen Platz. So brennend gern er sofort mit ihr gesprochen hätte, er wagte es nicht; auch fürchtete er, Aufsehen zu erregen.

Langsam ging er in die Loge zurück. Hella sah mit glänzenden Augen zu ihm auf.

»Oh, du hast so viel Schönes versäumt, Udo. Wo warst du?«

»Im Freien, Hella. Ich habe Kopfweh, und die Luft hier im Zirkus ist dumpf. Ich mußte frische Luft haben.«

»Ist dir jetzt besser?« fragte sie besorgt.

»Ganz gut, mein Herz. Laß dich nicht stören im Genuß all der Herrlichkeiten.«

»Jetzt kommt das Beste, Udo! Im Feenreich!«

»Ihr Schwesterchen ist das dankbarste Publikum für die Zirkusleute, lieber Graf!« rief Frau von Brenken lächelnd hinüber.

Er erwiderte einige Worte. Zum Glück nahmen die Vorbereitungen zu dem Ausstattungsstück die Aufmerksamkeit Hellas und der Brenkens in Anspruch. So fiel es nicht auf, daß Udo mit blassem Gesicht immer auf einen Fleck starrte. In seinen Augen lagen Qual und Grauen. Die kurze Begegnung mit der ehemaligen Geliebten hatte seine Erkenntnis, in üblen Händen mit seinem Geheimnis zu sein, noch verstärkt.

Nach Schluß der Vorstellung verabschiedete sich Udo schnell von den Bekannten und bestieg mit der aufgeregt plaudernden Schwester den Wagen. Zum Glück wurde Hella bald müde. Sie schlief ein, den Kopf wohlig in den Arm ihres Bruders geschmiegt.

Udo rührte sich nicht. Über ihren blonden Kopf hinweg flog sein brennender Blick in das nächtliche Dunkel hinaus.

»Vater im Himmel – nicht meinetwegen, aber um dieses unschuldigen Kindes willen, rette mich vor Verzweiflung und Schande! Vergib mir meine Schuld – nimm mein ganzes Leben zur Sühne –, nur sie bewahre vor Schmach.«

So betete er inbrünstig, und eine erlösende Ruhe nahm von ihm Besitz auf kurze Zeit.

# III

Die nächsten Tage vergingen für Udo in aufregender Qual.

Unruhe trieb ihn rastlos hin und her. Hella schalt, daß er bei den Mahlzeiten fast nichts zu sich nahm. Das bleiche Aussehen ihres Bruders machte sie besorgt. Sie bestand darauf, daß er den Arzt kommen ließ. Er wehrte jedoch ab.

»Es ist wirklich nicht nötig, Liebling. Die Hitze macht mir zu scharfen. Du kannst unbesorgt sein, in wenigen Tagen bin ich wieder wohlauf.«

»Aber du solltest doch lieber den Arzt fragen.«

Er strich ihr zärtlich über das Haar und seufzte:

»Wenn es dich beruhigt, dann will ich nächster Tage in die Stadt fahren und den Arzt befragen.«

»Ja, tue es, Udobruder.«

»Ich sage dir jedoch vorher, er wird mich auslachen und dich mit.«

»Ach, das schadet nichts.«

Die Sonne stieg jeden Morgen in herrlicher Pracht empor. Es war wirklich unerträglich heiß. Udo lief jeden Tag, wenn der Briefträger erwartet wurde, diesem entgegen. Mit fieberhafter Eile durchsuchte er dann die Briefe, ob die ersehnte Nachricht dabei sei.

Immer vergebens.

Hella wäre so gern noch einmal in den Zirkus gegangen, aber sie bat Udo nicht darum. Udos Befinden machte ihr Sorge.

Doch ein Zufall verhalf ihr zur Erfüllung ihres Wunsches. Frau von Brenken kam eines Nachmittags nach Plessentin, um Udo zu berichten, daß sie bereits eine junge Dame aus guter Bürgerfamilie als Erzieherin für Hella in Aussicht habe.

»Ist sie auch wirklich jung und sehr hübsch, Tante Brenken?« fragte Hella.

»Jung jedenfalls, Hella, ob hübsch genug für dich, müssen wir erst abwarten. Persönlich kenne ich die junge Dame noch nicht.«

»Ich bin Ihnen für Ihre Mühe zu großem Dank verpflichtet, verehrte gnädige Frau«, sagte Udo und küßte der alten Dame die Hand.

Frau von Brenken wehrte lächelnd ab.

»Geschieht doch sehr gern, lieber Graf. Die bewußte junge Dame wurde mir von meiner Tochter empfohlen. Sie wissen, diese lebt mit ihrem Mann in einer kleinen Garnison. Dort hält sich der Adel gottlob nicht so abgeschlossen wie hier bei uns. Meine Tochter hat dort zuweilen in der Gesellschaft mit der jungen Dame verkehrt. Ihr Vater war Beamter, ein hochgeachteter, aber armer Mann. Der ist nun gestorben, und seine Tochter sucht eine passende Stellung, um sich ihren Unterhalt zu verdienen. Sie und ihre Mutter blieben in sehr beschränkten Verhältnissen zurück. Meine Tochter schildert mir dieses Fräulein Eva Hermsdorf als eine kluge, feinsinnige und liebenswürdige Dame. Ihre Bescheidenheit und Herzensgüte haben sie überall beliebt gemacht. Meine Tochter schwärmt geradezu für sie. Fräulein Hermsdorf soll außerdem eine vorzügliche Erziehung genossen haben und Fähigkeiten zu einer Hauslehrerin und Erzieherin in vollem Maße besitzen. Jedenfalls lade ich die junge Dame nächstens nach Brenkenhof ein. Dann können Sie selbst einmal urteilen.«

Udo dankte ihr nochmals. Frau von Brenken erhob sich.

»Ich muß mich verabschieden, mein Mann erwartet mich in der Stadt. Wir wollen noch einmal in den Zirkus. Kommen Sie mit?«

»Ich für meinen Teil muß danken, verehrte gnädige Frau, ich habe zu tun. Aber wenn Sie meine Schwester mitnehmen wollen – sie wird gewiß nicht nein sagen.«

Hella klatschte in die Hände.

»O wie schön, darf ich, Tante Brenken?«

Die alte Dame lächelte.

»Gewiß, Kindchen. Schnell, mache dich fertig.«

Hella sprang davon und ließ sich, zitternd vor Ungeduld, umkleiden. Eine halbe Stunde später fuhr sie mit Frau von Brenken davon, ihrem Bruder zärtlich zum Abschied zuwinkend.

Am nächsten Morgen erhielt Udo endlich mit der Post ein Briefchen von Fräulein Clermont, in welchem sie ihm mitteilte, daß sie ihn nachmittags um vier Uhr in ihrer Wohnung empfangen würde. Es war ein Sonnabend. Udo verging die Zeit viel zu langsam. Er konnte die peinliche Unruhe kaum mehr ertragen.

Und doch mußte er sich fügen. Aber wie furchtbar war ihm diese Abhängigkeit von der grausamen Laune einer boshaften Frau; tief gedemütigt fühlte er sich.

Mit schwerem Herzen verabschiedete er sich am Nachmittag von Hella, um in die Stadt zu fahren, angeblich, um den Arzt aufzusuchen.

Regungslos saß er im Wagen und überlegte, was er der einstigen Geliebten sagen wollte.

Vor allem mußte sie ihm schwören, daß keine besondere Absicht sie hierhergeführt hatte. Was von ihr zu fürchten war, würde er schon an dieser Antwort erkennen. Und dann hoffte er Aufschluß von ihr zu erhalten, wie es ihr möglich gewesen war, alle Spuren seiner Schuld zu verwischen.

Zwischen Furcht und Hoffnung hin und her schwankend, erreichte er die Stadt und den Gasthof, welchen die Dame als ihre Wohnung bezeichnet hatte.

Der Wirt kam dienstbeflissen an den Wagen, noch ehe Udo aussteigen konnte.

»Fräulein Clermont ist heute mittag abgereist, Herr Graf. Sie bedauerte es sehr, den Herrn Grafen nicht mehr erwarten zu können. Ein Telegramm hat sie ganz plötzlich abberufen. Diesen Brief habe ich dem Herrn Grafen zu übergeben.«

Er überreichte mit tiefer Verbeugung ein Briefchen. Udos Stirn zog sich in düstere Falten. Es kostete ihn große Mühe, seine Enttäuschung zu verbergen. Er dankte dem Wirt und befahl dem Kutscher, sofort nach Plessentin zurückzukehren.

Erst als der Wagen aus den Straßen der Stadt auf die freie Landstraße hinausfuhr, öffnete er das Briefchen.

*»Ich habe Sie mit Absicht von Plessentin fortgelockt, während ich dort einen flüchtigen Besuch abzustatten gedenke. Bei Ihrer Heimkehr werden Sie Aufklärung darüber erhalten, was ich in Plessentin zu tun hatte. Da ich nicht die Absicht habe, mit Ihnen persönlich je wieder im Leben zusammenzutreffen, erlaube ich mir diese kleine Komödie. Alles andere erfahren Sie zu Hause.*

*Liliane Clermont.«*

Udo war leichenblaß geworden. Was wollte das schreckliche Weib in Plessentin? Heiße Angst um Hella überfiel ihn. Wenn diese furchtbare Frau seiner Schwester eröffnete, was ihr Bruder getan? – Barmherziger Gott – nur das nicht!

»Fahren Sie zu, was die Pferde laufen!« rief er, heiser vor Aufregung, dem Kutscher zu.

Dieser gehorchte, und pfeilgeschwind jagten die feurigen Rösser auf der Landstraße dahin.

*

Hella hatte ihre Stunden bei der ungnädigen Daumann beendet.

Froh, ihre Freiheit verdient zu haben, tollte Hella mit ihren beiden Dackeln herum, bis sie müde waren.

Dann warf sie sich in eine Hängematte, die zwischen zwei Lindenbäumen befestigt war, und schaukelte übermütig hin und her.

Da hörte sie einen Wagen auf der Straße daherkommen. Sollte Udo schon zurück sein?

Hella drehte sich in der Hängematte und blinzelte über den sonnenbeschienenen Weg nach dem Parktor. Da fuhr der Wagen gerade vorbei. Also war es kein Besuch. Das Gefährt sah aus wie ein Lohnwagen aus der Stadt.

Sie legte sich vergnügt wieder auf die andere Seite und sang fröhlich vor sich hin. Sie hörte nicht, daß der Wagen unweit des Parkes hielt und kurz darauf die kleine Seitenpforte im Tor, welche am Tag unverschlossen war, geöffnet wurde.

Eine einfach gekleidete, unbedeutend aussehende Frau, die ein etwa vierjähriges kleines Mädchen an der Hand führte, trat ein und sah sich forschend um. Als sie Hella in der Hängematte liegen sah, ging sie zu ihr hinüber.

Das kleine Mädchen stieß beim Anblick des Schloßgartens einen Ruf des Entzückens aus.

»Oh, der schöne Garten!« rief es in französischer Sprache.

Hella hatte diesen Ruf vernommen. Mit einem kühnen Satz war sie aus der Hängematte heraus und sah verwundert, aber mit großem Wohlgefallen auf das kleine Mädchen. Es war in Weiß gekleidet und trug einen breiten weißen Hut, unter dem die dunklen Locken hervorquollen.

Die großen dunklen Augen blickten viel zu ernsthaft aus dem schönen runden Kindergesicht heraus.

Hella sah voll Entzücken auf das bildschöne Kind. Etwas

Bekanntes grüßte sie aus diesen ernsten dunklen Augen. Wo hatte sie schon solche Augen gesehen?

Durch die Frau wurde Hella abgelenkt.

»Entschuldigen Sie, kleines Fräulein, ist der Herr Graf zu sprechen?«

Hella vermochte kaum den Blick von dem Kind loszureißen.

»Ich bedaure – mein Bruder ist in die Stadt gefahren.«

»Ah, wie schade. Wann kommt er wohl zurück?«

»Vor einer Stunde sicher nicht. Haben Sie Wichtiges mit ihm zu besprechen?«

»Allerdings. Vielleicht gestatten Sie, daß die Kleine hier einstweilen Platz nimmt, sie ist müde. Sie heißt Marina.«

»Bitte sehr! Ihrer Aussprache nach sind Sie Französin? Sie bringen vielleicht meinem Bruder Grüße von seinen Pariser Freunden?«

Die Frau machte einen Augenblick ein verlegenes Gesicht. Dann faßte sie sich.

»Allerdings. Sie haben richtig geraten.«

»So treten Sie bitte ins Schloß ein und nehmen Sie Platz, bis mein Bruder zurückkommt.«

Die Frau dachte einen Augenblick nach, dann sagte sie lächelnd:

»Ich werde mir mit Ihrer Erlaubnis lieber den schönen Park ansehen, wenn die Kleine solange hierbleiben dürfte.«

Hella nickte freundlich und nahm das Kind bei der Hand.

»Komm, du kannst inzwischen hier ausruhen«, sagte sie in französischer Sprache zu der Kleinen, deren Augen aufleuchteten.

Die Fremde gab dem Kind einen Kuß. Ihre Augen trübten sich dabei.

»So bleibe bei der guten kleinen Dame, bis ich wiederkomme, Marina.«

Die Kleine nickte.

»Ja, geh nur. Oh, sieh die schönen Blumen dort; darf ich hingehen, ganz nahe heran?«

»Gewiß«, nickte Hella lachend. »Du darfst dir sogar einen Strauß pflücken.«

Die Kleine lief aufgeregt davon, während die Fremde noch zu Hella sagte:

»Diese Handtasche darf ich wohl einstweilen hier stehenlassen, sie ist sehr schwer.«

»Bitte sehr.«

»Es kommt niemand hierher? Die Tasche ist unverschlossen und enthält auch einen wichtigen Brief für den Herrn Grafen.«

»Ich werde sie lieber ins Haus tragen und verschließen, wenn Sie das beruhigt.«

»Ich danke Ihnen, ich nehme Ihre Güte an«, erwiderte die Fremde. Dann wandte sie sich noch einmal nach dem Kind mit einem langen Blick und ging schnell davon.

Hella eilte mit der Tasche ins Schloß. Als sie wieder herauskam, war die Fremde verschwunden. Die kleine Marina erfreute sich an den Blumen. Die Fremde war, sobald Hella ins Schloß trat, schnell wieder zu der schmalen Pforte geeilt. Draußen lief sie zu dem Wagen, der an der Parkmauer hielt, und stieg ein.

Die Fremde wurde im Wagen von einer eleganten Dame erwartet.

»Alles gutgegangen, Marie?«

»Ja, Frau Clermont, ganz nach Wunsch«, antwortete die Zofe. Dann schlug sie plötzlich die Hände vor das Gesicht und weinte bitterlich.

Die Künstlerin zuckte ungeduldig die schönen Schultern und schlug den dichten Schleier zurück, um sich Schloß Plessentin im Vorbeifahren anzusehen.

»Weshalb weinst du, Marie?«

»Ach Gott, Madame – das Kind! Die Trennung wird mir so schwer.«

»Du bist eine Närrin, Marie. Hast du etwas anderes als Arbeit mit Marina gehabt?«

»Doch, die Kleine liebte mich – ich habe keinen Menschen, der mir gehört. Sie war mir wie ein eigenes Kind.«

Liliane Clermont lachte hart und höhnisch auf.

»Verschone mich mit diesem Unsinn und fasse dich. Du siehst, ich beherrsche mich auch. Ich habe meine Tochter ruhig hingegeben, weil ihr hier eine bessere Zukunft blüht, als wenn sie unser unruhiges Wanderleben teilt.«

»Ich weiß es. Deshalb habe ich alles getan, was Sie von mir verlangten; denn Sie haben Ihr eigenes Kind nicht so geliebt, wie ich es getan habe.«

Die Augen der Kunstreiterin funkelten wie im Haß.

»Nein – ich habe es nicht geliebt –, ich konnte nicht.« Leichter fuhr sie fort:

»Aber nun wirklich genug davon! Hast du die Depesche zu dir gesteckt, die ich heute morgen von meinem Mann erhielt?«

Die Zofe kramte in einem Ledertäschchen, welches sie an dem Gürtel befestigt hatte, und reichte ihrer Herrin ein Papier.

Diese entfaltete es und las:

*»Heute abreisen. Hoffentlich ohne das Kind. Erwarte dich bestimmt allein. Du mußt morgen hier wieder auftreten. Mit Gruß Henry.«*

Sie reichte ihrer Begleiterin, die mehr die Stelle einer Vertrauten einnahm, die Depesche.

»Da lies! Du siehst, mein Mann erwartet bestimmt, daß ich das Kind hier zurücklasse. Er hätte sie geschlagen, wenn ich sie wieder mitgebracht hätte.«

Marie seufzte.

»Ja, Herr Clermont haßt das liebe Kied. Warum nur, Frau Clermont?«

»Warum? Weil es ihn daran erinnert, daß ich einst einem anderen gehörte – ah, du ahnst nicht, was ich deshalb zu leiden hatte. Nun wird alles gut, nun ist sie fort.«

»Wird das Kind auch wirklich gute Aufnahme im Schloß finden?«

Frau Clermont nickte energisch mit dem Kopf.

»Darauf kannst du dich verlassen.«

Sie saßen sich schweigend gegenüber.

Nach einer Stunde etwa hatten sie eine kleine Bahnstation erreicht.

Die Zofe lohnte den Kutscher ab und folgte dann ihrer Herrin, die bereits auf dem Bahnsteig stand und dem Zug entgegensah.

Fast eine Viertelstunde mußten sie noch warten, ehe er kam.

Inzwischen wurde die schöne Fremde von den Bahnbeamten gemustert. Sie schien es kaum zu bemerken und ging in der ihr eigenen stolzen, graziösen Haltung den Bahnsteig auf und ab.

*

Udo hatte inzwischen, von qualvoller Unruhe gepeinigt, den Nachhauseweg zurückgelegt. Als der Wagen im Hof einfuhr, erblickte er Hella, die mit lautem Jubel über den Rasenplatz auf ihn zugelaufen kam.

»Hella – mein Liebling!«

Sie machte sich schnell los.

»Was sagte der Arzt, Udo?«

»Der Arzt?«

»Du warst doch hoffentlich beim Arzt?«

Seine Ausrede fiel ihm erst jetzt wieder ein.

»Ach so – gewiß. Wie ich dir schon versicherte, Liebling – es ist nichts, ich bin vollkommen gesund.«

Hella umfaßte ihn zärtlich.

»Gottlob, Udobruder! Aber komm schnell mit mir, ich will dir mal etwas Süßes, Wunderholdes zeigen. Schnell – und ganz leise.«

»War Besuch da, Hella?«

Sie legte ihm die Hand auf den Mund.

»Pst – ganz leise, ganz still. Nachher erzähle ich dir alles.«

Etwas beunruhigt folgte er ihr. Sie führte ihn an die Gebüschgruppe heran, hinter der zwischen den Lindenbäumen die Hängematte hing. Vorsichtig, auf den Zehen, schlichen Hella und Udo um die Gebüschgruppe herum.

So standen sie plötzlich vor der Hängematte. Darin lag das kleine Mädchen, die rosigen runden Glieder im wohligen Schlummer gestreckt. Das schöne Kindergesicht zeigte den süßen, friedlichen Ausdruck, der Kindern im Schlaf eigen ist. Es war ein Bild schuldlosen Friedens.

Udo stand wie gebannt neben Hella und sah auf das holde Wunder.

Nach einer Weile richtete er sich aus seiner Versunkenheit auf.

»Wer ist das?« fragte er Hella flüsternd.

Sie sah ihn strahlend an.

»Marina. Ist sie nicht süß?«

»Süß und hold. Aber wer ist dieses Kind? Wie kommt es hierher?«

»Komm mit hinüber zu jener Bank, ich will es dir erzählen.«

Graf Udo und seine Schwester Hella nahmen auf einer Bank Platz, und letztere erzählte harmlos und unbefangen von der Fremden und dem kleinen Mädchen. Udo hörte mit großer Unruhe zu.

Als Hella mit ihrem Bericht zu Ende war, fragte Udo, heiser vor Aufregung:

»Wie sah die Fremde aus?«

Hella beschrieb sie. Udo schüttelte nachdenklich den Kopf. Die Beschreibung stimmte nicht auf die Clermont. Übrigens hätte Hella mit ihren scharfen und jungen Augen ganz sicher die Künstlerin erkannt, die ihre Bewunderung erregt hatte.

»Und du sagst, die Fremde ist in den Park gegangen?«

»Ja, sie wollte ihn gern ansehen.«

»Nach welcher Seite ist sie gegangen?«

»Das weiß ich nicht, ich sah sie nicht fortgehen, weil ich ihre Tasche ins Haus trug.«

»Ihre Tasche?«

»Ja, eine große Handtasche. Sie war ihr zu schwer zum Mitnehmen. Weil sie unverschlossen war und einen Brief für dich enthält, habe ich die Tasche in dein Arbeitszimmer getragen.«

Das klang alles seltsam rätselhaft.

Die Unruhe trieb ihn empor, und er sprang auf.

»Ich will in den Park und die Fremde suchen, Hella. Du bleibst bei deinem kleinen Schützling zurück, nicht wahr?«

»Ja, ich bleibe hier. Ach, Udo, du sollst sie nur erst sehen, wenn sie wach ist. Du glaubst nicht, wie reizend sie ist.«

Udo hörte kaum, was sie sprach. Mit schnellen Schritten entfernte er sich und durchkreuzte den Park nach allen Richtungen. Von der Fremden fand er jedoch keine Spur.

Müde und abgehetzt kehrte er schließlich zurück. Vielleicht war sie inzwischen auf einem anderen Weg ins Schloß zurückgekehrt.

Er fand Hella und das Kind auf der Bank sitzend. Sie waren damit beschäftigt, Blumen zu einem Strauß zusammenzubinden.

Als er herantrat, um zu fragen, ob die Fremde zurückgekehrt sei, sah ihm die kleine Marina mit großen, ernsten Augen forschend ins Gesicht.

»Bist du mein neuer Papa?« fragte sie neugierig.

Hella lachte laut auf.

»Du kleines Dummerchen, das ist nicht dein Papa, das ist mein Udobruder, hörst du wohl?«

»Marie hat mir gesagt, ich bekomme hier einen neuen Papa, der viel lieber zu mir ist als der alte und nicht immer zu Marina sagt: Geh fort, garstiger Balg!«

Hella umschlang das Kind, als wollte sie es beschützen.

»Hör nur, Udo, hör nur! Ach, die arme süße Kleine!«

Der Graf beugte sich zu dem Kind hinab und strich sanft über sein Haar.

Hella umfaßte die beiden mit ihren Blicken, und plötzlich schrie sie leicht auf:

»Udo – sieh, wie merkwürdig! Marina hat dicht unter dem linken Auge genau so ein winziges, kreuzförmiges Leberfleckchen wie du. Ach, nun weiß ich auch, an wen mich ihre Augen erinnerten. Sie hat dieselben Augen wie du. Das ist drollig!«

Die Stimme erstarb im beunruhigten Nachdenken.

Udo betrachtete die Kleine prüfend, und während er so Auge in Auge mit Marina versunken dastand, begann sein Herz plötzlich stürmisch zu klopfen. Er strich sich mit der Hand durch das Haar. Um Hella abzulenken, berichtete er:

»Ich habe den Park nach der Fremden durchsucht. Sie ist nicht zu finden.« Er murmelte rauh, voller Bewegung.

»Vielleicht ist sie weitergegangen. Du möchtest natürlich wissen, was deine Pariser Freunde dir zu bestellen hatten. Aber vielleicht gibt der Brief in der Handtasche Aufschluß.«

Udo sah ein, daß Hella recht hatte. Wozu sollte er sich noch lange mit Vermutungen herumquälen? Er ertrug die

Ungewißheit nicht länger. Mit schnellen Schritten ging er auf das Schloß zu.

Hastig betrat er sein Arbeitszimmer. Da stand die fremde braune Ledertasche. Ohne langes Zögern schritt er darauf zu und öffnete sie.

Wirklich lag ein Brief obenauf und trug seine Adresse, von Frau Clermonts Hand geschrieben.

Also doch von ihr!

Udos Hände zitterten. Er warf sich in den Sessel, der vor dem Schreibtisch stand, und öffnete den Brief.

Er lautete:

*»Sie werden mit einigem Befremden bei Ihrer Rückkehr aus der Stadt ein Kind in Plessentin vorfinden. Warten Sie nicht auf die Person, die das Kind unter einem Vorwand zurückgelassen hat; sie wird nicht wiederkommen. Es war meine Zofe, die in meinem Auftrag handelte, während ich mir von draußen das Schloß ansah. Die Zofe heißt übrigens Marie – die andere, die damals in meinen Diensten stand, ist einem typhösen Fieber erlegen. Von ihr werden Sie also nie mehr etwas zu befürchten haben.*

*Doch dies nur beiläufig. Jetzt zur Hauptsache: Die kleine Marina soll auf Plessentin bleiben, ich will es, denn – das schwöre ich Ihnen – Marina ist Ihre Tochter!*

*Marina ist sieben Monate nach unserer Trennung in Nancy zur Welt gekommen. Ihre Geburt hat mich nicht erfreut, denn das Kind erinnerte mich an meine Schmach und meine Untreue gegen einen heißgeliebten Mann. Widrige Umstände hatten mich damals von ihm getrennt. Ich war arm und führte ein elendes Leben. Da traten Sie in meinen Weg, und der Wunsch, aus Armut und Elend emporzukommen, trieb mich in Ihre Arme.*

*Zudem mußte ich damals annehmen, meinen Geliebten für immer verloren zu haben. Er kehrte jedoch zurück, und in derselben Stunde, als wir uns wiedersahen, da – Alles an-*

*dere wissen Sie selbst. Ich ging damals nach Nancy. Dort kam Marina zur Welt. Ein halbes Jahr später heiratete mich Clermont. Er lehrte mich seine Kunst, und ich arbeitete mich schnell als Kunstreiterin ein.*

*Jetzt ziehen wir zusammen in der Welt umher und werden überall mit größtem Beifall aufgenommen. Das Kind ist mir dabei lästig. Mein Mann haßt die Kleine, weil sie nicht seine Tochter ist.*

*Ich gab einige Gastspiele in dem kleinen Zirkus im Städtchen. Es geschah, um mich unauffällig nach Ihrem Leben erkundigen zu können. Sie sind, wie ich in Erfahrung brachte, noch unverheiratet, und es wird sich für Sie ein Vorwand finden lassen, Marina an Kindes Statt anzunehmen. Diese Bedingung stelle ich, denn wenn ich meine Tochter auch nicht lieben kann wie andere Mütter ihre Kinder, will ich doch nach Kräften für ihr Wohlergehen sorgen. Und Sie wissen, daß ich Bedingungen stellen kann.*

*Erfüllen Sie meinen Wunsch, dann haben Sie nie etwas von mir zu befürchten, das schwöre ich Ihnen. In der Handtasche finden Sie alles, was Marina in der ersten Zeit braucht, auch ihren Taufschein und sonstige Papiere. Da sie nach Art und Wesen viel mehr Ihre Tochter ist als die meine, werden Sie vielleicht lernen, zärtliche Gefühle für das Kind zu hegen.*

*Vielleicht segnen Sie einst die Stunde, die Ihnen das Kind ins Haus brachte. Damit genug. Ich hoffe, wir haben uns nie im Leben mehr etwas zu sagen!*

*Liliane Clermont.*«

Als Udo den Brief zu Ende gelesen, ließ er ihn sinken und sah gedankenvoll vor sich hin.

Marina sein Kind? – Ja, er fühlte, daß Liliane Clermont ihn nicht belogen hatte. War ihm nicht so seltsam weich und sonderbar zumute gewesen, als die kleine Kinderhand sich in die seine legte und das holde Stimmchen sagte: »Bist du mein neuer Papa?«

So hatte er ein Kind, er, der einsam und kinderlos durchs Leben gehen wollte, um den Fluch der Sünde nicht auf unschuldige Kinder zu vererben. Gegen seinen Willen hatte ihm das Schicksal nun eine Tochter beschert.

Es wurde ihm eng und heiß in der Brust, und übermannt von der Fülle der Gedanken und Gefühle barg er den Kopf in seinen Armen, und ein Zittern durchlief seinen Körper.

Wie ein Sturm brauste es über ihn hin. Er wußte nicht, wie er alles wieder mit äußerster Ruhe und Gelassenheit zudecken sollte.

Aber er hatte jahrelang strenge Selbstbeherrschung üben müssen. Sie war ihm zur zweiten Natur geworden und half ihm auch heute über die Zeichen einer inneren Aufregung hinweg.

Nach einer Weile richtete er sich auf. Er mußte einen Entschluß fassen.

Daß er Frau Clermonts Willen erfüllen mußte, stand außer Zweifel. Er hätte Marina ohnedies nicht wieder herausgegeben. Nur war es nötig, für die Bekannten, die Dienerschaft und vor allem für Hella eine Erklärung zu finden.

Die Reinheit seiner Schwester durfte nicht getrübt werden. Für sie mußte er Marinas Herkunft erklären, ohne dem reinen Sinn zu schaden.

Sein Leben war sonst eine einzige große Lüge – da sollte Wahrheit wenigstens von Anfang an um die Kinder sein.

So saß er und sann und sann. Erst als draußen in der großen Halle zwei junge Stimmen ein lustiges Geplauder anstimmten, hatte er den rechten Weg zur Erklärung gefunden. Er erhob sich, öffnete die Tür seines Zimmers und sah hinaus.

»Hella – Marina – kommt zu mir herein«, bat er weich.

Eiligst folgten sie seinem Befehl.

»Was ist, Udobruder? Du siehst so – feierlich aus.«

»So ist mir auch zumute, Schwesterchen. Hast du schön mit Marina gespielt?«

»Oh, prächtig. Ach, Udo – wenn ich ein so süßes kleines Schwesterchen hätte!«

Udo hatte die Tür hinter sich geschlossen. Er setzte sich in einen Sessel und sah mit umflortem Blick auf die beiden holden Geschöpfe.

»Marina, komm her zu mir!«

Die Kleine folgte ohne Zögern seinem Gebot. Er nahm ihre Hand.

»Sieh mich an!«

Sie tat es. Weich und zärtlich sah er in ihre großen, ernsten Augen.

»Kleine Marina«, flüsterte er tiefbewegt.

Da stahl sich mit scheuer Zärtlichkeit ihr Ärmchen um seinen Hals, und die weiche runde Kinderwange lehnte sich an die seine.

»Du bist doch mein Papa?« flüsterte die Kleine, und schnell legte sich das andere Ärmchen auch noch um seinen Hals. Da hob er sie empor und hielt sie fest in seinen Armen.

»Mein Kind – mein liebes kleines Mädchen, meine kleine Marina.«

Da blickte Udo auf seine Schwester. Diese sah blaß aus und machte große Augen. Er trat zu ihr mit dem Kind und legte den freien Arm um sie.

»Was ist dir, Hella?«

Sie sah ihn unsicher an.

»Ach, Udo – mir war eben so sonderbar zumute, als ich euch zusah –, weißt du – wie in einer Kirche.«

»Liebling – möchtest du die kleine Marina immer hierbehalten?«

»Ach, furchtbar gern, Udo – wenn es nur ginge.«

»Es wird gehen, Schwesterchen. Komm, setz dich zu mir, ich muß dir etwas erzählen.«

Hella setzte sich neben den Bruder.

Udo strich liebkosend über Hellas Wange.

»Du siehst mich so erwartungsvoll an, Hella. Nun höre zu, was ich zu sagen habe. Du weißt, daß die Grafen Plessen von Plessentin einem alten, edlen Geschlecht entstammen. Unsere Vorfahren haben immer Ehen geschlossen mit ebenbürtigen Frauen. Auch dein Udobruder hätte vom alten Adel wählen müssen. Das erwartete unser Vater als selbstverständlich.

Da lernte ich eines Tages ein sehr schönes Bürgermädchen kennen. Seit ich sie gesehen hatte, konnte ich sie nie mehr vergessen, und es stand fest bei mir, daß sie meine Frau werden mußte. Aber ich wagte es nicht, brieflich dem Vater meine Liebe zu gestehen, ich sah ein, daß ich ihn langsam darauf vorbereiten mußte.«

Hella folgte seinen Worten in atemloser Spannung.

»Aber das Mädchen, das ich liebte, war arm und schutzlos. Ich wollte sie nicht mehr von mir lassen, so lieb hatte ich sie, und – ja also, sie wurde meine Frau – heimlich, ohne daß jemand darum wußte.«

Hella umfaßte den Bruder und sah ihn an, als wollte sie die Worte von seinen Lippen lesen, noch ehe sie ausgesprochen waren. Er holte tief Atem, dann fuhr er fort:

»Nun merk auf und erschrick nicht, Hella: Die kleine Marina ist meine Tochter, und sie wird immer bei uns bleiben.«

Hella sprang auf und sah überrascht auf Vater und Tochter. Dann umschlang sie jubelnd die beiden.

»Ist das wahr, Udo, wirklich wahr – Marina ist deine Tochter? Ach, du – dann, ja natürlich, dann bin ich ihre Tante. Marina, hörst du, Hella ist deine Tante. Sag mal schnell ›Tante Hella‹, du goldenes Dummerchen!«

Udo zog sie zu sich heran.

»Lieber kleiner Rappelkopf, ja, du bist Marinas Tantchen

– da mußt du sehr würdevoll werden und dem Kind mit gutem Beispiel vorangehen.«

Udo zog Hella wieder neben sich nieder. Die nächsten Worte mußten die Lüge enthalten.

»Meine Frau ist – ist tot, Hella.«

»Tot? – Oh! Darum warst du immer so ernst und still. Starb sie schon lange?«

»Ja – damals –, als unser Vater starb – kurz darauf!«

»O armer, armer Udo. Aber wo war nun Marina so lange?«

Udo zögerte, bedrängt von der alten Wahrheit: Eine Lüge bleibt nie allein!

»Bei Bekannten von mir. – Ich – sieh, ich wollte, sie sollte erst etwas älter sein, ich hätte ein winzig kleines Kind hier nicht brauchen können. Verstehst du das?«

Hella machte ein wichtiges Gesicht.

»Ach, weißt du, ich hätte sie schon aufgezogen, das verstehe ich großartig von meinen Puppen her, Udo. Solch ein liebes Dingelchen gehört uns beiden – mir gehört sie doch auch, nicht wahr? Sag mir noch, wußtest du nicht gleich, wer Marina war?«

Udo strich sich das Haar aus der Stirn. Diesen klaren Kinderaugen gegenüber fiel ihm die Unwahrheit schwer. Aber es half nichts, er mußte durch.

»Doch, Hella, ich wußte es, ich hatte alles mit Marie in der Stadt verabredet, um dich zu überraschen.«

»Aber wo ist Marie nun, wer ist sie?«

»Marie ist die Zofe der Dame, bei der Marina bis jetzt lebte. Sie ist gleich wieder abgereist. Bist du nun im klaren, Schwesterchen?«

»Oh, nun verstehe ich alles. Du bist nicht zum Arzt gefahren, sondern hast mit dieser Marie alles verabredet, um mich zu überraschen. Udo, wie hast du es nur ausgehalten, dich so lange von der herzigen Kleinen zu trennen?«

»Es mußte sein, Hella – das wirst du später einmal begreifen lernen. Aber nun geh mit der Kleinen, zeig ihr deine Puppen; ich muß mit Frau Bode sprechen. Es gibt allerhand zu ordnen.«

Als er allein war, atmete er wie erlöst auf, als hätte er eine schwere Arbeit hinter sich. Dann hob er die Handtasche empor und durchsuchte sie. Sie enthielt Wäsche und sonstige Kleidungsstücke für Marina. In einem Seitenfach steckten die Papiere des Kindes. Die schloß er in ein Geheimfach seines Schreibtisches ein. Die Kleidungsstücke legte er wieder in die Tasche zurück. Dann klingelte er.

Der Diener Franz, der auch jetzt noch zu Udos persönlicher Bedienung im Schloß war, erschien.

»Ich lasse Frau Bode zu mir bitten!«

Franz verschwand, um den Auftrag auszuführen.

Gleich darauf erschien eine alte Dame. Sie trug ein schlichtes schwarzes Kleid und ein schwarzes Spitzenhäubchen. Ihr Gesicht war runzelig und wurde von sehr gutmütigen, klaren Augen beherrscht.

Udo wandte sich vom Schreibtisch, an dem er saß, nach ihr um und erhob sich.

»Sie haben mir etwas zu sagen, Herr Graf?« fragte Frau Bode mit freundlicher Ruhe.

»Ja, Frau Bode. Und ich muß Sie bitten, Platz zu nehmen. Die Unterredung wird einige Zeit in Anspruch nehmen.«

Die alte Dame setzte sich nieder, und Udo nahm ihr gegenüber Platz. Er erzählte Frau Bode im großen und ganzen dasselbe, was er Hella berichtet hatte, und bat sie, für das Kind die Zimmer in Ordnung bringen zu lassen und alles anzuschaffen, was nötig war. Er übergab ihr die Handtasche und ersuchte sie, um unnötiges Gerede zu verhindern, der Dienerschaft Aufklärung zu geben, wie sie sie selbst erfahren hatte. Die Stellung seiner kleinen Tochter sollte eindeutig sein.

»Ich lege alles vertrauensvoll in Ihre Hände, liebe Frau Bode. Sie sind schon zu Lebzeiten meiner Eltern dem Hause eine vortreffliche Verwalterin gewesen; ich hoffe bestimmt, auch in dieser etwas ungewöhnlichen Lage Ihren Beistand zu finden. Darf ich mich auf Sie verlassen?«

»Voll und ganz, Herr Graf«, versprach die alte Frau mit freundlicher Würde.

»Ich danke Ihnen, liebe Frau Bode. Sie haben die Güte, jetzt zuerst für meine Tochter ein Schlafzimmer neben dem meiner Schwester herzurichten. Morgen müssen Sie dann wohl die Kleider der Kleinen vervollständigen, sie hat nur das Nötigste für die ersten Tage mitgebracht.«

»Es soll alles geschehen, Herr Graf!«

Udo reichte der alten Dame verabschiedend die Hand.

Frau Bode setzte die Dienerschaft davon in Kenntnis, daß die Kleine des Herrn Grafen Tochter sei. Das gab ein Wispern und Raunen unter der Dienerschaft am Abend. Alle waren starr vor Überraschung über das plötzliche Auftauchen. Am meisten überrascht war Franz. Aber der ließ sich nichts anmerken und lehnte mit überlegenem Lächeln in der Leutestube am Fenster.

»Habe ich es euch damals nicht gleich gesagt, daß wir in Paris Abenteuer erlebt haben? Ich habe das alles gewußt. Als die Nachricht von der Erkrankung des seligen Grafen in Paris eintraf, da war unser junger Herr schon ganz elend. Damals war jedenfalls auch seine junge Frau, die er heimlich irgendwo geheiratet hat, schwer krank. Seine Freunde haben mich gehörig nach der schönen jungen Frau ausgeforscht, mit der sie unseren Herrn gesehen hatten.«

Franz war der Held der Leutestube – unstreitig.

Inzwischen saßen drinnen im Speisesaal Udo, Hella und Marina beim Abendessen. Hella legte ihrem »Nichtchen« vor und vergaß vor Freude am Zusehen fast, selbst ihrer Lieblingsbeschäftigung nachzukommen.

Udo saß den beiden gegenüber und sah mit bewegtem Herzen auf die beiden lieblichen Kinder. Die gehörten nun beide ihm. Er war ihr natürlicher Schützer und Hüter. Würde er Leid und Ungemach von ihnen fernhalten können, oder würde seine geheime Schuld störend in ihr Leben eingreifen?

Er seufzte leise.

Jedenfalls wollte er am nächsten Tag seinen alten, bewährten Rechtsanwalt aufsuchen. Diesem treuergebenen Mann wollte und mußte er Aufschluß geben über Marinas Geburt, denn er sollte ihm behilflich sein bei der Annahme an Kindes Statt.

Sein Kind sollte alle Rechte zugesprochen bekommen, die einem leiblichen Kind zustanden. Und auch gegen Frau von Brenken wollte er offen sein. Dieser gütigen und feinsinnigen Frau würde Marina nicht weniger gelten, als wenn ihre Geburt ehelich gewesen wäre. Das wußte er. Sie und ihr Mann würden ihm beistehen. Denn Staub würde die Geschichte aufwirbeln, davon war er überzeugt. Frau von Brenken mußte ihn verstehen und einsehen, daß man Hellas wegen von der Wahrheit abweichen mußte – und auch Marinas wegen.

Freilich, von der entsetzlichen Schuld, die ihn drückte, durfte er auch ihnen keine Mitteilung machen. Die mußte er tief in seinem gequälten Innern verschließen.

Udo hatte sich nicht getäuscht. In wahrhaft gütiger, verstehender Weise nahmen die Brenkens seine Eröffnung auf und versprachen ihm, in jeder Weise dafür zu sorgen, daß unnützes Gerede vermieden werde.

Frau von Brenken wollte sich den Anschein geben, als habe sie längst von Marinas Dasein gewußt.

So war des Kindes Einzug in das Haus seines Vaters glatt verlaufen. Während ihre Mutter im Zirkus mit ihrem Gatten Vorstellungen gab, brachte Hella ihr Nichtchen mit

Lachen, Tollen und Kosen zu Bett, und die Kleine dachte ebensowenig an ihre Mutter wie diese an ihr Kind.

Graf Udo Plessen wurde in Zukunft noch viel interessanter für die jungen Damen der Nachbarschaft. Seine vermeintliche heimliche Ehe mit einer bürgerlichen Ausländerin erschien ihnen riesig romantisch. Ach, nun wußte man doch, warum Graf Plessen nicht heiraten wollte. Er fürchtete, Anstoß zu erregen, wenn man von dieser Ehe und dem Kind erfuhr.

Da galt es nun, ihn zu überzeugen, daß man großmütig über diese Jugendtorheit hinwegzusehen gewillt war.

In den nächsten Wochen gab es Besuch auf Besuch in Plessentin.

Alle kamen, um die kleine Gräfin zu sehen, und es entstand eine förmliche Jagd nach des Kindes Gunst.

Aber Hella wachte voll eifersüchtiger Liebe über ihre Nichte und gönnte keiner der jungen Damen, daß sie mit dieser plauderten.

Und während sich alles jetzt um die kleine Marina zu drehen schien, während alle sie »reizend« und »süß« fanden, wuchs das Kind fest in das Herz seines Vaters hinein. Marina hing bald mit einer leidenschaftlichen Zärtlichkeit an dem ernsten stillen Mann, als fühle sie, daß ihm ihre Liebe eine Wohltat war.

Tante Hella, wie sie diese bald rief, kam in ihrem kleinen Herzen direkt nach dem Vater.

Diese drei Menschen liebten einander so herzlich, daß eins nur für das andere zu leben schien.

Udo von Plessen trug jetzt bei allem Kummer um sein durch Schuld zerstörtes Leben ein warmes Glücksgefühl im Herzen.

## IV

In einem schlichten, freundlichen Wohnzimmer saßen sich zwei Damen in Trauerkleidung gegenüber. Sie hatten allerlei Papiere und Bücher vor sich liegen. Die jüngere der beiden Damen war ungefähr einundzwanzig Jahre alt. Sie war groß und schlank. Das schlichte schwarze Kleid umschloß edle, feingerundete Glieder.

Große graue Augen voll Wärme und Seelengüte blickten aus einem feinen Gesicht. Volles, nußbraunes Haar umgab den Kopf in schweren dichten Flechten, und die zarte Gesichtsfarbe wurde durch das braune Haar und die Röte der feingeschnittenen Lippen noch gehoben.

Die ältere Dame war eine früh ergraute Frau, deren Gesicht man ansah, daß ein Leben voll Mühe und Sorge hinter ihr lag. Ihre Augen waren gerötet vom Weinen und blickten matt auf die Papiere. Die junge Dame streichelte ihr die Hand.

»Liebes, gutes Mütterchen, es hilft alles nichts, du mußt dich an den Gedanken gewöhnen, mich fortzulassen. Was uns nach Vaters Tod bleibt, ist so wenig, daß es kaum für dich reicht. Ich aber bin jung und habe genug gelernt, um verdienen zu können.«

»Ja doch, ja, Eva. Du hast mit allem recht. Aber Kind, du begreifst, daß mir der Gedanke furchtbar ist, dich hergeben zu müssen. Von drei Kindern bist nur du mir geblieben. Ich werde stets in Angst um dich sein, wenn du fern von mir weilst.«

»Mütterchen, vertraue auf Gott! Sieh, ich bin gesund

und stark. Wenn aber ein Unglück über mich kommen soll, kann es mich dann hier bei dir nicht ebensogut treffen wie in der Ferne? Und ich schreibe dir oft ausführliche Berichte, wie es mir geht. Du sollst sehen, es wird alles besser, als du denkst. Ihr hättet mich schon längst in das Leben hinauslassen sollen, damit ich meine Kräfte regen konnte. Bis ich hier dein Leben eingerichtet und geordnet habe, muß ich eine Stellung als Erzieherin finden.«

Frau Hermsdorf seufzte.

»Ich sehe schon, daß ich mich fügen muß, Eva.«

In diesem Augenblick ertönte die Klingel.

Eva erhob sich, um zu öffnen.

Draußen stand eine elegante, hübsche junge Frau.

»Guten Tag, Fräulein Hermsdorf, ich komme, um Ihnen eine Mitteilung zu machen.«

Eva reichte ihr die Hand und ließ sie eintreten.

»Liebe, gnädige Frau, wie gut, daß Sie uns besuchen kommen – bitte hier –, Mama – Frau von Hohenau.«

Die alte Frau erhob sich, um Frau von Hohenau zu begrüßen.

Dann nahmen die Damen Platz.

Frau von Hohenau sah mit lächelndem Wohlgefallen in Evas Gesicht.

»Liebes Fräulein Hermsdorf«, begann Frau von Hohenau freundlich, »als Sie mich letzthin besuchten, sprachen Sie mir gegenüber die Absicht aus, sich eine Stellung als Erzieherin zu suchen. Zufällig fragte neulich Mama bei mir an, ob ich ihr nicht eine junge Dame als Erzieherin und Gesellschafterin für Plessentin empfehlen könnte.«

Frau Hermsdorf tastete in aufgeregter Angst nach der Hand ihrer Tochter.

»Sie, mein liebes Fräulein Eva, kann ich nun auf das wärmste für diesen Posten empfehlen. Ich schrieb Mama davon, und heute erhalte ich von ihr eine Einladung für Sie nach Brenkenhof. Sie sollen als Mamas lieber Gast Gelegenheit haben, Graf Plessen und seine Schwester kennenzulernen.«

Eva sah unsicher auf ihre Mutter, während die Besucherin lebhafter fortfuhr:

»Gefallen Sie sich gegenseitig, was ich bestimmt voraussehe, so erhalten Sie eine vorzügliche Stellung, und Graf Plessen erhält die gewünschte Erzieherin. Aber halt – nicht bloß für seine Schwester. Graf Plessen, den wir alle für einen Junggesellen hielten, hat sich plötzlich als Witwer entpuppt, er war ohne Wissen seiner Familie mit einer bürgerlichen Französin verheiratet. Seine Frau ist jedoch gestorben, ehe er zu seinen Angehörigen von ihr gesprochen hatte. Der reine Roman – was?

Nun ist ein kleines Mädchen aus dieser Ehe vorhanden, das bis vor kurzem in Frankreich gelebt hat. Jetzt ist es auf Schloß Plessentin, und Sie würden statt einem – zwei Zöglinge erhalten! Das bitte ich zu bedenken.«

»Gnädige Frau, Sie bemühen sich so liebenswürdig um uns; ich danke Ihnen herzlich und werde natürlich sehr gern der gütigen Einladung Ihrer Frau Mutter Folge leisten.«

»Das freut mich, liebes Fräulein. Geben Sie acht, Mama wird Sie verwöhnen, sie liebt junge Menschen und hat mich ungern mit meinem Mann ziehen lassen.«

»Das ist mir verständlich, gnädige Frau, eine Mutter trennt sich schwer von ihren Kindern«, nickte Frau Hermsdorf seufzend.

Eva lächelte und strich ihrer Mutter liebevoll über die Wangen.

»Liebe Mama Hermsdorf, trösten Sie sich mit anderen Müttern, Sie müssen ja alle einmal ihre Töchter hergeben. Ob Eva nun einem Mann folgt oder allein hinausgeht in die Welt – Glück oder Unglück können uns verheiratet oder unverheiratet treffen. Meine Mutter bangt sich gewiß ebenso um mich, wie Sie sich um Eva bangen werden. Und gehen Sie, liebes Evchen, zu meiner Mama, um sie aufzuheitern, so werde ich wohl das Recht haben, Ihrer Frau Mutter öfter Gesellschaft zu leisten. Wir besuchen uns gegenseitig, liebe Mama Hermsdorf, und erzählen uns von unseren fernen Lieben, ja?«

Frau von Hohenau hatte das alles in einer herzgewinnenden und warmen Freundlichkeit vorgebracht.

»Sie sind so gut, gnädige Frau«, murmelte Eva Hermsdorf bewegt.

Die junge Frau lachte.

»Ach! Sagen Sie mir lieber, wann ich Sie in Brenkenhof anmelden kann. Je eher, je lieber.«

Eva überlegte, dann sagte sie:

»Heute in vierzehn Tagen, ist das recht?«

»Gewiß! Die bisherige Erzieherin ist noch bis Ende September in Plessentin. Bis dahin können Sie sich entschieden haben, nicht wahr? Übrigens – ich glaube wirklich, Sie werden sich gegenseitig gefallen. Graf Plessen ist ein vornehmer, etwas stiller Mann, der wohl trotz seiner verhältnismäßigen Jugend Schweres hinter sich hat. Die junge Gräfin Hella ist ein kleiner Sausewind, aber ein herzensgutes, natürliches Kind, und die kleine Tochter des Grafen soll ein herzliebes kleines Geschöpf sein. Also, ich melde Sie für heute in vierzehn Tagen an.«

»Bitte, tun Sie das, gnädige Frau.«

»So, und nun muß ich leider schon wieder fort. Mein Mann erwartet mich zu Hause. Er steht vor einer Dienstreise. Wundern Sie sich nicht, wenn ich in Brenkenhof auftauche! Solange mein Mann fort ist, halte ich es doch hier nicht allein aus. Leben Sie wohl, liebe Mama Hermsdorf, auf Wiedersehen, mein liebes Fräulein Eva. Sie besuchen mich doch bald?«

»Gern!«

Die lebhafte hübsche Frau reichte den beiden Damen herzlich die Hand und ging.

»Nun, Mütterchen, habe ich Glück oder nicht?«

»Hoffentlich bringt es dir Glück, Eva.«

»Ist Frau von Hohenau nicht eine liebe und reizende Frau?«

»Ohne Zweifel! Ich mag sie von all den Damen hier am liebsten leiden.«

»Ich auch. Und so hübsch und lebenslustig ist sie. Ihr Mann betet sie an.«

»Das verdient sie auch. Wenn ihre Mutter halb so nett ist, dann bin ich schon zufrieden.«

»Ach, Mütterchen, sei nur nicht bange. Es wird schon alles gutgehen.«

»Weißt du, Eva, lieber wäre es mir ja, Graf Plessen wäre verheiratet!«

»Warum, Mama?«

»Wird man nicht darüber reden?«

»Ach, so meinst du das. Gute Mutter, damit werde ich rechnen müssen, daß man hier und dort an meinem Leben etwas auszusetzen hat. Damit muß man sich abfinden. Allen kann man es nicht recht machen. Da mir Frau von Hohenaus Mutter so gütig entgegenkommt, wird sie wohl auch beurteilen können, ob ich nach Plessentin passe.«

»Du hast recht, Eva. Bewahre dir dein reines Herz, tue recht und scheue niemand, das war der Wahlspruch deines seligen Vaters.«

»Den ich allezeit beherzigen werde, meine liebe Mama. Aber nun laß uns hier mit unserer Rechnung zuwege kommen. Wie gut, daß wir einen Teil unserer Wohnung an unsere Nachbarn abgeben konnten. Du hast mit den beiden Zimmern und der Küche reichlich genug Platz!«

»Sicher, Evchen; die ganze Wohnung wäre mir zu groß gewesen. Aber daß ich nicht umziehen muß, ist mir lieb. Nun bleibe ich wenigstens in den Räumen, mit denen alle meine lieben Erinnerungen verknüpft sind. Und wenn du mich in deinen Ferien besuchen wirst, dann findest du die alte Heimat wieder.«

»Ja, Mutter! Oder am Ende erlaubt mir Graf Plessen, daß du mich besuchst, wenn er nicht mag, daß ich die Kinder allein lasse während eines Urlaubs. Denke, in einem Grafenschloß werde ich wohnen; gib acht, was ich für eine große Dame werde!«

Dann baute sie lustig weiter Luftschlösser, um der Mutter das Trennungsweh fortzuplaudern. Sehr wohl war ihr innerlich selbst nicht dabei, aber sie sah ein, daß es sein mußte, und gegen Notwendigkeiten soll man sich nicht auflehnen.

Die beiden Frauen arbeiteten eifrig weiter, bis alles geordnet war. Durch den Tod des Vaters war so vieles anders geworden. Da galt es, die geringen Mittel mit den Verhältnissen in Einklang zu bringen.

*

Frau von Hohenau war inzwischen nach Hause gegangen. Ihr Mann war schon vom Dienst zurück und stand am Fenster des kleinen hübschen Hauses, das sie bewohnten.

Er winkte ihr zu und empfing sie dann beim Eintritt in das Haus mit großer Herzlichkeit.

»Wo steckst du denn, kleines Frauchen? Ist das eine Art, auszubleiben, wenn der arme Mann müde vom Dienst nach Hause kommt?« rief er scherzend.

Sie küßte ihn schnell auf die Wange.

»O armer, armer Mann, wie lange hast du warten müssen? Wohl gar zwei Minuten?«

»Bitte, drei und eine halbe!«

Er zog sie ins Zimmer hinein.

»Mausi, ich fühle mich wahrhaftig wie auf eine öde Insel verschlagen, wenn ich bei meiner Heimkehr dein liebes Gesicht nicht sehe.«

»Ach geh, du willst dich nur über mich ein wenig lustig machen!«

Er nahm sie beim Kopf und sah ihr tief in die Augen.

»Sag das noch einmal, du Racker!«

Und er küßte sie, bis sie atemlos war.

Sie machte sich lachend frei und sah in sein hübsches frisches Gesicht.

»Ich sag es nicht wieder, Fritz!«

»Dein Glück! Aber nun beichte mal, wo du warst.«

»Bei Hermsdorfs. Heute morgen erhielt ich einen Brief von Mama. Da, lies, dann weißt du gleich, weshalb ich fortgelaufen bin.«

Sie reichte ihrem Mann einen Brief, und er las.

Als er geendet hatte, sagte er lächelnd:

»So, so, Fräulein Eva soll Erzieherin in Plessentin werden? Ich glaube, das ist ein guter Weg aus der Kümmernis dort – was? Aber nun habe ich Bärenhunger. Der Alte hat uns heute wieder ordentlich gedrillt.«

Arm in Arm traten sie in das hübsche Speisezimmer.

Als sie bei Tisch saßen, sagte Fritz von Hohenau:

»Nun habe ich auch eine Neuigkeit, Magda. Rate mal, wo wir diesmal im Manöver einquartiert werden?«

Sie machte ein nachdenkliches Gesicht.

»Ach, sag es lieber gleich«, erwiderte sie dann.

»In Brenkenhof und der nächsten Nachbarschaft! Was sagst du nun?«

Frau Magda sagte gar nichts. Sie nahm nur ihren Fritz beim Kopf und zeigte ihm ihre Freude auf eine nicht mißzuverstehende Art und Weise.

»Das ist einzig schön! Ach, Fritz, ich habe mich so gefürchtet vor dem Manöver, es ist mir so schrecklich, wenn ich allein bin. Und meine Eltern, wie die sich freuen werden! Das muß ich Mama gleich schreiben!«

»Tue das, Mausi. Übrigens kommt Hans Trachwitz nachher zum Kaffee, er hat sich einfach eingeladen.«

Magda lachte.

»Das sieht ihm ähnlich, immer forsch drauflos und unverzagt. Da muß ich aber gleich dafür sorgen, daß Sahne geschlagen wird.«

Hohenau nickte eifrig.

»Ja, richtig, das hat er mir besonders aufgetragen.«

*

Einige Stunden später stand Trachwitz vor seinem »Trumeau«. Diesen stolzen Namen hatte er einem schmalen, mit Stockflecken verunzierten Spiegel gegeben, der noch dazu in einem wackeligen Holzrahmen hing.

Er besah sich von allen Seiten, drehte sich nach rechts und links, zog den dunklen Scheitel noch einmal mit der Hand nach und wandte sich dann mit einer kühnen Schwenkung nach seinem Burschen um, der hinter ihm die abgelegten Sachen seines Herrn in Ordnung brachte.

»Antrrrreten, Meffke!«

Meffke erschrak und stand im Nu in vorschriftsmäßiger Haltung vor seinem Leutnant.

»Rrrrührt euch!«

Meffke rührte sich und grinste über das ganze Gesicht.

»Na, Meffke, nun beschnarche mich mal gründlich, ob ich schön bin?«

Meffke ging um den Leutnant herum und besah ihn von allen Seiten.

»Sehr scheene, Herr Leitnant, wie aus'm Ei geschält. Na, da wär'n de Damens widder scheene gucken uff der Straße.«

Trachwitz zog die Handschuhe an.

»Schön, dann kann ich losgehen. Zum Abend bin ich wieder zu Hause, Meffke. Ich hoffe, du richtest mir ein fürstliches Abendbrot, hm?«

»Na, dadermit is es nu nich weit her. Een Zippelchen Mettwurst is ja noch da un ooch noch eene halbe Gurke, awer die Butter ist alle, un der Käse ooch!«

Trachwitz machte ein tragisches Gesicht.

»Das heißt also, du willst Geld haben? Sieh mal, Meffke, das ist eine schlechte Angewohnheit von dir!«

Meffke lachte, er kannte seinen Leutnant ganz genau.

»Na, Herr Leitnant, borgen soll ich doch nicht!«

»Um Gottes willen, das wäre das Ende vom Lied. – Nein – hier hast du –, kauf ein, was nötig ist, auch für dich, Kerl!«

»Befehl, Herr Leitnant, wird gemacht. Um mich brauchen der Herr Leitnant nicht zu bangen. Die Köchin vom Herrn Bürgermeister is meine Braut, die sorgt schon für mich!«

Trachwitz nahm ihn sanft bei den Ohren.

»Sooo – na, und die andere – die beim Rentner Müller?«

»Ach, die hat selber nich satt zu essen, das is keen Verhältnis für een Vaterlandsverteidiger.«

Trachwitz ging lachend davon.

Da soll nun einer behaupten, die Liebe ginge nicht durch den Magen, dachte er und pfiff lustig eine Melodie aus dem »Bettelstudent«.

Draußen schien die Sonne heiß auf die schmalen Bürgersteige. Hans Trachwitz stöhnte ein bißchen über die Hitze. Dabei ließ er jedoch seine lustigen Augen fröhlich umherschweifen und stellte mit Vergnügen fest, daß die Bürgerstöchter bewundernd hinter ihm hersahen.

Er war aber auch wirklich ein bildhübscher, stattlicher Mensch, und nicht einer von denen, die abgelebt und gleichgültig ins Leben schauen.

Als Sohn einer armen Majorswitwe hatte er allezeit recht knapp leben müssen. Aber das trübte ihm die unverwüstlich gute Laune nicht, und er freute sich an jeder guten Stunde, die ihm das Schicksal bot.

So strebte er jetzt mit innigem Vergnügen der Behausung seines Freundes Hohenau zu, denn er wußte, daß er dort außer vorzüglichem Kaffee und Obstkuchen auch eine Schüssel Sahne und – das beste zuletzt – eine anregende Unterhaltung mit lieben Menschen vorfinden würde.

Er wurde von den Hohenaus herzlich begrüßt. Nachdem er der jungen Frau artig die Hand geküßt hatte, begann eine lebhafte Unterhaltung. Natürlich drehte sich diese hauptsächlich um das bevorstehende Manöver.

Als Trachwitz nun von Hohenau hörte, daß Brenkenhof im Manövergelände lag, seufzte er auf, richtete die Augen gen Himmel und betete:

»Lieber Gott, laß doch den armen Leutnant Hans Trachwitz Quartier auf Brenkenhof finden.«

Magda lachte.

»Warum denn, Trachwitz?«

Dieser sah die junge Frau schelmisch an.

»Weil ich dort auf Ihre Fürsprache eine besonders gute Verpflegung finden würde. Im Leben eines armen Leutnants sind gute Quartiere im Manöver Lichtblicke.«

»Dann will ich Ihnen den Daumen halten, daß Sie zu uns nach Brenkenhof kommen. Übrigens liegen da ringsum stattliche Güter. Sie dürften, soviel ich beurteilen kann, überall gastliche Aufnahme finden.«

»Na, daraufhin werde ich schon morgen anfangen zu fasten.«

»Du, Hans, bei deiner Liebe zum Essen und Trinken ist es mir schleierhaft, wie du dich so schlank erhalten kannst«, meinte Hohenau lachend.

Trachwitz strich liebkosend an sich herunter.

»Mensch, wenn du zuweilen Gelegenheit hättest, zu sehen, wie fürstlich Meffke meine Abendtafel besetzt, dann würde dir ein Seifensieder aufgehen.«

Hohenau sah eine Weile ernst vor sich hin.

»Hans, vor zwei Jahren, als ich meine Magda noch nicht hatte, da haben wir manch liebes Mal zusammen Abendbrot gegessen; ich weiß noch sehr gut Bescheid, wie ein armer Leutnant achtundzwanzig Tage im Monat von den beiden ersten lebt.«

Magda sah lächelnd zu ihnen hinüber.

»Ich möchte furchtbar gern mal solch ein Abendbrot mitmachen«, sagte sie heiter.

»Soll's gelten, verehrte gnädige Frau? Ich lade Sie hiermit feierlichst ein, heute abend mein Gast zu sein!«

Magda nickt übermütig.

»Es gilt, ich nehme an. Aber Sie dürfen keine Vorbereitungen treffen, es muß alles so sein, als wenn Sie allein speisten. Wir gehen gleich mit Ihnen. Da Ihr Bursche bestimmt nur für eine Person vorbereitet ist, nehmen wir zur Vervollständigung der Zukost eine Brenkenhofer Schlackwurst mit. Damit versorgt uns Mama immer sehr reichlich!«

Die drei jungen fröhlichen Menschen scherzten noch lange über das »Gastmahl«, das Hans Trachwitz am Abend geben würde.

Später, als sich die Herren Zigaretten angezündet hatten, meinte Trachwitz, seine Augen umherschweifen lassend:

»Es ist so mollig und behaglich bei Ihnen, gnädige Frau; nirgends fühle ich mich so wohl wie hier. Fritz, du bist ein beneidenswerter Europäer!«

»Sie sollten heiraten, Trachwitz.«

Dieser seufzte tief auf.

»Du lieber Gott – ich möcht schon! Aber das ist nicht

so leicht. Ein armes Mädel kann ich nicht heiraten, eine Reiche, die hübsch und lieb ist, finde ich nicht, und eine, die reich, aber häßlich und garstig ist, mag ich nicht!«

»Du, ich hatte dich im Verdacht, daß dir Eva Hermsdorf den Kopf verdreht hätte«, lachte Hohenau.

Trachwitz schüttelte seelenruhig den Kopf.

»Nein, Fritz, da bist du auf der Holzstraße. Wir sind gute Freunde, mehr nicht. Das wäre auch gerade das, was mir noch fehlte: eine unglückliche Liebe. Der Himmel bewahre mich in Gnaden!«

»Fräulein Hermsdorf finden Sie wahrscheinlich in Brenkenhof als Gast meiner Eltern«, warf Magda ein.

»Oha! Dann ist ja die Garnison auf Brenkenhof vertreten. Bleibt Fräulein Hermsdorf längere Zeit dort?«

Magda erzählte ihm von der Angelegenheit, und Trachwitz hörte aufmerksam zu.

»Das arme Mädel! Es muß sich nun auch ums tägliche Brot mühen!«

»Beklagen Sie die junge Dame nicht, Trachwitz. Sie wünscht sich nichts sehnlicher, als ihre Kräfte regen zu dürfen. Fräulein Hermsdorf ist eine entschlossene, tatkräftige Persönlichkeit. Sie wird ihren Posten im Leben mit Leichtigkeit ausfüllen und in der Arbeit Befriedigung finden.«

*

Meffke machte ein recht verdutztes Gesicht, als am Abend sein Leutnant mit Herrn und Frau von Hohenau ankam und ihm mitteilte, daß die Herrschaften bei ihm zu speisen gedächten.

»Aber, Herr Leitnant«, stammelte er fassungslos, »das reicht doch nicht! Nu nee – vorne und hinten nich!«

Magda sah sich vergnügt um.

Hohenau wickelte eine mächtige Schlackwurst aus und reichte sie Meffke hin.

»Hier, Sohn, hast du meinen Speer, meinem Arm wird er zu schwer!«

Meffke lachte über das ganze Gesicht und wollte mit der Wurst abtreten, um sie auf einen Teller zu legen.

»Halt, Meffke, hör mal zu! Leih dir von der Wirtin noch zwei Teller, zwei Bestecke und zwei Teegläser, verstehst du? Und dann zeig mal, was ein tüchtiger Offiziersbursche im Notfall leisten kann. Verstanden?«

»Befehl, Herr Leitnant, wird gemacht!«

Magda hatte inzwischen vergnügt auf dem Sofa Platz genommen und sah sich neugierig um.

Die Ausstattung des Zimmers war sehr einfach. Ein Sofa, ein Tisch, Schrank, Bücherspind und Schreibtisch, ein paar Nippesfiguren und drei Stühle, das war alles.

Die Tür zum Schlafzimmerchen hatte Meffke schleunigst hinter sich zugezogen, als die Herrschaften eintraten.

Auf dem Tisch lag ein grobes, aber blitzsauberes Tischtuch. Darauf lag das silberne Eßbesteck Trachwitz', das ihm seine Mutter geschenkt hatte, neben einem Teller. Mitten auf dem Tisch stand ein kleiner Teekessel und daneben die Teebüchse. Die Speisenfolge bestand aus einer halben Gurke, einem winzigen Stückchen Mettwurst, zwei Soleiern und einigen Radieschen.

Mit ausgelassener Lustigkeit speisten die drei, nachdem Meffke die Wurst und das übrige Gerät gebracht hatte. – Magda erklärte, daß es ihr lange nicht mehr so gut geschmeckt habe, und langte unverdrossen zu. Um die Radieschen wurde gelost, die Eier wurden erst in Viertel geschnitten und dann geteilt.

Meffke schüttelte draußen den Kopf.

»Nee, da brat mir doch eener 'n Storch, nu sitzen die reichen Leute da drin bei mein' armen Leitnant und haben in ihrem feinen Haus vielleicht zehnmal Besseres zu essen! Na, die Wurst reicht ja noch zwee-drei Tage, da sin mir scheene raus.«

*

Eva Hermsdorf wurde von Frau von Brenken am Bahnhof erwartet.

Das junge Mädchen war überrascht über so viel Freundlichkeit.

»Sie haben sich selbst bemüht, verehrte gnädige Frau?«

»Ja, Kindchen, ich konnte es einfach vor Neugierde nicht aushalten; meine Tochter hat mir eine so begeisterte Schilderung Ihrer Person geliefert, daß ich mich so schnell wie möglich überzeugen mußte. So, bitte, steigen Sie ein. Ihren Gepäckschein geben Sie dem Diener. Hier, Karl, besorgen Sie das Gepäck nach Hause. Und nun fort!«

Eva sah mit ihrem klaren Blick in das freundliche Gesicht der alten Dame.

Sie hatte viel Ähnlichkeit mit ihrer Tochter. Nur voller, stattlicher war sie, und statt des blonden Haares umrahmte das Gesicht glattgescheiteltes weißes Haar.

Während der Wagen durch das Städtchen fuhr, sprachen die beiden Damen wenig. Als aber die offene Landstraße erreicht war, die abwechselnd zwischen Wald und Feld dahinführte, wurde die Unterhaltung lebhafter.

Eva bestellte Frau von Brenken Grüße von ihrer Tochter und meldete deren Ankunft in acht bis zehn Tagen an.

Die alte Dame war hocherfreut, über ihre Tochter und deren Leben plaudern zu können.

Eva gab bereitwillig Auskunft über alles, was sie wußte.

Und dann, als gar nichts mehr zu berichten war, erzählte Frau von Brenken von Plessentin.

»Schauen Sie, Kindchen, das alles ist hier Plessentiner

Grund und Boden, so weit Sie sehen können. Drüben, hinter dem Wald, liegen noch zwei Vorwerke. Plessentin ist der größte und reichste Grundbesitz in der Umgegend. Hier links werden Sie gleich am Ende das Schloß liegen sehen – nur einen Augenblick –, da, sehen Sie?«

Eva hatte scharf den Baumgang entlang gespäht und sah für kurze Zeit das mächtige Gebäude liegen.

Ihr Herz klopfte unruhig. Würde sie in diesem Schloß eine Heimat finden?

»Es scheint ein sehr großer Besitz zu sein«, nickte sie, noch immer nach der Stelle spähend, wo das Schloß längst wieder hinter den Bäumen verschwunden war.

Frau von Brenken nickte lächelnd.

»Allerdings. Unser Brenkenhof läßt sich bequem hineinsetzen. – Da sehe ich Graf Plessen mit einem seiner Verwalter herankommen. Das wollen wir als gutes Vorzeichen betrachten. Sehen Sie die beiden Herren zu Pferde? Der große, schlanke ist Graf Plessen; gleich werden Sie also seine Bekanntschaft machen.«

Eva hatte sich umgewandt und sah mit brennendem Interesse den beiden Herren entgegen.

Wenige Augenblicke später ritt Udo an den Wagen heran, während der Verwalter grüßend seinen Weg fortsetzte.

Frau von Brenken hatte dem Kutscher ein Zeichen zum Halten gegeben.

»Das trifft sich gut, lieber Graf, so kann ich Ihnen meinen jungen Gast gleich vorstellen. Graf Plessen – Fräulein Hermsdorf.«

Udo küßte der alten Dame erst ritterlich die Hand und verneigte sich dann artig vor Eva.

Prüfend trafen seine dunklen Augen in die klaren Mädchenaugen, die mit ehrlichem Blick in den seinen ruhten.

Manche Menschen brauchen sich nur anzublicken, um zu wissen, daß gegenseitige Zuneigung erwacht.

So ging es den beiden. Der lange prüfende Blick hatte genügt, um zu erkennen, daß sie Vertrauen zueinander gefaßt hatten.

»Ich bin sehr erfreut, Ihre Bekanntschaft schon jetzt zu machen, Fräulein Hermsdorf. Sie wissen durch Frau von Brenken, welche Hoffnungen ich an Ihr Kommen knüpfe?«

»Ja, Herr Graf, ich bin informiert.«

»Wenn es Ihnen recht ist, komme ich schon morgen mit meiner Schwester und meiner Tochter nach Brenkenhof?«

»Ich würde mich sehr freuen. Offen gestanden, ich kann es kaum erwarten, die Komtessen kennenzulernen!«

Er lächelte in seiner etwas wehmütigen Art. Dieses Lächeln schnitt Eva in die Seele. Es verriet ihr, daß dieser Mann unglücklich war. Tiefes Erbarmen mit dem reichen einsamen Mann erfüllte ihre Seele. Sie konnte diesem Erbarmen keinen Namen geben, aber es war da und erfüllte sie mit einer süßschmerzlichen Unruhe.

»Frau von Brenken hat Ihnen hoffentlich nicht verheimlicht, daß meine junge Schwester sozusagen ein hoffnungsloser Fall ist. Sie kann sich mit Stillsitzen nicht befreunden und ist von wahrhaft rücksichtsloser Offenheit«, bemerkte er, Eva dabei forschend betrachtend.

Diese lachte leise.

»Wenn Gräfin Hella nicht fürs Stillsitzen zu haben ist, müßte man eine Lehrmethode erfinden, die in dieser Hinsicht nicht zu viel Zwang auf sie ausübt. Und rücksichtslose Offenheit ist das goldene Vorrecht der Kinder!«

»Sie werden also nicht böse sein, wenn mein Schwesterchen Sie durch ihre Offenheit verletzt?«

»Gewiß nicht – ein Kind hat oft scharfe Augen für die menschlichen Schwächen seiner Erzieher; ich weiß das noch sehr gut aus eigener Erfahrung – da muß man solch rücksichtslose Beurteilung vorurteilslos aufnehmen und –

daraus zu lernen suchen. Mein Vater pflegte oft zu sagen: Eltern erziehen nicht nur die Kinder, diese erziehen noch viel mehr die Eltern!«

Udo reichte ihr schnell die Hand und sah ihr mit einem warmen Ausdruck ins Gesicht.

»Ich glaube, wir werden Verständnis füreinander finden.«

Und sich zu Frau von Brenken wendend, fuhr er fort:

»Ich wußte, daß ich mich auf Ihre Empfehlung verlassen konnte, liebe gnädige Frau. Nun führen Sie Ihr gütiges Werk zu Ende, und vermitteln Sie morgen zwischen Hella und Fräulein Hermsdorf.«

»Da wird es keiner Vermittlung bedürfen, lieber Graf, soweit ich Hella kenne, wird sie sich schnell ein Urteil bilden über Fräulein Hermsdorf, und zwar ein günstiges. Die beiden Haupttugenden, die Hella zur Bedingung machte, besitzt mein lieber junger Gast zweifellos!«

Udo sah erst fragend in das lächelnde Gesicht der alten Dame. Dann begriff er, was sie meinte, und sah daraufhin noch einmal prüfend auf Eva.

Wieder erschien das eigenartig schwermütige Lächeln in seinem Gesicht.

»Allerdings, diese Tugenden scheinen vorhanden«, nickte er zustimmend.

»Darf ich wissen, wie diese Tugenden heißen?« forschte Eva, leicht errötend.

Frau von Brenken schüttelte den Kopf.

»Nein, ich will Sie nicht eitel machen.«

Nun wurde Eva dunkelrot und sah etwas verlegen an Udo vorbei in den Wald hinein.

Dieser verabschiedete sich gleich darauf von den beiden Damen und ritt eiligst hinter dem Verwalter her. Eva folgte ihm mit den Augen, bis Frau von Brenken ihre Hand auf den Arm des jungen Mädchens legte.

»Ich habe Ihnen Verlegenheit bereitet, Fräulein Hermsdorf? Das tut mir leid.«

Eva schrak aus ihrem Sinnen empor und sah mit schelmischem Lächeln in das gute Gesicht der alten Dame.

»Oh, meine liebe, gnädige Frau, ich hatte für meine Neugier Strafe verdient, mir ist recht geschehen.«

»Das gefällt mir an Ihnen! Sie sind nicht empfindlich.«

»Das ist gewiß kein Verdienst; ich weiß genau, daß Sie mir nicht weh tun wollten.«

»So, so, Sie kleine Menschenkennerin! Und woher wissen Sie das so genau?«

»Das haben mir Ihre gütigen Augen verraten; diese Augen kenne ich, Frau von Hohenau schaut genauso voll herzlicher Güte in die Welt wie Sie, gnädige Frau!«

Die alte Dame lachte ein bißchen geschmeichelt.

»Sagen Sie mir offen: Welchen Eindruck hat Graf Plessen auf Sie gemacht?«

Eva sandte einen verlorenen Blick die Straße hinab hinter dem Reiter her.

»Er muß sehr unglücklich sein.«

Frau von Brenken sah ernst und betroffen das junge Mädchen an. »Steht ihm das so deutlich im Gesicht geschrieben? Wenn man einen Menschen oft sieht, gewöhnt man sich an seinen Anblick, da fallen einem Einzelheiten nicht mehr auf. Graf Plessen war in seiner Jugend ein lebenssprühender, heiterer Mensch, seit dem Tode seines Vaters ist er ein anderer.«

»Es liegt in den Augen und in der Art, wie er lächelt.«

Frau von Brenken schwieg und sah sinnend vor sich hin. Auch Eva hing ihren Gedanken nach. Und diese Gedanken beschäftigten sich ausschließlich mit Graf Plessen.

Als Frau von Brenken und Eva Hermsdorf, am Ziel angekommen, den Wagen verließen, begrüßte sie Brenken liebenswürdig auf der Terrasse.

Seine Augen ruhten mit Wohlgefallen auf dem jungen Mädchen, als er sagte:

»Es wird uns alten Leuten guttun, daß wir wieder junges Blut im Haus haben.«

»Das will ich meinen, Adolf. Und in acht bis zehn Tagen haben wir Magda und ihren Mann hier für die Dauer des Manövers. Nun kommen Sie, liebe Eva, ich will Sie selbst in Ihr kleines Reich einführen.«

Sie nahm das junge Mädchen am Arm und schritt mit ihr die Treppe hinauf. Die letzte Tür auf einem langen Flur führte in das Zimmer, das für Eva bestimmt war.

Das junge Mädchen stieß einen Ruf des Entzückens aus, als sie in den hellen, freundlichen Raum eintrat.

»Oh, wie schön, da schauen die Kastanienbäume in das Zimmer hinein! Wundervoll, diese grüne Pracht! Oh, liebe gnädige Frau, hier ist es einzig schön!«

Die alte Dame klopfte ihr lächelnd auf die Wangen.

»Na, wohl fühlen sollen Sie sich auf Brenkenhof!«

Eva zog schnell die Hand der gütigen Frau an ihre Lippen.

Sie sprach kein Wort mehr dazu, aber in ihren Augen stand deutlich zu lesen:

Ich danke innig dafür, daß ich so herzliche Aufnahme hier finde!

*

Als am nächsten Tag die Plessentiner Staatskutsche vor dem Brenkenhofer Gutshaus vorfuhr, saßen Brenkens mit ihrem jungen Gast unter einer der breitästigen Kastanien im Garten.

Hella gab sorglich acht, daß Marina fest auf ihren kleinen Füßen stand, dann zog sie dieselbe mit sich fort, Frau von Brenken entgegen.

»Guten Tag, Tante! Komm, Marina, gib artig Händchen! Ach, Tante Brenken! Es ist wirklich himmlisch, wenn man Tante ist. Nun schau dir mein Goldkind an, ich habe es allein angekleidet, ich leide nicht, daß Fräulein Daumann mit ihren ungeduldigen, knochigen Händen an meinen Liebling rührt. Ach, hast du Besuch?«

Udo hatte Hella mit Absicht nichts von Evas Anwesenheit verraten.

»Ja, Hella, kann ich nicht auch mal Besuch haben?«

»Natürlich kannst du das!«

»Nun, so schau dir mal meinen Besuch an. Wie gefällt dir die junge Dame?«

Hella war mit der Kleinen und Frau von Brenken nahe an Eva herangekommen, während Herr von Brenken Graf Plessen begrüßte und langsam folgte.

Hella sah forschend in Evas Gesicht. Diese trat einen Schritt vor und hielt ihr mit ruhiger Freundlichkeit die Hand entgegen.

»Grüß Gott, Hella!« lächelte sie herzlich.

Hella legte schnell ihre Hand in die der jungen Dame und lachte.

»Grüß Gott – ei, wie hübsch das klingt. Marina, gib der Dame ein Händchen! Dies ist meine kleine Nichte.«

Die letzten Worte klangen ungeheuer stolz und würdevoll.

Das Kind legte sein Händchen gehorsam in Evas Hand. Diese, von dem Liebreiz der Kleinen bezwungen, kniete neben ihr nieder und sah voll Entzücken in das schöne Kindergesicht.

»Welch ein holdes, reizendes Kind!« sagte sie in ehrlicher Bewunderung.

Hella war stolz auf dieses Lob.

»Nicht wahr? Aber, Tante Brenken, nun mußt du mir bitte sagen, wie dein Besuch heißt!«

»Fräulein Eva Hermsdorf.«

Hella richtete sich empor und machte die Augen weit auf.

»O – ach, Tante Brenken, soll das wohl meine neue Erzieherin sein?«

Eva sah lächelnd, noch immer mit Marina beschäftigt, zu Hella auf.

»Wäre das sehr schlimm, Hella?« fragte sie leise.

Hella lief eiligst ihrem Bruder entgegen.

»Was glaubst du wohl, wer Tante Brenkens Besuch ist? Meine neue Erzieherin! Nun sag selber, ist das nicht viel reizender, daß sie jung und schön ist?«

Sie hatte das ganz laut in ihrer lebhaften Art herausgebracht. Alle mußten über ihr Ungestüm lachen.

»Sag, Hella, ist Fräulein Hermsdorf nun so, wie du sie wünschest?« fragte Frau von Brenken.

Hella nickte sehr energisch.

»Ich bin sehr zufrieden mit dir, Tante Brenken«, bekannte sie ernsthaft. Dann trat sie an Eva heran, die sich erhoben hatte und Udo begrüßte. Sie legte ganz zutraulich die Hand in Evas Arm.

»Kommen Sie nun bald nach Plessentin, Fräulein Hermsdorf?«

»Soll ich überhaupt kommen?«

»Aber natürlich! Nicht wahr, Udo?«

Dieser verbeugte sich gegen Eva.

»Wenn Sie sich der schweren Aufgabe unterziehen wollen? Du mußt Fräulein Hermsdorf Zeit lassen, sich zu bedenken, Hella!«

»Es gibt nichts zu bedenken. Wenn Sie mir diese beiden jungen Menschenkinder anvertrauen wollen – ich will ein sorgsamer Hüter sein und Ihr Vertrauen zu verdienen suchen«, sagte Eva einfach.

Er reichte ihr die Hand.

»Dann sind wir im klaren. Dürfen wir Sie bald in Plessentin erwarten? Fräulein Daumann, die jetzige Erzieherin meiner Schwester, ist ihres Amtes sehr müde. Sie wäre gern bereit, ihre Stellung schon vor dem ersten September aufzugeben.«

»Daraus wird nichts, lieber Graf!« rief Herr von Brenken, Einspruch erhebend. »Fräulein Hermsdorf darf nicht vor dem ersten September von uns fort. Es sind ohnedies nur noch vierzehn Tage bis dahin.«

Udo und Eva sahen sich lächelnd an.

»Dann muß ich natürlich zurücktreten«, entschied Plessen artig.

»Hilft Ihnen gar nichts.«

»Aber ich darf in dieser Zeit oft mit Marina nach Brenkenhof kommen, Tante Brenken?« rief Hella bittend.

»So oft du willst! Und damit du Gelegenheit hast, dich mit Fräulein Eva zu befreunden, wollen wir dich jetzt mit ihr und Marina allein lassen.«

Brenkens gingen mit Udo hinein. Die drei anderen blieben unter dem Kastanienbaum zurück.

Ein Kind, ein Backfisch und eine erwachsene Dame.

Eva begann mit Hella zu plaudern und zeigte dabei der kleinen Marina ein Spiel mit runden Kieselsteinen. Sie sagte ihr dabei langsam und deutlich die deutsche Bezeichnung der Dinge, und Marina bemühte sich, diese nachzusprechen.

»Marina hat schon viel von mir gelernt, Fräulein Hermsdorf – oder darf ich Sie beim Vornamen nennen?«

»Gern, Hella.«

»Also ja – wie schön – Fräulein Eva! Mein Nichtchen hat viel von mir gelernt. Sie spricht manche Worte gut aus. – Schatzkind, sag mal: Lieber guter Papa – liebe Tante Hella!«

Marina sprach es folgsam nach.

»Klingt das nicht drollig herzig?«

»Sehr, da sind Sie gewiß recht froh, daß Sie gut französisch sprechen, nicht wahr?«

»Ach, da müssen Sie helfen, damit geht es gar nicht so gut, wie ich möchte. Sie versteht mich manchmal nicht, und ich muß Udo zu Hilfe rufen. Ich habe nämlich oft meine Aufgaben nicht gelernt.«

»Das wird nun um so besser gehen. Wir wollen fleißig Französisch treiben, damit Sie bald das Versäumte nachholen.«

Hella seufzte.

»O weh, da heißt es wieder stillsitzen, nicht wahr?«

»Doch nur bei den schriftlichen Arbeiten. Den mündlichen Unterricht können wir im Freien halten. Und was wir uns in Marinas Gegenwart zu sagen haben, können wir erst französisch und dann deutsch wiederholen. Dann lernt die süße Kleine von Ihnen ebensoviel wie von mir.«

Hella sprang fröhlich auf

»Ach, das ist fein, Fräulein Eva! Im Freien lernt sich's tausendmal besser als im Zimmer. Fräulein Daumann mochte aber nie hinaus! Sie bekommt Zahnweh, wenn sie im Freien sitzt! Und laufen mochte sie auch nicht. Wenn ich lange im Zimmer sitzen muß, dann muß ich mich hinterher austollen, und – na – dann ist es mir gleich, ob ich auf einen Baum klettere oder über den Bach springe. Sie sollen gleich wissen, daß ich von solchen Unarten ziemlich viele begehe!«

Eva lächelte.

»Das sind keine Unarten. Ich bin auch schon auf manchen Baum geklettert, und über Gräben und Bäche springe ich heute noch gern, wenn sie nicht zu breit sind.«

Hella sah sie einen Augenblick ganz erstaunt an. Dann klatschte sie fröhlich in die Hände und hüpfte übermütig umher.

»O fein, fein! Ach, Fräulein Eva, Sie sind der erste Mensch, der mir nicht sagt: ›Pfui, wie kann eine junge Dame auf einen Baum klettern?‹ Sogar Udo zankt ein wenig, wenn ich es tue. Nun bitte ich Sie, ist das nicht dumm? Die wissen alle nicht, wie schön es sich in den dichten Blätterkronen sitzen läßt!«

»Sicher nicht! Aber es denkt vielleicht auch niemand daran, daß Sie eigentlich noch ein Kind sind und noch keine junge Dame«, sagte Eva mit einem schelmischen Seitenblick in das wenig erfreute junge Gesichtchen ihres künftigen Zöglings.

Ruhig fuhr sie fort: »Wenn man anfängt, eine junge Dame zu werden, dann mag man nicht mehr auf Bäume klettern, das weiß ich von mir selbst. Mit einem Male hat man keine Lust mehr dazu. Ich glaube, bei Ihnen wird das auch gar nicht mehr lange dauern! Wenn man ein Nichtchen zu erziehen hat, dann reift man sehr schnell zur jungen Dame heran.«

Hella setzte sich etwas kleinlaut auf ihren Stuhl. Evas wohlüberlegte Rede hatte entschieden Eindruck gemacht.

»Eigentlich bin ich auf gar keinen Baum mehr geklettert, seit unser Kind in Plessentin ist«, überlegte sie nachdenklich.

»Sehen Sie wohl, das ist ein untrügliches Zeichen. Dafür können wir fleißig Tennis spielen, rudern und schwimmen, das ist ja auch schön. Und reiten werden Sie sicher auch?«

»Jeden Morgen – Udo hat mir ein herrliches Pferd geschenkt. – Aber Tennis kann ich nicht, auch nicht rudern und schwimmen.«

»Dann lehre ich Sie das alles, das ist schöner als klettern.«

Hella war schon wieder vergnügt.

»Oh, wie fein – ach, liebes Fräulein Eva, ich habe immer gesagt, mein Bruder soll mir eine Erzieherin geben, die jung und hübsch ist, das ist viel besser.«

Eva errötete. Das Gespräch von gestern fiel ihr ein, in dem von ihren beiden Haupttugenden die Rede gewesen war.

Sie sprach schnell von etwas anderem, und als kurze Zeit darauf ein Diener erschien, um die drei zu einem Imbiß ins Speisezimmer zu rufen, da hängte sich Hella zutraulich an Evas Arm und litt es ohne Widerspruch, daß sie an der anderen Hand die kleine Marina führte.

Eva hatte die beiden jungen Herzen im Sturm erobert.

Udo und Brenkens sahen lächelnd der friedfertigen Gruppe entgegen.

Hella benahm sich bei Tisch sehr sicher und gesetzt – was allseits ein stilles Schmunzeln weckte.

»Udobruder, wir sind uns nun schon einig, wie wir Marina erziehen, Fräulein Eva und ich. Es wird prächtig gehen. Im Schulzimmer werden nur die schriftlichen Arbeiten erledigt, sonst sind wir immer draußen. Fräulein Eva unterrichtet im Freien. Auf Bäume klettere ich wahrscheinlich nicht mehr. Ich merke, daß ich gar keine Lust mehr dazu habe.«

Udo sah erstaunt zu Eva hinüber.

Diese lächelte verstohlen.

»Du hast keine Lust mehr dazu? Das ist ja eine überwältigende Nachricht«, meinte er verwundert.

Hella zuckte mit den Schultern.

»Ja, sieh mal, solange ich noch ein Kind war, hatte ich Freude daran. Nun bin ich aber Marinas Tante und bin schon über fünfzehn Jahre alt. Wenn man merkt, daß man eine Dame wird, dann hat man auf einmal kein Verlangen mehr, auf Bäume zu klettern. Frage nur Fräulein Eva, der ist es genau so ergangen.«

Eva wurde dunkelrot, und Brenkens lachten.

Udo wandte sich lächelnd zu seinem Kind und sprach mit ihr in der weichen, zärtlichen Art, die er ihr gegenüber immer anschlug. Marina schmiegte sich an seine Knie und sah mit zärtlichem Leuchten in das Gesicht des Vaters. Er fragte dann Eva, ob sie musikalisch sei.

Sie bejahte.

»Ich spiele Klavier und singe auch ein wenig, Herr Graf.«

»Oh, dann geben Sie uns schnell eine Probe!« rief Frau von Brenken lebhaft. »Hier im Nebenzimmer steht der Flügel.«

Eva erhob sich lächelnd.

»Ich bitte aber nicht zu hohe Ansprüche zu stellen, was meinen Gesang betrifft. Er ist nicht geschult worden.«

»Kritik wird nachher geübt.«

Eva ging hinüber und öffnete den Flügel. Erst ein leises Vorspiel. Dann schlug sie ein Notenheft auf, das gerade zur Hand lag. Es war ein Chopin-Album. Eva spielte ein Notturno. In ihrem Spiel lag ein natürliches künstlerisches Empfinden. Die verständnisvolle Auffassung und der elegante, weiche Anschlag hoben es weit über das Alltägliche hinaus. Es lag Seele in diesem Spiel.

Als sie das Notturno beendet hatte, suchte sie in den Noten nach Liedern. Viel war nicht zu finden. Hinaufgehen und ihre Noten holen wollte sie nicht. Und so spielte und sang sie ein paar einfache Lieder, die sie aus dem Kopf begleiten konnte.

Drüben im Speisezimmer saßen die anderen und lauschten auf die liebliche Mädchenstimme. Ihre einfachen Lieder sprachen zu den Herzen der Zuhörer. Udo hatte sich leise erhoben und war ans Fenster getreten. Da stand er mit geschlossenen Augen. Sein Gesicht war bleich. Er hatte so lange keine gute Musik gehört und liebte vor allem Gesang leidenschaftlich, zumal solch eine weiche, klare Altstimme.

Als Eva kurze Zeit darauf eintrat, wandte er sich nicht nach ihr um.

Die Brenkens kargten nicht mit ihrem ehrlichen Beifall.

Nur Graf Udo sprach kein Wort. Als er sich endlich wieder zu den anderen setzte, schien es Eva, als sähe er finsterer aus als zuvor.

Sollte ihm ihr Gesang unangenehm gewesen sein? Dann

durfte sie in seiner Gegenwart nicht mehr spielen und singen. Das machte sie traurig. Später, als Eva allein draußen in der Hauslaube stand, trat Udo zu ihr.

»Sie haben, wie mir scheint, eine hervorragende erzieherische Begabung, Fräulein Hermsdorf. Wie schnell ist es Ihnen gelungen, meine Schwester zu überzeugen, daß es sich nicht mehr für sie schickt, auf Bäume zu klettern! Freilich haben Sie sich selbst dieser Liebhaberei beschuldigen müssen.«

Eva wurde wieder verlegen, sah ihn aber mit den klaren, schönen Augen offen an.

»Ich will mich nicht besser machen, als ich bin – ich war ein wildes Kind –, und – und auf Bäumen bin ich wirklich herumgeklettert.«

Ihre Ehrlichkeit gefiel ihm.

»Dann wird es Ihnen um so leichter sein, Hella zu verstehen.«

»Ganz gewiß. Ich glaube nicht, daß es mir schwerfallen wird, Komtesse Hellas Vertrauen zu gewinnen. Und alles Weitere ergibt sich dann von selbst.«

»Sie sind ihr nicht böse, daß Sie vorhin durch ihre Plauderei in Verlegenheit gesetzt wurden?«

Eva schüttelte lächelnd den Kopf.

»O nein, gewiß nicht.«

»Und Sie sind mir auch nicht böse, daß ich Ihnen über Ihren Gesang kein Wort des Lobes gesagt habe?«

»Wie sollte ich denn? Ich dachte mir, daß Sie es nicht gern hätten. Ich will gewiß in Ihrer Gegenwart nicht mehr singen.«

»Zur Strafe für mich?«

Sie sah ihn ehrlich erstaunt an.

»Nein! Um Sie nicht zu quälen – manchen Menschen ist Gesang unangenehm.«

»Mir nicht, Fräulein Hermsdorf. Mein Schweigen hatte

einen anderen Grund. Ich liebe Gesang sehr und habe lange keinen gehört. Ich war so ergriffen, daß ich nicht sprechen konnte. Ich hoffe, Sie werden mir oft Ihre Lieder singen, wenn Sie erst in Plessentin sind.«

»Gern, wenn Sie dies wünschen.«

»Sehr! Fürchten Sie sich nicht ein wenig vor Plessentin? Wir führen dort ein einsames Leben.«

Sie schüttelte lächelnd den Kopf.

»Mit meinen beiden Zöglingen werde ich mich nie einsam fühlen.«

»Fräulein Eva will uns Tennis lehren und rudern und schwimmen, Udo!« rief Hella, sich zwischen die beiden schiebend. »Du läßt den Tennisplatz wieder in Ordnung bringen?«

»Das soll sofort geschehen, Hella.«

Am Abend schrieb Eva einen Brief an ihre Mutter.

*»Du glaubst nicht, wie lieb und herzlich man mich hier aufgenommen hat. Frau von Hohenaus Eltern sind einzig gute Menschen, zumal die Mutter. Wenn man mit ihr spricht, hat man das Gefühl, daß sie alles versteht, auch was man nicht mit Worten sagt.*

*Herr von Brenken neckt gern, ist ein rüstiger, frischer Landedelmann, pfeift, wenn er draußen ist, meist vergnügt vor sich hin, poltert einmal, wenn Dienstboten Dummheiten machen, und sieht, gleich seiner Frau, gern junge und frohe Gesichter um sich.*

*Und nun die Hauptsache, Mutterle: Ich bin heute von Graf Plessen fest engagiert worden. Am liebsten hätte er gesehen, wenn ich gleich nach Plessentin gekommen wäre, aber Herr von Brenken will mich nicht vor dem ersten September fortlassen. Ach, Mutterle, wenn Du wüßtest, wie gut hier alle zu mir sind, Du würdest dich kein bißchen um mich sorgen und bangen.*

*Meine beiden Zöglinge sind reizende, liebe Kinder. Die*

*Schwester des Grafen ein bildhübscher, lustiger Backfisch, und die kleine Komtesse Marina ein engelgleiches, etwas stilles und ernstes Kind. Wenn Du wüßtest, Mutter, wie mir das Herz voll ist von der schönen Aufgabe, diesen beiden mutterlosen Kindern ein Vorbild zu sein, ihre weichen Seelen zu bilden und zu formen – ach, es wäre ein grenzenloses Glück für mich, könnte ich einst sagen: Was ich erstrebt, ist mir gelungen!«*

## V

Eva war nun schon acht Tage in Plessentin. Es schien ihr viel länger, so vertraut war sie bereits mit den Verhältnissen. Frau Bode hatte sich auf Udos Wunsch der jungen Erzieherin etwas angenommen.

Hella und die Kleine waren ein Herz und eine Seele mit Eva. Die neue Erzieherin verstand es ausgezeichnet, ohne viel Worte auf sie einzuwirken.

Sie verstand es auch, in Hella das Interesse für den Lehrgegenstand wachzurufen. Ihr Vortrag war nicht nüchtern und trocken, sondern lebendig und anregend.

Und dabei nahm sie sich mit herzlicher Liebe der kleinen Marina an, beriet sich mit Hella voll ernster Wichtigkeit und benutzte Hellas Liebe für ihre kleine Nichte, um alles Edle und Schöne in dem jungen Herzen wachzurufen.

Marina hing mit großer Zärtlichkeit an Hella und Eva. Aber für ihren Vater empfand sie eine ungestüme, alles beherrschende Zuneigung. Es war etwas in dem Verhältnis zwischen Vater und Kind, was Eva oft innerlich erschütterte. Wenn der ernste, stille Mann das Kind zu sich emporhob und die kleinen Kinderhände so in aufbrechender Zärtlichkeit die Wangen des Vaters streichelten, dann lag ein Ausdruck in des Grafen Gesicht, der Eva Tränen in die Augen trieb. So viel verhaltene Liebe, so viel Schmerz und Pein, es ließ sich nicht in Worte fassen, was in diesen Blicken alles lag.

Eva beschäftigte sich innerlich viel mehr mit dem Grafen, als ihrer Seelenruhe gut war. Abends, wenn Marina unter Jubel und Vergnügen und zärtlicher Beihilfe Hellas zu Bett gebracht war und sie nach einem letzten Plauderstündchen Hella verließ, stand Eva oft noch lange am Fenster und schaute hinüber nach dem Zimmer des Grafen.

Da brannte stets noch Licht, wenn sie sich niederlegte, und sein Schatten bewegte sich ruhelos auf und nieder. Im Traume sah sie ihn meist von unerhörten Gefahren bedroht.

Einmal träumte sie, er würde von hungrigen, wilden Bestien überfallen, da warf sie sich dazwischen, ihn mit ihrem Leib zu schützen. Frühmorgens schalt sie sich aus. Auch im Traum tat man das nicht, besonders nicht als Erzieherin. Es lag sonst nicht in ihrer klaren, ruhigen Art, sich mit Hirngespinsten abzugeben.

Sie suchte sich selbst zu verspotten und malte sich aus, daß Graf Plessen über sie lächeln würde, wenn er wüßte, wie ihre Einbildungskraft mit ihm umging. Zum Glück vergaß sie ihre törichten Gedanken, sobald die Kinder wach wurden und nach ihr riefen.

Klein Marina wurde, in warme Decken gehüllt, aus dem Bett gehoben. Unbeschreibliches Glücksgefühl durchdrang Eva, wenn das rosige warme Kinderkörperchen an ihrem Herzen ruhte, während sie das Kind in das andere Zimmer trug, um Hella im Bett einen Morgenbesuch abzustatten.

Und wenn die drei später hinunter in das Speisezimmer gingen, um mit dem Grafen zu frühstücken, da drang ihr frohes Lachen durch das ganze Haus.

Udo saß meist schon am Frühstückstisch bei seinen Morgenzeitungen und sah ihnen lächelnd entgegen. Er legte die Zeitungen beiseite und widmete sich den Kindern.

Dabei blieb es nicht aus, daß er Eva zuweilen warme Worte der Anerkennung sagte oder ihr mit freundlichen Blikken dankte.

Und wenn die Kinder Evas Lob in allen Tonarten sangen und diese errötend abwehrte und die Kinder von diesem Gegenstand ablenken wollte, sah er sie mit freundlichen Blicken an und sagte:

»Lassen Sie die Kinder reden, wovon ihnen das Herz voll ist. Sie sind sonst so verständnisvoll dafür. Aber sobald sie von Ihren Vorzügen reden, werden Sie ungeduldig.«

Eva lachte leise und verlegen.

»Wenn man mich lobt, ist mir ungefähr zumute wie einem Maikäfer, den man aufgespießt hat und dessen schönes, braunes Kleid man durch das Vergrößerungsglas betrachtet«, bemerkte sie mit einem Anflug von Schelmerei.

Udo sah sie an und dachte, wie reizend und lieblich sie mit diesem schelmischen Ausdruck ist. Aber die Kinder lenkten schnell die Aufmerksamkeit auf sich zurück. In diesen Morgenstunden fühlte sich Udo am glücklichsten.

*

Plessentin sollte Einquartierung bekommen.

Frau von Hohenau, die schon einige Zeit bei ihren Eltern weilte, kam eines Tages nach Plessentin gefahren und verkündete diese Botschaft.

Die junge Frau freute sich, daß Eva sich in Plessentin so wohl fühlte, und versprach, bei ihrer Heimkehr Mama Hermsdorf von aller Angst und Sorge um ihr Töchterchen zu heilen.

Am nächsten Morgen kam wirklich ein Quartiermacher nach Plessentin und meldete die Einquartierung an. Da gab es reichlich Arbeit. Udo wollte, daß alles aufgeboten werden sollte, um den Aufenthalt so angenehm wie möglich zu machen. Eva bot sich freiwillig zur Hilfe bei der Haushälterin an und bekam auch reichlich Arbeit zugeteilt.

Hella und Marina waren mit Puppen und Spielkram in den Park hinausgezogen. Eva hatte sie selbst begleitet und ihnen ein lauschiges Plätzchen am Rande des Baches, der den Park durchkreuzte, ausgesucht. Dort spielten sie nun voll Eifer, nachdem Eva wieder in das Schloß zurückgekehrt war.

Es war ein außergewöhnlich heißer Septembertag. Obgleich Hella nur einen Badeanzug trug, wurde ihr warm beim Spielen. Das klare Wasser des Baches rieselte so verlockend.

Hella sah nicht ein, warum sie nicht ein kühles Bad nehmen sollte. Das hatte sie schon oft getan.

Unter Jauchzen und Lachen ging es hinein in das köstliche Naß. Stürmisch verlangte Marina, dasselbe zu tun wie die jugendliche Tante.

»Oh, mein Schatzkind, hier drinnen liegen harte Steinchen, du würdest dir weh tun. Aber warte, ich ziehe dir Schuhe und Strümpfe aus, und du setzt dich hier an den Rand des Baches und hängst deine Füßchen ins Wasser. Sooo – siehst du – fein, nicht wahr? Das ist doch lustig – was?«

Marina baumelte vergnügt mit den Füßen im Wasser herum, während Hella wieder vorsichtig in den Bach stieg. Es war ein entzückendes Bild.

Das schien auch der junge Offizier zu finden, der auf dem weichen Parkboden, unbemerkt von den Kindern, herangeritten war und nun sein Pferd anhielt, um mit Wohlgefallen die beiden Kinder eine Weile zu betrachten.

Staubbedeckt war die Uniform und sein Gesicht sonnenverbrannt.

»Schöne Quellnymphe, Sie geben sich da einer beneidenswerten Beschäftigung hin«, rief er lachend, als die Kinder sich, lustig mit den Beinen schlenkernd, vollspritzten.

Hella sah mehr erstaunt als erschrocken auf den jungen Offizier.

»Was wollen Sie denn hier? Wie sind Sie hierhergekommen?«

»Auf meinem Pferd, reizende Bachforelle.«

»Ja, und was tun Sie hier?«

»Vorläufig beneide ich Sie um das prachtvolle Erfrischungsmittel; ich wollte, ich könnte auch ein wenig im Bach herumwaten!«

»Weshalb tun Sie es denn nicht? Soll ich Ihr Pferd solange halten? Oder, Sie können es ja lieber an einen Baum binden.«

»Dazu bin ich, offen gestanden, zu hungrig. Vielleicht können Sie mir aber die Güte erweisen und mir den nächsten Weg nach dem Plessentiner Schloß zeigen. Zwischen den hohen und dichten Bäumen hat man keinen Ausblick!«

»Ach, du grundgütiges Himmelchen, am Ende gehören Sie zu unserer Einquartierung?«

»Wenn Sie ins Plessentiner Schloß gehören, dann allerdings!«

»Natürlich! Ich bin Hella Plessen, mein Bruder heißt Udo Graf Plessen!«

Der Offizier verbeugte sich lächelnd, Hella mit Wohlgefallen in das reizende Gesicht schauend.

»Ach, verzeihen Sie, gnädigste Komtesse, ich hielt Sie für eine Wald- oder Quellnymphe. Gestatten Sie gütigst, mein Name ist Trachwitz. Und diese kleine Dame hier ist sicher Ihr Schwesterchen?«

Hella reckte sich hoch auf.

»Meine Nichte Marina«, sagte sie großartig.

Trachwitz hatte Mühe, das Lachen zu verbeißen. Er wollte um keinen Preis den Zorn des reizenden Backfisches erregen.

»Komteß gehören schon zu den Tanten? Darunter habe ich mir bisher immer ganz was anderes vorgestellt. Meine Tante zum Beispiel hat schon graues Haar!«

Hella kletterte ohne Umstände aus dem Bach.

»Ich bin auch schon über fünfzehn«, nickte sie stolz und nestelte an ihren langen blonden Zöpfen herum.

Trachwitz fand den Backfisch reizend.

»Holde fünfzehn? Ich habe Sie mindestens für sechzehn gehalten!«

Hella riß ungeduldig an ihren Hängezöpfen.

»Morgen stecke ich mir die Zöpfe auf!« entschied sie energisch.

»Oh, wie schade – die schönen, goldigen Zöpfe!« meinte er bedauernd.

Da wurde die kleine Gräfin glühend rot, aber sie fragte spöttisch: »Ich denke, Sie haben Hunger?«

»Furchtbar!«

»So eilen Sie, daß Sie ins Schloß kommen!«

»Sobald Sie mir den Weg gezeigt haben.«

»Hier quer durch – natürlich zuerst über den Bach und dann geradeaus, da stoßen Sie mit der Nase aufs Schloßportal.«

»O weh, meine arme Nase!«

Nun lachten sie beide.

Er ritt ein Stück zur Seite und nahm mit einem eleganten Satz den Bach.

»Bravo, gut gemacht!« rief Hella vergnügt.

Er verbeugte sich lächelnd.

»Hoffentlich habe ich die Ehre und das Vergnügen, Komteß später im Schloß begrüßen zu können!«

Sie lachte ihn einfach aus.

»Denken Sie, ich habe nicht auch Hunger? Bei Tisch sehen wir uns wieder.«

Hella zog etwas nachdenklich den Bademantel an und tat dann dasselbe bei Marina.

Als sie noch damit beschäftigt war, hörte sie jenseits des Baches wieder ein Geräusch.

Sie sah auf. Da stand wieder ein Pferd, und darauf saß auch ein Soldat. Es war aber kein Offizier.

»Haben Sie vielleicht auch Hunger?« fragte Hella lachend.

»Ei nu natürlich, mei Freileinchen! Hunger hab ich merschtenteels. Aber ich wollte bloß mal fragen, ob Sie vielleicht mein'n Herrn Leitnant haben vorbeireit'n seh'n?«

»Heißt Ihr Leutnant Trachwitz?«

»Nu natierlich: Hans von Trachwitz, mei Freileinchen!«

»Herr von Trachwitz ist nach dem Schloß geritten.«

»Wo geht denn da der nächste Weg?«

Hella gab ihm Bescheid.

»Ach herrjemersch, über den Bach? Na, Merkurchen, da mache mal een Huppdich. Da hilft alles nischt!«

Er wollte das Pferd veranlassen, hinüberzuspringen, aber es versagte, da es anscheinend sehr müde war.

Alle guten Worte und Aufmunterungen fruchteten nichts. Meffke mußte sich bequemen, abzusteigen und das Pferd am Zügel durch den Bach zu führen.

Hella lachte vergnügt.

»Sie sind ein schöner Reiter, bringen Ihr Pferd nicht einmal über den Bach!«

»Aber, Freileinchen, Merkur ist en Dickkopp; wenn der nich will, da will er nich!«

Hellas Augen funkelten vor Lust.

»Warten Sie mal, lassen Sie mich auf den Gaul!« befahl sie energisch und schob Meffke einfach beiseite.

Mit einem kühnen Satz saß sie im Sattel und nahm die Zügel. Sie hatte sich nach Herrenart festgesetzt, da sie im Herrensattel ebensooft geritten war wie im Damensattel. Nun faßte sie die Zügel kurz und zwang das Pferd einige Schritte zurück. Dann ein leichter Druck, ein leises Schnalzen mit der Zunge – und Merkur war über den Bach gesetzt; gleich darauf mußte er wieder zurückspringen.

»So macht man das!« meinte sie lachend und warf, vom Pferd springend, Meffke die Zügel wieder zu.

»Ei, du Dunnerlitzchen!« rief Meffke sprachlos vor Erstaunen.

»Setzen Sie sich auf Ihren Gaul und machen Sie, daß Sie ins Schloß kommen, sonst ißt Ihnen Ihr hungriger Leutnant alles auf!«

»Nu nee, Freileinchen, da kenn'n S' mein'n Herrn Leitnant schlecht, der teelt jedes Wurstzippelchen mit mir.«

»So, er ist wohl sehr gut?«

»Un wie! Das is een tüchtiger Kerl, alle Hochachtung – wenn er bloß nicht so arm wäre!«

»Er ist arm?«

»Wie 'ne Kirchenmaus. Na, nu adjes, mein Freileinchen, nu muß ich schnell machen, sonst schimpft er am Ende!«

Er trabte vergnügt von dannen.

Hella zog Marina die Schuhchen wieder an.

»So, mein Schatzkind, nun wollen wir heimgehen.«

»Marina will ihr Püppchen mitnehmen.«

»Da, halt sie fest. Und nun komm schnell!«

Eva sah die beiden kommen.

»Ihr hättet gern noch länger bleiben dürfen, Kinder«, sagte sie lächelnd.

»Oh, du sollst mich schön machen zu Tisch, Eva.«

Hella und Eva nannten sich auf Hellas Wunsch schon seit einigen Tagen »Du«.

»Gleich, Hella! Geh jetzt zu Marina hinauf, ich will nur noch eine Fruchtschale zurechtmachen.«

»Ja, aber komm nicht zu spät, du sollst mir mein Haar hochstecken.«

Eva sah sie fragend an.

»Willst du keine Hängezöpfe mehr tragen?«

»Ach nein – ich sehe aus wie ein Kind, wenn die dummen Zöpfe über den Rücken herabbaumeln. Übrigens habe ich schon einen Offizier von unserer Einquartierung im Park getroffen. Ist er schon hier?«

»Es sind mehrere Herren angekommen; sie sind auf ihren Zimmern. Ob der darunter war, den du meinst, weiß ich nicht. Wie sieht er aus?«

»Groß, schlank, sehr staubig, und – und – ich glaube, sehr hübsch. Hans von Trachwitz heißt er.«

Eva lachte.

»So, der Trachwitz? – Ja, Hella, der ist da. Ich habe ihn zwar noch nicht gesehen, aber lachen habe ich ihn hören.«

»Weißt du so genau, wie Herr von Trachwitz lacht?«

Eva nickte,

»Natürlich! Trachwitz ist ein alter Freund von mir.«

»Oh, er ist dein Freund? Das mußt du mir erzählen.«

»Später, Hella, jetzt muß ich eilen.«

Hella stieg mit dem Kind die Treppe hinauf.

Sie wählte heute sehr lange in ihren Kleidern herum, bis sie das fand, das ihr schön genug erschien.

Als Eva endlich kam, hatte sie einen schweren Stand mit Hella. Sie war sich immer noch nicht schön genug. Und doch sah sie entzückend aus in dem feinen weißen Kreppkleidchen und mit der schweren goldenen Flechtenkrone auf dem jungen Haupt.

Eva lächelte leise und strich noch einmal glättend über Hellas Kleid.

»Nun bist du aber wirklich ganz damenhaft, Hella, glaube es mir«, sagte sie bestimmt.

Da gab sich diese endlich zufrieden und ging mit der Kleinen hinab.

Eva machte sich nun sehr eilig selbst zurecht.

Im großen Speisesaal war eine lange Tafel gedeckt. Der Hausherr hatte in einem danebenliegenden Zimmer die Herren empfangen und begrüßt.

Als Eva mit Hella und dem Kind eintrat, stand Frau

Bode, in schwarze Seide gekleidet, bereits an der Tafel. Aus Rücksicht für Eva und Hella hatte Udo die alte Dame gebeten, als Ehrendame zu dienen.

Nun traten, von Udo geführt, die Offiziere ein.

Der Hausherr stellte vor. Da ergab sich, daß Eva die meisten Herren kannte. Trachwitz begrüßte sie mit unverhohlener Freude und erkundigte sich angelegentlich nach ihrem Befinden.

Eva hatte warm und herzlich seine Begrüßung erwidert, wärmer und herzlicher als die der anderen Herren.

Udo bemerkte es und zog die Stirn zusammen. Auch als die beiden bei der Tafel sich angelegentlich unterhielten, zuckte es erregt zwischen seinen Augenbrauen.

Hella war von Trachwitz in der ehrerbietigsten Weise begrüßt worden. Wiederholt ruhte sein Blick verstohlen auf der liebreizenden Mädchenknospe. Sie kam ihm jetzt anders vor als vorhin im Park. War es die Haartracht, die sie älter erscheinen ließ, oder das Kleid, jedenfalls wollte es ihm unglaublich erscheinen, daß die reizende junge Dame mit dem lustigen burschikosen Backfisch eins sei, der so ungezwungen im Bach herumplanschte und nach Meffkes Bericht in knabenhafter Weise dessen Merkur über den Bach hatte springen lassen.

Mit der Zeit brach sich bei Tisch eine fröhliche Stimmung Bahn. Trachwitz verstand in harmloser Weise, die Lachlust der anderen anzuregen. Da fand auch Hella ihre muntere Art wieder.

Eva beschäftigte sich angelegentlich mit Marina.

So fand Trachwitz Gelegenheit, mit Hella eine lustige Unterhaltung anzuknüpfen.

»Sind Sie nun eigentlich satt, Herr von Trachwitz?« fragte sie neckend.

»Leider, gnädige Komteß.«

»Warum leider?«

»Weil ich gern noch ein bißchen weitergegessen hätte.«
»Wie lange bleiben Sie in Plessentin?«
»Hoffentlich recht lange – oder wollen Sie mich bald wieder los sein?«
»Nein, Einquartierung ist doch sehr hübsch!«
»Nicht wahr? Das finde ich auch. Nun, zwei bis drei Tage werde ich das Glück genießen, mit Ihnen unter einem Dach zu weilen.«
Sie sah ihn ganz erschrocken an.
»Nicht länger?«
»Leider nicht. Bitte, bedauern Sie mich ein bißchen.«
»Ja, das will ich tun.«
»Nächsten Sommer komme ich aber wieder in Ihre Nachbarschaft, Komteß!«
»Ach, bis dahin ist so lange Zeit«, seufzte sie. »Wohin werden Sie von hier aus gehen?«
»Nach Brenkenhof. Brenkens haben mich für nächsten Sommer auf vier Wochen eingeladen.«
»Oh, Sie kennen Tante und Onkel Brenken?«
»Ja, die Herrschaften waren mit Frau von Hohenau auf dem Manöverfeld. Fritz von Hohenau ist mein Freund. Und weil ich nun einmal ein unwiderstehlicher, reizender Mensch bin, wurde ich für nächsten Sommer eingeladen.«
Er sagte das in so drolliger Art, daß sie vergnügt auflachte.
»Oh, das ist schön; da sehen wir uns im Sommer wieder.«
»Darf ich dann auch einmal nach Plessentin kommen?«
»Aber natürlich! Ich wäre Ihnen bitterböse, wenn Sie es nicht tun würden.«
Er sah ihr mit warmem Blick in die Augen.
»Also gilt es: Ich nehme Sie beim Wort.«
Sie war unter seinem Blick errötet.
»Ja, es gilt.«
Udo war von vollendeter Artigkeit gegen seine Gäste

und gab sich redlich Mühe, in den heiteren Ton der Unterhaltung mit einzustimmen. Eva aber sah, daß er sich quälte. Sie verstand so gut in seinem Blick zu lesen. Sie wußte, daß es für ihn ein Opfer war, hier auszuhalten.

Voll heißen Mitleides sah sie zu ihm hinüber. Da fing er diesen Blick auf. Sie erschrak und schaute zur Seite. Ihr Herz klopfte unruhig. Er ließ sein Auge auf ihr ruhen und merkte, daß sie seinen Blick fühlte und unruhig war. Da sah er nach Hella und Trachwitz hinüber.

Die beiden waren so vertieft in ihre Unterhaltung, daß sie für nichts anderes mehr Sinn hatten.

Und Eva schien das durchaus nicht weh zu tun. Er hatte vorhin bei der herzlichen Begrüßung geglaubt, zwischen Eva und Trachwitz gäbe es Beziehungen. Darin schien er sich getäuscht zu haben. Warum freute ihn das heimlich? Warum hätte ihn das Gegenteil gekränkt?

Gleich nach dem Nachtisch erhob sich Eva und zog sich mit der Kleinen zurück.

Hella folgte, nicht sehr erfreut, mit Frau Bode gleich darauf, denn die Herren gingen ins Rauchzimmer.

*

Meffke stand satt, vergnügt und faul an die Stalltür gelehnt und blinzelte träge über den sonnenbeschienenen Hof, als Hella mit Hans von Trachwitz aus dem Schloßeingang trat.

»Na, Meffke, sind die Pferde besorgt?«

»Befehl, Herr Leitnant!«

»Tür auf, Kerl! Komteß will sich die Gäule anschauen.«

Meffke riß die Stalltür auf und trat stramm zur Seite.

Hella und Trachwitz traten ein.

Zunächst führte ihm Hella ihr Pferd vor. Er betrachtete es mit Kennerblicken, und sie lobte seine Vorzüge verständnisvoll.

»Schade, daß ich Sie nicht begleiten kann auf einem fröhlichen Ritt!« meinte er.

»Vielleicht paßt es nächsten Sommer, Herr von Trachwitz. Aber nun zeigen Sie mir Ihr Pferd, ich habe gestern nicht so darauf geachtet, weiß nur, daß es ein guter Springer ist.«

Sie traten hinüber in die Boxen, wo die Pferde der Offiziere untergebracht waren.

Das Pferd des jungen Offiziers hob witternd die Nüstern und wandte sich nach ihm um. Trachwitz klopfte ihm den Hals, und Hella reichte ihm ein Stückchen Zucker.

So standen die beiden jungen Menschen in dem dämmrigen Stall nebeneinander.

Ein verlorener Sonnenstrahl fiel auf Hellas goldene Flechtenkrone. Sie hatte das Haar wieder hochgesteckt und sah hold und mädchenhaft aus, wie sie mit halbgesenktem Kopf neben Trachwitz stand. Der junge Mann fühlte sein Herz unruhig klopfen.

Solch ein liebes, süßes Dingelchen, wenn man da nicht so ein bettelarmer Leutnant wäre – da könnte man, weiß Gott, sein Herz verlieren, dachte er wehmütig.

Doch wenn ihn solche Stimmungen packten, wehrte er sich energisch dagegen. Etwas gewaltsam schlug er einen lustigen Ton an.

»Also morgen mittag trägt mich mein ›Wotan‹ fort von Plessentin, gnädigste Komteß. Da werde ich die Ohren hängen lassen wie er.«

Sie sah ihn an, lachte aber nicht. Um ihren Mund zuckte es verräterisch.

»Ihr dummer Oberst«, schalt sie ärgerlich.

Er lachte.

»Erlauben Sie, Komteß, der ist durchaus nicht dumm.«

»Dann ist er boshaft.«

»Woraus schließen Sie das?«

»Weil er Sie schon wieder fortbefiehlt von Plessentin. Er konnte doch wenigstens noch einen einzigen Tag zugeben.«

»Ah, Sie meinen, das Manöver hätte uns zu Gefallen einmal ein bißchen ruhen können? Das geht alles nach Vorschrift. Und so sauer es einem wird – da heißt es: sich fügen!«

»Warum sind Sie Offizier geworden?« schalt sie unmutig.

»Vermutlich, weil ich zu einem anderen Beruf entweder zu dumm oder zu arm bin. Wenn ich Sie damals gekannt hätte, hätte ich Sie sicher erst gefragt, was ich werden soll«, scherzte er.

Sie sah ihn bitterböse an, und in den Augen funkelten Tränen.

»Pfui, Sie spotten über mich!«

Er nahm erschrocken ihre Hand.

»Aber, liebe Komteß!«

Nun löste sich eine dicke Träne von ihren Wimpern und fiel über die glühende Wange herab auf ihre Hand, er zog die Hand schnell an seine Lippen und küßte die Träne fort.

»Teuerste Komteß, habe ich Sie verletzt? Sie sehen mich untröstlich«, murmelte er in warmem, bittendem Ton.

Sie schluckte tapfer die Tränen hinunter.

»Ach, Sie freuen sich, daß Sie nun wieder fortkommen von Plessentin«, flüsterte sie unsicher und suchte ihre Hand loszumachen. Er hielt sie aber fest.

»Nein, ich freue mich nicht; im Gegenteil! Mir wird der Abschied schwer, sehr schwer werden. Glauben Sie mir das. Ich wollte es mir, weiß Gott, nicht anmerken lassen – es hilft doch nichts. Fort muß ich nun einmal. Aber im nächsten Sommer komme ich wieder, und – und darauf freue ich mich jetzt schon –, ehrlich ich freue mich darauf. Auf Plessentin und auf Brenkenhof; auf den schönen Plessentiner Park, auf den klaren Bach und – und am meisten auf eine holde, liebliche Quellnymphe. Wenn Sie dieses Märchenwesen sehen, dann sagen Sie ihm das, und – und vielleicht vergißt es mich nicht ganz –, meinen Sie, daß es ein klein wenig an den armen Trachwitz denkt?«

Hella war dunkelrot geworden. Nun nickte sie energisch mit dem Kopf, riß aber zugleich ihre Hand los und lief hinaus aus dem Stall, über den Hof und zurück ins Schloß.

Trachwitz sah ihr nach und seufzte tief auf.

Wenn man nun ein schlechter Kerl wäre, dachte er, dann machte man sich das zunutze. Liebe Kleine! Das Herzchen hat Feuer gefangen! Bis übers Jahr hat man den armen Hans Trachwitz längst vergessen.

Er streichelte sein Pferd und verließ langsam den Stall. Sein sonst so lustiges Gesicht war ernst. Er atmete draußen tief auf und »nahm sich bei den Ohren«:

Mach keine Flausen! Kopf hoch, Jungchen! Wirst dich nicht von einer Backfischschwärmerei aus dem Gleichgewicht bringen lassen? So ein holdes, feines Dingelchen ist nichts für dich. Plessen würde dir schön den Standpunkt klarmachen. Na, es ist ein Glück, daß es morgen schon fortgeht, solche Dummheiten könnten mir gerade noch fehlen.

So redete er sich selber zu. Schaute aber sehnsüchtig nach allen Seiten, ob das Kleid Hellas nicht irgendwo aufleuchtete.

Die saß oben in ihrem Zimmer, hatte das Gesicht in die Hände vergraben und weinte herzzerbrechend. Eva, die mit Marina im Nebenzimmer war, wurde aufmerksam und kam herüber. Erschrocken beugte sie sich über die Weinende.

»Hella – liebes Kind – was ist dir?«

Diese schluchzte noch ärger.

»Ach, ich bin so unglücklich!«

»Aber Kind, was ist geschehen, weshalb bist du unglücklich?«

Eva war ehrlich erschrocken.

»Weil ich mich totärgern könnte, daß es morgen zu Ende ist mit der Einquartierung.«

Eva strich ihr über das Haar. Ein Lächeln zuckte um ihre Lippen.

»Aber Liebling, das ist doch kein Unglück, vielleicht bekommen wir noch andere Offiziere ins Quartier.«

»Da ist Trachwitz aber nicht dabei!«

»Nein, der nicht, aber andere.«

»Ach, andere mag ich nicht. Sieh mal, ich hatte mich so nett mit Trachwitz angefreundet – nun geht er fort.«

Eva küßte leise den blonden Scheitel.

»Beruhige dich Hella, wenn es eine wirkliche, echte Freundschaft ist, die leidet nicht unter der Trennung, im Gegenteil!«

Hella trocknete sich die Tränen und hob den Kopf.

»Meinst du wirklich?«

»Gewiß, und du hast gehört, daß Herr von Trachwitz nächsten Sommer nach Brenkenhof kommt, dann könnt ihr eure Freundschaft erneuern und befestigen.«

Hella schlang die Arme um Eva.

»Ach, Eva, ob ihm wohl etwas an meiner Freundschaft liegt?«

»Das kann ich nicht wissen, Hella.«

»Er hat gesagt, daß er sich auf den nächsten Sommer freut und – ob ich ihn auch nicht vergessen werde bis dahin. Ist der dumm, nicht wahr? Natürlich denke ich an ihn, das ist selbstverständlich, da er auch dein Freund ist, nicht?«

Eva lächelte verstohlen.

»Sicher – weil er mein Freund ist, wirst du an ihn denken. Wir können ja auch zuweilen von ihm sprechen, und wenn ich an Frau von Hohenau schreibe, nachdem sie wieder zu Hause ist, können wir Trachwitz sogar Grüße bestellen. Da wird er merken, daß wir ihn nicht vergessen.«

Hella klatschte froh getröstet in die Hände und sprang auf.

»Ja, das wollen wir tun. Ach, gute, liebe Eva, wie gut, daß ich dich jetzt habe!«

Eva beugte sich zu Marina herab, um den Schalk in ihren Augen zu verbergen.

»Komm, mein Kleines, geh zu Tantchen – Tantchen soll wieder froh sein und nicht mehr weinen.«

Wenige Minuten später tollte Hella mit dem Kind und den beiden Dackeln im Garten umher.

Vergessen war der erste Schmerz unbewußter, junger Liebe.

Eva saß auf einer Bank und schaute den Kindern lächelnd zu. Gottlob, es war keine Ursache vorhanden, sich wegen Hella Sorgen zu machen.

Nun hatten sie sich müde getollt und kamen zu Eva heran. Die Dackel sprangen an ihnen empor und wollten weiterspielen. Eva nahm Marina auf den Schoß und scheuchte die Tiere fort. Hella rückte dicht heran und legte ihren Kopf an Evas Schulter.

»Du, erzähl ein bißchen von zu Hause, ja?« bat sie leise und sah sinnend in die Baumwipfel. Die junge Erzieherin wußte, daß das eigentlich heißen sollte: Erzähle mir von Trachwitz!

Sie erzählte Alltägliches aus ihrem Leben, auch von Hans von Trachwitz. Daß er arm sei, aber trotzdem der fröhlichste unter seinen Kameraden und ganz anders als diese. Daß er nur die Mutter hatte und diese sehr liebte. Wie er allgemein beliebt war wegen seiner anspruchslosen Heiterkeit, dabei brav und fleißig und immer hilfsbereit, wenn man etwas von ihm verlangte.

Hella, die wilde, unruhige Hella, saß still da und hörte zu.

So fand Udo die drei, als er von einem Ritt nach den Vorwerken nach Hause kam. Er blieb erst eine Weile entfernt stehen und betrachtete die friedliche Gruppe. Wie traut und lieblich war das Bild! Er atmete tief auf und ging mit langsamen Schritten heran.

»Wunder über Wunder, Fräulein Hermsdorf! So still und friedlich kenne ich meine Hella nicht!«

Marina strebte von Evas Schoß und lief dem Vater entgegen. Er beugte sich zu ihr hinab und nahm sie empor. Dabei sah er in Evas Augen hinein. Wie ein reiner, klarer Bergsee schienen sie ihm.

»Ich habe Ihnen Grüße von Hohenaus zu bestellen. Frau von Hohenau besucht Sie noch, ehe sie abreist.«

»Ich danke Ihnen, Herr Graf.«

»Wird sich das Heimweh nicht bei Ihnen einstellen, wenn sie fort ist?« fragte er, Marinas Köpfchen zärtlich an sich drückend.

Eva sah ihn ruhig an mit den schönen, ehrlichen Augen.

»Nein – ich bin hier nicht einsam und freudlos. Hella und Kleinchen haben mir ihre Herzen zugewandt – ich habe einen schönen Wirkungskreis, wo ich nützen, wo ich Liebe austeilen kann –, meine arme Mutter wird viel mehr unter der Trennung leiden!«

»Sie haben Ihre Mutter sehr lieb, nicht wahr?«

»Ja. Da wir jedoch nicht zusammenbleiben konnten, muß man sich der Notwendigkeit fügen.«

»Wenn heute diese Notwendigkeit nicht mehr bestünde, dann würden Sie gewiß schnell nach Hause zurückkehren?«

Sie verschlang die Hände ineinander und sah sinnend darauf nieder. Dann hob sie den Kopf und sah ihn fest an.

»Nein, ich würde bleiben. Diese beiden Kinder zu hegen und pflegen ist eine Aufgabe, die mein Leben ausfüllt. Zu Hause, bei der Mutter, würden meine besten Kräfte brachliegen. Ich möchte mir vom Leben immer Aufgaben wünschen, die das Einsetzen aller Kraft beanspruchen.«

Ihre Augen leuchteten, als sie das sagte. Er sah sie lange an, dann gab er ihr Marina zurück.

»Der starke Lebensdrang der Jugend! Ich wünsche Ihnen, daß er Ihnen immer treu bleibt«, nickte er ernst. »Sie sind um dieses starke, schöne Gefühl zu beneiden! – Ich habe es einst auch gekannt, und – ich gäbe alles hin, was mein ist an irdischen Gütern, könnte ich es mir zurückkaufen!«

»Ach, ihr müßt nicht so ernste Dinge besprechen, das ist langweilig«, murmelte Hella unzufrieden.

Da brachen sie ab und plauderten mit den Kindern.

Eva konnte aber den Ton nicht vergessen, in dem der Graf die letzten Worte zu ihr gesprochen hatte. Welch hoffnungsloser Schmerz lag darin!

*

Gräfin Hella stand mit ihrem Bruder auf der Freitreppe, als sich die Offiziere von dem Schloßherrn verabschiedeten. Sie war sehr tapfer, als Trachwitz ihr zum Abschied die Hand reichte. Seine lustigen Augen hatten einen ernsten, weichen Ausdruck.

»Leben Sie wohl, gnädigste Komteß, und vergessen Sie den Gruß an meine holde Quellnymphe nicht!«

»Nein, ich vergesse nie etwas, was ich verspreche!«

»Ich auch nicht. Also, auf Wiedersehen nächsten Sommer!«

»Auf Wiedersehen!«

Nun ritt er mit den anderen davon. Hella meinte, das Herz müsse ihr zerspringen, so unbändig klopfte es in der Brust. Aber die Haltung verlor sie nicht eher, bis sie oben bei Eva war und, von deren Arm umschlungen, ihr Herzeleid ausweinen konnte. Eva fand jedoch bald ein Mittel, die trüben Augen wieder hell zu machen.

»Die neuen Schläger sind mit der Post angekommen und

wunderbare Bälle. Das Netz habe ich auf dem Spielplatz schon aufspannen lassen. Wollen wir heute gleich anfangen?«

Natürlich wollte Hella, und eine halbe Stunde später war sie so ins Spiel vertieft, daß Trachwitz vergessen war.

Während Eva und Hella spielten, suchte Marina fröhlich die verschlagenen Bälle und warf sie in die Körbchen, die zur Aufbewahrung bestimmt waren.

Am Abend desselben Tages, als Hella und Marina bereits im süßen Schlummer lagen, trieb es Eva noch einmal hinaus in den Garten.

Eine klare, milde Mondscheinnacht umfing sie. Das junge Mädchen schritt in dem schmalen Laubengang, der sich längs der Hauslaube hinzog, auf und ab. Wohl eine Viertelstunde mochte sie gegangen sein, da hörte sie die Tür gehen, die von der Hauslaube zu dem Arbeitszimmer des Grafen führte.

Erschrocken blieb sie im Schatten stehen und sah hinauf. Graf Udo erschien; unerklärliche Scheu hielt sie davon ab, sich ihm bemerkbar zu machen. Wie gebannt stand sie da und schaute zu ihm hin.

Das Mondlicht fiel auf sein Gesicht. Fast hätte sie aufgeschrien vor Entsetzen. Sein Gesicht sah im Mondlicht totenbleich aus, und in den Augen, die sich starr zum Mond aufrichteten, lag ein Ausdruck unbeschreiblicher Qual.

Eva drückte beide Hände gegen ihr Herz, ein Zittern durchlief ihren Körper, aber sie konnte den Blick nicht von ihm wenden. So standen sie beide wie gebannt in der schweigenden, geheimnisvollen Mondnacht. Ein heißes Gebet stieg aus Evas Herz empor in die Unendlichkeit.

›Vater im Himmel, befreie ihn von seiner Seelenpein; hilf ihm, gib ihm das Glück, die frohe Schaffenskraft der Jugend zurück, nach der er sich sehnt. Hilf ihm – hilf ihm!‹

Wie ein versteinertes Bild des Schmerzes, an das Geländer der Hauslaube gelehnt, stand Udo, dann ging er ins Zimmer zurück. Sie hörte deutlich einen schweren Seufzer zu sich herüberklingen. Wie gejagt lief sie durch den Garten zurück ins Haus. Vor dem Bett seines Kindes sank sie in die Knie. Die tiefen, regelmäßigen Atemzüge hoben und senkten der Kleinen Brust, und Eva barg das Gesicht in den Händen.

Ihr war, als habe sie tief hineingesehen in eine elende, qualzerrissene Menschenseele.

Was mochte auf ihm lasten? Welcher Kummer drückte sein Herz? Welch tiefes Leid verbarg er hinter der ernsten stillen Ruhe, die er zur Schau trug? Von dieser Ruhe war nicht der schwächste Abglanz auf seinem Gesicht gewesen, als er sich vorhin allein glaubte.

Sie wußte, sie hatte ihn belauscht, hatte hinter die Maske gesehen, die er sonst vor seinem wahren Antlitz trug. Wie mußte er leiden, welche Qualen mußten ihn beherrschen! Sie hatte einen Blick in sein heimliches Elend getan. Wenn er sie gesehen hatte!

Sie zitterte vor Angst bei diesem Gedanken. Daß sie ihn belauscht hatte, durfte er nie erfahren – nie!

Gedankenvoll suchte sie ihr Lager auf. Schlafen konnte sie lange nicht. Immer noch sah sie das bleiche, mondbeschienene Antlitz vor sich. Heißes, inniges Mitleid erfüllte ihre Seele.

*

Frau von Hohenau kam einige Tage später mit ihrer Mutter nach Plessentin, um sich zu verabschieden. Ihr lustiges, frisches Geplauder weckte eine fröhliche Stimmung.

Sie neckte sich mit Hella, liebkoste das Kleine, zankte mit dem Grafen, weil er immer ernst und still war, und wechselte herzliche, verständige Worte mit Eva. Ein Abglanz ihres

Frohsinns spiegelte sich auf allen Gesichtern, sogar Udo lächelte zuweilen über ihre ungezwungenen Äußerungen.

Zu Hellas geheimer Freude kam sie auch auf Trachwitz zu sprechen. Sie schilderte mit innigem Vergnügen das Mahl, zu dem er sie und ihren Mann neulich aus dem Stegreif geladen.

Hella machte große Augen.

»Ist er so arm?« fragte sie erschrocken.

Magda lachte.

»Der? Ach, Kindchen, der ist reicher als wir alle, weil er zufrieden ist und jedem Ding die freundlichste Seite abzugewinnen versteht. An Geld und Gut ist er freilich arm, aber sonst ist er ein Prachtmensch. Dem wünsche ich mal eine reiche Frau, damit er es gut bekommt. Aber in dieser Beziehung ist er riesig anspruchsvoll!«

»Trachwitz und anspruchsvoll – das ist mir neu«, bemerkte Eva erstaunt.

»Und doch ist es so. Eine arme Frau kann er nicht gebrauchen, das ist ausgeschlossen. Wenn er also heiraten soll, muß es eine vermögende Frau sein. Von der verlangt er aber noch besonders, daß sie hübsch und lieb ist und daß er sie von Herzen gern haben kann. Sonst dankt er überhaupt.«

»Da es wenig reiche, hübsche und liebe junge Damen gibt, allerdings«, gab Eva lachend zu. Hella aber stand stumm am Fenster und schaute hinaus.

Als Frau von Hohenau und ihre Mutter nach herzlichem Abschied davongefahren waren, blieb Udo noch ein Weilchen und beschäftigte sich liebevoll mit seinem Kind. Da trat Hella zu ihm heran.

»Du, Udo, bin ich eigentlich reich?«

Er sah erstaunt in ihr ernstes Gesichtchen.

»Wie kommst du darauf, Hella?«

»Sag es mir, bitte, ich möchte es gern wissen«, drängte sie.

Er zog sie an sich.

»Ja, Hella, du wirst ein großes Vermögen besitzen. Aber nun sag mir auch, weshalb du dies wissen willst.«

Da wurde sie dunkelrot.

Und eilig lief sie hinaus.

Udo von Plessen sah seiner Schwester betroffen nach und blickte dann fragend in Evas Gesicht.

Diese stand am Tisch und ordnete Blumen in eine Vase. Bei seinem fragenden Blick wurde sie rot.

»Können Sie mir verraten, weshalb meine Schwester plötzlich wissen will, ob sie Vermögen hat?«

»Ja, ich könnte es, möchte jedoch nicht aus der Schule plaudern.«

Udo sah nachdenklich aus. Ihm fiel ein, was Frau von Hohenau über Trachwitz gesagt hatte. Da begriff er mit einem Male.

»Ist das möglich – sagen Sie mir, Fräulein Hermsdorf –, sollte das Kind an Trachwitz gedacht haben?«

Sie sah unschlüssig aus. Dann hob sie entschlossen den Kopf und sah ihn fest an.

»Ja, sie hat an ihn gedacht«, erwiderte sie bestimmt.

Er stützte den Kopf in die Hand und wiederholte ein bißchen hilflos:

»Sie ist doch noch ein Kind!«

»Mit fünfzehn Jahren haben die meisten von uns eine Schwärmerei, Herr Graf«, bemerkte Eva lächelnd.

»Und dafür halten Sie Hellas Interesse für Herrn von Trachwitz?«

»Vorläufig, ja!« Eva sah ihn ernst an.

»Vorläufig? Das läßt ein Mehr für die Zukunft zu.«

»Hella empfindet tief und stark, trotz ihres kindlichen Übermutes. Ihr Sinn wird hier durch nichts abgelenkt. Es wäre nicht ausgeschlossen, daß diese heute kindlich erscheinende Schwärmerei einen dauernden Platz in ihrer jungen

Seele einzunehmen imstande wäre. Und Herr von Trachwitz wird nächsten Sommer wochenlang in Brenkenhof weilen. Entweder vertieft sich dann Hellas Denken und Sinnen für ihn, oder aber – sie schafft sich in seiner Abwesenheit ein Bild von ihm, welches der Wirklichkeit nicht mehr entspricht. Dann ist er abgetan, und ich fürchte, daß dann zum mindesten mein Freund Trachwitz sehr unglücklich sein wird!«

»Was soll man aber dabei tun, vor allem um Hella vor Schaden zu bewahren?«

Sie sah, in ernstes Sinnen verloren, vor sich hin. Er betrachtete sie unausgesetzt. In ihrer Gegenwart lag ein Zauber für ihn, der ihm Frieden brachte. Ihre lebensstarke, frische Persönlichkeit wirkte befreiend auf seine düsteren Stimmungen. Und er vertraute ihr, er wußte, daß sie den rechten Weg finden würde, Hella vor Herzeleid zu bewahren.

Endlich hob sie lächelnd den Kopf.

»Würden Sie es als Unglück betrachten, wenn Hella einst Trachwitz' Frau werden möchte?«

Er strich sich mit der Hand über die Stirn.

Nach einer Weile sagte er fest:

»Herr von Trachwitz war mir persönlich angenehm. Daß er ein ehrlicher, tüchtiger Mann mit vornehmen Gesinnungen ist, hörte ich wiederholt von Ihnen und von Hohenaus. Seine Armut wäre kein Hindernis. Wenn er Hella liebte, und sie ihn – nein, das wäre gewiß kein Unglück.«

Sie nickte lächelnd.

»Das meine ich auch, und wenn Sie wirklich meinen Rat hören wollen, so lassen Sie die Dinge laufen und stören Sie Hella nicht. Sie vertraut mir – auch in dieser Sache, in der sie bei mir, der Frau, mehr Verständnis erwartet als bei Ihnen, dem Mann. Ich verspreche Ihnen, zu wachen wie über ein mir anvertrautes Heiligtum. Das ist eine junge Mädchenseele, in der sich das Weib zu regen beginnt. Ich glaube Ihnen bestimmt versichern zu können, daß Sie keine Ursache zur Sorge haben.«

Er stand auf und reichte ihr bewegt die Hand.

»Ich danke Ihnen, danke Ihnen herzlich. Für mich gibt es nur noch eins im Leben: das Glück meiner Schwester und meines Kindes. Wenn Sie mir dabei helfen wollen, verpflichten Sie mich zu unauslöschlicher Dankbarkeit«, bekannte er warm.

Sie hatte ihre Hand in die seine gelegt.

»Ich will meine ganze Kraft dafür einsetzen, Herr Graf!«

Sie sahen sich beide an. Unter seinem Blick stieg dunkle Röte in ihr Gesicht, aber ihr Blick blieb offen und klar. Da gab er schnell ihre Hand frei, küßte sein Kind herzlich auf den Mund und ging hinaus.

Eva sah erzitternd hinter ihm her. Für mich gibt es nur noch eins im Leben: das Glück meiner Schwester und meines Kindes. So hatte er gesagt. Welch traurige Ergebung lag in seinen Worten. Er, ein Mann von fünfunddreißig Jahren, gesund, reich, unabhängig, berechtigt zu vollem Glück – und dieser Verzicht auf alles. Was machte ihn nur so mutlos, so traurig?

Und wieder sah sie sein Antlitz vor sich, wie sie es in der Mondscheinnacht gesehen, wieder flog ihr Gebet zum Himmel empor für sein Glück. Tief seufzte sie auf – und rettete sich in ihre Pflichten.

Eva ging, um nach Hella zu sehen. Sie fand das junge Mädchen wirklich bei der Arbeit.

»Du, Eva, wie lange muß ich wohl lernen, bis ich weiß, was ich brauche?« rief sie ihr entgegen.

Eva sah über ihre Schulter in das Buch.

»Wenn du dir Mühe gibst, kannst du in zwei Jahren fertig sein!«

»In einem Jahr kann ich's nicht? Auch nicht, wenn ich enorm fleißig bin?«

»Eilt es so sehr?«

»Weißt du, solange man eine Erzieherin braucht, ist man eigentlich noch ein halbes Kind.«

»Nun, in einem halben Jahr brauchst du vielleicht keine Erzieherin mehr. Dann hat Kleinchen mich nötig, und für dich bin ich dann Gesellschafterin. Wenn du dabei noch ein bißchen lernst, tust du es zu deinem Vergnügen. Sieh mal, ich bin zweiundzwanzig Jahre alt und lerne immer noch gern. Je älter man wird, je lieber arbeitet man, weil Arbeit frei macht und stark.«

»Vielleicht wird es bei mir auch mal so. Du, ob Trachwitz wohl viel gelernt hat?«

Hella lachte laut auf.

»Weißt du, was er mir geantwortet hat, als ich ihn fragte, warum er Offizier geworden sei?«

»Nun?«

»Zu etwas anderem sei er zu arm oder zu dumm gewesen.«

Eva lachte.

»Das sieht ihm ähnlich. Er steckt immer voller Späße. Von Dummheit habe ich bei ihm jedenfalls noch nichts gemerkt, im Gegenteil!«

»Aber arm ist er. Ach, er tut mir leid. Wenn man ihm nur helfen könnte!«

Eva streichelte die heißen Wangen des jungen Mädchens. »Vielleicht geht es ihm später einmal besser.«

»Du meinst, wenn – wenn er eine reiche Frau bekommt? Gibt es in seiner Garnison viele reiche und schöne Damen?«

Eva lächelte. Sie wußte genau, was Hella jetzt hören wollte.

»Nein, Herzblatt, keine einzige«, erklärte sie in lächelndem Übermut.

Hella atmete auf und schrieb weiter.

Am Nachmittag fing es an zu regnen. Der Himmel hing tief herab. Draußen war alles grau. Ein heftiger Sturmwind schüttelte die ersten Blätter von den Bäumen.

Herbstahnung ...

Udo Plessen stand am Fenster seines Arbeitszimmers und sah düster den wirbelnden Blättern nach.

Da tönten leise Laute einer Singstimme an sein Ohr. Er horchte auf. Nun vernahm er auch die Klavierbegleitung. Er stand einige Minuten unschlüssig, dann ging er hastig hinaus, den Tönen nach. Sie drangen aus dem Gartensaal, in dem ein schöner Flügel stand. Udo trat leise durch die Seitentür ein.

Da saß Eva am Flügel und sang. Hella saß neben ihr und hielt Marina auf dem Schoß. Er setzte sich, unbemerkt von den dreien, in eine tiefe Fensternische und hörte zu.

Eva sang die Löwesche Ballade von Heinrich dem Vogler. Die frische, muntere Weise brachte sie vorzüglich zum Vortrag.

»Er lauscht, er lauscht und streicht sich von der Stirn das blondgelockte Haar ...«, die entzückende Melodie klang so weich, so herzinnig von ihren Lippen. Und nun schloß sie:

»Du gabst mir einen guten Fang; Herrgott, wie dir's gefällt!«

Hella und Marina klatschten fröhlich in die Hände.

»Reizend ist das, Eva, wunderschön! Nun sing auch das vom Wandern!«

Eva nickte.

»Das Wandern ist des Müllers Lust.«

Frisch und fröhlich tönte dieses Loblied auf freies, frohes Wandern durch den Raum. Man vergaß dabei, daß draußen kein Wanderwetter war. Als sie auch damit geendet hatte, baten die Kinder um ein neues Lied:

»Was soll ich singen?« fragte die Erzieherin.

»Was du willst, Eva.«

Eva wühlte suchend in den Noten herum. Endlich hatte sie gefunden, was sie suchte. Leise begann das Vorspiel. Dann fiel ihre klare, schöne Stimme ein:

»Ein Veilchen auf der Wiese stand,
Gebückt in sich und unbekannt,
Es war ein herzig Veilchen.«

Und so ging es weiter; Lied reihte sich an Lied. Eva wählte für die Kinder passende Weisen aus, und die beiden baten immer wieder um neue.

Udo war noch nicht bemerkt worden. Plötzlich sah ihn Hella sitzen.

»Ach, Udo – du bist hier? Wir haben dich nicht kommen hören.«

Eva stand sofort vom Flügel auf und wandte sich nach ihm um.

»Böse, weil ich heimlich den Zuhörer gespielt habe?«

Sie lächelte und entgegnete: »O nein!«

»Warum singen Sie dann nicht weiter?«

»Wenn Sie befehlen, singe ich mehr.«

»Befehlen? Kann man jemandem befehlen zu singen? Ich bitte darum! Noch ein einziges Lied. Ihre Stimme hat für mich etwas Tröstendes, Beruhigendes. Sie haben jetzt für die Kinder gesungen, singen Sie nun auch ein Lied für mich!«

»Gern. Haben Sie einen besonderen Wunsch?«

»Singen Sie den »Wanderer« von Schubert?«

»Ja, die Noten habe ich auch hier.«

Sie nahm wieder Platz und sang den »Wanderer«.

Er schloß die Augen und hörte zu. Als sie den Schluß sang: »Dort, wo du nicht bist, ist das Glück«, erhob er sich und trat zu ihr heran.

»Warum singen Sie so selten? Wissen Sie nicht, daß von Ihrer Stimme ein heilkräftiger Zauber ausströmt auf kranke Menschenherzen?«

Sie sah zu ihm auf. Ihre Augen wurden feucht.

»Oh, wenn ich damit heilen könnte, ich wollte singen – ohne Unterlaß.«

Er sah mit seinen traurigen Augen bittend in die ihren. »Wenn Sie manchmal in der Dämmerstunde singen wollten und mir das Zuhören gestatten würden, ich wäre Ihnen dankbar!«

»Dann tue ich es gern – sooft Sie es wünschen.«

Er beschäftigte sich nun mit Hella und dem Kind, sprach nicht mehr mit ihr und ging gleich darauf mit einem kurzen Gruß hinaus.

Aber seitdem stellte er sich jeden Tag in der Dämmerstunde im Gartensaal ein und hörte zu, wenn Eva sang.

Meist sprach er nicht mit ihr, sondern ging stumm wieder hinaus, wenn sie geendet hatte. Aber sie fühlte trotzdem, daß ihm ihr Gesang zum Bedürfnis geworden war.

# VI

Die beiden Vorwerke von Plessentin wurden je von einem Verwalter bewohnt. Der eine, Wedlich mit Namen, war schon ein älterer Mann, verheiratet und Vater von zwei schulpflichtigen Buben.

Der andere, Herr Martin, hatte, seit Eva Hermsdorf im Schloß war, sehr oft dort zu tun, öfter, als gerade notwendig gewesen wäre. Martin war ein hübscher, stattlicher Mensch, blond und blauäugig. Seine Augen leuchteten jedesmal auf, wenn er Eva sah.

Seit fast vier Monaten war das junge Mädchen nun im Schloß, und ihr war, als habe sie nie eine andere Heimat gehabt.

Ihrer Mutter schrieb sie jede Woche einen lieben, ausführlichen Brief.

Nun stand das Weihnachtsfest dicht vor der Tür. Da gab es im Plessentiner Schloß unendlich viel zu tun. Wie jedes Jahr, sollte die ganze Dorfjugend beschenkt werden.

Wenn Eva an Weihnachten dachte, bangte sie ein wenig um ihre Mutter. Die würde einsam und verlassen das Fest feiern, das sie früher immer in inniger Liebe mit Mann und Kind vereint hatte.

Hella hatte diese traurige Stimmung Evas wohl bemerkt und mit Bitten nicht nachgelassen, bis sie ihr gesagt hatte, warum sie betrübt wäre. Hella war dann plötzlich aus dem Zimmer gelaufen. Sie sprang die Treppe hinab und stürmte in Udos Arbeitszimmer.

»Udo, jetzt weiß ich's!«

»Was denn, Liebling?«

»Mit was wir Eva eine echte und rechte Weihnachtsfreude machen können. Das wolltest du doch gern wissen?«

Er zog Hella in seine Arme.

»Nun, Liebling – da bin ich wirklich sehr neugierig!«

»Wir lassen heimlich Evas Mutter zu Besuch hierherkommen. Sie bangt nach ihr. Ganz heimlich machen wir das. Eva muß ihre Mutter unter dem Tannenbaum finden. Ist das nicht ein guter Einfall?«

Udo überlegte.

»Du hast recht, Hella. Das läßt sich machen. Ich will gleich heute an Frau Hermsdorf schreiben und sie bitten, herzukommen. Oder nein, besser noch, du tust es. Ich sorge dann dafür, daß zur rechten Zeit ein Wagen am Bahnhof ist.«

Hella umarmte ihn stürmisch.

»Ach, wird das herrlich! Oh, Eva wird Augen machen, das kann ich dir sagen! Aber nun will ich den Brief gleich hier bei dir schreiben, oben könnte Eva etwas davon merken.«

»Tu das – hier ist alles, was du dazu brauchst; setze dich an meinen Schreibtisch.«

Das junge Mädchen machte sich eifrig an die Arbeit und schrieb:

*Sehr geehrte Frau Hermsdorf! Seit langem sinnen mein Bruder und ich, unserem lieben Fräulein Eva eine recht große Weihnachtsfreude zu machen. Bitte, kommen Sie zu Besuch nach Plessentin für die Weihnachtszeit! Mein Bruder schickt Ihnen den Wagen an den Bahnhof. Sie müssen uns mitteilen, wann Sie eintreffen können. Aber Sie müssen bestimmt kommen. Mein Bruder bittet sehr darum. Nicht wahr, Sie erfüllen unsere Bitte? Ihre Antwort erwarten wir recht schnell. Bitte, bitte, kommen Sie!*

*Ihre Hella Plessen*

Sie reichte Udo den Brief hin.

»Ist es recht so, Udobruder?«

Der Graf las und nickte dann freundlich.

»Sehr recht. Es ist gut so. Nun noch die Adresse, Liebling.«

Diese war schnell geschrieben.

Udo schickte den Brief sofort mit einem Boten in die Stadt. Es war nicht mehr viel Zeit zu verlieren, wenn sich Frau Hermsdorf noch rechtzeitig entschließen sollte.

Hella ging wieder hinauf zu Eva und Marina. Sie wollten in den Park gehen, um eine Schneeballschlacht zu schlagen.

Wenige Minuten später schoben Eva und Hella den zierlichen Schlitten mit Udos Töchterchen über die weiße Schneefläche. Am Ende des Laubenganges kam ihnen Herr Martin, der Verwalter, entgegen. Seine Augen strahlten, als er Eva sah. Er grüßte artig.

Eva blieb stehen und sprach einige Worte mit ihm in ihrer freundlich-ruhigen Art. Er ließ seine Augen nicht von ihrem Gesicht.

In diesem Augenblick kam der Graf durch den Garten. Ganz plötzlich stand er neben ihnen und fing noch Martins leuchtenden Blick auf. Udos Gesicht wurde um einen Schein blasser, als er die beiden im traulichen Gespräch beieinander sah. Am liebsten wäre er stumm vorbeigegangen, aber er zwang sich zum Stehenbleiben.

»Wollten Sie ins Schloß, Martin?«

»Ja, Herr Graf, ich hätte Ihnen einiges vorzutragen.«

»Gut, ich gehe voran – lassen Sie sich nicht stören.«

Dann ging er an ihnen vorbei, sprach noch ein paar Worte mit den Kindern und war bald darauf verschwunden.

Eva hatte erstaunt aufgesehen. Udos Worte hatten einen scharfen, harten Klang, so hatte sie ihn noch nicht sprechen hören. Sie gab nur noch sehr einsilbige Antworten auf Martins Reden, und dieser verabschiedete sich endlich.

In seinen Augen stand deutlich das Bedauern zu lesen, daß die junge Dame ihn nicht zurückhielt. Während Eva den Kindern nacheilte, folgte er dem Grafen. Dieser hatte sich inzwischen beruhigt. Was fiel ihm denn ein, sich darüber zu ärgern, daß Martin anscheinend großes Wohlgefallen an der Erzieherin fand?

Natürlich konnte es ihm nicht lieb sein, wenn das junge Mädchen den Verwalter heiraten würde. Er konnte sich nicht mehr vorstellen, wie es ohne sie hier gehen sollte. Solche Erzieherin fand er nie wieder für sein Kind, nie wieder eine so verständnisvolle Freundin und Gesellschafterin für seine junge Schwester. Und er selbst?

War sie nicht auch ihm notwendig geworden, notwendiger noch als den Kindern? War es in seiner qualerfüllten Seele nicht still und friedlich, wie seit Jahren nicht, wenn sie ihn mit den schönen, ehrlichen Augen ansah? Bannte ihr Gesang nicht die wilden Geister der Reue und der Verzweiflung in seiner Seele?

Seit sie in Plessentin war, keimte unter allem Schmerz und Kummer ein heimliches Freuen in seiner Brust.

Wenn er morgens erwachte und sich sagte, daß er sie nachher im Frühstückszimmer sehen würde, dann schien ihm der Tag nicht mehr so glanzlos und öde wie zuvor.

Wunschlos gedachte er ihrer. Er wollte nichts, als sie sehen, zuweilen ein paar Worte mit ihr plaudern, wissen, daß sie da war – er konnte und durfte nichts anderes hoffen und wünschen.

Aber schon das machte sein zerstörtes Leben schöner und wertvoller. Sollte ihm das auch wieder genommen werden?

Er empfing Martin ruhig und freundlich wie immer. Was der Verwalter mit ihm zu besprechen hatte, waren im Grunde unwichtige Dinge. Udo merkte, daß dieselben einen Besuch im Schloß nicht nötig gemacht hätten.

Als Martin nun eigentlich hätte wieder gehen können, blieb er noch unschlüssig stehen.

»Verzeihung, Herr Graf! Ich hätte noch ein persönliches Anliegen – ich möchte mir gern noch eine Frage erlauben!«

Udo fühlte ganz deutlich: Jetzt wird er von Eva Hermsdorf sprechen. In seinem Gesicht veränderte sich jedoch kein Zug.

»Was gibt es noch, Herr Martin?«

Dieser drehte unbeholfen an einem Knopf seiner Joppe herum.

»Es ist – ich möchte bitten –, Herr Graf, würden Sie etwas dagegen haben, wenn ich Fräulein Hermsdorf bitten würde, meine Frau zu werden?«

Nun war es heraus. Martin atmete erleichtert auf. Udo stützte den Kopf in die Hand und verbarg so seine Augen.

»Dagegen haben kann ich nichts«, erwiderte er scheinbar ruhig. Seine Stimme klang aber schwer und tonlos. »Daß ich es nicht gern sehe, eine so vorzügliche Erzieherin für meine Tochter und Schwester zu verlieren, werden Sie wohl verstehen.«

»Gewiß, Herr Graf. Es würde ja auch nicht eilen mit der Hochzeit.«

»Sind Sie schon im Einverständnis mit Fräulein Hermsdorf?« fragte er matt.

In seinen Augen lag ein unruhiges Forschen.

Martin fuhr sich unbehaglich über den Kopf.

»Leider nicht, Herr Graf. Ich komme nicht dazu, das Fräulein ungestört zu sprechen. Sie ist fast nie allein. – Wenn – wenn vielleicht Sie, Herr Graf, ein gutes Wort für mich bei ihr einlegen würden, Sie sind ein so gütiger Herr! Für alles wissen Sie Rat und Hilfe, wenn einer zu Ihnen kommt. Ich habe das Fräulein rechtschaffen lieb, aber ich bin unbeholfen, verstehe mich nicht auf Frauen. Wenn Sie so gütig sein wollten, Fräulein Hermsdorf zu fragen – ich möchte gar zu gern bald wissen, woran ich bin. Eine Frau brauche ich, Herr Graf. Es taugt nichts, wenn man so lange wartet. Ich bin dreiunddreißig Jahre alt. Verzeihen Sie, daß ich Sie damit behellige, aber Sie können mir wenigstens bald Gewißheit verschaffen. Das Zaudern und Herumdrücken ist ein gräßlicher Zustand. Fräulein Hermsdorf ist immer sehr freundlich zu mir, aber ob sie mich mag, das habe ich eben noch nicht herausbringen können. Und lieber will ich wissen: Nein, sie mag dich nicht, als immer diese Ungewißheit!«

Udo ließ die Hand vom Gesicht fallen. Sein Aussehen verriet nichts von dem, was er bei Martins Worten empfand. Er sah in sein ehrliches Gesicht.

»Ich will Fräulein Hermsdorf noch heute fragen, Martin. Die Antworten holen Sie sich wohl morgen bei ihr oder bei mir.«

»Tausend Dank, Herr Graf. Ich wußte, daß ich bei Ihnen nicht vergeblich bitten würde.«

Udo verabschiedete ihn.

Als er gegangen war, lief der Graf ruhelos in dem Zimmer auf und ab. Allen Vernunftgründen zum Trotz bäumte sich etwas in ihm auf gegen diese Verbindung. Und doch konnte er die Zeit nicht erwarten, bis er Eva würde fragen können ...

Endlich hörte er sie mit den Kindern hereinkommen. Er ging hinaus in die große Halle, um ihr wie zufällig zu begegnen.

»Fräulein Hermsdorf, ich habe etwas mit Ihnen zu besprechen. Wenn Sie Marina versorgt haben, kann Hella bei ihr bleiben, bis Sie zurückkommen; ich erwarte Sie in meinem Arbeitszimmer.«

»Ich werde mich beeilen, Herr Graf!«

»Ah, ihr wollt geheime Beratung halten wegen Weihnachten, das merkt ein Blinder!« rief Hella lachend.

»Wie bist du klug, Hellakind!«

Marina strebte auf seine Arme.

»Papa, lieber Papa, ich will lieb zu dir sein.«

Er hob sie hoch und küßte sie.

»Ich habe was Schönes gelernt von Eva, will es dir sagen«, plauderte die Kleine wichtig.

»So – nun, dann sage es mir.«

»Gott schütze meinen lieben Papa, mache ihn glücklich und froh. Amen.«

Udo sah zu Eva hinüber. Sie war rot geworden und lächelte verlegen.

»Ein Abendgebet«, sagte sie dann wie erklärend.

Udo drückte sein Töchterchen an sich.

»Sage es noch einmal, Herzkind! – Es klingt so lieb und schön.«

Marina wiederholte eifrig:

»Gott schütze meinen lieben Papa, mache ihn froh und glücklich. Amen.«

»Wie schön, meine kleine Maus.«

»Marina nicht Maus – ich Herzkind, Liebling«, widersprach die Kleine. »Marina Tante Hellas Schatzkind, Evas Goldherz.«

»Kleine Plaudertasche – nun geh.« Er lächelte bewegt und stellte das Kind wieder auf den Boden.

Eine Viertelstunde später trat Eva nach kurzem Klopfen in Udos Arbeitszimmer.

»Was haben Sie mir zu sagen, Herr Graf?«

Er bot ihr einen Stuhl an und stellte sich so, daß sein Gesicht im Schatten blieb. Das ihre wurde hell beleuchtet.

»Ich bin mit einer heiklen Aufgabe beauftragt, Fräulein Hermsdorf. Herr Verwalter Martin war, wie Sie wissen, bei mir. Er hat mich gebeten, Ihnen zu sagen, daß er Sie sehr lieb hat und Sie bittet, seine Frau zu werden.«

Eva fuhr auf und sah erschrocken und fassungslos in sein Gesicht.

»Herr Graf, ich verstehe das nicht. Ich habe Herrn Martin nie Veranlassung gegeben, eine solche Frage zu stellen!«

»Ich habe ihm versprochen, ein gutes Wort für ihn einzulegen. Das Wort will ich halten. Martin ist ein tüchtiger und ehrlicher Mensch. Er wird Ihnen ein gesichertes, wenn auch bescheidenes Leben bieten können. Wenn Sie ihn liebhaben, er wird Sie glücklich machen!«

Eva erhob sich langsam. Sie war sehr blaß, ihre Lippen zuckten, sonst war sie äußerlich ruhig.

»Ich bedaure, Herr Graf, ich kann diesen Antrag nicht annehmen. Ich liebe Herrn Martin nicht und habe nie daran gedacht, daß er mich mit anderen Augen betrachtet als ich ihn. Wenn Sie jedoch meinen, daß ich hier meiner Stellung nicht weiter gewachsen bin – wenn Sie wünschen, daß ich Hellas und Marinas Erziehung in andere Hände legen soll –, so bitte ich, mir dieses offen zu sagen.«

In Udos Augen hatte es bei diesen Worten zuerst aufgeleuchtet. Nun sah er betroffen in ihr zuckendes Gesicht. Er trat zu ihr und faßte ihre Hand.

»Was soll das? Wie kommen Sie darauf, daß Sie Ihrer Stellung nicht gewachsen sein sollten?«

»Weil Sie mir zureden, Martins Frau zu werden.«

»Zureden? Ich habe einfach ein gegebenes Wort erfüllt, gleichviel, ob es mir leicht oder schwer war. Fräulein Hermsdorf – habe ich Ihnen nicht so oft gesagt, wie froh ich bin, daß ich in Ihnen eine so vorzügliche, liebevolle und verständige Erzieherin für die Kinder gefunden habe? Wenn Sie Ihr Amt niederlegten, es wäre ein unersetzlicher Verlust für die Kinder – und für mich! Als Martin mir sein Anliegen vorbrachte – ich wußte ja nicht, wie Sie darüber denken –, da war ich schon sehr schmerzlich berührt. Aber ich durfte Ihnen nicht im Wege stehen, wenn sich Ihnen ein Glück bietet, für das Sie in meinem Hause nie Ersatz finden können.«

Sie preßte die Handflächen zusammen.

»Ich suche kein anderes Glück, als Ihre Zufriedenheit zu erwerben, als mein Leben Marina und Hella weihen zu dürfen!«

Ein wehmütiges Lächeln spielte um seine Lippen.

»Sagen Sie das nicht. Sie sind jung, schön und liebenswert. Ihnen wird noch ein vollkommeneres Glück blühen als das!«

Sie schüttelte heftig den Kopf.

»Nein, ich wünsche mir nichts, als immer hierbleiben zu dürfen.«

»Seien Sie froh, daß ich Sie nicht beim Wort nehme«, flüsterte er mit seltsam gepreßter Stimme und trat von ihr zurück.

Sie hatte keine Ahnung, was in ihm vorging. Ein Lächeln umspielte ihren Mund.

»Es bedarf keines Wortes.«

»Also fühlen Sie sich wunschlos glücklich in Plessentin?«

»Ja«, bekannte sie fest und klar.

»Das wird so lange dauern, bis in Ihrem Herzen einmal die Liebe erwacht!«

Eva errötete. Dann sagte sie leise, aber voll Festigkeit:

»Ich werde mich niemals verheiraten!«

Seine Augen blitzten leidenschaftlich auf. Zum erstenmal sah sie ihn einen Augenblick unbeherrscht. Sie erschrak. Hatte sie eine Torheit begangen – hatte sie sich verraten? Sie zwang sich zu kühler Gelassenheit.

»Ich darf mich wohl zurückziehen, Herr Graf – oder haben Sie noch anderes zu besprechen?«

Auch er hatte sich gefaßt und war nun wieder ernst und ruhig.

»Also für Martin ist keine Hoffnung?«

»Nein«, sagte sie bestimmt.

»So will ich es ihm morgen mitteilen.«

»Ich bitte darum.«

Sie verneigte sich und wollte gehen. Da trat er an ihre Seite.

»Geben Sie mir die Hand zum Zeichen, daß Sie mir nicht zürnen.«

Sie reichte ihm die Hand und zwang sich, ihn ruhig anzusehen. Seine Augen senkten sich in die ihren.

Einen Augenblick hielten sich die Blicke fest, wie gebannt.

»Ich bin sehr glücklich, daß Sie bei uns bleiben, so glücklich, wie es ein Mensch sein kann, der keine Wünsche haben darf«, murmelte er bewegt mit leiser Stimme.

Sie erschauerte unter diesen Worten, und er fühlte, wie ihre Hand zitterte. Da gab er sie mit einem Seufzer frei.

»Nun gehen Sie zu den Kindern zurück«, bat er, matt von der Anstrengung, sich zu beherrschen.

Sie ging mit gesenktem Kopf hinaus. Er sah ihr nach, bis sie verschwunden war. Dann warf er sich mit den Armen gegen die Wand und barg das Gesicht in den Händen: Ein Verzweifelter.

Eva ging durch das Haus wie im Traum. So glücklich, wie ein Mensch sein kann, der keine Wünsche haben darf, klang es ihr immer wieder in den Ohren. Sie hätte weinen mögen, und doch erfüllte ein heimliches Glück ihre Seele.

*

In den nächsten Tagen sah Eva den Grafen nur bei den gemeinschaftlichen Mahlzeiten. Und da vermieden sie es, einander anzusehen oder das Wort aneinander zu richten.

Martin hatte betrübt, aber mit Fassung von Udo gehört, daß Fräulein Hermsdorf sich nicht entschließen könne, seine Frau zu werden.

In der Folge kam Martin nicht mehr so häufig vom Vorwerk herein, bis sich eines Tages auch diese Wunde schloß.

Eva war mit Hella und Marina im Schlitten nach Brenkenhof gefahren. Es war zwei Tage vor dem Christabend.

Frau von Brenken freute sich jedesmal herzlich, wenn das »Jungvolk« von Plessentin herüberkam. Im traulichen Wohnzimmer saß man um den runden Tisch. Die Kinder schmausten Weihnachtskuchen, und Frau von Brenken schenkte ihnen selbstbereitetes Marzipan. Nach einem zweistündigen Aufenthalt ging es wieder heimwärts.

Im Walde trafen sie Udo, der die Weihnachtstannen ausgesucht hatte. Frau Bode und Eva sollten sie am Abend schmücken.

Er ließ den Schlitten halten und trat heran. Die scharfe Luft hatte sein Gesicht gerötet, er sah frischer aus als sonst. Und seine Augen suchten, während er mit den Kindern plauderte, Evas Gesicht.

Diese sah mit den geröteten Wangen entzückend aus. Die Kinder plauderten vom Weihnachtsmann.

»Freuen Sie sich auch ein wenig auf das Weihnachtsfest, Fräulein Hermsdorf?« fragte er unvermittelt.

Sie mußte ihn nun ansehen.

»Nicht nur ein wenig, sondern sehr. Weihnachten ist das schönste Fest!«

»Aber Ihre Mutter fehlt Ihnen wohl sehr dabei?«

Sie sah an ihm vorbei. In ihren Augen lag ein Schatten.

»Noch mehr werde ich ihr fehlen. Doch das läßt sich nicht ändern.«

Einer der Knechte, die die Weihnachtsbäume abgeschnitten hatten, kam herbei und meldete, daß die Arbeit getan sei.

Udo nickte.

»Könnten Sie mich im Schlitten mit nach Hause nehmen? Darf ich einsteigen?«

Eva rückte beiseite.

»Bitte«, bat sie leise. Ihr Herz klopfte stürmisch dabei, aber sie ließ sich ihre Unruhe nicht anmerken.

Nun fuhren sie zusammen weiter. Die Kinder freuten sich sehr, daß Udo mit ihnen fuhr. So kamen sie nahe an das Dorf heran. Dort mußten sie über die Brücke des Flusses fahren.

Die Dorfjugend belustigte sich auf dem Fluß. Er war nur an den Ufern fest genug gefroren. In der Mitte war das Eis noch dünn und nicht tragfähig. Außerdem schien die Sonne und schmolz den Schnee und das Eis.

Udo warf einen besorgten Blick auf den Fluß. Die kecken Dorfjungen wagten sich zu weit vor. Der Graf ließ halten.

»Ich will die Bengels heruntertreiben! So ein Leichtsinn, jetzt auf den Fluß zu gehen!«

Er stieg aus und bat, einige Minuten auf ihn zu warten.

Die Schlitteninsassen sahen von der Brücke aus, daß der Graf zu den Kindern hinüberlief. Noch ehe er sie erreicht hatte, sah Eva, daß ein Knabe und ein Mädchen sich weiter als die anderen vorgewagt hatten. Im jugendlichen Übermut und Leichtsinn riefen sie die anderen an, um sich bewundern zu lassen. Da tönte Udos Stimme laut über den Fluß:

»Zurück! Sofort zurück!«

Aber in demselben Augenblick brach auch schon das Eis unter den beiden Kindern zusammen. Ein vielstimmiger, entsetzter Schrei ertönte wie aus einem Munde. Alle Kinder eilten ans Ufer in jähem Schreck. Hella umklammerte Marina, und Eva stand kerzengerade im Schlitten.

Ihre Augen weiteten sich, mit einem jähen Satz sprang sie heraus. Udo war wie ein Pfeil über die Eisfläche dahingeflogen, als er die Kinder einbrechen sah. Das Mädchen erfaßte er noch an den Kleidern, riß es heraus und schob es mit einem Ruck über das Eis dem Ufer zu. Dann beugte er sich, um den Knaben zu erfassen. Dieser war jedoch verschwunden. Weit ausholend, mit einem Fuß trat Udo die dünne Eisdecke durch, dann sprang er in die Öffnung hinein und tauchte unter.

Eva hatte genug gesehen. In größter Eile sprang sie den Knechten entgegen, die mit den Tannenbäumen herankamen.

»Schnell, den größten Baum vom Wagen und auf das Eis damit!« rief sie verzweifelt.

Die Knechte verstanden nicht gleich. Da riß sie an der größten Tanne.

»Anfassen, schnell, Graf Plessen ist im Eis eingebrochen! Wir müssen ihm zu Hilfe eilen!«

Sie riß die Knechte mit sich fort. Im Laufschritt ging es auf den Fluß.

Udo war emporgetaucht. Mit einer Hand hielt er den Knaben, mit der anderen suchte er einen Stützpunkt an dem Eis. Es brach jedoch immer wieder durch.

Da kam Eva mit den Knechten herbei. Sie gab Befehle wie ein Feldherr. Aus ihrem todblassen Gesicht schauten die Augen verzweifelt auf Udo. Jetzt lag die Tanne quer auf dem Eis. Sie schoben sie bis zu Udo heran. Dieser faßte in die Äste und zog sich daran vorwärts, bis das Eis nicht mehr unter dem Druck seines Körpers brach, dann hob er zuerst den Jungen heraus. Wieder knackte das Eis, aber Eva erfaßte den Jungen und zog ihn heran und legte ihn einem der Knechte in die Arme.

Dann aber wandte sie sich Udo wieder zu. Ihre ganze Seele lag in dem Blick. Udo fing ihn auf. Da flog ein glückseliges Leuchten über sein Gesicht. Ein Aufstemmen der Arme, ein kraftvoller Schwung, und er war in Sicherheit.

Eva taumelte wie im Schwindel einige Schritte vorwärts. Die Füße versagten ihr den Dienst. Er wollte sie stützen. Da fand sie die Haltung wieder.

»Schnell in den Schlitten – Sie erkälten sich auf den Tod!« rief sie außer sich.

Er gab den Knechten Befehl, die Kinder sofort im schnellsten Lauf ins Dorf zu fahren. Der Knabe hatte die Besinnung verloren. Udo überzeugte sich erst, daß sein Herz noch schlug, dann half er, ihn auf den Wagen zu legen, und deckte ihn mit den Pferdedecken zu.

»Nun schnell, schafft ihn heim. Seine Mutter soll ihn ins Bett stecken und Tee kochen – er wird sich gründlich erkältet haben.«

Eva war zu dem Schlitten herangetreten und beruhigte die jammernden Kinder. Hella streckte weinend Udo die Arme entgegen.

Auch Marina schluchzte, ohne zu begreifen.

Udo kam lächelnd in seinen steifgefrorenen Kleidern herbei. In seiner Miene sprach sich eine Freudigkeit aus, die unbeschreiblich war.

Eva sah nur stumm in sein Gesicht. Sie hatte die Decken von den Pferden ausgebreitet und die Wärmflasche zu ihm hinübergeschoben.

»Das gibt einen tüchtigen Schnupfen, Fräulein Hermsdorf«, scherzte er. Sie sah ihn nur mit einem feierlichen Blick an.

»Schnell!« bat sie tonlos.

Er gehorchte und stieg ein. Sie schlug die Decken um ihn herum, damit Hella und die Kleine nicht auch naß wurden; dann deckte sie die Pelzdecke über ihn.

»Schnell nach Hause!« rief sie dem Kutscher zu.

Die Pferde rasten davon.

Udo suchte mit Scherzworten die Kinder zu beruhigen. Es gelang ihm auch. Dabei schlugen ihm vor Frost die Zähne aufeinander. Eva saß mit halb abgewandtem Gesicht und trieb den Kutscher an.

»Sie sollen sich beruhigen – ich bitte darum«, sagte Udo zu ihr. Er merkte, daß sie am ganzen Körper zitterte. Sie sah ihn an, und in ihren Augen las er, wie sie sich um ihn geängstigt hatte. Sprechen konnte er nicht.

»Sind Sie so sehr erschrocken?« fragte er leise.

Sie nickte nur.

»Und waren so tapfer, so entschlossen, als alle den Kopf verloren! Ohne Ihre tatkräftige Hilfe hätte ich den Jungen nicht herausgebracht. Als ich die Tanne schlagen ließ, ahnte ich nicht, daß sie für mich und noch ein anderes Menschenleben zum Rettungsanker werden würde. Wie kamen Sie auf den Gedanken, die Tanne auf das Eis zu legen?«

Sie schloß einen Augenblick die Augen.

»Ich weiß es nicht. Ich – oh, bitte, sprechen Sie jetzt nicht mehr davon. Ich kann jetzt nichts denken, als daß Sie in den nassen Kleidern stecken. Noch droht Ihnen Gefahr!«

Sie sah sehnsüchtig dem Schlitten voraus. Endlich hielt er vor dem Schloß. Eva sprang schon heraus, ehe er hielt.

»Bitte, bringe Marina hinauf ins warme Zimmer«, bat sie Hella und eilte ins Haus.

»Franz, schnell hinaus, helfen Sie dem Herrn, er muß sich sofort umkleiden«, rief sie jetzt in die Dienerstube hinein. Dann trat sie in Frau Bodes Zimmer.

»Bitte, sorgen Sie dafür, daß der Herr Graf ein heißes Bad und Glühwein bekommt, er ist im Fluß eingebrochen, als er zwei Kinder rettete. Bitte, dringen Sie darauf, daß er sofort zu Bett geht, wenigstens bis ein Bad hergerichtet ist. Er nimmt es zu leicht. Eine schwere Krankheit ist unausbleiblich, wenn er nichts dagegen tut.«

Die alte Dame erhob sich schnell.

»Kindchen, Sie sind wie im Fieber. Beruhigen Sie sich, ich gehe gleich selbst nachsehen.«

Sie ging eiligst hinaus.

Eva taumelte gegen die Wand. Da blieb sie einen Augenblick stehen und preßte die Hände aufs Herz.

»Mein Gott, ich danke dir, daß du ihn behütet hast. Schütze sein Leben«, betete sie leise mit zitternder Stimme. Dann schlich sie mit wankenden Knien die Treppe hinauf.

Hella und Marina kamen ihr entgegen und umfaßten sie.

»Liebe, liebe Eva – wenn du nicht geholfen hättest! Oh, mein Bruder – wenn er ertrunken wäre! Ach, Eva, dann hätte ich sterben müssen vor Herzeleid.«

Eva umschloß die beiden Kinder in aufwallender Glückseligkeit.

»Er lebt; Gott hat ihn beschützt!«

*

Udo hatte folgsam ein heißes Bad genommen, war jedoch nicht zu bewegen, zu Bett zu gehen. Er trank den stark gewürzten Glühwein, den ihm Frau Bode vorsetzte. Nun lag er in wohliger Behaglichkeit auf dem Ruhebett und plauderte mit Hella und seinem Töchterchen, die ihm einen »Krankenbesuch« abstatteten, wie er sagte.

Die beiden ahnten nicht, mit welchem Aufruhr seiner Gedanken Udo sich abmühte. War seine Schuld gesühnt – dadurch, daß er zwei Leben rettete –, war er vor Gott nun kein Sünder mehr? Hatte er gutmachen können, was er einmal im Leichtsinn verbrach? Durfte er sich erlöst fühlen? Ach, wenn ihm jemand diese brennende Frage beantwortet hätte!

Graf Udo von Plessen und Eva Hermsdorf ahnten beide, daß sie in die Gewalt des Schicksals geraten waren; daß ihre Wege sich kreuzen würden, daß eine Entscheidung kommen würde – aber beide fürchteten sich davor.

Graf Udo verglich erneut und immer wieder das Soll und Haben seiner Taten, aber er konnte sich nicht von dem Gedanken befreien, daß ein Mord, sei er auch im Affekt begangen, handle es sich nach dem Strafgesetzbuch auch um einen Totschlag, durch nichts aus der Welt zu schaffen sei. Dem Menschen steht das Urteil nicht zu, noch weniger aber das Amt des Richters und Rächers in eigener Sache.

Eva fürchtete die Spannweite, die zwischen ihnen lag, sie

ahnte, daß sie in Udo den Mann gefunden hatte, der ihr Leben bestimmte, aber sie bangte davor, daß ihr zukünftiger Weg kein breiter, heller Weg sein würde, sondern ein schmaler Grat zwischen Gefahren, eine Ahnung von dem zu haben, was in Wirklichkeit wie ein Dämon über Udos Leben herrschte.

Wenige Stunden, nachdem Graf Udo zwei Kinder des Dorfes aus dem Wasser gerettet hatte, saß er mit seiner Schwester Hella zusammen.

»Du mußt noch ein Glas Glühwein trinken«, bat Hella eindringlich.

»Muß ich wirklich?«

»Ja, ich habe es Eva versprochen.«

»Dann freilich; was Fräulein Eva sagt, muß befolgt werden. Wo ist sie denn jetzt?«

»Sie ist ins Dorf gegangen, um nach den beiden Kindern zu sehen. Bis sie wiederkommt, bleibe ich bei dir.«

Etwa eine Stunde später kam Eva aus dem Dorf zurück. Hella sah sie vom Fenster aus und winkte ihr zu.

Dann lief sie ihr entgegen und zog sie ins Zimmer herein. Eva widerstrebte, sie hatte Scheu, Udo zu begegnen; fühlte sie doch, daß sie in Angst und Aufregung manches von dem verraten hatte, was ihr Herz erfüllte.

Bei ihrem Eintreten sprang er auf. Er sah ihre Verlegenheit und deutete sie richtig. Das half ihm selbst, ruhig zu sein.

»Was bringen Sie für Nachricht aus dem Dorfe, Fräulein Hermsdorf? Wie geht es den beiden Kindern?«

»Gut, gottlob, sehr gut. Das kleine Mädchen, die Tochter vom Bauer Mertens, lag im Bett und war heilfroh, daß sie keine Schelte bekommen hat. Sie wird gewiß nie wieder auf unsicheres Eis gehen. Morgen wird sie frisch und gesund aufstehen. Der Bub ist das einzige Kind der Nähchristel, die den Bauersfrauen Kleider näht. Ihr Mann ist vor zwei Jahren von einem Baugerüst in der Stadt gestürzt, wo er in Arbeit stand. Die Ärmste, sie war noch ganz unzurechnungsfähig. Eine gutmütige Nachbarin hatte den Jungen ins Bett gesteckt und ihn so ausgiebig mit Fliedertee versorgt, daß er wie im Schweiß gebadet lag, als ich ankam. So wird auch für ihn der Unfall ohne schlimme Folgen bleiben.«

Udo hatte ihr mit glückstrahlendem Gesicht zugehört. Eva blickte erst zu ihm hinüber, als sie geendet hatte. Und da sah sie ein so glückdurchleuchtetes Gesicht, daß sie fühlte, wie ihr das Herz erzitterte. Daß Udo gut und hilfsbereit zu seinen Leuten war, wußte sie. Daß er aber so glücklich aussah über die Rettung der beiden Dorfkinder, erschütterte sie. Welch ein edler Mensch!

»Gottlob – oh, Fräulein Hermsdorf, wenn Sie wüßten, was mir Ihre Botschaft ist! Zwei Menschenleben gerettet! – Zwei ...«

Welche Wohltat wäre es für den unglücklichen Mann gewesen, Eva erklären zu können, warum ihn dies so zutiefst erregte.

Er sank in einem Stuhl zusammen und schlug die Hände vors Gesicht. Die Kinder umfaßten ihn zärtlich. Eva aber mußte beiseite stehen und die Erregung in sich niederzwingen. Sie hatte kein Recht, zu ihm zu treten, um ihm ihre Ergriffenheit zu beweisen.

Er hatte sich schnell wieder gefaßt und stand auf. Lächelnd trat er auf sie zu.

»Was müssen Sie denken, daß mich das so packt und niederzwingt?«

Sie sah aufleuchtend in sein Gesicht.

»Ich verstehe Sie, Herr Graf!«

Ein Zug von Wehmut lag schon wieder um seinen Mund.

»Nein, ganz verstehen können auch Sie mich nicht. Doch lassen wir das. Sie sprachen von der Nähchristel. Ich erinnere mich des Unfalles, der ihren Mann damals betroffen hat. Kann man etwas für die Frau tun?«

»Ach, die hätten Sie hören sollen, Herr Graf. Wie dankbar sie Ihnen ist! Sie hat mir erzählt, wie großmütig Sie damals für sie gesorgt haben. Sie will morgen ins Schloß kommen, Ihnen zu danken für die Rettung ihres Sohnes. ›Es ist mein Einziger, Fräulein, wenn der ertrunken wäre, dann hätten sie mich gleich begraben können, das hätte ich nicht überlebt‹, sagte sie weinend zu mir.«

Udo machte ein abwehrende Gebärde.

»Man soll mir nicht danken, ich will es nicht«, sagte er düster.

Eva sah ernst in sein Gesicht.

»Sie dürfen diesen Dank nicht zurückweisen, Herr Graf. Er wird Ihnen aus ehrlichem Herzen entgegengebracht. Sie haben Ihr Leben für das der Kinder in die Schanze geschlagen.«

»Ein wertloses Leben, das meine«, warf Udo bitter ein.

Eva zog die Stirn zusammen und sah ihn fast zornig an.

»Ein wertloses Leben? Herr Graf, das war kein gutes Wort! Da, sehen Sie auf Hella und Ihr Kind, denken Sie an die vielen Menschen, denen Sie ein gütiger Herr sind. Wenn das Leben für Sie keinen Wert hat, für viele andere hat es einen«, sagte sie mit bebender Stimme, und ihre Augen füllten sich mit Tränen.

Beschämt, daß sie sich hatte hinreißen lassen, wandte sie sich zu den Kindern.

»Kommt, Hella und Marina, wir haben noch für die Bescherung vorzubereiten«, sagte sie leise.

Die Kinder umschlangen sie.

»Was ist dir, Eva?« fragte Hella beklommen, ohne diesen Auftritt zu verstehen.

»Gute Eva soll nicht lieben Papa auszanken«, bettelte Marina.

»Haben Sie gehört? Gute Eva soll mich nicht auszanken! Machen Sie Frieden mit mir. Jetzt habe ich Sie das erste Mal zornig gesehen.«

Sie hatte ihre Hand in die seine gelegt. Er fühlte, daß ihre Finger bebten. Da führte er sie an seine Lippen – ganz kurz, fast heftig. Dann ließ er sie frei und trat zurück.

»Wie weit sind Sie mit Ihren Vorbereitungen zur Bescherung? Wird alles zur Zeit fertig?« fragte er scheinbar gleichgültig.

Sie verstand, daß er ihr die Fassung zurückgeben wollte.

»Ich denke, bis morgen abend ist alles bereit. Die Tannen sind bereits aufgestellt. Auch die Tafeln brauchen nur noch mit den Namen versehen zu werden.«

»Die große Tanne, die mir zum Rettungsanker wurde, ist auch hereingebracht worden?«

»Ja – ich habe sie im Gartensaal aufstellen lassen und will für Hella und Ihr Töchterchen darunter aufbauen.«

»Der kleine Tannenzweig, den du in deinem Schmuckkästchen aufbewahrst, der stammt von dieser Tanne, nicht wahr, Eva?« frage Hella eifrig.

Glühendes Rot schoß bei dieser Frage in Evas Gesicht. Udo sah es, und in seinem Herzen arbeitete es gewaltig. Aber er gab sich den Anschein der Unbefangenheit und blickte von ihr fort. So fand sie Zeit, sich zu fassen.

»Ja, Hella, er ist von dieser Tanne. Er soll mich immer daran erinnern, daß Gott allgütig ist«, sagte sie scheinbar ruhig.

Dann mahnte sie zum Gehen. Die Kinder folgten ihr bereitwillig, und wenige Minuten später war Udo allein im Zimmer.

Am Abend, als Hella und ihre kleine Nichte schon schliefen, stand Eva noch im Gartensaal und schmückte die große Tanne. Wie liebkosend glitten ihre Hände wieder und wieder über die stacheligen Zweige.

Frau Bode war drüben im großen Saal damit beschäftigt, die Tannenbäume für die Dorfjugend und die Leute zu schmücken. Einige Mägde halfen ihr dabei. Ihr fröhliches Plaudern drang bis zu Eva herüber.

Eva hatte sich alle Hilfe verbeten. Diesen Baum sollte keine Hand schmücken als die ihre.

Sinnend befestigte sie eben einen glänzenden Wachsengel an einem Zweig, als die Tür geöffnet wurde und Udo eintrat.

Eva erschrak, arbeitete aber scheinbar ruhig weiter. Udo trat neben den Baum und sah ihr zu.

»Noch immer so fleißig, Fräulein Hermsdorf? Es ist schon spät!«

»Wir wollen heute noch fertig werden mit den Bäumen.«

»Sie hätten sich Hilfe nehmen sollen wie Frau Bode.«

»Oh, ich habe ja hier nur diesen einen Baum zu schmükken und – und dabei kann ich keine Hilfe gebrauchen.«

»Auch meine nicht?«

»Sie haben jedenfalls andere Verwendung für Ihre kostbare Zeit!«

»Andere wohl, aber keine bessere.«

Er reichte ihr von dem Baumschmuck einige Sächelchen zu. Frau Bode und die Mädchen waren drüben so in ihre Arbeit vertieft, daß sie Udo nicht bemerkten, obwohl die Verbindungstür aufstand. So waren die zwei so gut wie allein.

Eva schaffte mit Eifer. Ihre Wangen glühten, und ihre Hände waren sehr unsicher. Er schien es nicht zu bemerken. Ruhig reichte er ihr Stück um Stück, hielt ihr widerspenstige Zweige fest und schnitt mit der Schere die zu langen Fäden ab. Eine Weile war es ganz still. Plötzlich aber sagte er halblaut:

»Das ist seit Jahren das erste Mal wieder, daß ich so etwas wie Weihnachtsstimmung empfinde. Früher, als meine Eltern noch lebten, da freute ich mich auf dieses Fest – ah

– ich hätte keine Freude der Welt für ein Weihnachtsfest in Plessentin eingetauscht! Dann kamen Jahre, wo ich nichts empfand als verstärktes Herzeleid und das Gefühl grenzenloser Einsamkeit, gerade um die Weihnachtszeit. Aber heute ist das anders. Ich freue mich fast auf das Fest.«

»Weil ihr Kind dieses Jahr bei Ihnen ist, Herr Graf. Sie hätten sich nicht so lange von der Kleinen trennen sollen.«

Er sah an ihr vorbei in die Zweige des Baumes.

»Meinen Sie, daß es Marinas Anwesenheit allein ist? Zugegeben, das Kind wärmt mein Herz, macht mir Freude. Aber hatte ich in Hella nicht auch ein liebes Kind all die Zeit? Nun, vielleicht kommt das alles zusammen. Aber es ist sonderbar, sobald ich an Weihnachten denke, stehen Sie mir vor Augen. Ich weiß nicht, seit Sie bei uns sind, ist mir zumute, als wenn eine gütige Fee ihren Einzug in Plessentin gehalten hätte. Haben Sie vielleicht eine zaubermächtige Wünschelrute bei sich?«

Sie lachte leise.

»Nicht, daß ich wüßte!«

Er sah sie an.

»Wenn Sie lachen, möchte man gleich mitlachen. Es geht so etwas Starkes, Frisches, Gutes von Ihnen aus. Als wenn alle bösen Geister vor diesem Lachen verschwinden müßten.«

»Sie sollen auch Reißaus nehmen, die bösen Geister! Vor allem der Geist düsterer Schwermut, der aus Ihren Augen in die schöne Gotteswelt hinausschaut.«

Er ließ die Arme sinken und lehnte sich an den schweren Sessel, der mitten im Raum stand.

»Den bannt keine Macht der Welt, auch Ihr Lachen nicht«, sagte er schwer.

Sie hob kampfesmutig den Kopf.

»Ich möchte es wohl versuchen. Welch' Unheil auch Ihren Weg gekreuzt haben mag, Herr Graf, Sie haben noch so viel, was das Leben schön und lebenswert macht. Sie sind jung, stark und gesund. Sie haben ein liebes Kind, eine zärtliche Schwester. Zwei Seelen, die Ihnen ganz gehören. Und eine hervorragende Stellung im Leben, Ihr Reichtum, der Ihnen gestattet, Gutes zu tun, Not zu lindern – ach, mein Gott – so reich sind Sie, so reich, gestehen Sie sich's nur ein!«

Sie war im Eifer vor ihm stehengeblieben und hatte dringend auf ihn eingesprochen. Sein Gesicht überzog eine leichte Blässe, die Lippen preßten sich wie im Schmerz zusammen.

»Sie ahnen nicht, wie bettelarm ich bin«, sagte er mit halberstickter Stimme. Und als er sah, daß es feucht in ihren Augen aufstieg, richtete er sich auf und zwang ein Lächeln in sein Gesicht.

»Nicht so betrübt aussehen, liebe gute Fee. Machen Sie ein frohes Gesicht, das ist Labsal für mich«, bat er weich und herzlich.

Da schluckte sie tapfer die Tränen hinunter und lächelte.

»Ach, ich erlebe es schon noch, daß Sie auch wieder vergnügt und heiter sind«, erklärte sie zuversichtlich und setzte ihre Arbeit fort.

Udo sah sie lange an, ehe er hinüberging in den großen Saal. Er sprach einige Worte mit Frau Bode. Die Mägde verstummten sofort bei seinem Eintritt und sahen ihn scheu von der Seite an.

So gut er auch zu all seinen Leuten war, sie hatten alle große Ehrfurcht vor ihm, aber für die Kindesrettung hatte Udo sich die herzliche Dankbarkeitsbezeigungen der Nähchristel und des Bauern Mertens gefallen lassen müssen und hatte dazu stillgehalten.

Der Weihnachtsabend war herbeigekommen, und die Dorfkinder trabten schon vor Anbruch der Dunkelheit nach dem Schloß, wo sie von Hella und Marina empfangen wurden.

Hella verstand es prächtig, mit den scheuen Kindern umzugehen. Vor »unserer Komteß« gab es keine Verlegenheit. Man kannte sie zu gut. Klein-Marina wurde in ihrem Kleidchen wie ein Weltwunder bestaunt. Sie sah doch aus wie ein leibhaftiges Christkindlein. Udo sprach inzwischen mit Eva über Hella.

»Es ist erstaunlich, was Sie aus meiner Schwester gemacht haben; Sie müssen ein gutes Mittel haben, widerspenstige Herzen zu zwingen.«

Sie lachte.

»Weil ich selbst einmal ein so ungestümer Tollkopf war, ist mir's vielleicht nicht schwer geworden, Hella zu verstehen.«

»Ich kann mir nicht vorstellen, daß Sie das gewesen sind. Alles an Ihnen ist ausgeglichene Ruhe, Stetigkeit und Festigkeit. Ihre Augen blicken immer ruhig, nur um die Mundwinkel zuckt zuweilen der Schalk.«

Sie sah zu ihm auf, und gerade jetzt zuckte es recht schelmisch um ihren Mund.

»Mein Vater sagte mir einmal, als ich im Ungestüm Schaden angerichtet hatte: Eins ist's, was den Menschen vor allem vom Tier unterscheidet: die Kraft, sich selbst zu beherrschen. Wenn du also nicht zeitlebens wie ein wildes Füllen Unheil anrichten willst, dann lerne die große Kunst der Selbstbeherrschung. Der ist der größte unter den Menschen, der sich selbst bezwingen kann. Alles Elend der Welt kommt daher, daß die Menschen die Herrschaft über sich selbst verlieren.«

»Ihr Vater scheint ein kluger Mann gewesen zu sein.«

»Ja«, sagte sie stolz, »er war klug und gut. Und damals, als er mir das sagte, da hat er mir damit Bewunderung eingeflößt. Ich beherzigte seine Rede und fing an, mich in der schweren Kunst der Selbstbeherrschung zu üben.«

»Und mit Erfolg.«

Sie lachte fröhlich.

»Ei, im Anfang war der sehr mäßig. Rückfälle gab es leider viele zu verzeichnen – sie kommen ja auch heute noch oft vor. Aber besser ging's von Tag zu Tag. Wenn ich alt und grau geworden bin, wird es vorzüglich gehen.«

Er lachte, und sie mußte, wie einst Hella, denken, wieviel hübscher er aussah, wenn er lachte. Aber das behielt sie natürlich für sich.

Inzwischen war drüben bei den Kindern Ruhe eingetreten. Frau Bode ließ nach der Bescherung Kuchen herumreichen, und dann kamen die Kinder, eins nach dem anderen, herbei und reichten Udo dankend die Hand.

Für jedes Kind stand ein Korb bereit. Dahinein durften sie ihre Geschenke verstauen.

Als die Kinder fort waren, wurden die Angestellten beschert. Dieser Teil der Feier lag ausschließlich in Frau Bodes Händen. Aber auch jetzt blieb Udo mit Hella und Klein-Marina im Saal.

Erst als auch diese Bescherung vorüber war, ging er hinüber in den kleineren Saal, in dem für die Familie, für Frau Bode, für Eva und die beiden Verwalter die Bescherung aufgebaut war.

Martin hatte sich etwas verlegen von Eva zurückgehalten. Sie sprach ihn jedoch mit ruhiger Freundlichkeit an und half ihm über die Verlegenheit fort. Auch mit dem anderen Verwalter, der mit Frau und Kindern erschien, plauderte sie freundlich. Gleich darauf ertönte ein Klingelzeichen. Udo öffnete die Türen selbst weit und trat dann zurück.

Marina wurde sogleich von einer entzückenden Puppe in Anspruch genommen, aber Hella sah nicht nach ihren Geschenken hin. Sie faßte Evas Hand und führte sie um die Tafel herum an ihren Platz. Neben diesem war ein Wandschirm aufgestellt.

Udo trat an Eva heran.

»Ich habe mir den Kopf zerbrochen, womit ich Ihnen eine rechte Weihnachtsfreude machen könnte. Ich wollte Ihnen so gern beweisen, wie dankbar ich Ihnen bin, daß Sie uns allen eine Freundin geworden sind. Sie haben mir durch Ihre Arbeit eine schwere Last von der Seele genommen. Mit den kostbarsten Geschenken kann ich mich nicht genügend dafür erkenntlich zeigen. Da hat Hella einen glücklichen Einfall gehabt. Nun bitte ich Sie, gehen Sie hinter diese Wand, da haben wir Ihnen eine besondere Überraschung aufgebaut.«

Hella zog Eva ungestüm hinter den Wandschirm. Sie folgte ihr etwas zögernd. Da – ein leiser Schrei: »Mutterle, liebes, gutes Mutterle!« und dann Lachen und Weinen durcheinander.

Hella und Udo standen Hand in Hand, wahrend sich Mutter und Tochter fest umschlungen hielten, und sahen sich an.

Die anderen blickten auch lächelnd hinüber. Frau Bode hatte die Verwalter aufgeklärt, wer hinter der Wand verborgen war.

Hella hielt sich nun nicht mehr. Sie sah um die Wand herum.

»War das gut so, Eva?« fragte sie lachend.

Eva wandte sich ihr zu und ließ ihre Mutter los.

»Sehr, sehr gut, Hella – Dank, tausend Dank!« sagte sie bewegt und führte nun ihre kleine, etwas verlegene Mutter hinter der Wand hervor.

»Komm, Mutterle, komm!«

Eva trat zu Udo, der ihr lächelnd entgegenblickte. Ihre schönen klaren Augen mit dem warmen, lebensvollen Blick sahen in herzlicher Dankbarkeit zu ihm auf. Sie reichte ihm die Hand.

»Vergelten kann ich Ihnen das nie, auch wenn ich Ihnen hundert Jahre diente«, sagte sie leise.

Er drückte ihre Hand.

»Wenn ich Sie nur an Plessentin fessele – das ist mir schon genug.«

»Freiwillig verlasse ich es nicht, solange Sie mich brauchen!«

»Sie sollten nicht zuviel versprechen«, warnte er.

Sie antwortete ihm nicht, aber in ihren Augen war ein stilles Leuchten. Das war beredt genug für ihn; er verstand es. Glück und Trauer kämpften in seinem Innern.

Wenn er jetzt nicht im Banne seiner Schuld gewesen wäre – wenn er jetzt die sehnenden Hände nach ihr ausstrecken dürfte –, er wußte, daß sie voll reiner, tiefer Liebe erfaßt worden wären von dem herrlichen Mädchen.

Nicht ihre bürgerliche Herkunft, nicht die Rücksicht auf sein altes stolzes Geschlecht hätten ihn abgehalten, dem Sehnen seines Herzens Folge zu leisten, nichts als die Schuld trennte ihn von ihr, würde ewig trennend zwischen ihnen stehen.

Hella war vor Freude ganz aufgelöst. Frau Hermsdorf strahlte, als sie sah, wie gut hier alle zu ihrer Tochter waren. Und mit großen Augen betrachtete sie die reichen Geschenke, die man Eva aufgebaut hatte.

»Nun, Fräulein Hermsdorf, sind Sie zufrieden mit dem Christkindchen?« fragte Udo.

»Wie gut, daß mich mein Vater lehrte, mich zu beherrschen. Sonst würde ich mich jetzt vor Freude recht unbändig benehmen.«

»Das möchte ich sehen.«

»Wünschen Sie das lieber nicht«, sagte sie leise.

Da wandte er sich ab. Er fühlte, daß sie die Fassung verlor.

Später als sonst gingen Hella und Marina an diesem Abend zu Bett, und dann saß Eva noch lange Zeit bei ihrer Mutter im Zimmer und plauderte mit ihr.

»Siehst du nun, Mutterle, wie gut es war, daß ich diese Stellung annahm?«

»Kind, du hast aber auch wirklich das große Los gezogen. Ich habe es nicht glauben wollen, daß es dir wirklich so gut geht, wie du mir geschrieben hast. Nun habe ich mich selbst davon überzeugt. Es wird mir danach leichter sein, die Trennung zu ertragen.«

»Schon aus diesem Grunde danke ich's dem Grafen, daß er dein Herkommen erlaubte, Mutterle. Wie lange wirst du bleiben?«

»Graf Plessen hat mir gesagt, ich sollte so lange hierbleiben, wie es mir gefällt. Aber ich möchte seine Güte nicht mißbrauchen. Deshalb habe ich mit Frau von Hohenau schon verabredet, daß ich mich ihr und ihrem Manne auf der Rückreise wieder anschließen will, wie ich es auf der Herreise getan habe. Am ersten Januar kehre ich also mit Hohenaus zurück.«

Eva streichelte die Mutterhand.

»Du hast recht, Mutterle. Ich glaube zwar bestimmt, daß Graf Plessen dir gern längeren Aufenthalt hier gestattet, aber sicher dürfen wir seine Güte nicht mißbrauchen. Vielleicht erlaubt er dann um so eher, daß du im Sommer einmal nach Plessentin kommst. Und da ist es noch tausendmal schöner hier als jetzt.«

In den nächsten Tagen war reger Verkehr zwischen Brenkenhof und Plessentin, und am Silvesterabend waren Brenkens und Hohenaus in Plessentin zu Gast.

Als am Jahreschluß Glückwünsche fürs neue Jahr ausgetauscht wurden und die Gläser hell aneinander klangen, trat Udo auch zu Eva.

»Ich wünsche Ihnen von ganzem Herzen Glück zum Jahreswechsel, Herr Graf!« rief sie ihm entgegen, und in ihrer Stimme zitterte tiefe Bewegung.

»Wünschen Sie mir, daß Sie immer in Plessentin bleiben,

dafür wünsche ich Ihnen – daß das in Erfüllung geht, was ich vom Schicksal für Sie erbitte!«

»Darf man nicht wissen, was das ist?« fragte sie unsicher.

»Nein!« antwortete er kurz, wandte sich von ihr ab, den anderen zu. Sie sah ihm betroffen nach. Weshalb sah er nun wieder so blaß und düster aus, mitten unter all den fröhlichen Menschen?

Mitten in ihre Gedanken hinein wurde die große Torglocke gezogen. Der Postbote brachte ein Telegramm für Herrn von Hohenau. Er nahm es lächelnd in Empfang.

»Das kommt natürlich von Trachwitz; er weiß, daß wir heute abend in Plessentin sind«, sagte er, ehe er öffnete. Hella horchte auf und spielte sich an seine Seite.

*»Frohes Neujahr meinen Lieben auf Plessentin und Brenken, im besonderen der Plessentiner Quellnymphe. Trachwitz.«*

Herr von Hohenau las es laut vor. Hella drückte Evas Arm und sah sie strahlend an.

»Hast du gehört, Eva, er denkt an uns. Ist das nicht reizend von ihm?«

»Nun, wir haben doch auch an ihn gedacht, nicht wahr?« fragte Eva lächelnd.

»Natürlich! Eben jetzt dachte ich: Wo wird Trachwitz wohl den heutigen Abend verbringen? Du, Eva, es ist drollig, daß niemand eine Ahnung hat, wer die Quellnymphe ist; nur dir habe ich's gesagt.«

In diesem Augenblick sagte Frau von Hohenau lachend:

»Ich möchte wohl wissen, was Trachwitz immer wieder mit der Quellnymphe will. Das wird rein krankhaft bei ihm.«

»Ein Ulk, ganz sicher«, erwiderte ihr Gatte. »Er will deine Neugier reizen, Magda, verlaß dich drauf!«

»Er hat mir aber versichert, es sei kein Ulk!«

»Fasse dich in Geduld, einmal wird er es dir ja verraten.

Bis dahin wollen wir die geheimnisvolle Quellnymphe und Trachwitz zusammen hochleben lassen. Zum Wohl, Herrschaften!«

Hella wurde dunkelrot und zwickte Eva im Überschwang ihrer Gefühle einen blauen Fleck in den Arm. Udo sah forschend seiner Schwester ins Gesicht und dann auf Eva. Diese lächelte und sah ihn an, als wollte sie sagen: ›Du bist auf der rechten Fährte, aber störe dies junge unerfahrene Herz nicht; es weiß wohl noch nichts von sich selbst!‹

Und Udo mußte den Blick richtig gedeutet haben. Er lenkte die Aufmerksamkeit aller von seiner Schwester ab.

Später, als er einen Augenblick mit Hella allein stand, sagte er zu ihr:

»Nun, Liebling, wie gefällt es dir?«

»O ja, es ist reizend heute abend. Es ist lieb von Trachwitz, daß er an uns gedacht hat, nicht?«

»Sehr nett; da müssen wir uns natürlich bedanken.«

»Ja, nicht wahr? Du magst ihn gern leiden?«

»Sehr gut. Wenn er im Sommer in Brenkenhof ist, muß ich mich ein wenig mit ihm befreunden.«

»Ach ja, Udo. Das tue aber auch ganz gewiß. Weißt du, Eva und ich, wir sind sehr gut Freund mit ihm!«

Am nächsten Tag reiste Frau Hermsdorf mit Hohenaus wieder heimwärts.

Udo hatte sie herzlich zu längerem Bleiben aufgefordert, auch Hella bat darum, aber die alte Dame blieb fest.

Nun wurde es wieder ruhig und still in Plessentin. Der Graf reiste anfangs Januar auf einige Zeit nach Berlin, und in diesen Wochen erschien es Eva in Plessentin quälend einsam.

Dadurch wurde ihr erst klar, daß er ihr Denken und Fühlen beherrschte, daß er ihr zum Inhalt ihres Lebens geworden war.

Als er endlich wieder heimkehrte, wurde es ruhiger in ihrem Herzen. Sie wollte nichts, als ihn täglich sehen und sprechen dürfen. Kein Gedanke streifte die Möglichkeit, daß sie ihm jemals mehr sein könnte als eine gleichgestimmte Hausgenossin, als eine sorgsame Erzieherin seiner Schwester und Tochter. Sie konnte ihm ihre Ergebenheit nur dadurch beweisen, daß sie in ernster Pflichttreue den Posten ausfüllte, den er ihr in seinem Hause zugewiesen hatte.

Und niemand durfte in ihrem Herzen lesen, niemand durfte ahnen, was er ihr war. Das eine aber stand fest bei ihr; wenn er ihr Leben von ihr gefordert hätte, wenn sein Wohl und Wehe von einem noch so schweren Opfer abhängig gewesen wäre, sie hätte dies Opfer ohne Bedenken gebracht.

Sie war allezeit gewohnt, sich Rechenschaft über ihr Empfinden, über ihr Tun und Denken zu geben. Sie gestand sich auch jetzt ein, daß ihr ganzes Herz, ihre ganze Seele dem Manne gehörte, dessen Untergebene sie war. Sie wußte, daß diese starke innige Liebe aussichtslos war und ihr nichts brachte als stille Entsagung.

## VII

Monate waren vergangen. Der Sommer hatte in voller Blütenpracht seinen Einzug gehalten. In Plessentin war alles beim alten. Hella und Marina hingen in zärtlicher Liebe an Eva Hermsdorf. Diese hatte sich in Plessentin so mit allen Fasern eingelebt, daß es ihr wie eine echte und rechte Heimat schien. Treu und gewissenhaft erfüllte sie ihre Pflicht. Mit herzlicher Liebe und Sorgfalt erzog sie Udos Kind und suchte Hella eine treue und verständige Leiterin zu sein.

Eigenartig war ihr Verhältnis zum Grafen. Er war ungleich in seinem Verhalten ihr gegenüber. Manchmal suchte er ihre Nähe und war freundlich und mitteilsam. Er lebte sichtlich unter ihrem erfrischenden und zugleich beruhigenden Einfluß auf; dann wieder kamen Zeiten, wo er ihr auswich, sie mied.

Trafen sie dann doch durch Zufall zusammen, war er kalt und zurückhaltend. Sie schaute ihn traurig und besorgt an mit ihren schönen offenen Augen. Er wandte sich schroff von ihr ab, um wenige Minuten darauf zurückzukehren und sie zu bitten:

»Seien Sie mir nicht böse, Fräulein Hermsdorf, ich bin ein grilliger, launenhafter Mensch. Aber ich möchte Sie nicht kränken, um keinen Preis. Bitte, glauben Sie mir das!«

Dann blickte ihm Eva voll ernster Freundlichkeit ins Gesicht.

»Ich glaube Ihnen, Herr Graf. Sie sind viel zu nett, um jemand mit Absicht weh tun zu wollen. Wenn ich über Ihr schroffes Wesen traurig bin, so gilt diese Traurigkeit nur dem Umstand, daß ich weiß: Sie sind in trüber, verbitterter Gemütsstimmung!«

Er sah sie eigen an, als möchte er reden über das, was ihn bedrückte. Aber er mußte es unerbittlich im Herzen verschließen, dieses brennende Verlangen, wenigstens einem einzigen Menschen sein Leid, seine Schuld zu beichten.

Und Eva grübelte unablässig darüber nach, wie sie dem Manne helfen könnte, dessen Unglück sie so schmerzlich empfand. Heißer und brennender wurde von Tag zu Tag die Sehnsucht, irgend etwas vollbringen zu dürfen, sei es auch noch so schwer, was ihm Glück und Ruhe wiedergeben würde.

Einmal, als Marina und Hella sich auf der Parkwiese tummelten und Udo neben Eva auf einer Bank Platz genommen hatte, brachte sie kühn das Gespräch auf seines Kindes Mutter. Sie fühlte, daß der Grund zu des Grafen Traurigkeit mit dieser zusammenhing.

»Klein-Marina hat sich prächtig entwickelt, seit sie hier ist. Die Plessentiner Luft bekommt ihr augenscheinlich sehr gut.«

Er sah sie an.

»Wie Ihnen; Sie sehen frischer und blühender aus als bei Ihrer Ankunft hier. Marina ist übrigens tüchtig gewachsen. Und hören Sie nur, wie geläufig sie schon Deutsch sprechen kann. Sie haben viel bei ihr erreicht, genau wie bei Hella.«

»Nur eins gelingt mir nicht, des Kindes fast unkindlichen Ernst in schrankenlose Fröhlichkeit umzuwandeln. Sie ist heiter, von Hella angesteckt, sogar manchmal ausgelassen, aber immer mit einem ernsten Unterton, der ihren Jahren nicht entspricht. Zuweilen, wenn sie still für sich spielt, kann sie ganz tiefsinnig, fast traurig aussehen. Frage ich sie dann, woran sie denkt, spricht sie stets mit leidenschaftlicher Innigkeit: an Papa! Ich bin immer versucht gewesen, zu glauben, sie erinnert sich in solchen Augenblicken an ihr totes Mütterchen.«

Udos Gesicht fuhr schnell zu ihr herum; forschend blickte er sie an. Sie war selbst erschrocken, daß sie des Kindes Mutter erwähnt hatte. Ängstlich sah sie in seine düsteren Augen. Sein Mund war bitter verzogen.

»Machen Sie sich keine falschen Vorstellungen von Marinas Mutter, Fräulein Hermsdorf. Sie sind eine kleine Schwärmerin, das habe ich längst gemerkt. Trotz Ihrer lebensfrischen und lebensstarken Persönlichkeit träumen Sie gern ein wenig. Ich möchte nicht, daß Sie Ihr reines Empfinden, Ihre herzliche Teilnahme an einen Menschen verschwenden, der dessen nicht würdig ist.«

Sie blickte erschrocken in seine Augen.

»Sie sprechen von Marinas Mutter?« fragte sie leise, mit erblaßtem Gesicht.

»Ja – von ihr –, von dem Weib, das meinem Leben zum Fluch geworden ist«, sagte er mit unterdrückter Heftigkeit, und seine Augen hatten jenen erschütterten Ausdruck von Seelenqual, wie sie ihn in jener Mondscheinnacht gesehen. Nur wenige Augenblicke, dann hatte er sich wieder in der Gewalt. Aufseufzend, mit matter Stimme fuhr er fort:

»Erschrecken Sie nicht – ich bitte, verzeihen Sie mir –, ich hätte Ihre junge Seele nicht mit meiner Eröffnung belasten sollen!«

Eva faltete die Hände im Schoß und sah stumm vor sich hin. »Warum sprechen Sie nicht zu mir?«

Dann wandte sie ihr Haupt und sah ihn an.

»Ich habe durch meine unüberlegte Äußerung alte Schmerzen in Ihnen aufgeweckt. Das tut mir weh. Ich suche, wie ich das wiedergutmachen kann.«

»Dadurch, daß Sie nicht mehr daran denken, was ich Ihnen gesagt habe.«

»Das kann ich nicht versprechen. Gedanken sind oft unfolgsame Gesellen. Und ich will auch nicht einmal«, schloß sie heftig.

Da lächelte er.

»Nein, Sie wollen nicht? Also Aufruhr hinter dieser klaren weißen Mädchenstirn? Warum wollen Sie nicht?«

»Weil ich den Grund zu Ihrer Schwermut kennen will! Weil ich Ihnen helfen möchte, das Leben wieder lieb zu gewinnen, weil ich nicht fassen kann, daß es ein Leid in Ihrer Vergangenheit gibt, welches sich nicht mit festem Willen auslöschen ließe. Manchmal ist es mir zumute, als müsse es in meiner Kraft liegen, Sie von diesem Leid zu befreien. Ich träume fast jede Nacht davon.«

Sie hatte schnell und erregt gesprochen, aber nun hielt sie plötzlich inne. Er sah sie an, so weich – ja, so sehnsüchtig ...

Sie erschrak.

»Verzeihen Sie – ich schwatze törichtes Zeug – ich bitte – ich weiß nicht – ich–«

Er faßte ihre Hand. Sein Gesicht war wieder ruhig und freundlich. Ihre Fassungslosigkeit gab ihm die Haltung zurück.

»Sie sind ein lieber, ehrlicher Mensch. Und Sie möchten mir gerne helfen. Ich danke Ihnen herzlich. Aber denken Sie nicht mehr daran, es macht Ihnen Kopfschmerzen, und am Ende verlieren Sie Ihr schönes inneres Gleichmaß. Ihre mir so wohltätige, fröhliche Kampfeslust, Ihre Schaffensfreude – das würde ich als schmerzlichen, unersetzlichen Verlust beklagen. Das dürfen Sie mir nicht antun.«

Sie versuchte heiter zu erscheinen.

»Oh, Kampfeslust und Schaffensfreude verliere ich nie. Ich wollte, ich hätte schwierige Aufgaben, um beides zu stärken.«

»Daran wird es nicht fehlen. Das Leben hält schon für jeden Kampf und Mühsal bereit – auch für Sie.«

Sie streckte die schlanken runden Arme in frohem Kraftbewußtsein von sich.

»Ich nehme es frisch und fröhlich damit auf.«

»Recht so! Und nun von etwas anderem. Hella wird, wie Sie wissen, am zwanzigsten Juni sechzehn Jahre alt. Ich beabsichtige, zu Ehren meiner Schwester ein größeres Fest zu veranstalten. Frau von Brenken hat mir die Notwendigkeit klargemacht, Hella in die Gesellschaft einzuführen. Also gibt es am zwanzigsten Juni auf Plessentin seit langen Jahren die erste große Gesellschaft – mit Ball natürlich. Hella will doch tanzen. Umsonst ist der Tanzmeister nicht berufen worden, um meine Schwester das Tanzen zu lehren!«

»Weiß Hella schon davon?«

»Nein, sie soll es heute hören. Zuvor wollte ich noch einmal mit Ihnen über etwas sprechen, das mir Hellas wegen sehr am Herzen liegt. Frau von Brenken teilte mir gestern mit, daß Hohenaus und Trachwitz am sechzehnten Juni in Brenkenhof eintreffen und vier Wochen zu bleiben gedenken. Wissen Sie mir nun zu sagen, wie Hella jetzt über Trachwitz denkt?«

Sie sah zu Hella hinüber, die noch immer mit Marina herumtollte.

»Ja, darüber kann ich Ihnen Auskunft geben. Hella zählt die Tage bis zur Ankunft des Herrn von Trachwitz!«

»Also, sie hat ihn nicht vergessen?«

»Nein. Sie nennt ihn ihren guten Freund und freut sich unbefangen auf sein Kommen.«

»Und Ihre Ansicht darüber? Darf ich die wissen?«

»Gern. Ich glaube, aus dieser Freundschaft wird sich junge Liebe entwickeln. Ein Zufall, ein Scherzwort von Trachwitz, durch Frau von Hohenau mir verraten, läßt mich darauf schließen, daß dieser ebenfalls noch an Hella denkt.«

»Und Sie glauben nicht, daß Trachwitz sich nur Hellas Vermögen halber um sie bewerben würde?«

»Das glaube ich bestimmt nicht. Trachwitz hätte schon öfter reiche Partien machen können, er hat aber stets verzichtet. Hohenaus haben ihm sogar zugeredet. Er bleibt dabei, lieber als armer Leutnant sein Dasein zu beschließen, als eine ungeliebte Frau zu heiraten.«

»Das gefällt mir an ihm.«

»Mir auch. Oft findet man solche Gesinnung nicht!«

»Also brauche ich nicht voll Mißtrauen seiner Ankunft entgegenzusehen?«

»Gewiß nicht. Trachwitz ist Ehrenmann. Er wird, wenn er Hella wirklich liebt, dieser auch keine Unruhe bereiten, solange er nicht weiß, wie Sie, Herr Graf, über ihn denken. Hellas Jugend wird ihn auf alle Fälle zur Vorsicht ermahnen.«

»Sie sind ihm ein warmer Anwalt.«

Eva sah ihm offen in sein Gesicht.

»Weil er es verdient – weil ich ihn hoch achte!«

»Das ist mir Bürgschaft genug für ihn. Also sehen wir der Entwicklung der Sache ruhig entgegen. Nun will ich Hella herbeirufen und sehen, welchen Eindruck meine Eröffnung macht. – Hella!«

Sie kam herbeigesprungen.

»Was ist, Udo – was willst du von mir?«

»Ich will dir nur sagen, daß zu deinem sechzehnten Geburtstag ein Ball in Plessentin stattfinden wird.«

Hella stand wie erstarrt. Auf ihrem holden, liebreizenden Schelmengesicht wechselte der Ausdruck jäh und unvermittelt. Dann flog sie Udo um den Hals.

»Herrlich, herrlich! Ein Ball – ach Gott, Udo – das ist ja – nein – ist das wirklich dein Ernst? Ein richtiger Ball – im großen Saal, Tanz – mit Musik, und gar auch Tafel, und – Eva – und sag doch, Eva, hörst du, einen Ball an meinem Geburtstag, für mich! Was sagst du bloß dazu? Udobruder, ich drücke dich tot – ganz mausetot vor Freude!«

Eva zog das ungestüme Geschöpfchen zu sich heran.

»Du läßt ja niemand zu Worte kommen, Jungfer Ungestüm.«

Hellas Gesicht wurde plötzlich ernst und nachdenklich.

»Du, Udo – könnten wir nicht gleich heute nachmittag nach Brenkenhof fahren? Ich möchte Tante Brenken gern fragen, wann Hohenaus kommen und – Trachwitz. Die möchte ich brennend gern dabeihaben.«

»Deshalb brauchst du nicht nach Brenkenhof hinüber. Hella; Hohenaus und Trachwitz kommen vier Tage vorher.«

Hella setzte sich ganz still auf die Bank und legte den Kopf an Udos Schulter.

»Also – am sechzehnten Juni? Ist das ganz sicher?«

»Ganz gewiß!«

Hella atmete tief auf.

»Dann ist es gut«, sagte sie und träumte mit verlorenem Blick in den Park hinein. Dann sprang sie aber hastig wieder auf.

»Ich muß mit Marina noch ein bißchen herumtollen. Nachher sprechen wir über das Kleid, nicht wahr, Eva?«

»Ja, Herzkind, das tun wir.«

Hella tobte davon, um der stürmischen Freude an dem schönen Leben Ausdruck zu geben. Udo erhob sich.

»Ich will mit Frau Bode die Vorbereitungen zum Fest besprechen. Wenn Hella noch besondere Wünsche hat, wird sie es Ihnen wohl mitteilen. Und Sie? Freuen Sie sich nicht auch ein wenig auf den Ball? Sie haben bisher so still mit uns leben müssen!«

»Ich habe mir nichts anderes gewünscht. Auf das Fest freue ich mich indessen schon allein Hellas wegen.«

»Und für sich selbst nicht?«

Sie hob den Blick offen zu ihm empor.

»Ich werde ein Fremdling in Ihrer Gesellschaft sein, Herr Graf. Als bezahlte Angestellte Ihres Hauses stehe ich eigentlich außerhalb Ihres Kreises.«

Er sah zornig aus.

»Habe ich Sie dahin gestellt? Verkehrt nicht Frau von Hohenau freundschaftlich mit Ihnen wie mit ihresgleichen? Sind Sie nicht Hellas Freundin?«

»Ja, gewiß. Aber alle, die Sie aufzählen, sind Ausnahmemenschen. Die anderen Herrschaften werden sich indessen hüten, mich als ihresgleichen zu betrachten!«

»Und darüber werden Sie sich kränken?«

Sie schüttelte den Kopf.

»Nein – gar nicht. Ich werde mich der aufgezählten Ausnahmemenschen freuen und glücklich sein, ihre Freundschaft zu besitzen!«

»Gehöre ich auch zu diesen ... Ausnahmemenschen?«

»Oh, Sie stehen obenan auf der Liste!«

»Wirklich?«

Er sah ihr bei dieser Frage fest in die Augen.

»Ja«, erwiderte sie ernst.

Da grüßte er stumm und ging.

Eva sah ihm nach, als er, Hella ein Scherzwort zurufend, davonschritt.

Sein Kopf war gesenkt und seine Haltung müde. Ihr Herz zog sich krampfhaft zusammen.

Seines Kindes Mutter war ihm zum Fluch geworden! So hatte er gesagt. Also nicht nur die Trauer um den Verlust eines geliebten Weibes machte ihn so schwermütig. Ein anderes Leid trug er wie eine Bürde mit sich herum, einen Fluch.

Einen Fluch?

Das machte ihn so elend, trieb das furchtbare Grauen in sein Gesicht. Und schrecklich mußte es sein, daß es solche Macht über den sonst so entschlossenen willensstarken

Mann besaß, ihm die Schwingen lähmte und ihn am freien Flug in das schöne Leben hinderte.

Aber konnte dieser Fluch nicht von ihm genommen werden? Gab es kein Mittel, ihn davon zu befreien, ihn zu erlösen? Ach, wenn er sie seines Vertrauens für wert hielt, wenn er ihr sagen wollte, worin dieser Fluch bestand! Dann hätte sie nach einem Ausweg suchen können. Aber konnte sie das von ihm verlangen? Was mußte er denken, daß sie sich so sehr um ihn kümmerte? Wie kam sie dazu, sich in seine Angelegenheiten mischen zu wollen? Sie, die bezahlte Erzieherin, eine Fremde?

*

Es war am 17. Juni vormittags. Komteß Hella saß unruhig in der Hauslaube über einem französischen Buch, welches ihr Eva zur Übung gegeben hatte. Marina hatte ersten Schreibunterricht auf der Schiefertafel. Sie saß nicht weit von Hella an einem Tisch und malte mit Eifer ihre Krakelfüßchen. Hella warf unruhige Blicke über das Buch in den Park hinüber und seufzte zuweilen herzergreifend.

Eva stand hinter der Kleinen und beobachtete Hella lächelnd.

»Was ist dir nur, Hella, weshalb seufzest du so steinerweichend?«

»Na, weißt du, dies Buch ist schrecklich langweilig!«

»Aber sehr belehrend.«

Eine Pause trat ein – wieder ein Seufzer –, wieder unruhiges Stuhlrücken.

»Du, Eva, warum sitzen wir eigentlich auf der sonnigen Veranda?«

»Ich finde es herrlich hier. Sonnenschein kann man jetzt im Frühsommer noch sehr gut vertragen.«

»Im Park ist es sicher viel schöner.«

»Da gehen wir später hin. Wenn es dir hier nicht gefällt, geh voraus. Du kannst dein Buch dort so gut lesen wie hier, denke ich.«

Hella sprang auf und atmete tief, wie erlöst von schwerer Not und Plage.

»Das meine ich auch. Also, ich gehe voraus.«

Eilig stülpte sie einen breiten weißen Strohhut auf, der neben ihr auf einem Stuhl lag, und ging davon.

Hella schlug den Weg zu dem Plätzchen ein, wo Hans von Trachwitz sie damals als Quellnymphe begrüßt hatte. Je näher sie dem Platze kam, je langsamer und unsicherer wurde ihr Schritt. Ihre Augen spähten ringsumher. Es war kein Mensch zu sehen.

Ein wenig enttäuscht setzte sie sich auf eine Bank am Rande des Baches, dicht bei der großen Parkwiese.

Immer wieder sah sie sich suchend um, jedoch vergeblich. Dann, als sie sich endlich in ihr Buch zu vertiefen begann, hörte sie plötzlich leise Schritte auf dem Waldboden. Erwartungsvoll sah sie auf. Da sprang gerade Hans von Trachwitz mit einem kühnen Satz über den Bach. Sie sah ihm lachend und errötend entgegen.

»Da sind Sie ja endlich!« rief sie lebhaft.

Er zog den Hut und sah sie etwas erstaunt an.

»Haben Sie mich erwartet, Hella?« fragte er ungläubig.

»Natürlich, ich weiß doch, daß Sie seit gestern in Brenkenhof sind.«

»Ah – und da dachten Sie sich, daß es mich in den Plessentiner Park triebe, um meine holde Quellnymphe zu begrüßen?«

Sie nickte vergnügt.

»Hm – das konnte ich mir denken.«

Er trat näher heran. Sie reichte ihm unbefangen die Hand.

»Also guten Tag und herzlich willkommen!« begrüßte ihn Hella.

Er führte langsam ihre Hand an sein Herz. Ein weicher Ausdruck lag in seinem Gesicht. Sie war so reizend und rührend in ihrer natürlichen, selbstverständlichen Offenheit ...

»Guten Tag, Komteßchen. Darf ich fragen, wie es der holden Quellnymphe geht?«

Sie war unter seinem Blick rot geworden.

»Oh, die hat sich nie mehr hier sehen lassen – ich glaube, sie hat sich in eine sehr artige und wohlerzogene junge Dame verwandelt!« erwiderte sie neckend.

»Wirklich? Wie schade. Wenn ich nur wüßte, wo ich sie wiederfinden könnte. Wollen Sie mir nicht suchen helfen?«

Sie sah ihn schelmisch an.

»Machen Sie die Augen auf, ich bin es ja selbst!«

Da sah er sie aufatmend an und strich sich mit der Hand über die Stirn.

»Liebes, teures Fräulein Hella«, sagte er weich.

Sie nahm den Hut ab. Dann rückte sie zur Seite.

»Wollen Sie nicht Platz nehmen? Sie werden müde sein. Sind Sie zu Fuß von Brenkenhof herübergekommen?«

Er setzte sich neben sie.

»Ja, gleich nach dem Frühstück bin ich aufgebrochen.«

»Und Sie wollen uns einen Besuch abstatten? Mein Bruder ist leider nicht zu Hause, er ist auf dem Vorwerk.«

»Eigentlich wollte ich erst heute nachmittag mit Hohenaus meinen offiziellen Besuch machen. Dieser galt nur meiner holden Quellnymphe.«

Hella lachte leise.

»Ist Frau von Hohenau immer noch so neugierig, wer die Quellnymphe ist?«

»Sehr! Sie möchte gar zu gern wissen, wie sie aussieht.«

»Oh, Eva und ich, wir haben uns heimlich darüber belustigt, als Ihr Telegramm am Silvesterabend kam.«

»Fräulein Hermsdorf kennt also unser Geheimnis?«

»Natürlich, sie ist auch Ihre gute Freundin genau wie ich«, sagte sie wichtig.

»Ich freue mich sehr, daß Sie es sind. Hat Fräulein Hermsdorf nicht gezankt, daß wir im Scherz ein Geheimnis hatten?«

Sie hob abwehrend die Hand.

»Oh, Eva zankt nie. Sie ist nicht mehr meine Erzieherin – ich bin nun schon sechzehn Jahre alt und brauche keine mehr. Eva ist nur noch Marinas Erzieherin. Wir zwei sind Freundinnen. Denken Sie nur, Herr von Trachwitz, am zwanzigsten Juni ist mein Geburtstag. Und da gibt es einen großen Ball mir zu Ehren in Plessentin – ich werde in die Gesellschaft eingeführt. Davor habe ich Angst, am liebsten möchte ich nicht. Aber Tante Brenken sagt, das muß sein. Und Eva sagt: Dem Muß hat sich jeder Mensch zu fügen. Ein gräßliches Wort, nicht?«

»Man gewöhnt sich daran«, bemerkte er launig.

Eine Pause entstand. Sie sah ihn an mit ihren fröhlichen Blauaugen, und ihm wurde warm unter diesem Blick.

»Sie tragen Zivil?« sagte sie schließlich, um nur etwas zu sagen.

»Ja, gefalle ich Ihnen darin weniger?«

Sie musterte ihn gewissenhaft.

»Nein, Sie sehen sehr gut darin aus. Aber zu meinem Ball kommen Sie doch lieber in Uniform!«

»Etwas anderes würde mir auch nicht übrigbleiben!«

»Warum nicht?«

»Weil ich keinen Frack besitze, Komteßchen«, gestand er lachend.

Sie stimmte mit ein.

»Oh, prächtig! Ich kann Fracks nicht leiden!«

»Ich auch nicht!«

»Sehen Sie, wie gut wir übereinstimmen! Tanzen Sie gern?«

»Sehr gern. Ich würde mich glücklich schätzen, wenn Sie mir einen Tanz freihalten würden!«

»Oh, Sie sollen zuerst meine Tanzkarte bekommen, da können Sie auch zwei aussuchen. Am liebsten tanzte ich den ganzen Abend nur mit Ihnen, weil wir so gute Freunde sind!«

»Ja, das wäre schön – aber leider unmöglich!«

»Hm. Ein bißchen leid tut Ihnen das, nicht wahr?«

»Natürlich – und nur, weil wir nun einmal gute Freunde sind.«

Sie nickte unbefangen.

»Schön soll es trotzdem werden. Und wenn wir beide uns mal was Notwendiges zu sagen haben, dann sag ich's meinem Bruder, der holt Sie dann herbei.«

Trachwitz sah etwas verlegen aus.

»Wird sich der Graf dazu verstehen?«

»Aber gewiß. Mein Bruder Udo tut alles, was mir Freude macht. Er will auch Freundschaft mit Ihnen schließen, das hat er mir schon fest versprochen.«

Trachwitz faßte ihre Hand.

»Komteßchen! Hat er das gesagt?«

Sie war zu jung und zu unerfahren, um zu verstehen, was in Trachwitz bei diesen Worten vorging, was ihn so fassungslos stammeln ließ.

Wenn Graf Udo seine Freundschaft suchen würde, von Hella dazu bestimmt, mußte der um soviel ältere und erfahrene Mann dann nicht durchschaut haben, weshalb das junge Mädchen diese Freundschaft wünschte? Und wenn er ihm diese wirklich entgegenbrachte, war das dann nicht so gut wie eine Erlaubnis, sich um das holde, liebreizende Geschöpf an seiner Seite bewerben zu dürfen?

Trachwitz sprang auf. Die Unruhe, die ihm diese Gedanken bereiteten, trieb ihn empor. Sie sah betroffen zu ihm auf.

»Wollen Sie schon wieder fort?«

»Ja, ich muß nach Brenkenhof zurück, man erwartet mich. Aber heute nachmittag komme ich wieder, wenn ich darf!«

»Aber gewiß, recht oft sollen Sie uns besuchen. Und Sie denken daran, daß Sie mit mir ausreiten wollten? Mein Udobruder wird dabeisein. Er hat es mir versprochen.«

»Befehlen Sie über mich!«

»Ach nein, so sollen Sie nicht sagen, Herr von Trachwitz. Befehlen sollen sich gute Freunde einander nicht. Das gefällt mir nicht.«

»Dann will ich's gewiß nicht wieder sagen. Also auf Wiedersehen, Komteß; empfehlen Sie mich Ihrem Bruder und Fräulein Hermsdorf!«

»Wollen Sie nicht Eva im Vorbeigehen begrüßen? Sie ist in der Hauslaube, und wenn Sie durch den Park nach der anderen Seite gehen, machen Sie dabei keinen Umweg. Ich begleite Sie.«

»Sehr gütig; ich nehme natürlich Ihr Anerbieten dankend an.«

Sie gingen nebeneinander her dem Schlosse zu. Die Vögel sangen in den Zweigen, die Sonne schien so hell, das drängende treibende Blühen und Gedeihen wob Zauberringe auch um diese jungen Menschenherzen. Still blieb es zwischen ihnen. Dem lustigen, allezeit zu losen Streichen aufgelegten Trachwitz hatte es die Rede verschlagen. Verstohlen betrachtete er Hella von der Seite, und sie sah ihn in demselben Augenblick an. Dunkle Röte schoß in ihr Gesicht.

Eva sah die beiden jungen Menschen über den freien Platz vor der Hauslaube kommen, und ein sinnendes Lächeln umspielte ihren Mund. In ihrer Gegenwart fand Trachwitz die Sprache wieder. Er begrüßte sie in seiner alten herzlichen Art.

»Nur im Vorbeigehen ›guten Tag‹, Fräulein Hermsdorf. Viele Grüße von zu Hause.«

»Herr von Trachwitz kommt am Nachmittag mit Hohenaus, Eva«, sagte Hella. »Wir trafen uns im Park.«

»Da haben Sie gewiß Ihre Quellnymphe gesucht?« neckte Eva.

»Allerdings! Offenes Geständnis mildert die Strafe. Leider habe ich sie nicht gefunden.«

Eva sah fragend auf die beiden jungen Leute, die sich nun schon wieder über ihren Scherz amüsierten.

»Nicht?« fragte sie erstaunt.

Trachwitz machte eine tragikomische Miene.

»Nein, sie hat sich nämlich in eine junge vornehme Dame verwandelt, die nächstens ihren sechzehnten Geburtstag feiert. Aber bitte, verraten Sie das Frau von Hohenau nicht. Sie hat sich in den Kopf gesetzt, meiner Quellnymphe auf die Spur zu kommen.«

Seine letzten Worte klangen ernster.

Eva reichte ihm die Hand.

»Wir verraten nichts, Hella, und ich. Nicht wahr, Hella?«

»Nein, ganz gewiß nicht.«

»Dann ist mir ein Stein vom Herzen. Nun aber gleich auf Wiedersehen, meine verehrten Damen; behüt dich Gott, Klein-Marina, ich muß eilen.«

Trachwitz verabschiedete sich und ging schnell davon.

*

Auf Schloß Plessentin herrschte reges, ungewohntes Treiben. Die Gesellschaftszimmer, die lange Zeit unbenutzt geblieben waren, waren festlich geschmückt und einladend geöffnet. An ihrer Einrichtung konnte man sehen, daß die Grafen Plessen auf Plessentin nirgends mit dem Geld zu knausern brauchten.

In der mächtigen, mit weißen Fliesen ausgelegten Küche wurde seit dem frühen Morgen unter Frau Bodes Oberleitung emsig geschafft. Galt es doch, am Abend gegen hundert Gäste festlich zu bewirten. Alle verfügbaren Arbeitskräfte aus dem Dorf waren zur Hilfe herangezogen worden.

Hella war am Morgen wie jedes Jahr zu ihrem Geburtstage von Udo an ihren Gabentisch geführt worden, den diesmal Eva in geschmackvoller Weise geschmückt hatte. Was Liebe, Reichtum und guter Geschmack bieten konnten, das war hier aufgebaut. Was die Mode an Neuigkeiten herausgebracht hatte, das war von Udo für Hella besorgt worden.

Das junge Mädchen, das noch nicht verlernt hatte, sich zu freuen und ihre Freude zu zeigen, fand nicht genug Worte des Entzückens. Sie lachte und weinte durcheinander und flog aus einem Arm in den anderen. Udo, Eva und Marina mußten sich der Reihe nach ihre stürmischen Liebkosungen gefallen lassen. Am meisten freute sie sich auf den Abend. Es schien ihr, als wollte der Tag kein Ende nehmen. Sie lief ruhelos umher, behauptete hundertmal, die Uhren müßten nachgehen, fand immer wieder, daß die Minuten sich zu Ewigkeiten dehnten, probierte die Glätte des Parketts im großen Saal und stand dann wieder voll Entzücken vor ihrem blaßblauen Ballkleid oder vor ihrem Gabentisch.

Eva hatte einen schweren Stand mit ihr, und Marina beklagte sich zum ersten Male über »Tante Hella«, weil sie nicht mit ihr spielen wollte.

Aber auch die längsten Tage haben ein Ende. Der Beginn der Festlichkeit war auf sieben Uhr festgesetzt. Hella war natürlich viel zu zeitig fertig, und ihre Wangen glühten vor Ungeduld. Sie sah entzückend aus in dem duftigen Kleid aus feiner blauer Seide und gleichfarbigen Spitzen.

Das Mieder zierten Ranken von Apfelblüten, die so natürlich aussahen, als seien sie eben frisch vom Baum gepflückt. Auch in dem goldig schimmernden Haar war ein kleiner Zweig Apfelblüten befestigt. Die schlanken Arme, welche das Kleid freiließ, steckten bis zu den Ellbogen in langen Handschuhen. Der Nacken war ohne Schmuck, nur am Ausschnitt des Kleides war der blaue Spitzenbesatz mit einigen saphirgeschmückten Nadeln gehalten, die in ihrer Schönheit sehr eigenartig wirkten. Man konnte sich nichts Lieblicheres denken als dieses reizende, schlanke Geschöpfchen mit den vor holder Erwartung strahlenden Augen.

Als Udo in den großen Empfangssalon trat, flog Hella ihm entgegen.

»Nun sieh mich an, Udobruder. Bin ich schön? – Gefalle ich dir?«

Sie drehte sich mit erhobenen Armen vor seinen Augen ringsum. Er betrachtete sie lächelnd und sah dann zu Eva hinüber, als wollte er sagen: ›Ist sie nicht reizend?‹

Eva sah Graf Udo zum ersten Male im festlichen Abendanzug. Sonst trug er meist Lodenjoppe und Reitstiefel oder helle Hausanzüge. Der Frack, der nur von wenigen Herren mit Vorliebe getragen wird, kleidete ihn ganz vorzüglich.

Der Graf warf zuweilen einen Seitenblick zu ihr hinüber, während er mit Hella sprach. Es fiel ihm auf, daß sie ernst aussah.

Zum ersten Male trug sie nicht das schwarze Kleid! Schien dadurch der Ernst ihrer Züge nicht gemildert, sondern verschärft? Der feine Kopf mit dem schweren nußbraunen Haar, so anmutig von dem schlanken weißen Hals getragen, kam ihm fast fremd vor.

»Von Festesfreude ist auf Ihrem Gesicht nichts zu sehen, Fräulein Hermsdorf. Fast möchte ich sagen, Sie sehen traurig aus. Fehlt Ihnen etwas?« fragte er plötzlich.

Sie hob den Kopf und sah ihn an.

»Nein, mir fehlt nichts.«

»Aber etwas geht in Ihnen vor, irgendein Gedanke quält

Sie. Hella, weißt du nicht, was mit Fräulein Hermsdorf ist?«

Hella umfaßte Eva.

»Nein, mir ist noch nichts aufgefallen. Sag, Eva, hat mein Bruder recht, macht dich etwas traurig? Heute, an meinem Fest, soll jeder ein frohes Gesicht machen.«

Eva lächelte etwas verlegen.

»Ich bin gewiß nicht traurig«, sagte sie bestimmt, und dann fand sie plötzlich ihre Munterkeit wieder. »Ich will nur lieber ein offenes Geständnis ablegen«, fuhr sie leise fort. »Wenn ich eben ein bißchen ernst aussah, so galt das dem Umstand, daß ich mir plötzlich bewußt wurde, welch ein vornehmer Herr Sie sind, Herr Graf. Bisher hatte ich es nicht so erstaunlich gefunden, daß Sie zuweilen so zu mir sprechen, als wäre ich eine Dame Ihres Standes. Mit einem Male ist mir klar geworden, daß ich schlichtes armes Bürgermädchen es vielleicht manchmal an der schuldigen Ehrerbietung habe fehlen lassen, und bei dem Gedanken wurde mir peinlich zumute. Wenn es so ist, dann bitte ich um Verzeihung, und ...«

»Und Sie wollen es gewiß nicht wieder tun, sondern von nun an in hochachtungsvoller, ehrerbietiger Unterwerfung nicht mehr wagen, mich anzusehen oder ein Wort mit mir zu sprechen. So wollten Sie doch fortfahren?« fragte er bitter.

Sie rieb die schlanken Hände ineinander und sah unsicher zu ihm auf.

»Ganz so nicht, aber ähnlich.«

Er trat ganz nahe zu ihr heran und sah ihr mit einem rätselhaften Blick in die Augen.

»Es ist mir eine Wohltat, wenn Sie unbefangen und freundschaftlich mit mir verkehren. Sie sind der einzige Mensch in Plessentin, der den richtigen Ton für mich gefunden hat und der mir warme, verständnisvolle Anteilnahme entgegenbringt. Welchen Wert das für mich hat, können Sie nicht ermessen, aber wenn Sie Ihr Benehmen mir gegenüber ändern, dann werde ich darunter leiden.«

Er hatte es in gehaltenem, ruhigem Tone vorgetragen, aber sie merkte, wie erregt er war. In ihren großen grauen Augen leuchtete ein warmer Schein.

»Ich werde nichts ändern, solange Sie es nicht selbst wünschen«, hauchte sie.

Er machte hastig eine zustimmende Verbeugung. In dieser Bewegung lag die ritterliche Anerkennung ihrer Gleichberechtigung.

In demselben Augenblick kam Hella vom Fenster herübergesprungen, an dem sie Ausschau gehalten hatte.

»Es kommen Gäste, Udo, wahrscheinlich Tante Brenken. Sie wollte früher kommen als die anderen, um mich unter ihre Fittiche zu nehmen.«

Udo zog Hellas Hand durch seinen Arm.

»Dann komm, Liebling, jetzt sieh zu, daß du dich würdevoll benimmst.«

»Und du, Eva?«

»Ich gehe mit Marina hinauf. Wenn ich mein kleines Goldherz zu Bett gebracht habe, komme ich herunter und freue mich an den glänzenden Erfolgen, die du als junge Dame feiern wirst.«

Hella warf dem Kind noch eine Kußhand zu.

»Gute Nacht, Schatzkind. Tante Hella sieht später einmal zu dir hinauf, und morgen erzähle ich dir alles.«

Eva und Marina verschwanden nun. Während sie später oben plaudernd am Fenster standen, sahen sie Wagen um Wagen vorfahren.

Auf Hellas Wunsch sollte erst getanzt, dann gespeist und zuletzt wieder getanzt werden.

Die Musik, die hinter einer grünen Wand von Palmen und Blattpflanzen versteckt war, spielte Tanz um Tanz, und bald drehten sich die Paare munter im Kreise, ein hübsches Bild.

Draußen auf der Veranda und im Garten wurden bei hereinbrechender Dunkelheit zahllose bunte Laternen angezündet.

Graf Plessen in seiner stillen, vornehmen Art spielte den Hausherrn mit vollendeter Artigkeit. Heute durfte er als Gastgeber nicht still in irgendeiner Ecke stehen und teilnahmslos dem Treiben zuschauen. Heute mußte er zu allen liebenswürdige Worte sprechen, mußte mit den jungen Damen tanzen, den alten Artigkeiten sagen, die Herren zum Tanzen aufmuntern, die alten mit Wein und Zigarren versorgen und in gemütliche Winkel placieren.

Frau von Brenken half ihm, seinen schweren Pflichten nachzukommen. Vor allem hatte sie es übernommen, Hella als vollwertiges Glied der Gesellschaft einzuführen.

Diese war auch bald von allen Seiten umringt. Man kämpfte geradezu um ihre Tanzkarte.

Trachwitz sah dem Treiben mit gemischten Gefühlen zu. Es wurde ihm klar, wie kühn er in seiner leisen Hoffnung gewesen war, dieses liebreizende junge Geschöpf einst für sich zu gewinnen.

Würden sich ihr nicht zahllose Freier huldigend nahen, würde sie nicht unter den Edelsten und Vornehmsten des Landes ihre Wahl treffen können? Wie bald würde der arme Hans von Trachwitz dann vergessen sein ...

Da stand plötzlich Udo vor ihm.

»So tiefsinnig, Trachwitz?«

Dieser riß sich energisch zusammen.

»Ich sah zu, wie Ihr Fräulein Schwester von allen Seiten umringt wird. Wie die Falter das Licht, so umschwärmen die Herren das Geburtstagskind.«

»Und Sie allein stehen abseits? Wenn das meine Schwester sieht, wird sie sehr unzufrieden sein.«

»Sie wird das kaum merken. Ein Falter mehr oder weniger, was liegt daran?«

Es lag leise Bitterkeit in seinem Ton. Udo legte seinen Arm in den des jungen Mannes und sah ihm lächelnd ins Gesicht.

»Vielleicht liegt ihr gerade an diesem Falter etwas? Junge Mädchen sind unberechenbar. Jedenfalls hat mich meine Schwester mit einem Auftrag zu Ihnen geschickt.«

Trachwitz' Augen leuchteten auf.

»Zu mir?«

»Ja, sofern Sie meiner Schwester ›Freund Hans von Trachwitz‹ sind.«

»An meiner Ergebenheit für Komteß Hella bitte ich nicht zu zweifeln.«

»Nein, das tue ich nicht. Aber nun die Bestellung: Meine Schwester möchte Ihnen ihre Geburtstagsgeschenke zeigen. Sie möchten die Güte haben, mit mir in das kleine Eckzimmer hinüberzugehen, wo sie aufgestellt sind. Sobald sich meine Schwester freimachen kann, kommt sie uns nach.«

In Trachwitz' Gesicht zuckte es.

»Verehrter Graf, ich weiß nicht, wie ich Ihre außerordentliche Güte auffassen soll«, sagte er sehr ernst und sah mit offenem Blick in Udos Augen.

»Fassen Sie es auf, wie es Ihnen Ihr Herz eingibt.«

»Graf Plessen!«

»Reichen Sie mir die Hand, Herr von Trachwitz. Ich weiß, Sie sind ein Ehrenmann. Meine Schwester ist noch jung und unbedacht. Sie ist in Plessentin fernab von aller Künstelei als freies Naturkind aufgewachsen, ist nicht gewohnt zu verbergen, was sie fühlt und bewegt. Bitte, bedenken Sie das, wenn sie Ihnen gegenüber zu offen und rückhaltlos sein sollte. Ich weiß, Sie gelten Hella viel, ich glaube, auch bemerkt zu haben, daß Sie meine Schwester verstehen.

Nicht wahr, ich darf mich darauf verlassen, daß Sie ihr nicht voreilig Erklärungen machen, zu denen sie noch nicht reif ist?«

Trachwitz hatte Udos Hand fest umschlossen.

»Ich weiß, daß die Komteß unerreichbar hoch über mir steht«, sagte er fest, aber ein leiser Schmerz sprach aus dem Ton.

Udo lächelte und schüttelte den Kopf.

»Jetzt haben Sie mich falsch verstanden. Nicht unerreichbar hoch soll sie über Ihnen stehen – nur sicher und beschützt neben Ihnen – wenn aus dem Kind die Jungfrau erblüht sein wird. Vor einem verfrühten unbedachten Schritt wollte ich Sie warnen und meine Schwester schützen. Verstehen Sie mich nun?«

Trachwitz sah mit brennenden Augen in sein Gesicht.

»Soll ich glauben, daß ein so großes Glück für mich erreichbar wäre?« fragte er, heiser vor Bewegung.

»Wenn Sie es zu schätzen wissen, ja. Und ich glaube, daß Sie das tun.«

»Ich danke Ihnen für dieses Vertrauen von ganzem Herzen, wenn ich auch nicht töricht genug bin, zu glauben, daß Hella jemals daran denken würde, eine Hoffnung zu verwirklichen, die ich eben im stillen als Vermessenheit betrachtete.«

Udo faßte ihn unter den Arm und zog ihn mit sich fort.

»Sie kennen meine Schwester nicht wie ich, Trachwitz, sonst würden Sie die unerschütterliche Zuversicht besitzen, daß sie festhält, was ihre junge Seele einmal in sich aufgenommen hat. Glauben Sie mir, ich weiß, daß Hella einen klaren Blick hat für wahre Werte eines Menschen. Sie brauchen keinen anderen Einfluß zu fürchten.«

»Wenn ich Ihnen nur sagen könnte, was ich bei Ihren Worten empfinde, Graf Plessen!«

»Sie brauchen mir nichts zu sagen, ich weiß alles. Und

nicht wahr, Sie vergessen nicht, daß Hella noch ein Kind ist? Meine Worte sollen Ihnen die Ruhe geben, abzuwarten, bis sie zur Reife erblüht ist.«

»Mein Ehrenwort, Sie hätten auch ohnedies nichts zu fürchten gehabt. Aber für Ihre Güte, für Ihr Vertrauen kann ich Ihnen nicht mit Worten danken. Ich hoffe, Ihnen meinen Dank durch die Tat beweisen zu können.«

Sie waren in das kleine Zimmer getreten, in dem Hellas Geschenke aufgebaut waren. In ernstem, freundschaftlichem Gespräch ließen sich die beiden Herren nieder.

Wenige Minuten später trat Hella ein. Sie war erhitzt und atemlos.

»Oh, du grundgütiges Himmelchen ...«, diesen Ausruf hatte Hella von einem alten Diener angenommen, der ihn oft brauchte und den sie sehr komisch fand, »jetzt wäre ich fast nicht losgekommen. Herr von Trachwitz, ich bin sehr böse auf Sie!« rief sie lebhaft.

Trachwitz hatte sich erhoben.

»Womit habe ich Ihren Zorn verdient?«

Sie warf das Köpfchen zurück, und ihre Augen blitzten ihn an.

»Da fragen Sie noch? Nun bitte ich dich, Udo – er fragt auch noch! Alle Menschen sind heute lieb und gut zu mir, alle sagen mir schöne Worte und umdrängen mich, daß ich kaum zu Atem komme, aber Sie kümmern sich nicht um mich!« sagte sie schmollend.

»Hella! Hast du mich deshalb beauftragt, Herrn von Trachwitz hierherzuführen, damit du ihn auszanken kannst? Ich denke, du willst ihm deine Geschenke zeigen? Wenn du aber böse mit ihm bist, gehe ich lieber, das mag ich nicht mit anhören.«

Mit diesen Worten verließ Udo den Salon. Hella sah ihm erst bestürzt nach und blickte dann Trachwitz betreten in das Gesicht.

»War ich garstig zu Ihnen – sind Sie mir böse?« fragte sie leise.

In Hans von Trachwitz' Augen funkelten tausend Wonnen. Es kostete ihn in diesem Augenblick große Anstrengung, sich zu beherrschen, sie nicht mit jubelndem Entzücken in seine Arme zu nehmen. Aber er bezwang sich. Nicht einmal ihre Hand erfaßte er.

»Garstig waren Sie gewiß nicht, und böse konnte ich Ihnen nicht sein. Sie müssen mir jedoch gestatten, daß ich mich rechtfertige gegen die Vorwürfe, die Sie mir eben machten. Daß ich mich nicht um Sie kümmere, ist ein Irrtum, ich habe Sie noch kaum aus den Augen verloren, aber Sie waren von allen Seiten umringt, und ich fürchtete, Ihnen lästig zu fallen.«

»Ach, das ist sehr dumm von Ihnen. Ich habe mich am meisten darauf gefreut, mit Ihnen in den Tanzpausen zu sprechen. Tanzen dürfen wir ja leider nicht den ganzen Abend miteinander.«

»Wünschten Sie das wirklich?«

»Aber gewiß! Sie tanzen am besten von allen. Und ich plaudere auch am liebsten mit Ihnen.«

»Das wußte ich nicht!«

»Nun bitte ich Sie, das ist doch selbstverständlich. Wir sind schon uralte Freunde.«

Es zuckte um seinen Mund.

»Ja, ich will nun auch ganz fest daran glauben. Und ich freue mich unsagbar, daß Sie gern mit mir plaudern und mir gestatten, Ihr treuer, ergebener Freund zu sein.«

Er hatte das so ruhig, als es ihm möglich war, gesprochen. Trotzdem klang die tiefe Bewegung durch, die ihn durchzitterte. Hella stand beklommen vor ihm und spielte mit ihrem Fächer. Er gedachte seines gegebenen Wortes. Er mußte sich zusammennehmen. Ihre Holdseligkeit war ihm gefährlich.

»Sie wollten mir Ihren Gabentisch zeigen.«

Sie atmete auf und lachte.

»Ach ja, beinahe hätte ich das vergessen. Kommen Sie, schauen Sie nur, was für schöne herrliche Sachen! Ist mein Udobruder nicht einzig gut?«

»Ich kenne keinen Menschen, der ihn an Güte übertreffen könnte«, sagte er warm und aufrichtig. Sie legte freudig erregt ihre Hand auf seinen Arm und sah ihn strahlend an.

»Oh, nun könnte ich Sie noch viel lieber haben, wenn das noch möglich wäre«, sagte sie herzlich. »Gelt, mein Bruder ist ein Prachtmensch? Ich habe ihn sehr lieb. Erst hatte ich keinen Menschen zum Liebhaben als ihn. Und nun habe ich so viele. Klein-Marina, Eva und Sie. Ich habe nie gedacht, wie herrlich es ist, wenn man liebe gute Freunde hat. Nicht wahr, Sie haben mich auch gern?«

Nun nahm er doch ihre Hand und drückte sie fest an seine Brust. Als er die geliebte Hand freiließ, hatte er einen roten Kopf, und seine Augen, denen er mit aller Willenskraft nicht gebieten konnte, trafen mit innigem Blick in die ihren. Ein sonderbares Gefühl beklemmte Hella die Brust.

»Muß ich auf diese Frage noch antworten, Hella?«

Sie schüttelte den Kopf und sah ihn an.

Ein feuchter Schleier trübte ihre Augen, und ein Erzittern lief über sie hin. Ein atemloses, heimlich rätselhaftes Glücksgefühl erfüllte ihr Herz.

So standen sie sich eine kleine Weile gegenüber. Da tönten aus dem Saale die Klänge eines Walzers. Sie schrak zusammen und hob lauschend den Kopf.

»Da wird zum Tanz aufgespielt – den habe ich Herrn von Wertern zugesagt.«

»Darf ich Sie zurückbegleiten?«

Er reichte ihr den Arm und zwang sich zu einem leichten Plauderton. Er fühlte, daß er ihr die Fassung zurückgeben mußte.

»Sind Sie noch nicht müde vom Tanzen?«

»O nein – gar nicht! Jetzt kommen bis zur Tafel nur noch zwei Tänze! Sie sind mein Nachbar bei der Tafel. Oh, das ist schön.«

»Wissen Sie das bestimmt?«

»Natürlich, ich habe Udo darum gebeten. Und auf der anderen Seite neben Ihnen sitzt Eva, so sitzen Sie zwischen Ihren beiden besten Freundinnen.«

»Ich finde, daß das Schicksal heute seine Glücksgaben geradezu verschwenderisch über mich ausstreut. Ich muß mich wahrhaftig in die Finger beißen, damit ich merke, daß dies alles nicht nur ein schöner Traum ist.«

In diesem Augenblick trat Herr von Wertern herbei und entführte Trachwitz die Komteß.

Der junge Offizier war in einer geradezu glücksberauschenden Stimmung. Er eilte zu Frau von Hohenau, seiner Tänzerin.

»Gerade wollte ich anfangen, mich über meinen säumigen Tänzer zu entrüsten. Wo stecken Sie denn, Verehrtester?«

»Auf der Insel der Glückseligkeit, teuerste gnädige Frau. Zürnen Sie mir nicht, ich bitte um Verzeihung.«

»Unter einer Bedingung.«

»Wenn sie auch noch so schwer ist, ich will versuchen, sie zu erfüllen.«

»So verraten Sie mir, ob Ihre Quellnymphe heute anwesend ist?«

»Mit Vergnügen, gnädigste Gönnerin. Also nein, die Quellnymphe ist überhaupt nicht mehr. Sie hat sich jetzt in ein anderes Wesen verwandelt!«

»Und in was für eins?«

»Eine Märchenfee, die im Wunderland meiner Träume das Zepter führt.«

»Erbarmen Sie sich – kommen Sie nur wieder herab aus Ihrem Wölkenkuckucksheim –, mir wird himmelangst! Sie sahen jetzt wahrlich und wahrhaftig ganz poetisch aus. Ich bin auf das Schrecklichste gefaßt, sogar darauf, daß Sie jetzt anfangen, Gedichte zu machen.«

»Beruhigen Sie sich, gnädige Frau, ich kann nicht einmal Herz und Schmerz zusammenreimen. Als Schüler habe ich es mal versucht, es war schauderhaft. Da habe ich einen Schwur getan: Nie wieder! Und den werde ich halten, obgleich noch gar nicht erwiesen ist, daß nicht das Zeug zu einem lyrischen Dichter in mir steckt. Heute ist mir beinahe so zumute.«

Frau von Hohenau sah ihn wie mit tiefstem Bedauern an.

»Armer Trachwitz – Sie sind ein ganz hoffnungsloser Fall!«

»Wieso?«

Frau von Hohenau klopfte ihm mit dem Fächer leicht auf die Schulter.

»Sie sind verliebt – rettungslos verliebt!«

Er machte ein Armsesündergesicht.

»Bist du ein Mensch, so fühle meine Pein«, zitierte er mit finster zusammengezogener Stirn.

»Mit diesem Ausspruch entkommen Sie mir nicht. Beichten Sie! Sie wissen, wie gern wir Frauen Ehen stiften. Verraten Sie mir die Quelle der süßen Qualen Ihres Herzens.«

»Gut – Sie sollen alles erfahren – heute in zwei Jahren. Mein Wort darauf.«

Sie lachte ärgerlich.

»Ich entziehe Ihnen meine Freundschaft; das ist nicht nett, daß Sie mich so vollständig ausschließen. Ich will Ihnen helfen.«

Er zog ihre Hand an seine Lippen.

»Mir kann kein Mensch helfen, gnädige Frau, ich muß auch so lange warten wie Sie. Entziehen Sie mir Ihre Freundschaft nicht, das halte ich nicht aus. Wo bekomme ich sonst so vorzügliche Obstkuchen mit Schlagsahne? Wer schützt mich vor der Rache der Frau Bürgermeisterin? Sie können nicht verantworten, mich fallenzulassen. Ich schwöre es Ihnen auch, Sie sollen einmal die erste sein, der ich meine Verlobung verkünde.«

»Mit Ihnen ist nichts anzufangen. Eigentlich sollte ich das schon wissen. Ich bin aber immer wieder so töricht, meine Teilnahme an Sie zu verschwenden.«

Derlei Neckereien waren zwischen ihnen Gewohnheit, und vergnügt lachend tanzten sie weiter.

Eva stand allein in einer der Fensternischen und sah dem Tanz zu.

Da stand plötzlich Udo vor ihr.

»Sie tanzen nicht?« fragte er.

»Nein!« lautete die Antwort.

»Weshalb nicht?«

»Ich möchte keine Verpflichtungen eingehen, um immer frei zu sein. Das Kind schläft unruhig, ich muß zuweilen nach ihm sehen.«

»So schicken Sie eines der Mädchen hinauf.«

»Marina ist an mich gewöhnt.«

»Deshalb brauchen Sie aber nicht auf das Vergnügen des Tanzens zu verzichten. Einmal wird meine Kleine auch ohne Sie auskommen.«

»Die Zeit, wo mir Tanzen ein so großes Vergnügen bereitete, ist für mich vorbei. Ich sehe ebensogern zu.«

»Schade!«

»Warum?«

»Weil ich gern einmal mit Ihnen getanzt hätte.«

»Es würde sich nicht schicken.«

»Natürlich nicht, nachdem Sie andere Tänze ausgeschlagen haben.«

»Auch sonst nicht. Man würde darüber sprechen, daß Graf Plessen mit der Erzieherin seiner Tochter tanzt.«

Er sah sich im Saal um. Da fing er manchen eigentümlichen Blick auf.

»Sie haben recht, Fräulein Hermsdorf. Man darf nicht ungestraft unter Palmen wandeln. Bitte, bleiben Sie aber nicht abseits stehen, gehen Sie zu Frau von Brenken hinüber – ich will nicht, daß Sie auch nur ein böser Gedanke kränkt.«

Sie sah ihn mit klaren, ruhigen Augen an.

»Davor ist der Beste nicht geschützt, ich will nur zur Rederei keinen Anlaß geben. Und jetzt will ich noch einmal nach Marina sehen.«

Sie neigte leicht gegen ihn das Haupt und ging.

Sie lief die Treppe hinauf und trat leise in des Kindes Schlafzimmer. Nur gedämpft klang die Musik hier herauf, ab und zu ein verlorener Ton und ein fernes, verschwommenes Summen von Menschenstimmen.

Marina war nun doch fest eingeschlafen. Ruhig und regelmäßig ging ihr Atem. Frieden lag auf dem schönen Kindergesicht. Die langen schwarzen Wimpern hoben sich wie feingezeichnete Halbmonde von den blühenden Wangen ab. Eva ging leise und beruhigt wieder hinunter. Herr von Brenken kam ihr bereits entgegen.

»Ich dachte schon, Sie wären fahnenflüchtig geworden, Fräulein Hermsdorf, gerade wollte ich nach Ihrem Verbleib Nachforschungen anstellen lassen. Verdenken könnte ich's Ihnen ja eigentlich nicht, wenn Sie sich für den grauköpfigen Tischherrn bedankten.«

»Jetzt wollen Sie sicher eine Schmeichelei hören, Herr von Brenken!«

»Na, und wenn es so wäre, soll sie mir vorenthalten bleiben?«

»Es ist besser, Sie könnten sonst eitel werden!«

»Und Sie meinen, Eitelkeit und graue Haare passen nicht zusammen? Na gut, verzichten wir großmütig. Aber nur unter einer Bedingung ...«

»Unter welcher?«

»Daß Sie bald wieder einmal nach Brenkenhof kommen

und Ihre Lieder mitbringen. Sie haben lange nicht bei uns gesungen.«

»Angenommen, ohne Vorbehalte.«

»Schön. Na, da sind wir ja auf unserem Platz. Ah, Herr von Trachwitz ist Ihr anderer Nachbar. Hänschen, ich rate Ihnen gut, machen Sie sich bei meiner Tischdame nicht etwa niedlich. Die will ich für mich haben, verstanden?«

»Vollkommen!«

»Na also – setzen wir uns. Hella, jetzt heißt es ein Stündchen oder zwei stillsitzen. Wird dir das nicht schwerfallen?«

»Nein, Onkel Brenken, gar nicht.«

»Herr von Brenken, Komteß Hella ist aber meine Tischdame, da dürfen Sie sich auch nicht niedlich machen.«

Brenken lachte vergnügt.

»Vertragen wir uns! Die Suppe wird aufgetragen. Aber nachher trinke ich Hella zu – wofür bin ich ihr Onkel? Da lasse ich mir nicht dreinreden!«

## VIII

In den nächsten Tagen fiel es Eva auf, daß Marina sehr still und unlustig zum Spielen war. Sie hatte immer Neigung zum Schlafen und keinen Appetit.

Besorgt beobachtete Eva das Kind, und sie hielt es für ihre Pflicht, den Grafen darauf aufmerksam zu machen. Dieser sandte sofort einen Boten zum Arzt in die Stadt. Er hatte von Scharlachanfällen im Dorf gehört und teilte Eva die Besorgnis mit.

Diese erschrak und drang vor allem darauf, daß Hella dem Kind fernblieb, denn die Komteß hatte diese Krankheit noch nicht gehabt und Ansteckungsgefahr war nicht ausgeschlossen.

Der Arzt konnte nicht mit Bestimmtheit versichern, daß bei der Kleinen Scharlach im Anzug war. Immerhin waren genügend Anzeichen vorhanden, um darauf gefaßt zu sein.

Als der Arzt wieder fortgefahren war, blieb Udo bei Eva und seinem Kind zurück. Die junge Erzieherin sah ernst in sein Gesicht.

»Herr Graf, es dürfte am besten sein, wenn Sie Hella nach Brenkenhof bringen würden, solange wir hier mit einer Ansteckungsgefahr rechnen müssen. Frau von Brenken wird sie gern in ihre Obhut nehmen, solange es nötig ist. Und da Hohenaus und Trachwitz anwesend sind, wird Hella leichter über die Trennung denken.«

Er blickte mit freudlosen, trüben Augen in ihr Gesicht.

»Und Sie? Besteht diese Ansteckungsgefahr für Sie nicht auch?«

»Nein! Ich habe Scharlach gehabt. Bitte, lassen Sie mich die Pflege ganz übernehmen, ich will gewiß alles daran setzen, meinen kleinen Liebling gesund zu pflegen. Aber dazu müßte ich für Hella außer Sorge sein können. Bitte, bringen Sie Ihre Schwester gleich nach Brenkenhof hinüber. Frau Bode kann ihre Sachen einpacken lassen. Ich will zur Vorsicht mit Marina völlig allein bleiben.«

Er sah nachdenklich vor sich hin. Dann hob er den Kopf.

»Sie haben recht. Wie immer! Es ist am besten so. Und ich nehme Ihr großherziges Anerbieten an. Sie vergrößern dadurch die Dankesschuld, die ich an Sie abzutragen habe.«

»Ich tue nur meine Pflicht«, sagte sie einfach.

»Ihre Pflicht? Ja – Ihre Pflicht. Aber wie getreu Sie sie auffassen, das weiß ich ja nicht erst seit heute. Nun ist mir das wieder ein neuer Beweis dafür. Aber machen Sie nicht wieder Ihr gequältes Gesicht, ich bin schon still und werde gleich gehen. Behüte dich Gott, mein Herzkind ... wie matt blicken deine Augen! Tut dir etwas weh, mein Liebling?«

»Hier und hier«, sagte Klein-Marina und zeigte auf Kopf und Hals.

Eva kniete neben ihr nieder.

»Ich lege dir jetzt kühlende Umschläge auf die Stirn, mein Liebling, dann wird es besser«, sagte sie sanft.

»Ja, gute Eva, du hilfst mir, nicht wahr?«

»Ja, ich helfe dir. Bitte, gehen Sie, Herr Graf, und wechseln Sie den Anzug, ehe Sie zu Hella gehen; man muß sehr vorsichtig sein.«

»Sie denken an alles, nur nicht an sich. Bitte, überanstrengen Sie sich nicht, damit ist uns allen nicht gedient.«

Udo reichte ihr die Hand.

»Nochmals – ich danke Ihnen!«

Dann suchte er Hella auf. Als er eintrat, sprang sie auf.

»Nun, Udo, was sagt der Arzt? Ist unser kleiner Liebling wirklich ernstlich krank?«

»Wir fürchten, es wird Scharlach, und bei dieser Krankheit ist die Ansteckungsgefahr sehr groß. Deshalb haben wir beschlossen, dich nach Brenkenhof zu bringen, bis keine Gefahr mehr vorhanden ist.«

Hella sah ihn groß und entrüstet an.

»Ich soll mein Schatzkind allein lassen, ich soll es nicht mit pflegen dürfen? Nein, Udo, das darfst du mir nicht antun. Ich will hierbleiben.«

Udo faßte sie um die Schultern.

»Und willst du dadurch meine Sorge und Unruhe verdoppeln? Meinst du nicht, daß es genug ist, wenn uns die Kleine krank wird?«

»Aber du bleibst doch auch hier, und Eva auch!«

»Wir beide haben Scharlach gehabt und brauchen die Ansteckung nicht zu scheuen wie du!«

Hella bekam feuchte Augen.

»Ach, wo man nun mal nützen könnte, wird man fortgeschickt. Für Eva allein wird die Pflege zu anstrengend.«

»Ich lasse noch eine Schwester aus der Stadt kommen, zur Unterstützung für sie.«

Hella weinte.

»Mein armes Kleines! Hat das Kind Schmerzen?«

»Sei still, Hella. Du weißt, wenn Fräulein Eva bei ihr ist, dann ist sie in treuen guten Händen.«

»O ja, das weiß ich. Aber traurig ist es doch, daß ich so gar nichts tun kann.«

»Doch, du kannst uns viel Sorge und Unruhe sparen dadurch, daß du uns gehorchst, Fräulein Eva läßt dich herzlich grüßen. Du wirst sie vorläufig nicht wiedersehen!«

»Wie, ohne Abschied soll ich gehen?«

»Ja, das muß so sein!«

Hella trocknete sich seufzend die Augen.

»Nun war ich all die Tage so froh und glücklich, und mit einem Male ist es so anders geworden!«

»Laß dir deine Lebensfreude nicht trüben, Schwesterchen, dadurch kannst du Marina nicht helfen. Komm, sei gut und füge dich. Denke, wie sie sich alle in Brenkenhof freuen werden, wenn du kommst. Du wolltest ohnedies viel mit Trachwitz ausreiten. Dann begleiten euch Hohenaus. Gib acht, das wird sehr hübsch.«

Wie die Sonne hinter zerschlissenen Wolken hervor über die regenfeuchte Erde, huschte ein Lächeln über Hellas verweintes Gesichtchen.

»Ach, gut, daß Trachwitz in Brenkenhof ist. Der ist immer fröhlich. Da wird er mir meine Sorgen vertreiben. Aber du mußt mir jeden Tag Nachricht geben, das mußt du mir versprechen.«

»Selbstverständlich! Nun mache dich fertig. Deine Sachen schicke ich dir nach.«

*

Eine Stunde später fuhr Hella mit ihrem Bruder zum Parktor hinaus. Sie winkte mit dem Taschentuch zu Eva hinauf, die am Fenster stand.

In Brenkenhof fand Hella liebevolle Aufnahme. Hauptsächlich Trachwitz fand sofort den richtigen Ton für das betrübte Mädchen.

Ehe Udo nach Plessentin zurückfuhr, fand er Gelegenheit, mit Trachwitz einige Worte ohne Zeugen zu reden.

»Herr von Trachwitz – ich darf Ihnen das Wohl meiner Schwester noch recht nachdrücklich ans Herz legen, nicht wahr?«

Hans von Trachwitz gab ihm die Hand und sah ihn ehrlich an.

»Komteß Hella konnte in Ihrem Schutz nicht besser behütet sein als in dem meinen. Ich werde Ihr Vertrauen rechtfertigen.«

Udo nickte.

»Ich weiß es. Und schwer wird es Ihnen nicht werden, Hella von trüben Gedanken abzulenken.«

»Jedenfalls soll es an meinem guten Willen nicht fehlen.«

Hella nahm mit sehr schwerem Herzen Abschied von ihrem Bruder. Als aber Frau von Hohenau einige Stunden später am Fenster stand und Hella und Trachwitz von einem Spaziergang zurückkommen sah, da strahlte Hellas Gesicht in sonniger Glückseligkeit.

Frau von Hohenau sah plötzlich mit scharf prüfendem Blick auf die beiden jungen Menschen, und da erschien ein besonderes Lächeln auf ihrem Gesicht.

Als Trachwitz zu ihr ins Wohnzimmer trat, während Hella Tante Brenken in ihrem Zimmer aufsuchte, wandte sie sich mit einem schelmisch-spitzbübischen Ausdruck nach ihm um.

»Freund Trachwitz, jetzt ist mir ganz plötzlich ein helles Licht aufgegangen.«

Er sah sie fragend an.

»Ein Licht?«

»Ja, ein sehr helles Licht – so hell, daß ich sogar eine Quellnymphe gesehen habe.«

Trachwitz bekam einen roten Kopf.

»Gnädigste Frau!«

»Still, still, ich mag nun gar nichts mehr hören. Und quälen will ich Sie auch nie mehr. Hier, meine Hand darauf. Ich weiß jetzt, daß Sie recht hatten, mir nichts zu verraten. Aber als Helferin und Bundesgenossin bin ich trotzdem nicht zu verachten.«

Trachwitz zog ihre Hand an die Lippen.

»Vor soviel Scharfblick und Güte muß ich die Waffen strecken. Ich bewundere Sie, gnädige Frau!«

»Um Himmels willen, keine Schmeicheleien, ich streiche Sie sonst aus der Liste meiner guten Freunde.«

*

Über Plessentin kamen schwere, sorgenvolle Tage. Der Tod umschlich das Haus und suchte Einlaß, um ein Opfer zu holen. Aber eine schlanke Frauengestalt machte ihm den Weg streitig. Eva kämpfte um das junge Leben. Sie wich Tag und Nacht nicht von des Kindes Bett.

Es war ein besonders böses Scharlachfieber zum Ausbruch gekommen. Marina sprach in ihren Fieberträumen von einem bösen Mann, dessen Blick ihr weh täte und der nach ihr schlüge, und von einer schönen Frau zu Pferde, die sie ›Mama‹ nannte und vor der sie ›Marie‹ schützen sollte.

Die Bilder der Vergangenheit waren in ihrer Seele wieder lebendig geworden. Als eines Tages Udo Eva gegenüber am Bett seines Kindes stand und mit düster brennendem Blick auf den ringenden Körper herabsah, kamen diese Traumgebilde wieder.

Eva blickte zum Grafen auf.

»Immer ängstigt sie sich mit solchen Bildern, man sollte meinen, irgend jemand habe das Kind einmal erschreckt und dieser Schreck sei haftengeblieben«, sagte sie leise.

»Wer weiß, ich habe sie nicht von klein auf schützen können vor bösen Einflüssen. Ach, sehen Sie mich nicht so ängstlich fragend an; mehr kann ich Ihnen nicht enthüllen. Aber eins weiß ich – das Kind wird mir genommen werden; der Fluch, den ich in unheilvollen Stunden auf mich zog, wird sich erfüllen an denen, die ich liebe.«

Es klang grenzenlose Qual aus seinen Worten, und die Augen hatten den Blick wie in jener Mondnacht.

Eva richtete sich hoch auf.

»Nein, sie soll, sie darf nicht sterben, schon damit Ihnen

dieser Wahn genommen wird. So grausam ist Gott nicht, er ist allgütig. Mit einem Fluch belastet ist nur der, der daran glaubt. Wehren Sie sich gegen diesen Wahn!«

Er seufzte tief auf. Mit schmerzlichem Lächeln sah er sie an.

»Da hilft kein Wehren – Schuld bleibt Schuld und fordert Sühne.«

Sie machte vor Schmerz um ihn ganz zornige Augen.

»Das ist törichte Schwachheit!« sagte sie mit unterdrückter Heftigkeit.

Eva glaubte an irgendein Verhängnis, aber nicht an Schuld.

Er lehnte sich an die Wand zu Häupten des Bettes und fuhr sich mit seiner schlanken Hand durch das Haar.

»Wie zornig Sie aussehen können, und wie gut Sie es mit mir meinen! Nein, sprechen Sie nicht mehr davon. Vergessen Sie, was ich Ihnen sagte, nur damit können Sie mir eine große Wohltat erweisen.«

Udo bereute tief, daß er seine Verzweiflung verraten hatte.

Da blieb es lange still zwischen ihnen. Nur die geflüsterten hastigen Laute des kranken Kindes füllten den Raum.

Eva faßte die heißen Händchen und fühlte den schnellschlagenden Puls. Das Kind warf sich hin und her und wühlte den schwarzen Lockenkopf unruhig in den Kissen.

Udo konnte den Anblick nicht mehr ertragen, er ging hinaus, ohne ein Wort zu sagen, und Eva blieb mit dem Kind allein. Sie hatte die Hilfe einer Schwester entschieden abgelehnt, die ihr Udo aufnötigen wollte. Niemand sollte das Kind anrühren, nur sie selbst. So saß sie wieder lange, einsame Stunden und rang mit dem Tode um dieses junge Leben ...

Und eines Morgens, als Graf Plessen nach einer in Furcht und Angst durchwachten Nacht einen Gang durch den Park gemacht hatte, um sich zu erfrischen, empfing ihn Eva mit glückstrahlendem Gesicht. Sie wandte ihm das blasse Antlitz zu.

»Marina schläft, Herr Graf, das Fieber ist gefallen. Der Arzt wird Ihnen bestätigen, daß das Kind die Krise überstanden hat.«

Da faßte er mit fast rauhem Griff ihre Hand und preßte seine Lippen darauf.

»Das danke ich Ihnen – nur Ihnen!«

»Und dem Herrn über Leben und Tod, an dessen Güte Sie zweifeln wollten.«

Als Udo vom Arzt dieselbe tröstliche Versicherung erhalten und dieser Plessentin verlassen hatte, kehrte er in das Krankenzimmer zurück. Eva saß an dem Bett des Kindes und schien zu schlafen. Als er herantrat, schlug sie die Augen auf und sah ihm mit froher Zuversicht entgegen.

»Jetzt gehen Sie aber sofort in Ihr Zimmer und ruhen einige Stunden. Sie sehen jammervoll blaß und überanstrengt aus«, sagte er leise.

»Wenn Kleinchen wieder gesund ist, hole ich alle versäumte Ruhe nach. Jetzt kann ich Marina nicht allein lassen.«

»Ich bleibe so lange bei dem Kind. Gehen Sie, ich will es.«

Da erhob sie sich langsam und ging der Tür zu. Ihr Gesicht konnte er nicht sehen, sie hielt den Kopf gesenkt, da vertrat er ihr den Weg.

»Sie sind mir am Ende böse, daß ich Ihnen ein paar wohlverdiente Ruhestunden verschaffen will?«

»Ich hätte ja am Bett bleiben können. Im Lehnstuhl konnte ich ruhen. Und wenn das Kind erwacht, bin ich da.«

»Marina wird jetzt mindestens bis zum Abend schlafen, der Arzt hat mir das versichert. Sie sind sonst so ein klarer, verständiger Mensch, aber manchmal treiben recht eigensinnige Grillen ihr Spiel hinter Ihrer Stirn. Wenn ich Sie gewähren ließe, so rieben Sie sich vollständig auf in der anstrengenden Pflege. Solange Gefahr vorhanden war, habe ich Ihnen Ihren Willen lassen müssen, aber jetzt dringe ich darauf, daß Sie einige Stunden vernünftig ruhen. Nun zeigen Sie mir ein anderes Gesicht, Sie wunderlicher Trotzkopf. Oder wollen Sie mir die Freude an des Kindes Rettung verderben?«

Da sah sie ihn mit ihrem alten und lieben Lächeln an.

»Nein, das will ich gewiß nicht. Das glauben Sie auch nicht von mir. Ich gehe, um Ihrem Gebot Folge zu leisten, aber Sie müssen mich sofort rufen lassen, wenn das Kind erwacht!«

»Mein Wort darauf.«

Da ging sie hinaus.

*

Trachwitz und die Hohenaus waren schon längst wieder von Brenkenhof abgereist, als Hella Mitte August endlich heimkehren durfte. Das junge Mädchen hatte trotz ihrer Sorge um Marina unvergleichlich schöne Tage in Trachwitz' Gesellschaft verlebt. Sie waren sich in den Wochen steten Beisammenseins nähergekommen, als es in jahrelangem Gesellschaftsverkehr hätte geschehen können. Trachwitz hatte beim Abschied um die Erlaubnis gebeten, Hella schreiben zu dürfen, und sie hatte erfreut eingewilligt.

Udo holte seine Schwester in Brenkenhof ab. Eng aneinandergeschmiegt saßen die Geschwister im Wagen und erzählten sich ihre Erlebnisse aus den Tagen der Trennung. Und Hella konnte nicht genug fragen und erzählen. Als der Wagen in Plessentin vor dem Schloß hielt, sprang sie heraus und lag lachend und jubelnd in Evas Armen, drückte das Kind fast tot vor Entzücken und wußte nicht, was sie vor Freude anstellen sollte. Das Dienstpersonal, mit Frau Bode an der Spitze, machte frohe Gesichter. Hellas sonnige Heiterkeit hatte Plessentin gefehlt.

Marina war bald vollständig wieder hergestellt. Sie sah gesund und blühend aus wie zuvor, die böse Krankheit hatte keine Folgen hinterlassen. Nur war das Verhältnis zwischen Eva und dem Kind noch viel herzlicher geworden.

Und zwischen Udo und der aufopfernden Pflegerin seines Kindes bestand mehr als je die achtungsvolle Freundschaft.

Eva beobachtete den Grafen verstohlen und sah mit einiger Freude, daß sich seine Miene erhellte, nachdem Gott ihm das Leben seines Kindes nicht abgefordert hatte. Der Trost, den ihm die Lebensrettung der Kinder aus dem Fluß gegeben hatte, gewann wieder an Einfluß. Er gab ja zwei Leben für das eine – die Sühne war wohl angenommen, und er wagte aufzuatmen.

*

Die Frau des Verwalters Wedlich hatte sich beim Schlachten des Viehs mit kochendem Wasser verbrannt. Beide Füße und Beine bis zu den Knien herauf waren mit schrecklichen Brandwunden bedeckt.

Der Arzt, der auch Marina behandelt hatte, war gerufen worden. Die arme Frau jammerte vor Schmerzen. Als der Arzt, nachdem er sie verbunden hatte, gleich mit in Plessentin vorsprach, um nach dem Kind zu sehen, erzählte er von dem Unfall und bedauerte, daß niemand in der Umgebung der Frau eine geschickte Hand hatte, um die Verbände zu erneuern.

Sofort erbot sich Eva, täglich nach dem Vorwerk hinüberzugehen, und der Arzt gab ihr erfreut die nötigen Anweisungen.

Er hatte die Umsicht und Geschicklichkeit der jungen Erzieherin während des Kindes Krankheit zur Genüge kennengelernt.

So ging denn Eva täglich auf das Vorwerk. Sie benutzte dazu die Zeit nach Tisch. Da pflegte Marina noch ein Stündchen zu schlafen. Hella blieb dann zur Aufsicht bei dem Kind zurück. Der Weg nach dem Vorwerk führte durch den Wald. Eva empfand es stets als Feierstunde, wenn sie in der lautlosen Mittagsstille allein und ungestört ihren Gedanken nachhängen konnte. So lieb sie Hella und Udos Kind hatte, zuweilen verlangte sie doch nach einem stillen Versenken in ihre Gedanken und Gefühle. Solange ihre Zöglinge bei ihr waren, ging sie ganz in ihnen auf, dann blieb nichts für sie übrig.

Und ihr Herz war jetzt so voll von Empfindungen seltsamer Art. Ihr Verhältnis zu Graf Plessen war eigenartig beklemmend, sonderbar. Sie fühlte sich eins mit ihm in allem, was ihre Seele bewegte. Es half ihr nichts mehr, wenn sie sich sagte: Er ist ein hoher Herr, du ein schlichtes einfaches Bürgermädchen, wie kannst du es wagen, dich mit ihm auf eine Stufe zu stellen.

Trotz dieser Anschauung fühlte sie mit beseligender Gewißheit, daß ihm nur der Mensch galt, nicht die Verhältnisse, die ihm den bevorzugten Platz im Leben bestimmten. Sie wußte und fühlte, daß sie ihm sehr viel galt und daß er sie hoch schätzte.

Niemals wäre ihr jedoch der Gedanke gekommen, daß er sie lieben oder zur Frau begehren könnte. So hoch verstieg sie sich nicht in ihren kühnsten Gedanken. Aber daß er ihr teuer war, daß er ihr mehr galt als alle Menschen, selbst als ihre Mutter, das wußte sie, und diese Gewißheit erfüllte sie mit reichem Glück. Nichts verlangte sie von der Zukunft, als daß es so bleiben möge oder daß ihr ein gütiges Geschick vergönnen möge, den Frieden seiner Seele feindlichen Gewalten abringen zu dürfen. Seine Verstörtheit war ihr quälend, an seine Schuld glaubte sie nicht.

Sie malte sich täglich in neueren, schöneren Farben aus,

ihm zu helfen. Und es bereitete ihr Schmerz, daß sie sehen mußte, wie er von Tag zu Tag düsterer und gramvoller aussah.

Manchmal, wenn er mit ihr und den Kindern plauderte, sprang er plötzlich auf und lief fort ohne jeden Grund, ohne ein Wort der Entschuldigung. Und tagelang nach solchen Auftritten sah er blaß und abgespannt aus und aß kaum einige Bissen. Wie wenig ahnte sie, daß es ihn quälte, durch seine »Schuld« – man bedenke, ein Mord lag ja auf seiner Seele – dem Glück liebender Vereinigung mit einer Frau im Wege zu stehen.

Der Gedanke, daß Standesunterschiede außerdem seinen Gefühlen für Eva hinderlich sein würden, war ihm noch nicht gekommen.

Den Kindern zuliebe zwang er sich zwar zur Heiterkeit, aber Eva schnitt diese ins Herz. Sie allein fühlte, wie unecht und erzwungen sie war.

Wie gern hätte sie ihn manchmal gebeten: ›Vertraue mir an, was dich quält und elend macht. Laß mich mittragen an der Last, die dich allein zu Boden drückt.‹ Aber wer gab ihr ein Recht, so mit ihm zu reden? Sie mußte gewärtig sein, daß er sie schroff wie eine Aufdringliche zurückwies. Wie wenig kannte sie ihn! Niemals würde dieser Unterschied zwischen ihnen ein Hindernis sein – nur und immer wieder nur seine Schuld!

*

Es war der dritte Tag, daß sie nach dem Vorwerk ging, um der Verwalterin die Verbände zu erneuern.

Rüstig schritt sie auf dem weichen Waldweg dahin. Sie war einfach gekleidet. Ihre wundervolle, schlanke Figur mit den edlen Linien kam auch in dieser schlichten Kleidung zur vollen Geltung. Als sie einen Kreuzweg überschritt, sah sie sich plötzlich dem Verwalter Martin gegenüber, der vom östlichen Vorwerk herüberkam. Er wollte erst grüßend vorübergehen, dann hielt er jedoch zögernd den Schritt an.

Sie grüßte ihn freundlich und unbefangen.

»Wie geht es, Herr Verwalter? Sie sind jetzt so selten im Schloß zu sehen.«

»Danke, Fräulein Hermsdorf, es geht mir gut. Jetzt in der Ernte sind wir alle viel draußen, auch der Herr Graf. Wenn es da etwas zu besprechen gibt, wird es während der Arbeit erledigt; jetzt sind die Minuten kostbar.«

»Es ist eine schöne Zeit für den Landmann, die Zeit der Ernte.«

Er lachte treuherzig.

»Wenn sie vorbei ist und alles gut hereingebracht, ja, dann ist sie schön. Aber solange der letzte Halm noch nicht in Sicherheit ist, ist es eine aufregende und mühevolle Zeit.«

Eine kleine Pause entstand.

»Sie gehen gewiß zu Frau Wedlich hinüber. Ich habe gehört, daß Sie dort die Samariterin spielen.«

»Ja, die ärmste Frau muß schreckliche Schmerzen ausstehen. Und jetzt in der Ernte muß sie soviel allein sein. Selbst ihre Buben müssen mit aufs Feld hinaus.«

»Gewiß, das sind ein paar kräftige Burschen, die schaffen schon ein Stück Arbeit.«

»Und Sie möchten nun auch Ihren Weg fortsetzen«, sagte sie lächelnd. »Ich sehe es Ihnen an, daß Ihnen der Boden unter den Füßen brennt. Also auf Wiedersehen, Herr Verwalter.«

Sie reichte ihm die Hand, und er griff danach mit jener vorsichtigen Behutsamkeit, die großen und starken Männern zuweilen im Verkehr mit Frauen eigen ist.

Dann wandten sich beide zum Gehen. Nach einigen zögernden Schritten blieb Martin jedoch stehen und wandte sich noch einmal nach Eva um.

»Fräulein Hermsdorf!«

Sie sah fragend zurück.

»Herr Verwalter?«

»Bitte, noch einen Augenblick. Ich – es ist mir peinlich – indessen – ich möchte Ihnen etwas mitteilen. Es ist besser, Sie hören es von mir als von anderer Seite.«

Er stockte verlegen. Eva kam die wenigen Schritte zurück.

»Was ist es, Herr Verwalter?« fragte sie in ruhigem Ton.

Da wurde er auch ruhiger.

»Sehen Sie, Fräulein Hermsdorf, ich habe ja einmal die Vermessenheit besessen, zu hoffen, daß Sie meine Frau werden würden. Sie haben mich damals abweisen lassen, wie es Ihr gutes Recht war.«

Eva errötete und sah ihn betreten an.

»Es hat mir sehr leid getan, Herr Verwalter, glauben Sie mir das. Wenn ich Sie hätte so liebhaben können, wie es bei einer rechten Ehe sein muß, hätte ich mit Freuden ja gesagt. Aber Sie verdienen, daß Sie eine Frau bekommen, die Ihnen ein ganzes Herz mitbringt. Bitte, zürnen Sie mir nicht meiner Absage wegen.«

Er nahm die Mütze ab und fuhr sich durch den dichten blonden Haarbusch.

»Nein, böse bin ich Ihnen nicht«, sagte er treuherzig. »Sie haben recht getan. Sie sind auch viel zu klug und zu fein für einen einfachen Landwirt. Ich war töricht, das nicht gleich einzusehen. Ja, und ich wollte das nur noch mal berühren, ich habe nicht eher mit Ihnen darüber sprechen können. Und nun, sehen Sie, Fräulein Hermsdorf, ich brauche eine Frau, es geht nicht mehr so weiter. Es fehlt überall, wenn keine Frau im Hause ist. Also – nach der Ernte will ich mich mit Kantors Marie verloben. Sie ist ein gutes wirtschaftliches Mädchen, und – und sie ist mir gut. Das wollte ich Ihnen sagen. Sie sollen nicht von mir denken, daß ich ein leichtsinniger Fant bin, der heute hier und morgen da anhält.«

Nun holte er tief Atem. Man merkte ihm an, er war heilfroh, daß es endlich heraus war.

Eva reichte ihm voll herzlicher Freude die Hand.

»Meinen herzlichen Glückwunsch, schon im voraus, lieber Herr Martin! Ich freue mich sehr und hoffe, daß Sie ein echtes und großes Glück in dieser Verbindung finden.«

»Und Sie denken nicht gering von mir, daß ich wankelmütig erscheine?«

Sie schüttelte den Kopf.

»Aber nein! Sollen Sie sich ewig das Leben verkümmern, weil ich törichtes Mädel Sie ausschlagen mußte? Nein, nein, Sie haben recht getan. Und auf Ihrer Hochzeit tanzen wir zusammen – dabei darf ich nicht fehlen!«

»Weiß Gott, Fräulein Hermsdorf, mir ist ein großer Stein vom Herzen! Es hat mich schon lange gedrückt. Nochmals meinen Dank auch für Ihren Glückwunsch. Aber nun muß ich eilen, die Leute werden drüben schon auf mich warten. Auf Wiedersehen, Fräulein, und grüßen Sie Frau Wedlich von mir.«

»Das will ich tun – auf Wiedersehen!«

Sie schüttelten sich die Hände und gingen nun schnell auseinander. Eva sah dem hübschen, stattlichen Mann nach.

Gottlob – den habe ich nicht auf dem Gewissen. Der wird nicht an gebrochenem Herzen sterben, dachte sie.

Und ganz froh war ihr dabei zumute, der Gedanke an Martin war ihr immer etwas peinlich gewesen. Sie freute sich, daß er sich mit der hübschen Kantorstochter getröstet hatte. Sie ging schnell, um die versäumte Zeit einzuholen, denn sie wußte, daß die Verwalterin sehnlich auf sie wartete.

Das Vorwerk bestand aus großen Scheunen, Ställen und einem Wohnhaus.

Unten war der Milchkeller, darüber die Küche, Leutestuben und Vorratskammern. Im ersten Stock lagen die Verwaltung und die Geschäftszimmer des Verwalters. Im zweiten Stock befanden sich die Gesindekammern und dergleichen. Darüber war das Dach.

Der große Hof lag wie ausgestorben in der hellen Mittagssonne, als ihn Eva durchkreuzte. Auch im Hause war kein Mensch zu sehen und zu hören; alles war totenstill.

Eva lief schnell die Treppe hinauf und stand gleich darauf vor der Verwalterin.

»Grüß Gott, wie geht es heute?«

Die Kranke sah matt zu ihr auf.

»Man muß es ertragen, Fräulein, es hilft nichts.«

»Waren die Schmerzen arg?«

»Während der Nacht habe ich ein paar Stunden Ruhe gehabt. Aber nun ist's wieder ärger. Ich bin froh, daß Sie gekommen sind. Wenn Sie mir frische Salbe auflegen, wird es immer besser. Was sollte ich nur machen, wenn ich Sie nicht hätte?«

Eva machte sich schnell daran, neue Umschläge zu machen. Ganz vorsichtig tat sie es und sprach tröstende Worte dabei.

»Die armen, armen Füße – wie groß müssen die Schmerzen sein. Aber heute sieht es schon viel besser aus. Es wird alles gut verheilen, und in wenigen Wochen laufen Sie wieder gesund herum.«

»Ja, wenn die Ernte vorbei ist. Wenn es nur gerade jetzt nicht passiert wäre, wo jede Hand gebraucht wird. Alle müssen arbeiten von früh bis spät, und ich liege hier und kann mich nicht rühren. Das ist das Schlimmste bei der ganzen Geschichte.«

»Ich glaube Ihnen, aber das dürfen Sie sich nicht so zu Herzen nehmen. Da schafft jeder von den Gesunden ein bißchen mehr, dann ist's ausgeglichen. Seien Sie froh, daß es noch so ablief, es konnte schlimmer kommen.«

Die Kranke verzog das Gesicht zu einem schmerzlichen Lächeln.

»Sie meinen es gut, aber es ist nur ein schlechter Trost. Sehen Sie, Fräulein, sonst bin ich in der Erntezeit immer die erste und die letzte gewesen, da ist es doppelt hart, wenn man wie ein Stück Holz daliegen und sich auch noch bedienen lassen muß.«

»Was Sie an Bedienung brauchen, ist nicht der Rede wert. So geduldig liegen Sie hier den Tag über und mutterseelenallein.«

»Ja, was denken Sie, wenn auch noch eine von den Mägden die Zeit versäumen müßte meinetwegen, das könnte ich nicht mit ansehen. Sie kommen jeden Tag, Sie liebes gutes Kind. Na, ich werde Ihnen vielleicht auch mal einen Liebesdienst leisten können.«

Eva hatte die Verbände erneuert. Nun räumte sie flink und geschickt in dem Zimmer auf, bereitete kühle Limonade für die Kranke und kämmte ihr das Haar.

Alles geschah schnell und gewandt.

»Eine Freude ist es, Ihnen zuzusehen, Fräuleinchen. Ihren feinen weißen Händchen, die mir so sanft und behutsam die Wunden verbinden, traut man nicht zu, daß sie so tüchtig zugreifen können. Das ist ein anderes Ding, als wenn die Mägde hier im Zimmer herumwirtschaften. Was diese mit den Händen gut machen, reißen sie hinten wieder um. Bei Ihnen sitzt jeder Griff, das muß man sagen.«

Eva hatte der Kranken das Haar frisiert.

»So – nun sehen Sie wieder schmuck aus wie ein junges Mädchen. Na, und da lachen Sie nicht? Nun ist es schon wieder besser als gestern.«

»Ja, wenn man in Ihr freundliches Gesicht schaut, da muß einem ja leichter ums Herz werden. Wenn Sie nur mit Ihrem Lachen auch die Beine gleich wieder gesund machen könnten. Aber sie liegen steif wie ein paar Balken, ich kann sie nicht rühren. Wenn ich sie nur überhaupt wieder gebrauchen kann; es ist schrecklich, wenn man sich nicht vom Fleck rühren kann.«

»Das wird alles bald wieder gut. Nur gar so ungeduldig müssen Sie nicht sein. So – nun essen Sie erst mal etwas, ich hole Ihnen herbei, was Sie gern mögen.«

Dann reichte sie der Frau Suppe und Kompott. Das holte sie aus der Küche herbei, wo schon alles bereitstand. Einige kleine Kuchen und die Limonade stellte sie in greifbare Nähe der Kranken, legte ihr ein Buch zum Lesen hin und schloß das Fenster, weil die Sonne zu warm hereinschien.

Dann wusch sie sich, immer heiter mit der Verwalterin plaudernd, die Hände, setzte ihr Hütchen wieder auf und reichte der Frau die Hand.

»Jetzt muß ich Sie wieder allein lassen. Hella und die Kleine werden wohl schon Ausschau nach mir halten, wo ich bleibe. Auf Wiedersehen, liebe Frau Verwalterin, versuchen Sie, ein bißchen zu schlafen, das ist das beste.«

»Leben Sie wohl, liebes gutes Fräulein. Und vergelt's Ihnen Gott. Morgen kommen Sie doch wieder?«

»Gewiß, jeden Tag um dieselbe Zeit, solange Sie mich brauchen. Morgen versuchen wir einmal aufzustehen.«

Noch einen Blick warf sie im Zimmer umher, ob alles in Ordnung war, noch einen freundlichen Blick zu der Verwalterin hinüber, dann entfernte sie sich.

## IX

Es war am nächsten Tag um die Mittagszeit. Die Sonne brannte auf die Erde herab, daß die Luft in zitternden Kringeln über den Feldern schwebte.

Graf Plessen war vom Tisch aufgestanden und hatte gleich wieder sein Pferd bestiegen, um aufs Feld zu eilen. Er gönnte sich jetzt nicht mehr Ruhe, als seine Arbeiter sich leisten konnten. Von früh bis spät war er mit tätig.

Eva sah ihm nach, wie er davonritt, und stieg dann mit Hella und Marina hinauf, um letztere zum Mittagsschlaf auszukleiden.

Währenddem hatte Udo schon ein großes Stück Weges zurückgelegt. Als er bei seinen Leuten eintraf, fand er alle bei der Arbeit. Jetzt, zur Ernte, gingen diese mittags nicht heim, aßen gleich auf dem Felde und verschoben die Hauptmahlzeit auf den Abend.

Der Verwalter Wedlich und seine Buben waren auch bei der Arbeit. Udo ritt an den Verwalter heran.

»Wenn das Wetter noch ein paar Tage anhält, ist's geschafft, Herr Verwalter.«

»Wohl, wohl, Herr Graf, und ein gutes Jahr ist's.«

»Wie geht es Ihrer Frau?«

»Man muß zufrieden sein. Arg ist ihr das Stilliegen, sie schafft ja sonst für drei.«

»Es muß aber auch mal ohne ihre Hilfe gehen.«

»Ja, aber hart geht ihr das ein!«

Graf Udo hatte einige Male den Kopf gehoben und sog mit den Nasenflügeln die Luft ein.

Schloß Plessentin

Die junge Komteß Hella von Plessen (Paula Kalenberg; im Roman Hella von Plessentin)

Eva Hermsdorf (Pauline Knof)

Eine Freundschaft entwickelt sich zwischen Hella von Plessen und ihrer neuen Erzieherin Eva Hermsdorf.

Hella von Plessen macht sich heimlich auf zum nahegelegenen Zirkus, obwohl ihr Bruder Rudolph das verboten hatte.

Rudolph (Tim Bergmann) und Eva suchen im Zirkus nach Hella.

Wer ist das geheimnisvolle Mädchen (Karolina Peslová),
das Rudolph von Plessen (im Roman Udo Graf von Plessentin) im Zirkus entdeckt?

Die berühmte Zirkusreiterin Liliane Clermont (Natalia Wörner).

Was für Schatten der Vergangenheit lasten auf der Seele von Rudolph von Plessen?

Eva Hermsdorf kümmert sich um die kleine Sophie (Karolina Peslová).

Rudolph von Plessen macht sich Sorgen: Eva ist auffallend still.

Zarte Bande entstehen zwischen Eva Hermsdorf und Graf Rudolph von Plessen (großes Bild). Die Haushälterin Frau Bode (Petra Kelling, rechts) kämpft um das Leben der todkranken Sophie (kleines Bild).

Der Verwalter Martin Lünefeld (David Striesow, links) hält
bei Rudolph von Plessen um die Hand von Eva an (kleines Bild).

Auf Schloß Plessentin wird gefeiert, und Hella von Plessen tanzt ausgelassen mit ihrem Onkel Wilhelm von Brenken (Peter Lerchbaumer, großes Bild). Rudolph von Plessen gibt Leutnant Trachwitz (Max von Pufendorf) zu verstehen, daß er Hella keine Avancen machen soll (kleines Bild).

Wird Magda von Hohenau (Jana Klinge, rechts)
die neue Gräfin auf Schloß Plessentin (kleines Bild)?

Eva Hermsdorf versucht im Zirkus, dem Geheimnis der schönen Zirkusreiterin Liliane Clermont auf die Spur zu kommen (großes Bild).
Was für ein Geheimnis verbindet Rudolph von Plessen mit der schönen Zirkusreiterin Liliane von Clermont (kleines Bild)?

»Ich weiß nicht, mir ist immer, als wenn ein brandiger Geruch in der Luft läge. Riechen Sie nichts?«

Wedlich schnupperte nach allen Seiten.

»Nein, ich rieche nichts.«

»Dann muß ich mich wohl täuschen.«

In diesem Augenblick kam der eine Sohn des Verwalters herbei.

»Vater, es riecht so brandig! Da drüben, über dem Wald, kommt Qualm gezogen.«

Wedlich stutzte und sah den Grafen an.

»Also ist es doch keine Einbildung«, sagte dieser und hob sich im Sattel, um über die Bäume zu schauen. »Natürlich, das sind Rauchspuren. Sie kommen vom Dorf oder vom Vorwerk.«

Wedlich spähte ebenfalls besorgt nach der Richtung hinüber.

Da begann vom Dorfkirchlein schon die Glocke zu läuten.

Alle Arbeiter stellten sofort die Arbeit ein.

»Feuer!« scholl es von Mund zu Mund.

»Legt die Arbeit nieder, alle Mann ins Dorf!« rief Udo mit lauter, klarer Stimme. Und zum Verwalter gewendet, fuhr er fort: »Ich reite voran, um auszukundschaften, wo das Feuer ist. Folgen Sie mir mit den Leuten.«

Und in rasendem Galopp jagte er davon.

Hinter ihm her folgten in drängender Hast die Leute. Wußte doch niemand, wessen Hab und Gut in Feuersgefahr war.

Laut und lauter tönte die Glocke, dumpf klang es wie ein Ruf um Hilfe.

Als Udo den Wald durchquert hatte, sah er dichte, dunkle Rauchwolken über dem Vorwerk aufsteigen und dazwischen züngelnde, gierige Flammen.

Er erschrak bis ins Herz hinein; sein erster Gedanke galt

der Verwalterin, die, wie er wußte, allein und hilflos in diesem Hause lag.

Ein paar Dorfjungen kamen herübergesprungen und starrten Udo an.

»Lauft schnell durch den Wald, den Leuten entgegen, hier gerade durch, und sagt, daß das Feuer auf dem Vorwerk ist, ich reite voran!« rief er den Jungen zu, und dann jagte er weiter mit verhängten Zügeln.

Frauen und Kinder hasteten vom Dorf herüber hinter ihm her. Der Angstschweiß stand ihm auf der Stirn. Je näher er kam, desto größer wurde seine Besorgnis. Das sah böse aus. Der Dachstuhl stand in hellen Flammen, aus den Fenstern des zweiten Stockwerks drängten schwarze Qualmwolken und züngelnde Flammen. Er spornte das Pferd zum äußersten an und sprengte endlich, in Schweiß gebadet, in den Hof hinein. Einige Frauen und Kinder standen händeringend und wehklagend vor dem Gebäude. Aus der Haustür kam dichter Qualm.

Udo sprang vom Pferd und warf den Zügel einer Frau zu. Mit klarem Blick überschaute er sofort die Lage. Durch die Haustür konnte er nicht, da erstickte ihn der Qualm, ehe er in den ersten Stock hinaufkam. Suchend wandte er sich um und eilte an die Scheune hinüber, um eine Leiter zu holen. Unaufgefordert faßten die Frauen mit an.

Wenige Augenblicke später stand die Leiter an das Fenster gelehnt, das, wie Udo wußte, in das Schlafzimmer des Verwalters führte. Hastig stieg er die Leiter hinauf und schlug mit der Faust, die er mit einem Taschentuch umwickelt hatte, das Fenster ein. Dann öffnete er die Wirbel.

Erstickender Qualm drang ihm entgegen, fast verlor er einen Augenblick die Besinnung. Aber mutig schwang er sich aufs Fensterbrett und sprang ins Zimmer hinein.

Er taumelte und griff mit den Händen um sich. Wie ein Alp legte sich der Qualm auf seine Brust. Sehen konnte er nichts. Der Rauch brannte ihm in den Augen, aber er tastete sich vorwärts. Ein Menschenleben war in Gefahr, und wenn es zu retten war, so würde er es retten oder mit untergehen.

Mutig drang er vor. Da stieß sein Fuß an einen Körper. Es durchzuckte ihn die Erkenntnis, daß die Verwalterin sich wohl mühsam aus dem Bett geschleppt hatte, um dem Tode zu entgehen, und daß sie dabei hilflos umgesunken war.

Da bückte er sich nieder. Er hörte ein leises Röcheln. Die Frau lebte noch. Wenn es ihm gelang, sie hinauszuschaffen, konnte er diese wackere Frau ihrem Gatten und ihren Kindern erhalten.

Aber schnell mußte es gehen; er fühlte, daß ihm selbst der Erstickungstod drohte. Fest umklammerte er die bewußtlose Frau und taumelte mit ihr dem Fenster zu. Und er erreichte es.

Tastend umfaßte er das Fensterkreuz und beugte sich weit hinaus, um erst einmal Luft zu schöpfen. Da sah er einen Mann die Leiter emporklimmen. Wie ein Irrsinniger schrie er zu Udo empor. Es war Wedlich.

Von neuer Kraft beseelt, hob Udo die Frau zum Fenster hinaus und legte sie in Wedlichs Arme. Unten jammerten die beiden Kinder des Verwalters. Wedlichs Brust entfuhr ein unartikulierter Laut, als er sein armes Weib an sich preßte. Langsam stieg er mit der schweren Bürde die Leiter hinab. Er sah zu Udo empor und schrie:

»Herr Graf!«

Er schrie es wie in Verzweiflung, denn Udo war nicht mehr zu sehen. Durch den Ruck, den das Loslassen des schweren Körpers verursacht hatte, war er nach hinten getaumelt und gestrauchelt – er fiel!

Aber so nahe der Rettung spannten sich alle seine Kräfte, er tastete sich wieder empor und faßte das Fensterkreuz. Es gelang ihm, sich hinaufzuschwingen. Eben wollte er die Leiter besteigen – da – ein furchtbares Krachen, die Decke des

Oberstockes stürzte prasselnd zusammen, und im Qualm und Staub war nichts mehr zu sehen.

In diesem Augenblick, wo das Gebälk zusammenstürzte, ertönte ein furchtbarer, entsetzlicher Schrei aus einem Frauenmund. Am Fuß der Leiter brach eine schlanke Frauengestalt bewußtlos zusammen. Die umfallende Leiter streifte sie an der Stirn, das Blut sickerte aus der bleichen Schläfe herab.

Zu gleicher Zeit sprang jedoch dicht neben ihr ein menschlicher Körper von dem brennenden Haus herab. Graf Udo hatte im letzten Augenblick einen Sprung in den Hof hinab gewagt. Dicht neben der ohnmächtigen Frau erreichte er die Erde. Er brach in die Knie und fiel dann über die Ohnmächtige. Aber er erhob sich sofort wieder. Wunderbarerweise hatte er keinen Schaden gelitten.

Der entsetzliche Schrei hatte den Weg zu seinem Ohr gefunden. Er wußte sofort, daß Eva ihn ausgestoßen hatte. Und er erkannte sie sogleich. Schnell hob er sie empor und schleppte sie ein Stück fort aus dem Bereich der einstürzenden Mauern. Alles das hatte sich in unglaublicher Schnelligkeit abgespielt.

Der Verwalter stürzte auf Udo zu und küßte ihm tränenden Auges die Hand.

»Herr Graf!« stammelte er nur mit unterdrückter Stimme.

»Gehen Sie, Wedlich, bringen Sie Ihre Frau hinüber in eine Scheune. Die Arbeiter sollen sich darauf beschränken, die Nebengebäude zu schützen; das Wohnhaus ist nicht zu retten.«

Er gab den Leuten Befehle. Dann ließ er Eva an die Hofmauer hinübertragen, wo ihr der Anblick des brennenden Hauses entzogen wurde, wenn sie zu sich kam.

Gerettet! Udo sah nach der Gruppe zurück, die sich um die Verwalterin bemühte. Wieder ein Menschenleben zurückgewonnen – und damit Schuld abgetragen. Wie ein Taumel überfiel ihn das.

Ein Lachen quoll aus seiner Brust. Seine Aufregung mußte sich äußern. Kein Mensch konnte nachfühlen, wie ihm zumute war. Taumelnd stolperte er über den Hof.

Am Brunnen, den die Leute mit der Spritze und Löscheimern umdrängten, feuchtete er sein Taschentuch an und kehrte zu Eva zurück.

Mit liebevoller Zärtlichkeit wischte er das sickernde Blut von ihrer Schläfe. Kein Mensch achtete jetzt auf die beiden. In all dem Tumult waren sie allein.

Ängstlich richtete er die Ohnmächtige in seinen Armen auf und sah mit brennenden Augen in das geliebte Gesicht. Und als sie nun so blaß und regungslos an seinem Herzen ruhte, da verließ ihn die Selbstbeherrschung, die er so lange geübt hatte.

Ein Zittern flog über seinen Körper, das Blut stieg ihm zu Kopf und jagte ungestüm durch seine Adern. Er vergaß alles außer dem einen, daß er das Mädchen, welches er in schmerzvoller Entsagung liebte, in seinen Armen, an seinem zuckenden Herzen hielt, in einer Stunde, da er sich entsühnt fühlte.

Unfähig, sich in diesem Augenblick zu beherrschen, preßte er seinen Mund auf die blassen Lippen. Und wie ein Rausch kam es über ihn, wieder und wieder küßte er sie und flüsterte ihr heiße und zärtliche Worte zu.

Er drückte mit zitternden Händen das feuchte Tuch auf die kleine Wunde an ihrer Schläfe. Und endlich zitterten ihre Augenlider, die Brust hob sich in tiefen Atemzügen, ein leiser Seufzer – dann schlug sie die Augen auf.

Wie eine Vision sah sie sein Gesicht, das sich mit zärtlichem Ausdruck über sie beugte, wie in einem süßen, beseligenden Traum blickte sie in seine Augen, und dann hingen diese beiden Augenpaare ineinander, als wollten sie nie mehr voneinander lassen.

Tiefer und tiefer beugte sich der Kopf des Mannes, immer den Blick des Mädchens in schweigender Seligkeit festhaltend. Und dann berührten seine Lippen die ihren, erst scheu und leise, dann in seliger Selbstvergessenheit fest und innig.

Eva war zusammengezuckt, als seine Lippen die ihren berührten. Unwillkürlich hob sie wie abwehrend die Hand, aber dann sank diese willenlos auf seinen Kopf. Dort blieb sie zart und zitternd liegen.

Ein Beben durchdrang ihren Körper, sie fühlte nichts als Glück, und wenn sie diesen Augenblick mit dem Tode hätte bezahlen müssen, sie wäre willig gestorben.

Lange ruhten die Lippen aufeinander, als sollte sich die Seligkeit einer ganzen Welt in diesem einen Kuß zusammendrängen, als müsse er diesen Augenblick für eine Ewigkeit festhalten, so küßte der Mann das Mädchen, und beider Seelen flossen ineinander, um sich nie mehr zu lassen.

Aber die rauhe Wirklichkeit drängte sich in diese köstliche Minute. Ein dumpfes Krachen und Poltern! Drüben war wieder eine Mauer eingestürzt.

Eva zuckte zusammen und richtete sich jäh empor. Mit einem Male kam ihr die Besinnung wieder. Sie erinnerte sich, wie auf ihrem täglichen Wege zur Verwalterin der Feuerlärm an ihr Ohr gedrungen war, wie sie eilig mit den Leuten, die an ihr vorüberhasteten, gelaufen war.

»Feuer! Feuer!«

So gellte es ihr in die Ohren. Und als sie nach atemlosem Laufen drüben aus dem Walde trat, da hatte sie eben noch gesehen, wie Udo in das brennende Haus stieg. Mit versagenden Knien war sie weitergetaumelt, um die Hofmauer herum in den Hof, immer den brennenden Blick auf das Fenster gerichtet, hinter welchem er verschwunden war. Sie sah dann den Verwalter emporklettern auf der Leiter, sah, wie Udo ihm die gerettete Frau in die Arme legte. Unverwandt blickte sie empor. Sie sah den Geliebten taumeln – er entschwand ihren Blicken. Schon stand sie an der Leiter, um ihm zu Hilfe zu eilen – da ... Als er wieder im Fenster erschien, der furchtbare Krach der einstürzenden Dekke ... wo war er geblieben?

Sie wußte, daß sie mit einem furchtbaren Schrei zusammengebrochen war – glaubte sie doch, Udo sei von dem Gebälk erschlagen worden.

Und nun kniete er neben ihr, heil und unversehrt, und auf ihren Lippen brannte noch sein Kuß.

Sein Kuß?

Sie erschauerte und schlug in jäher Scham die Hände vor das erglühende Gesicht.

Er zog sie fest an sich.

»Eva – mein armes Lieb, was ist dir?«

Sie umklammerte plötzlich seinen Arm und faßte erschrocken nach seiner Hand, die das blutige Tuch hielt. Er tröstete sie sofort.

»Nicht ich, mein Lieb, von deiner Stirne stammt das Blut. Du bist verletzt worden. Um Haaresbreite wärst du von der stürzenden Leiter erschlagen worden«, sagte er heiser vor Aufregung. Und wieder zog er sie wie schützend in seine Arme.

Da machte sie sich sanft frei, versuchte, sich zu erheben. Das scheue zarte Empfinden der reinen Frau erwachte, nun, da sie klar zu denken vermochte.

Er half ihr schweigend, bis sie auf den Füßen stand. Dann gab er sie frei. Mit einem Male kam ihm die Besinnung zurück.

»Was habe ich getan, ich Unseliger?« stöhnte er, sich erhebend.

Eva stand vor ihm und drückte ihr Tuch an die Schläfe. Die Knie zitterten ihr. Sie vermochte sich kaum aufrecht zu halten: Da sah sie ihn scheu an, und Schreck durchzuckte sie. Verwischt war das selige Leuchten seines Gesichtes, verwischt das zärtliche Licht der Augen. Das schmerzvolle Grauen jener Mondscheinnacht lag erneut auf seinen Zügen.

Da war es vorbei mit ihrer Zurückhaltung. Dem werbenden, glückstrahlenden Mann gegenüber hatte sie jungfräuliche Scham erfaßt. Beim Anblick des unglücklichen Mannes erwachte das liebende Weib in ihr, dem der Mann durch seinen Kuß ein Recht gegeben hatte, an seine Liebe zu glauben. Alles vergessend, schlang sie die Arme um ihn.

»Udo! – Udo! – Was ist dir?«

Er löste sanft, aber entschieden ihre Arme von sich.

»Liebling – ich habe mich an deiner Herzensruhe versündigt. Vergib – ich war zu schwach – meine Liebe zu dir ist zu groß – ich verlor die Herrschaft über mich selbst. Aber ich darf mich nicht länger gehenlassen. – Denke dir, ein schöner Traum habe uns ein süßes, holdes Glück vorgetäuscht. Ich darf dich nicht umfassen, mein heißgeliebtes Mädchen, darf dir nicht gestatten, deine Arme um mich zu schlingen. Weißt du, was ich dir einst sagte? Ein Fluch lastet auf mir, eine grauenvolle Schuld. Und wer zu mir gehört, ist diesem Fluch verfallen.«

Sie war totenblaß geworden, aber ein strahlendes Leuchten blieb in ihren Augen.

»Er schreckt mich nicht, dieser Fluch. Nichts kann mich von dir trennen, nun, da ich weiß, daß du mich liebst. Meine Liebe zu dir wird alles überwinden.«

Er biß die Zähne aufeinander, um nicht aufschreien zu müssen. Wenn sie alles wußte – wie entsetzt würde sie vor ihm zurückweichen.

»Hier ist nicht der Ort, um das auszusprechen, Eva. Du hast jetzt ein Recht, alles zu erfahren, aber nicht hier. Gönne mir Zeit, laß mich erst wieder ruhig werden. Morgen – übermorgen oder bald sollst du hören, was mich von dir trennt.

Bis dahin sei mir, was du mir bisher gewesen bist, meine mutige, verständige Freundin. Willst du?«

Sie sah ihn an mit einem Blick, der ihn erschütterte.

»Es soll alles sein, wie du willst; aber das eine sage ich dir schon jetzt: Nichts kann mich von dir trennen als der Tod, denn ich liebe dich und will alles mit dir tragen!«

Er krampfte die Hände ineinander,

»Hüte dich – ich könnte dich beim Wort nehmen, es ist zu verlockend für mich!«

»Tu es!« sagte sie einfach. »Ich warte darauf.«

Da ergriff er ihre Hände und küßte sie.

»Nein, ich will nicht schlecht an dir handeln. Komm, wir wollen nach Wedlich und seiner Frau sehen. Dann begleite ich dich nach Hause. Wir müssen allen Gerüchten entgegentreten, damit sich die Kinder nicht beunruhigen! Darum komm! Komm schnell!«

Gehorsam schritt sie neben ihm her. In ihren Augen lag ein stiller freudiger Glanz; die seinen blickten düster und gramvoll wie immer.

Wedlich hatte seine Frau in die Scheune getragen. Dort lag sie auf Heu gebettet und mit einer Decke gut zugedeckt.

Sie hatte in der frischen Luft ihre Besinnung zurückerlangt und hielt nun ihren Mann und ihre Kinder umschlungen. Alle vier weinten vor Freude, daß sie sich wiederhatten. Gab es sonst auch wenig Zärtlichkeit zwischen diesen Menschen, sie hatten sich doch herzlich lieb, und der Tod der treuschaffenden und sorgenden Mutter wäre ein zu schmerzliches Unglück für sie gewesen.

Wie froh waren sie nun alle, daß sie lebend vereint waren. Mochte da drüben ihr ganzes Hab und Gut verbrennen – was lag daran? Das konnte ersetzt werden.

Wieder und wieder strich Wedlich zärtlich die Wangen seines Weibes.

»Hast du dich sehr gebangt, Mutter, hast du arg gelitten?« fragte er mit bebender Stimme.

Sie versuchte zu lächeln.

»Erst hatte ich geschlafen – so schön. Meine Beine schmerzten fast gar nicht, und darüber war ich froh. Als ich erwachte, war die Stube voller Rauch, und mir war so übel. Ich schrie vor lauter Schreck, aber niemand konnte mich hören. Da lauschte ich angstvoll hinaus, ob jemand von euch heimkam oder ob Fräulein Hermsdorf vielleicht zurückkommen würde. Aber ich hörte nichts als das Knistern der Flammen, und der Rauch wurde immer dichter. Ich konnte nichts mehr sehen. Da trieb mich die Angst empor. Obwohl meine Füße furchtbar schmerzten, stand ich auf und warf einen Rock über. Aber mir war so furchtbar elend. Ich bekam keine Luft mehr, ich taumelte, fiel und dachte, daß ich verloren wäre. Ich kroch am Boden hin, wollte die Tür erreichen – aber da muß ich die Besinnung verloren haben. Dann weiß ich nichts mehr, bis ich auf dem Hof lag und das Gebälk einstürzte. Das hörte ich und glaubte, ich sei unter den Trümmern begraben. Meine Beine schmerzten, sie brannten wie Feuer. Ich dachte, nun liegst du in den Flammen und mußt elend verbrennen. Da merkte ich, daß mein Gesicht naß gemacht wurde, die Brust wurde mir freier, ich kam zu mir und sah, daß ich gerettet war. Ach, mein Alter, das möchte ich alles nicht noch einmal erleben. Wenn ich nur unserem Herrn Grafen erst danken könnte. Beinahe wäre er selbst umgekommen!«

»Ja, Mutter, er hat sein Leben für deines in die Schanze geschlagen. Ein edler Herr ist unser Herr Graf. Vor Weihnachten hat er die beiden Kinder aus dem Wasser gerettet und nun dich aus den Flammen. In unserem ganzen Leben können wir ihm nicht genug danken. Wie mir zumute war, als ich hörte, daß es auf dem Vorwerk brenne! Ich lief wie ein Wahnsinniger, und als ich hier ankam und die Leute mir zuriefen, der Graf ist oben, er ist auf der Leiter ins Zimmer gestiegen, da kletterte auch ich verzweifelt die Leiter hinauf. Und dann hatte ich dich in meinen Armen und sah, wie der Graf zurücktaumelte.

Ich wollte erst dich in Sicherheit bringen und dann ihm zu Hilfe eilen. Kaum hatte ich den Erdboden berührt und wollte dich niederlegen, da stürzte die Decke zusammen. Ich starrte empor – wie von Sinnen –, da schlug neben mir ein Mensch zu Boden. Der Graf hatte sich noch im letzten Augenblick mit tollkühnem Sprung gerettet. Mutter – die Freude, die ich da empfand! Gott sei Lob und Dank, daß alles so verlief.«

In diesem Augenblick trat Eva mit Udo ein. Das junge Mädchen hatte sich am Brunnen eine Binde um die Stirn gelegt, weil der Kopf schmerzte. Schnell beugte sie sich zu der Frau des Verwalters hinab.

»Liebe Frau Wedlich – gottlob, daß ich Sie gerettet vor mir sehe!«

Die Frau richtete sich auf dem Arm empor und streckte Udo die Hand entgegen.

»Herr Graf – ich – ich kann nicht reden. Da – meine Kinder – sie mögen Ihnen danken, was Sie für mich getan!« rief sie weinend.

Graf Udo beugte sich nieder zu ihr und drückte ihr die Hand.

»Gott gebührt die Ehre! Sprechen wir nicht mehr davon. Ich freue mich sehr, daß ich noch zur rechten Zeit gekommen bin. Die Mägde jammern draußen um ihr verbranntes Hab und Gut. Ich habe ihnen gesagt, was die Brandkasse nicht deckt, ersetze ich. Dasselbe gilt auch für Sie, Wedlich – ich will nicht, daß jemand Schaden leidet. Haben Sie eine Ahnung, wie das Feuer aufgekommen sein kann?«

Wedlich zuckte mit den Schultern.

»Wahrscheinlich ist eine von den Frauen der Tagelöhner unvorsichtig gewesen; es muß in den Leutestuben ausgebrochen sein. Wir sind ja alle seit frühmorgens draußen auf dem Feld. Das wird sich schwer feststellen lassen. Die Schuld will in solchen Fällen niemand tragen.«

»Geändert wird ja auch durch die Ermittlung des Schuldigen nichts. Die Kasse und die Bücher waren doch gut im Geldschrank verwahrt?«

»Alles, Herr Graf! Der wird ja unversehrt geblieben sein. Man kann es freilich bis jetzt noch nicht feststellen.«

Die beiden Männer gingen hinaus, um sich an den Löscharbeiten zu beteiligen. Die Brenkenhofer hatten inzwischen auch ihre Spritzen und Leute zu Hilfe geschickt. Da das Wohnhaus abseits von den Scheunen und Ställen stand, konnte man diese retten und das Feuer auf seinen Herd beschränken. Zum Glück herrschte Windstille.

Eva bemühte sich weiter um Frau Wedlich. Diese klagte über starke Schmerzen in den Beinen. Die Verbände hatten sich gelockert und verschoben. Frische konnte Eva jetzt leider nicht herbeischaffen, aber sie brachte die alten in Ordnung, und das war schon eine Erleichterung für die Kranke. Diese war begreiflicherweise noch sehr erregt und weinte immer wieder vor Schmerz und Freude zugleich. Eva sprach ihr beruhigend zu.

Martin war auch mit seinen Leuten auf der Brandstelle erschienen. Der Graf teilte ihm mit, daß die Obdachlosen vorläufig auf dem östlichen Vorwerk untergebracht werden müßten. Da das Feuer langsam zusammenfiel, konnte Martin einige von seinen Leuten nach Hause schicken, damit vor allem Vorkehrungen für die Aufnahme der Familie Wedlich getroffen werden konnten. Udo schickte Nachricht aufs Schloß zur Beruhigung für Hella.

Gegen vier Uhr, nachdem die Verwalterin auf einer Bahre nach dem östlichen Vorwerk gebracht worden war, wollte Eva den Heimweg antreten.

Udo sah sie gehen, er eilte ihr nach.

»Warte noch einige Minuten, Eva, ich begleite dich!«

Sie blieb stehen und wartete, bis er seine Anordnungen getroffen hatte. Er trat dann an ihre Seite. Gemeinsam gingen sie über den Hof, nach dem Wald hinüber. Sie sprachen beide kein Wort.

Eva fühlte sich nach all den Anstrengungen sehr matt. Sie schritt nur langsam voran.

Er sah einige Male besorgt in ihr blasses Gesicht. Die weiße Kopfbinde ließ sie noch bleicher erscheinen. Da ergriff er ihre Hand und legte sie auf seinen Arm.

»Komm, stütze dich auf mich. Das Gehen wird dir schwer. Es war zuviel für dich, mein Lieb.«

Es lag eine so grenzenlos wehmütige Zärtlichkeit und Sorge in seiner Stimme, daß ihr die Tränen in die Augen traten. Fest legte sie ihre Hand auf seinen Arm.

So schritten sie miteinander dahin durch den stillen Wald. Von fern klang der Lärm zu ihnen herüber. Das Geräusch wurde schwächer und schwächer.

Es war ein wundersamer Weg, den die beiden Menschen zurücklegten. Keiner sprach ein Wort, aber zuweilen trafen die beiden Augenpaare zusammen und hielten sich eine Weile fest. Die Augen des Mädchens glänzten in inniger Liebe und froher Zuversicht. Die des Mannes führten eine ergreifende Sprache. Angst, Unruhe, Besorgnis und heiße, unbegrenzte Zärtlichkeit lagen darin. Wußte er doch, daß es vielleicht das letztemal war, daß sie so liebevoll und vertrauend neben ihm schritt. Ihr Urteil würde sein Richtspruch sein: Verdammt oder erlöst!

Nach dem, was zwischen ihnen vorgefallen war, gab es nur eins für ihn zu tun, ihr rückhaltlos zu beichten, was ihn von ihr trennte.

Nachdem er in Augenblicken der Selbstvergessenheit ihre Lippen berührt hatte, besaß sie ein Recht, auf seine

Werbung zu warten. Daß er sie an sich fesseln sollte, ohne ihr eine Beichte abzulegen, daß er das süße Glück festhalten könnte, wenn er schwieg, stieg lockend vor ihm auf.

Aber wenn er auch allen Menschen die Wahrheit vorenthalten konnte – ihr mußte er sie enthüllen. Sie selbst sollte entscheiden, sie sollte ein Urteil fällen – das war er ihr schuldig. Und daß sie sich von ihm abwenden würde in grauenvollem Entsetzen, glaubte er bestimmt.

Sie würde Plessentin verlassen – er hatte mit seiner selbstvergessenen Handlung sich selbst das Glück ihrer Anwesenheit zerstört, hatte Hella die Freundin, Marina die liebevolle Mutter geraubt, denn sie war dem Kind wie eine treue Mutter.

Ein leises Stöhnen kam über seine Lippen. Da faßte sie seinen Arm fester, schmiegte sich an seine Seite und sah ihn angstvoll bittend an.

Plötzlich stellte er sich vor sie und barg sein Gesicht an ihrer Schulter. Er umklammerte sie in höchster Seelenqual.

»Vergib, vergib mir!«

Sie neigte sich zu ihm und nahm seinen Kopf in ihre Hände. Innig besorgt und voll zärtlicher Liebe sah sie ihm tief in die Augen.

»Was soll ich dir vergeben? Daß du mich so unaussprechlich glücklich machst?«

»Daß ich deinen Frieden störte, daß ich mit meinen Lippen ein Heiligtum entweihte.«

»Liebst du mich nicht?«

»Von ganzem Herzen, von ganzer Seele, von ganzem Gemüt; aber auch mit tausend Qualen!«

Da drückte sie fest und innig ihren Mund auf den seinen. Er preßte sie erzitternd an sich.

»Oh, du mein Engel, wie wird dich deine Barmherzigkeit reuen, wenn du alles weißt.«

Sie schüttelte den Kopf.

»Nie, Liebster, nie. Und was dich auch drücken mag – ich will nicht in dich dringen, aber sage es mir bald. Nicht meinetwegen, denn ich weiß, daß mich nichts von dir trennen wird, nur deinetwegen, daß du ruhig wirst, dich nicht mehr quälst. Meine Liebe zu dir ist so stark, so treu – nichts kann sie wankend machen.«

Er nahm sich zusammen und führte sie weiter. Sprechen konnte er nicht. Die Verzweiflung hielt ihn gepackt. Je größer Evas Liebe, je größer würde sein Leid sein, wenn sie von ihm ging. Und daß es eine Frauenliebe gab, die Not und Tod, Schuld und Sühne mit dem Geliebten trägt ... daran glaubte er nicht!

Als sie in Plessentin ankamen, stürzte ihnen Hella, außer sich vor Schreck, entgegen.

»Du bist verwundet, Eva! Liebe Eva, was ist geschehen?«

»Nichts, Liebling – eine Schmarre, nicht wert, davon zu reden.«

»Und sonst ist kein Unglück bei dem Feuer geschehen? Du, Udobruder, du hast wieder ein Menschenleben gerettet. Der Bote hat es uns erzählt. Ach, wie bin ich stolz auf dich, wie liebe ich dich, du Guter, Lieber!«

Sie umschlang den Bruder ungestüm. Nun strebte aber auch Marina an dem Vater und an Eva empor. Mit beiden Armen zugleich umfing sie beide und drückte ihre Köpfe an sich.

»Lieber Papa – gute Eva. Ihr kamt so lange nicht wieder!«

»Aber nun sind wir da, Goldherz, nun bleibe ich bei dir!« sagte Eva und umschlang das Kind des geliebten Mannes mit heißer Zärtlichkeit.

»Papa soll auch dableiben.«

»Ja, ich bleibe hier, Herzkind. Nun sorgt, daß wir Kaffee bekommen. Hella, Fräulein Eva und ich müssen uns erst ein wenig in Ordnung bringen, dann trinken wir zusammen Kaffee auf dem Altan.«

»Und ihr erzählt uns von dem Brand und von der Rettung der Frau Verwalterin.«

»Alles, Liebling.«

Eine halbe Stunde später kamen sie wieder zusammen. Frau Bode hatte Eva einen regelrechten Verband angelegt und sich dabei einen genauen Bericht über das Brandunglück geben lassen.

Darauf packte Frau Bode allerhand zusammen, was man auf dem östlichen Vorwerk für die Obdachlosen brauchen würde.

Udo saß, still in sich gekehrt, Eva gegenüber. Sein Blick hing an ihr, als müßte er sich ihren Anblick einprägen für alle Ewigkeit.

Das junge Mädchen erzählte ausführlich von Udos Heldentat. Er wehrte ihr nicht, denn seine Gedanken weilten in der Vergangenheit. Er hörte von ihrer schwärmerischen Schilderung nichts.

*»Der Übel größtes aber ist die Schuld.«*

Wie mit feurigen Buchstaben stand dieser Spruch vor Udos Seele.

*

Am nächsten Tag kamen Brenkens nach Plessentin gefahren.

»Ich muß mir den Helden von gestern mal in der Nähe betrachten«, sagte der alte Herr, als er Udo die Hand schüttelte. »Sie treiben ja den reinsten Sport mit derartigen Heldentaten. Seit Weihnachten drei Menschenleben gerettet – alle Hochachtung –, das ist eine Leistung!«

»Die Sie ebenso sicher ausgeführt hätten wie ich, wenn der Zufall Sie vorbeigeführt hätte, Herr von Brenken«, erwiderte Udo ruhig.

»Na, das weiß ich denn doch nicht. Sicher hätte ich mir bei dem kalten Bad den Rest geholt und wäre mitsamt den

Kindern ertrunken. Dazu gehört schon ein junger, widerstandsfähiger Körper. Und Sie, Kindchen, haben eine Wunde davongetragen? Haben sich im jugendlichen Tatendrang zu weit vorgewagt, nicht wahr?«

»Vielleicht. So geht es einem, wenn man seine vorwitzige Nase in Sachen steckt, die man nicht versteht«, erwiderte Eva, sich zum leichten Ton zwingend.

»Und wie geht es der armen Frau Ihres Verwalters?« fragte Brenken teilnehmend.

»Darüber kann Ihnen wohl Fräulein Hermsdorf am besten Auskunft geben, sie ist eben vom Vorwerk zurückgekommen.«

»Den Umständen angemessen. Der Arzt, den der Herr Graf gestern noch hinübergeschickt hat, konnte zum Glück feststellen, daß Frau Wedlich keinerlei Schaden genommen hat. Nicht einmal die Brandwunden an den Füßen, die sie an der rechtzeitigen Flucht hinderten, haben eine wesentliche Verschlimmerung erfahren. Als ich heute frische Verbände anlegte, sah es nicht schlimmer aus als vorgestern. Natürlich ist sie etwas aufgeregt und unruhig. Allein bleiben mag sie nun freilich nicht mehr.«

»Das will ich glauben. Die Ärmste, welche Angst mag sie ausgestanden haben! Lieber Graf, Sie wollen es ja nicht hören, das weiß ich schon, aber ein erhebendes Gefühl muß es doch für Sie sein, daß Sie die arme Frau dem sicheren Tode entrissen haben.«

»Hätte ich es nicht getan, wäre sie durch ihren Mann gerettet worden. Wedlich kam mir schon auf der Leiter entgegen. Aber trotzdem – ja –, ich freue mich unsagbar, daß ich Frau Wedlich retten konnte!«

Frau von Brenken drückte ihm die Hand. Dann wandte sie sich an Hella:

»Du läßt dich gar nicht mehr auf Brenkenhof sehen, mein Pflegetöchterchen? Hast du uns ganz und gar vergessen?«

»Aber, Tante Brenken, wie kannst du so etwas denken? Wir haben jetzt nur allerhand Abhaltung gehabt. Kleinchen muß mittags schlafen, und Eva geht jeden Mittag nach dem Vorwerk, um Frau Wedlich zu verbinden. Da wird es immer nichts mit einer Ausfahrt. Und Reiten ist jetzt auch ausgeschlossen. Udo kann mich nicht begleiten wegen der Erntearbeiten. Wenn die vorbei sind, dann komme ich öfters!«

»Schön, Kindchen, damit muß ich mich wohl zufrieden geben.«

Herr von Brenken neckte sich mit Hella und Eva. Und nach einem behaglichen Stündchen fuhren die Besucher wieder fort.

Es wurde nun still. Udo ging einige Male unruhig auf und ab. Dann verabschiedete er sich kurz und ging davon.

Eva sah ihm nach, aber er blickte nicht zurück. Er sah blaß und abgespannt aus, als habe er eine schwere Krankheit hinter sich.

Eva hatte, als sie gestern sehr spät zu Bett ging, in Udos Zimmer Licht brennen sehen. Sein Schatten bewegte sich auf und ab hinter den erleuchteten Fenstern und fiel auf die gegenüberliegende Wand.

Sie wußte, daß er mit irgendeinem Erlebnis aus der Vergangenheit zu kämpfen hatte.

Ob er Sieger bleiben würde?

Udo hatte in dieser Nacht wirklich nicht einmal sein Lager aufgesucht. Der Sturm, der ihn durchtobte, machte ihn ruhelos. Die Vergangenheit war gegenwärtiger denn je.

Er machte sich bittere Vorwürfe, daß er gestern nicht stark und beherrscht genug gewesen war, seine Liebe im Herzen zu verschließen. Nun mußte er die Folgen tragen. Aber nicht er allein, auch Eva hatte darunter zu leiden. Sicher würde Eva Plessentin verlassen, wenn sie alles wüßte.

Nach dem, was gestern geschehen war, war es unmöglich für sie und für ihn, weiter nebeneinander herzuleben. Daß sein heißes Blut in all den qualvollen Jahren noch immer nicht gelernt hatte, ruhig und gleichmäßig durch die Adern zu fließen, das hatte er gestern gemerkt. Wie ein glühender Rausch war es über ihn gekommen, als er die Geliebte im Arm gehalten hatte.

Und sie selbst? Sie konnte ihre Herzensruhe nicht wiederfinden, sie würden sich in Sehnsucht nacheinander aufreiben, wenn sie nicht wie bisher sich täglich sehen und sprechen konnten.

Nein, ein Ende mußte geschaffen werden, das sah er ein. Nur war es so unsagbar schwer für ihn, diesen Schritt zu tun.

Wie sollte er es ertragen, wenn sich Eva in Abscheu und Entsetzen von ihm wandte? Und was sollte er den Kindern sagen, weshalb Eva Plessentin den Rücken kehrte?

Plan um Plan schmiedete er, um das drohende Geschick abzuwenden. Aber er fand keinen Ausweg – keinen.

So geizte er noch mit den Stunden, mit den Minuten, wo er sie um sich haben konnte. Und ihre zuversichtlich leuchtenden Augen, ihr zärtliches Lächeln schnitten ihm in die Seele.

Er dachte an nichts anderes als an Eva. Zitternde Seligkeit über den Besitz ihrer Liebe und hoffnungslose Verzweiflung über den drohenden Verlust stritten um die Herrschaft in seiner Seele. Er gab den Leuten draußen verkehrte Antworten, wenn sie ihn nach etwas fragten, schließlich ritt er wieder heim.

Als er durch den Park kam, sah er Eva mit den Kindern, Sie saß auf einer Bank, den verklärten Blick geradeaus gerichtet, und die Kinder spielten mit Reifen auf der Parkwiese. Er hielt sein Pferd an und blickte unverwandt zu ihr hinüber.

Wie glücklich sie aussah! Sie dachte wohl an ihn. Wie die feinen roten Lippen aus dem noch immer etwas bleichen Gesicht zu ihm hinüberleuchteten, diese weichen bebenden Lippen, die er in wonnetrunkener Seligkeit mit den seinen berührt hatte.

Brannten sie auch noch von der süßen Glut wie die seinen?

Er fühlte, wie es heiß in seinen Augen aufstieg, ein Schleier legte sich darüber. Da saß nun sein holdes, schönes Glück. Wenn seine Seele nicht schuldbeladen gewesen wäre, dann hätte er es in seine Arme nehmen dürfen und die ganze Welt dabei vergessen können. So aber mußte er abseits stehen am süßen Quell des Lebens und durfte seine verschmachtenden Lippen nicht noch einmal netzen.

All die Jahre hatte er stumpf und still den Bann der Schuld getragen, aber jetzt brannte das heiße, sehnsüchtige Herz, das ihre Lippen wachgeküßt hatten, zu verlangendem Leben.

So hielt er lange auf seinem Pferd, bis sie ihn plötzlich entdeckten. Klein-Marina lief jubelnd zu ihm und rief:

»Papa, lieber Papa!«

Er sprang vom Pferd und schlang die Zügel um einen Baum. Dann hob er das Kind empor und sah zu Eva hinüber.

Mit einem sonnigen Leuchten in den großen grauen Augen kam sie zu ihm heran.

Ach, wie erschütterte ihn der strahlende Liebesblick! Morgen – übermorgen – wenn er ihr alles gesagt hatte, dann würden die roten Lippen erblassen, und das Elend des Lebens würde seinen Schleier über die holde Gestalt breiten.

Ob sie darüber hinwegkäme? Ob sie ihn bald vergessen würde in einem neuen Leben – fern von Plessentin?

Unerträglicher Schmerz preßte ihm die Brust zusammen. Er vermochte nicht, mit ihr zu reden. Nach einigen Worten, die er mit Hella wechselte, bestieg er von neuem sein Pferd und ritt in wildem Galopp davon. Er ließ sein Pferd laufen, wohin es wollte.

# X

Klar und sonnig stieg der nächste Tag herauf, unbewegt durch Menschenfreud und Menschenleid.

Eva war wieder aufs Vorwerk gegangen, um Frau Wedlichs Brandwunden zu verbinden.

Es stand fest bei Udo, Eva heute alles zu sagen. Er teilte Hella mit, daß Eva vielleicht etwas später nach Hause kommen würde, weil er sie noch ins Dorf zur Nähchristel geschickt habe. Dadurch wollte er vermeiden, daß Hella sich sorgte, falls Eva wirklich länger ausblieb.

Dann machte er sich auf den Weg – auf den Bußgang!

Im Wald, nahe dem östlichen Vorwerk, stand eine geschlossene Laube, welche sein Vater für die Mutter als Ruheplatz hatte bauen lassen, wenn sie auf ihren Waldspaziergängen müde wurde.

Sie war in demselben Zustand geblieben wie zu Lebzeiten seiner Mutter. Zierliche Rohrmöbel standen darin. Den Schlüssel dazu hatte er an sich genommen. Dort wollte er Eva erwarten, wenn sie heimkehren würde. Hier waren sie sicher vor Lauschern. Was er Eva zu sagen hatte, durfte keines anderen Menschen Ohr hören als das ihre.

Nun schritt er langsam dem Walde zu und überlegte sich, wie er vor Eva so schonend wie möglich das furchtbare Geständnis ablegen konnte. So elend es ihn auch machte, daß er seine Schuld dem geliebten Mädchen beichten, daß er ihr Glück zerstören mußte, so drängte es ihn gewaltsam in seinem Innern dazu. Welche Wohltat müßte es sein, einmal davon sprechen zu dürfen, einem Menschen die fast unerträglichen Qualen zu enthüllen, die sein Herz zerrissen. Daß Eva sein Geheimnis anderen preisgeben würde, fürchtete er nicht. Sie würde trotz allem lieber sterben, als ihm schaden, als mit ihm Hella und sein Kind vernichten. –

So kam er an die Laube. Er sah nach der Uhr.

Lange konnte Eva nicht mehr ausbleiben. Er öffnete mit dem Schlüssel die Tür und trat ein. Hier drinnen webte ein Erinnerungshauch aus vergangenen Jahren. Oft hatte er als Knabe und Jüngling seine Mutter hierher begleitet. Dort, in dem tiefen bequemen Rohrsessel, hatte sie gesessen. Durch die bunten Glasscheiben konnte man den Weg übersehen, den Eva kommen mußte.

Ach, hier stand auch noch der niedrige kleine Sessel. Darauf hatte er der Mutter zu Füßen gesessen und manche Unart, manchen tollen Streich gebeichtet. Und dann war die sanfte, linde Mutterhand über seinen Kopf geglitten, und statt einer Strafpredigt waren kluge, mahnende Worte an sein Ohr gedrungen:

›Du hast zu heißes, ungestümes Blut, mein Sohn. Laß es nicht Macht über dich gewinnen, suche es unter deinen Willen zu zwingen!‹

So hatte sie gesprochen. Aber dieses heiße Blut hatte ihn trotzdem in jener unglücklichen Stunde hingerissen, und auch in mancher anderen zuvor. Manches hatte er gutzumachen gehabt. Aber das Schlimmste hatte sich nicht gutmachen lassen, würde sich trotz heißen Verlangens nicht gutmachen lassen!

Er stöhnte auf und warf sich in den Lehnstuhl der Mutter. Mit brennenden Augen sah er den Weg entlang, den Eva kommen mußte.

Und endlich sah er sie. Sie schritt langsam, den Blick träumrisch zu Boden gerichtet. Der Hut hing an ihrem Arm. Die tanzenden Sonnenlichter, die durch die schaukelnden Zweige fielen, irrten über ihre Gestalt.

Wie das blühende, lachende Leben kam sie daher, und er breitete in zitternder Sehnsucht die Arme nach ihr aus und fühlte doch den Tod aller Erdenwonnen in seiner Brust. Langsam erhob er sich und trat hinaus.

»Eva!«

Ihr Fuß stockte, sie sah erschrocken auf. Dann flog jedoch ein sonniges Leuchten über ihr Gesicht. Mit wenigen flüchtigen Schritten war sie an seiner Seite und sah ihn erwartungsvoll an.

Er faßte ihre Hand und zog sie an seine Lippen.

»Eva, bitte, tritt hier ein. Ich habe dich hier erwartet. Ich kann es nicht länger ertragen, dir gegenüber zu schweigen. Willst du mich anhören?«

Sie trat ruhig und vertrauensvoll an ihm vorbei in die Laube. Er folgte ihr und zog die Tür hinter sich zu. Dann nahm er ihr den Hut ab und legte ihn auf ein Tischchen. Hierauf führte er sie zu dem Lehnstuhl seiner Mutter. Er fühlte, daß ihre Hand bebte.

»Komm, setze dich hier nieder. Hier saß meine Mutter so oft. Und hier, zu deinen Füßen, laß mich sitzen und beichten.«

Sie tat, wie er geheißen.

Nun nahm er zu ihren Füßen Platz und sah zu ihr auf. Heißer Schmerz brannte in seinen Augen.

»Laß mich dich noch einmal betrachten, mein holdes Lieb. So voll Liebe und Vertrauen schauen mich deine schönen zärtlichen Augen an, soviel Güte liegt in deinem Blick! Herzlieb, all das wird anders sein in wenigen Minuten.«

Er preßte ihre Hand an seine Wange und legte den Kopf mit geschlossenen Augen an ihr Knie. Sie strich sanft mit der freien Hand über sein Haar.

»Liebster, quäle dich nicht mit Hirngespinsten. Hältst du so wenig von meiner Liebe zu dir, daß du glauben kannst, dein Unglück würde sie auch nur einen Augenblick ins Wanken bringen?«

»Mein Unglück? Nicht ein Unglück habe ich zu beichten, sondern Schuld, furchtbare Schuld!«

Sie erbebte unter dem verzweifelten Ton seiner Stimme, ihr Gesicht wurde blaß, aber das Leuchten in ihren Augen erlosch nicht. Sie lehnte ihre Wange an seine Stirn.

»Sprich, Liebster, und vertraue meiner Liebe. Leid und Not – Schuld und Schmach –, alles trage ich mit dir und will glücklich sein, wenn ich es darf.«

Er sah mit totenblassem Gesicht zu ihr auf. Seine Augen bohrten sich in die ihren.

»Eva! – Ich bin – ein Mörder!«

Eva zuckte jäh zusammen, ihre Arme umschlangen ihn fest, als müßten sie ihn schützen. Zitternd hielt sie ihn umfangen, und ihre Lippen berührten bebend sein Haar. Sie fühlte, wie er erzitterte, wie er matt und gebrochen an ihrem Knie lehnte. Das machte sie stark. Sie hatte nach einer schweren Aufgabe verlangt, um ihre Kräfte zu erproben. Die hatte sie nun vor sich. Und ein schweres Opfer hatte sie sich zu bringen gesehnt, um ihm seine Seelenruhe zu erkämpfen. Das würde ihr ja nicht gelingen – auf dem Mörder ruht ungesühnte Schuld, bis das eigene Leben die Schuld bezahlt. Aber tragen helfen konnte sie ihm, konnte einen Teil des Fluches auf sich nehmen.

»Mein armer, armer Liebster«, sagte sie leise.

Da sah er zu ihr auf, wie der zum Tode Verurteilte aufsieht, wenn er begnadigt wird.

»Du stößt mich nicht von dir, du verachtest mich nicht ... du hältst mich in deinen Armen?« stammelte er fassungslos.

Sie sah ihm tief und klar in die Augen.

»Was wäre meine Liebe für ein jämmerliches Ding, Udo? Das hast du von mir geglaubt?«

Er umfing sie plötzlich mit heißem Ungestüm.

»Liebling – ist es nicht nur Mitleid, was dich so sprechen läßt? Darf ich's glauben, daß deine Liebe über das Entsetzen siegt, welches dir meine Eröffnung verursacht hat?«

Sie schmiegte sich an ihn und sah ehrlich und vertrauensvoll in seine brennenden Augen.

»Ich liebe dich, und wenn du dich selbst Mörder nennst – ich weiß, du bist es durch Unglück oder Unbedacht geworden, nicht aus bösem Herzen. Denn du bist gut und edel, ich habe es so oft empfunden. Komm, Liebster, sei ruhig, sieh mich nicht so verzweifelt und angstvoll an. Nun mußt du mir alles erzählen – alles. Ich habe ein Recht zu fragen, denn ich muß wissen, was dich in diese Schuld getrieben hat.«

»Liebes, tapferes Herz – du Engel, von Gott gesandt, um meine Verzweiflung zu vermindern. Wie kann ich dir danken, was du in deiner Seelengröße für mich tust?«

»Danke es mir durch deine Liebe«, sagte sie leise und bot ihm die Lippen zum Kuß.

Er sah sie an wie ein seliges Wunder und drückte scheu und zart seine Lippen auf die ihren.

Dann atmete er auf, wie von einem Alpdruck befreit.

»Mir ist, als habest du bereits alle Schuld von mir genommen. Laß mich zu deinen Füßen vergessen, was außer dir auf der Welt ist. Dann sollst du alles hören.«

Innig umfangen verblieben sie in dieser Stellung, und in allem Leid durchzog liebende Seligkeit ihre Brust.

Endlich löste sich Udo aus ihren Armen und erhob sich. Einige Male schritt er auf und ab in dem kleinen Raum, um sich zu sammeln. Eva saß still in ihrem Sessel und sah ihn voll Liebe an. Sooft sein Blick sie suchte, sah er in ihre Augen.

Nach einer Weile faßte er ihre Hand und hielt sie fest, während er beichtete:

»Liebling, ich muß manches berühren, was deine Reinheit verletzen könnte. Verzeih mir. Aber zwischen zwei Menschen wie wir darf kleinliches Bedenken nicht Macht gewinnen. Und du mußt alles wissen – alles –, damit du mich verstehen kannst. Ich werde mich kurz fassen.«

»Sprich nur!«

»Wie du mich jetzt kennst, ruhig und beherrscht, war ich nicht immer. Ich war ein heißblütiger Geselle, voll Lebensfreude, voll Ungestüm, alles Schöne und Liebe zu erfassen. Während meiner Studienjahre war ich ein Tollkopf, und das lachende Leben hielt mich fest. Eine heiße Daseinsfreude lebte in meinem Herzen, ich war jung, gesund, stark und reich. Alle Genüsse des Lebens waren mir erreichbar. Daß ich trotzdem kein ausschweifendes Leben führte, lag daran, daß meine teuren Eltern mich nur am Schönen und Guten die Freude finden lehrten. In jener Zeit gibt es nichts, was ich zu bereuen hätte.

Später, in Paris, fingen auch die Frauen an, in meinem Leben eine Rolle zu spielen.

Aber da folgte eine Enttäuschung der anderen. Die fremden Frauen gefielen mir nicht. Ich schwärmte für die deutsche Frau mit ihrer Herzensreinheit, Treue und Innigkeit.

Es fehlte nicht an Damen, die mir, dem reichen Edelmann, entgegenkamen, weder in der Gesellschaft noch außerhalb. Mein Herz blieb kalt.

Eines Abends ging ich an der Seine spazieren. Die Lust, allein zu sein, hatte mich in eine stille, menschenleere Gegend geführt. Der Mond stand am Himmel und spiegelte sich im Wasser. Von ferne tönte das dumpfe Brausen der Weltstadt herüber.

Da sah ich plötzlich eine schlanke Frauengestalt vor mir. Sie hastete dem Ufer des Flusses zu mit verzweiflungsvoller Gebärde. Ich eilte ihr nach. In dem Augenblick, wo sie sich in den Fluß stürzen wollte, faßte ich sie und zog sie zurück.

Sie brach in die Knie und sah zu mir empor. Ein Antlitz, so schön, so reizvoll wie das einer Göttin, sah ich im hellen Mondlicht vor mir. Mein Herz zog sich zusammen vor Mitleid.

›Was wollen Sie tun?‹ fragte ich vorwurfsvoll.

Sie sah mich fast trotzig an und erwiderte: ›Weshalb?‹

Dann flog ein bitteres Lächeln über ihr Gesicht.

›Weil ich keine Lust mehr habe, zu hungern!‹

Ich erschrak.

›So schlecht geht es Ihnen?‹

›Ja!‹

›Es muß doch Hilfe für Sie geben. Sie sind jung und schön!‹ versetzte ich.

Da verzog sie ihr Gesicht verächtlich.

›Leider. Wäre ich alt und häßlich, ginge es mir wohl besser. Weil ich jung und schön bin, will man mir von allen Seiten diese Jugend und Schönheit abkaufen. Wo ich Arbeit suche, sagt man zu mir: Du bist zu schön zum Arbeiten! Und man bietet mir hohe Preise für meine Schönheit. Ach, lassen Sie mich, mein Herr. Sie haben mir einen schlechten Dienst erwiesen. Ich will sterben, mich freut das Leben nicht mehr.‹

So ging es hin und her zwischen mir und ihr. Ich kämpfte für dieses Leben, und dabei fühlte ich selbst, wie ihre Schönheit mich von Sinnen brachte.

Genug, es gelang mir, sie fortzuführen. Es war mein ehrlicher Wille, ihr zu helfen. Welchen Eindruck mir ihre Schönheit machte, verschwieg ich ihr. Ganz ruhig und bedächtig setzte ich ihr auseinander, wie ich ihr helfen wollte.

Sie erzählte mir aus ihrem Leben. Als Kind einfacher Leute war sie im Elend aufgewachsen, immer von dem glühenden Drang beseelt, vorwärtszukommen im Leben. Es war ihr alles mißglückt. Ihre Schönheit hatte sie gehindert, sich auf ehrliche Weise durchzuschlagen, und unehrlich wollte sie nicht werden.

Ich brachte sie in einer Familie unter. Dort besuchte ich sie, erst jede Woche, dann jeden Tag. Und ich ließ sie nicht merken, wie mein Herz in glühender Sehnsucht nach ihr verlangte. Ihr herbes, zurückhaltendes Wesen steigerte meine Leidenschaft immer mehr.

Ich zog mich von allen Geselligkeiten zurück und verbrachte meine freie Zeit mit ihr. Um sie zu beruhigen, versprach ich, ihr eine Stelle bei irgendeiner bekannten Familie zu verschaffen. Es gelang mir durch mein äußerlich ruhiges Verhalten, ihr Vertrauen zu gewinnen. Sie ließ es sogar zu, daß ich ihr Kleider kaufte.

Ihren Unterhalt bezahlte ich natürlich auch, jedoch mit dem Vorbehalt, daß sie mir alles zurückzahlen sollte, wenn sie eine Stellung gefunden habe. Ich dachte aber nicht daran, im Ernst nach einer solchen Stellung zu suchen. Nur Zeit wollte ich gewinnen und sie beruhigen ...

So vergingen Wochen und Monate.

Ich konnte endlich meine Leidenschaft nicht mehr verbergen und war entschlossen, ohne Rücksicht auf meinen Rang, um ihre Hand zu bitten. Daß ich lange Zeit brauchen würde, meinen Vater dieser Heirat geneigt zu machen, wußte ich. Aber was hätte mich von meinem Vorhaben zurückhalten können?

Ich liebte Liliane mit so glühender, verzehrender Leidenschaft, daß mir ihr Besitz notwendig war wie einem Verdurstenden ein Trunk Wasser.

Und eines Tages, als ich einen Ausflug mit ihr aufs Land machte, sagte ich ihr das und bat sie, meine Frau zu werden. Sie sah mich erst lange an. Ich bat und beschwor sie ohne Unterlaß. Da willigte sie endlich sehr zögernd ein.

Ich machte ihr klar, daß ich meinen Vater erst vorbereiten, daß ich sie aber täglich sehen und sprechen müsse, wenn ich nicht von Sinnen kommen sollte. Als meine Braut dürfe sie nicht mehr in ihrer bisherigen Wohnung bleiben.

Genug, ich kaufte ihr ein kleines Landhaus und schenkte es ihr als Brautgeschenk.

Wenige Tage später bezog sie es. Eine Zofe für ihre Dienste hatte ich ihr auch besorgt.

In diesem allerliebsten Haus besuchte ich sie täglich, und ich war glücklich ohne Grenzen. Noch hatte ich meinem Vater kein Wort davon berichtet, ich wollte lieber nach Hause reisen und meine Sache persönlich führen. Aber ich konnte mich nicht von Liliane trennen, ich fürchtete immer, sie zu verlieren, denn ich fühlte, sie liebte mich nicht, wie ich es wünschte. Das sagte ich ihr auch. Ich wollte nicht eher heimreisen, als bis sie mir den höchsten Beweis ihrer Liebe gegeben.

Da wurde sie mein, im Herzen hielt ich sie ja längst für mein Eigentum. Sie wäre es auch vor aller Welt geworden, wenn sie mir treu geblieben wäre.

Damals war ich wunschlos glücklich, und nun bangte ich erst recht vor einer Trennung. Aber ich sah ein, mein Vater mußte alles wissen. Liliane durfte auf unsere Vermählung nicht lange warten. Sie hatte mein Wort.

Ich entschloß mich, endlich abzureisen. Ein letztes Mal wollte ich noch zu ihr hinaus, und da ich am Abend reisen wollte, fuhr ich zu einer früheren Zeit zu ihr als sonst. Mein Verhängnis! – Ich fand sie in den Armen eines anderen.

Leider trug ich damals stets einen geladenen Revolver bei mir; in Paris kann man sich mit derlei versehen. In blinder Wut, in wahnsinniger Verzweiflung schoß ich auf die beiden Menschen, denn ich hatte Liliane als mein betrachtet, und ihre Treulosigkeit erschien mir als eine ungeheure Schmach.

Als ich zu mir kam, lag der Mann, in dessen Armen ich Liliane gefunden hatte, am Boden. Sie selbst starrte mir mit Haß und Grauen ins Gesicht. Da floh ich – wie im Wahnsinn eilte ich nach Hause und schloß mich ein.

Liebling, was ich in dieser Nacht gelitten, das weiß nur Gott. Meine Liebe war gestorben, mein Vertrauen getäuscht – ich war zum Mörder geworden. An Liliane konnte ich nur noch mit Grauen und Abscheu denken. Es war eine furchtbare Nacht.

Am anderen Tage fuhr ich hinaus. Eine leise Hoffnung lebte in mir, daß der Mann nicht tödlich verwundet worden wäre. Ich hatte in Verblendung ziellos geschossen. Ich betete, daß ich wenigstens nicht zum Mörder geworden sein möge.

Aber es war vergebliche Hoffnung. Ich fand nur noch die Zofe, Liliane war geflohen und hatte mir einen Brief hinterlassen. Ich erfuhr aus diesem Brief, daß der Mann, den ich getötet hatte, Lilianes Jugendgeliebter gewesen sei. Er war erst am selben Tage aus dem Ausland zurückgekehrt. Ihre Schuld war also nicht so groß, wie ich glaubte – dafür war meine um so größer!

Liliane schrieb mir, daß sie die Spuren des Ermordeten verwischt hätte, niemand würde von meiner Schuld erfahren, wenn ich ihr hunderttausend, der Zofe zehntausend Francs auszahlte. Wiedersehen möchte sie mich nicht, sie hasse mich, weil sie durch mich dem Geliebten untreu geworden wäre.

An demselben Tag bekam ich ein Telegramm von zu Hause: Mein Vater war schwer erkrankt! Ich fand ihn nur noch als Toten. Kannst du verstehen, daß ich dem Schicksal dankte für seinen Tod? Ich hätte den gütigen Vateraugen gegenüber meine Schuld nicht verheimlichen können. Es war besser, daß er es nicht zu erleben brauchte, in seinem Sohn einen Mörder zu sehen.

Wenn Hella damals nicht gewesen wäre, ich hätte meinem Leben ein Ende gemacht. So habe ich mein Leben ertragen, um Hellas willen.

Sieh, mein Liebling, nun hast du meine Beichte. Verzeihe, daß ich so trübe, unreine Bilder vor deinen Augen ausbreiten mußte. Ich durfte jedoch nichts verschweigen. Kannst du trotz alledem noch liebevoll zu mir sein?«

Eva hatte mit geschlossenen Augen dagesessen, und Röte und Blässe hatten auf ihrem Gesicht in jähem Wechsel um die Herrschaft gestritten. Nun öffnete sie die Augen und sah, in tiefe Gedanken verloren, vor sich hin. Ihre Hand ruhte noch immer in der seinen.

Voll heißer Unruhe sah er in ihr Gesicht.

»Eva!«

Sie zuckte zusammen und sah ihn an. Sein angstvoller Blick rührte sie. Was er auch verbrochen hatte, er hatte es aus übergroßer Liebe zu einer Unwürdigen getan. Sie konnte ihn nicht verurteilen, und ihre Liebe war groß genug, alles zu überwinden.

»Mein armer, armer Udo; ich habe dich lieb wie zuvor. Lieber noch, denn dein Unglück ist keine Schuld in meinen Augen. Vor mir hast du gesühnt durch die Rettung der drei Menschen, die ohne dich umgekommen wären. Daran richte dich auf! – Aber jetzt sage mir doch, hat man dich nie verfolgt wegen dieser Tat?«

»Nein, sie ist Geheimnis geblieben.«

»Und als du am nächsten Tag hinkamst, hatte diese Frau schon alle Spuren verwischt und war geflohen?«

»Ja, sie und die Zofe hatten alle Spuren meiner Tat verwischt.«

»Und – und du weißt nicht, wo jener Tote hingebracht wurde?«

»Nein. Ich war in jenen Tagen nicht fähig, einen klaren Gedanken zu fassen. Auch mußte ich sofort abreisen. Weshalb fragst du danach, Liebling?«

Eva sah währenddessen sehr nachdenklich aus, als grüble sie unablässig über etwas nach.

»Ich – ich wollte hören, ob dir die Gefahr einer Entdeckung drohe. Ach, Udo, ich ertrüge es nicht, dich vor dem Richter zu sehen. Würde er auch deine Schuld milde beurteilen, furchtbar wäre es mir doch.«

Er sah bleich, aber entschlossen in ihr Gesicht.

»Fürchte das nicht, Eva. Es muß jener Frau gelungen sein, jede Spur zu verwischen. Ich habe mir später alle Zeitungen aus jenen Tagen schicken lassen und sie genau geprüft. Nirgends war etwas zu lesen von – von jenem Mann. Auch die Zofe ist einige Zeit darauf gestorben. Einen irdischen Richter habe ich nicht zu fürchten – ehe er mich erreichen könnte, hätte ich mich selbst gerichtet.«

Sie umfaßte ihn angstvoll, aber ihr Blick blieb nachdenklich. Endlich richtete sie sich auf.

»Deine Geschichte ist noch nicht aus; sie hat noch ein Nachspiel. Marina ... ist die Tochter jener Liliane? Sie kam erst voriges Jahr in dein Haus? Wie ging das zu?«

Udo erzählte von des Kindes Ankunft im Schloß, von Liliane Clermonts Auftauchen im Zirkus und ihrem Verschwinden. Eva hörte mit gespannter Aufmerksamkeit zu, immer mit dem nachdenklichen Zug im Gesicht.

Als Udo geendet hatte, saßen sie eine Weile schweigend nebeneinander. Udo forschte unablässig in Evas Gesicht, in dem sich ein fortgesetztes Grübeln abspiegelte.

»Was sinnst du, Liebling? Sagst du mir nicht, was aus uns werden soll? Ach, ich wage nicht, meine verlangenden Hände nach dir auszustrecken, so gern ich dich auch anflehte: Werde mein trotz allem! Ich wage es nicht, dein reines Leben an mein schuldiges, zerstörtes zu fesseln. Aber wenn du nicht mein werden willst, was soll dann aus uns werden? Was soll aus dir, was aus meinem Kind werden, das unschuldig ist am Vergehen seiner Eltern? Was soll aus Hella werden und aus mir? Ich verdiene deine Liebe nicht, aber was fragt ein Herz, das liebt, nach Verdienst? Eva, erlöse mich aus dieser entsetzlichen Ungewißheit, sage mir, was soll nun werden?«

Eva strich zärtlich beruhigend über Udos Wangen. In ihren sinnenden Augen erwachte ein fester Entschluß. Sie umfaßte seine Hände und sah ihm fest und klar ins Gesicht.

»Ich will deine Frau werden, denn ich liebe dich, und mein Herz spricht dich frei von Schuld«, sagte sie ruhig und bestimmt.

Da sprang er auf und streckte die Arme empor in überwallender Glückseligkeit. Dann barg er sein Gesicht an ihrer Schulter. Ein unterdrücktes Schluchzen schüttelte seinen Körper.

Eva sah voll schmerzlicher Liebe zu ihm auf und streichelte leise sein Haar.

In ihren Augen lag der leicht abwesende, grübelnde Ausdruck. An Udos erschütternder Beichte war ihr verwirrend der Umstand um den Toten aufgefallen. Ja, die Gedanken an diese Stelle in Udos Bericht quälten sie geradezu. Ihr, als der völlig Unbefangenen, drängten sich die begleitenden Umstände als lückenhaft auf. Als Udo sich beruhigt hatte und ihr voll ehrerbietiger Liebe wieder und wieder die Hände küßte, sagte sie leise:

»Auf kurze Zeit müssen wir uns trennen, Liebster.«

Er schrak zusammen.

»Du willst fort? Eva, hast du mich getäuscht – aus Mitleid? Willst du mich nun heimlich verlassen?«

»Nein, ich gehe nur auf kurze Zeit. Einige Wochen oder einige Monate, ich weiß nicht, wie lange. Hier in Plessentin kann ich jetzt nicht bleiben, Liebster, als deine Braut. Das siehst du wohl ein?«

»Du könntest nach Brenkenhof gehen. Brenkens werden dich gern aufnehmen.«

»Nein, ich will nach Hause! Ich will zur Ruhe kommen mit mir selbst.«

Er stand auf und trat von ihr zurück. Herber Schmerz prägte sich in seinem Gesicht aus.

»So gehe – ich darf dich nicht halten!«

Sie erhob sich und trat zu ihm. Mit festem Griff faßte sie seine Hand.

»Du mißtraust mir, Udo. Du denkst, ich suche nach einem Vorwand, dich zu verlassen. Sieh mich an, sieh mir in die Augen. Ich verlange dein Vertrauen voll und ganz, wie ich es dir entgegenbringe. Quäle mich nicht mit Mißtrauen, mein teurer geliebter Mann. Ich liebe dich zu sehr, als daß ich dich freiwillig verließe. Du sollst mich gehen lassen, ohne Zweifel, ohne Fragen. Ich bin dein und kehre zu dir zurück, wenn meine Zeit gekommen ist. Aber jetzt muß ich fort – ich muß! Ich schwöre dir, daß ich zurückkehre und dein werde. Willst du mir glauben?«

Er war bezwungen von der strengen Wahrhaftigkeit, die aus ihren Augen sprach.

»Ich glaube dir, wenn ich dich auch nicht verstehe!«

Sie umfaßte ihn und küßte ihn voll hinreißender Zärtlichkeit. Er preßte sie an sich mit zitternden Armen.

»Mein Lieb, mein teures süßes Lieb, du weißt nicht, was mir deine Liebe ist!«

Sie blickte zu ihm auf.

»Doch, ich weiß es. Und daß ich trotzdem jetzt von dir gehe, obwohl ich so gern bleiben möchte, muß dir Beweis sein, daß ich gehen muß.«

»Was sollen wir aber Hella sagen? Soll sie wissen, daß du meine Braut bist?«

»Laß es uns ihr sagen. Und auch Frau von Brenken und Hohenaus wollen wir einweihen.«

Er zog sie fest an sich.

»So darf ich mein Glück doch wenigstens einigen lieben Menschen anvertrauen.«

»Und zugleich siehst du, daß ich mich wirklich an dich gebunden betrachte«, erwiderte sie lächelnd.

»Verargst du mir, daß ich dich mit Ketten binden möchte?«

»Es braucht der Ketten nicht! Udo, die Liebe bindet fester als tausend Ketten. Aber komm, setz dich zu mir, ich habe noch allerlei zu fragen. Hast du Marina an Kindes Statt angenommen?«

»Alle Schritte sind eingeleitet, aber rechtskräftig ist es eigentlich noch nicht. Es gibt da so allerhand zu berücksichtigen.«

»So führt sie noch nicht deinen Namen?«

»Es ist nur eine Frage der Zeit.«

»Und jene Frau – ihre Mutter – ist die berühmte Zirkusreiterin Liliane Clermont?«

»Ja, mein Herz.«

»Ist sie jetzt in Deutschland?«

»Ich weiß es nicht; ich habe seit des Kindes Ankunft nichts mehr von ihr gehört.«

»Kennst du ihren Mann?«

»Nein. Aber warum willst du das alles wissen?«

»Ich habe meinen Grund. Was ist aus jenem Häuschen in Paris geworden?«

»Ich weiß es nicht. Es gehörte Liliane. Ob sie es noch besitzt oder verkauft hat, weiß ich nicht.«

»Lag es weit von Paris?«

»Eine halbe Stunde auf dem Wege nach Saint-Denis.«

»Und du warst seitdem nie wieder in Paris?«

»Nein!«

Sie strich ihm sanft über die Stirn.

»Nun frage ich dich nur noch eins, Liebster, dann ist meine Neugierde befriedigt. Wie hieß denn jener Mann, den – den du bei Liliane fandest?«

»Das weiß ich nicht. Ich habe seinen Namen nie gehört. Warum willst du das wissen?«

»Man hätte doch erforschen können, ob er Angehörige hinterlassen hat, ob man etwas für sie tun könnte ...«

Er sah lebhaft auf.

»Daran habe ich nie gedacht. Ihr Frauen seid meist klüger als wir. Wahrscheinlich hat er keine Angehörigen, denn sonst wäre es nicht möglich gewesen, alle Spuren zu verwischen.«

»Sein Name wäre also nur durch Frau Clermont in Erfahrung zu bringen?«

»Ja, aber ich hoffe, nie mehr mit dieser Frau in Berührung zu kommen. Was nützt es auch? Ungeschehen ist nichts zu machen. Ein Toter kann nicht zum Leben erweckt werden.«

»Du hast recht – ein Toter nicht!« sagte sie langsam, als wenn ihre Gedanken weit fort wären.

Endlich sah sie zu ihm auf.

»Meinst du, gewiß zu sein, daß die Clermont dich nie verraten wird?«

»Wenn sie es tun wollte, hätte sie es längst getan. Ich glaube, ihrer sicher zu sein.«

Eva nickte wie zustimmend; dann erhob sie sich schnell.

»Nun komm, Udo, laß uns heimgehen. Hella und Kleinchen werden sonst ungeduldig.«

Er umfaßte sie noch einmal mit großer Innigkeit.

»Wirst du auch nie bereuen, dein reiches schönes Leben an das meine zu fesseln?«

Sie schmiegte sich an ihn und sah ihn weich und innig an.

»Kleingläubiger! Wie klein denkst du noch immer von meiner Liebe! Reich und schön ist mein Leben erst durch dich geworden. Und an deine Schuld – ich meine, an diese Tat, glaube ich nicht!«

»Verzeih, mein Lieb, daß ich das nicht fassen kann. Ich wage nicht, daran zu zweifeln.«

»So will ich dir helfen, den Glauben zu finden. Nun komm.«

»Vergiß nicht – ich wollte töten!«

»Die Gesetze entschuldigen sogar Affekthandlungen! Warum bist du so unerbittlich gegen dich selbst, Udo?«

»Die Tat traf mich sehr jung – sehr unvorbereitet – und warf mich um. Ich empfinde seither jedes Mißgeschick als Strafe für diese verschwiegene Schuld!«

»Welch ein Unsinn!«

Udo sah sie verstört an. Sie kam ihm fremd vor; schien geistig zu wachsen. Und dabei ahnte er nicht, welchen Entschluß Eva gefaßt hatte.

Sie schritten hinaus, Seite an Seite. Kein jubelndes, lachendes Glück schritt mit ihnen, aber eine tiefe, stille Weihe lag über beiden.

Das Auge des Mannes suchte in heißer Zärtlichkeit Eva. Er führte sie fest und doch zart, als wollte er alle Mühsal aus ihrem Leben räumen. Und in des Mädchens Auge ruhte der sinnende, grübelnde Ausdruck. Aber er lag auf dem Grunde, hinter dem leuchtenden Liebesblick, den sie zuweilen auf ihn warf.

*

Als sie über den breiten Platz vor dem Schloß schritten, sahen sie Hella auf dem Altan sitzen.

»Nun ist es aber wirklich die höchste Zeit, daß du kommst, Eva. Kleinchen hält keine Ruhe mehr, sie fragt immerfort nach dir!« rief Hella ihnen über die Brüstung entgegen.

Eva wollte ihr Hand aus der Udos lösen und die Steintreppe hinaufeilen. Udo hielt sie fest. Seite an Seite traten sie vor Hella hin.

Evas Gesicht überzog sich bei Hellas verwundertem Blick mit dunkler Röte.

»Was ist mit euch? Udo – Eva – ich weiß nicht, ihr seht so seltsam aus, so sonderbar«, sagte Hella ganz beklommen. Und plötzlich umfaßte sie Udo mit beiden Armen.

»Udobruder – was machst du für Augen, – du ... und auch Eva?«

»Liebling, du siehst ein Brautpaar vor dir. Eva will meine liebe Frau werden, will immer bei uns in Plessentin bleiben und deinen trübsinnigen Udobruder glücklich machen. Sie will dir eine liebe Schwester und meinem Kind eine treue Mutter sein. Was sagst du dazu, Hella?«

Hella erglühte. Sie legte die Wange fest an Udos Brust und faßte nach seiner und Evas Hand.

»Ihr beiden – Lieben – ach, Gott, ich könnte jetzt weinen, weil ich so froh bin!«

Sie richtete sich plötzlich auf und umfaßte weinend Evas Hals. Und dabei lachte sie doch, halb glücklich, halb verlegen. Sie küßte Eva wieder und wieder.

»Du Udos Frau – du meine Schwester – ach, Eva, liebe Eva, ich freue mich so sehr und weiß nicht, was ich sagen soll.«

Eva hielt sie fest umschlungen.

»Und bist du nicht enttäuscht, daß dein Bruder ein armes bürgerliches Mädchen heiraten will?«

»Wie dumm wäre ich da. Nein, Eva, Tante Brenken sagte neulich: ›Der einzige Adel, den ich als echten anerkenne, ist der Adel der Seele.‹ Und den besitzt du in vollem Maße, das weiß ich genau. Und daß du arm bist, das ist doch recht gut! Udo ist ohnedies unmenschlich reich; wenn der nun auch noch eine reiche Frau bekäme, das wäre nicht auszudenken. Weißt du – ich heirate entschieden einmal einen armen Mann, das kannst du mir glauben.«

Eva blickte lächelnd über ihren Kopf in Udos Gesicht. »Udo – Hellas Einwilligung hätten wir nun. Was sagt nun mein kleines Goldherz dazu?«

Sie gab Hella mit einem herzlichen Kuß frei. Dann beugte sie sich zu Marina herab und kniete neben ihr nieder.

Udo erklärte der Schwester:

»Vorläufig soll niemand darum wissen, daß wir uns verlobt haben. Wirst du dies Geheimnis bewahren können?«

Hella richtete sich stolz auf.

»Na, weißt du, da solltest du nun was erleben. Ich kann schweigen wie das Grab. Aber sagt, warum soll so etwas Liebes, Hübsches erst noch geheim bleiben?«

Eva faßte Hellas Hand und zog sie neben sich nieder.

»Meine Mutter, sieh, Herz – ich muß erst nach Hause reisen. Und es geht nicht an, daß ich jetzt in Plessentin bleibe, solange ich nicht Udos Frau bin. Du bist nun schon eine sehr verständige junge Dame und weißt genau, was sich schickt. Nicht wahr, du siehst ein, daß ich bis zu unserer Verheiratung fort muß von Plessentin?«

»Ja, Eva, das sehe ich wohl ein, aber wie das nun ohne dich hier gehen soll, das weiß ich nicht.«

Eva ergriff ihre Hand.

»Gib acht, Herzblatt, wie ich mir das gedacht habe. Ich rechne allerdings auf deine Hilfe.«.

»Das kannst du gewiß.«

»Du könntest sehr gut, solange ich fort bin, bei Kleinchen meine Stelle vertreten. Du hast viel gelernt und wirst mich prächtig ersetzen können, bis ich wiederkomme und dich von diesem Posten befreie. Ich hoffe ganz bestimmt, daß ich mit Ruhe reisen kann. Du wirst eine übernommene Pflicht treu erfüllen, dafür kenne ich dich.«

»Und du sollst dich gewiß nicht getäuscht haben, Eva. Ich will sehr, sehr gewissenhaft sein, das verspreche ich dir.«

»Dank, meine liebe Hella. Ich wußte, daß ich auf dich rechnen konnte. Und noch ein Amt habe ich für dich. Schau, dein Bruder macht ein trübseliges Gesicht, er will sich nicht hineinfinden, daß ich jetzt fort muß. Gelt, du bist viel verständiger? Wenn er, sobald ich fort bin, solche traurigen Augen macht, dann mußt du ihn auszanken und sagen: Schäme dich, Udo, wie kannst du so traurig sein? Eva kommt wieder, du mußt dich nicht um sie bangen! – Und wenn er dann nicht gleich ein anderes Gesicht macht, schreibst du es mir. Dann bekommt er es mit mir zu tun. Nicht wahr?«

Hella nickte eifrig. Udo aber erfaßte Evas Hand und drückte fest seine Lippen darauf. Sie nickte ihm zu, als wollte sie sagen: ›Ich weiß, daß du unter meiner Abreise leidest, ich leide selbst darunter – aber es muß sein!‹

Es wurde nun noch viel besprochen zwischen ihnen, Wichtiges und Unwichtiges. Gleich morgen früh sollte Udo nach Brenkenhof reiten, um dort seine Verlobung mit Eva zu verkünden. Am nächsten Tag wollte Eva abreisen. Frau Bode und den Angestellten gegenüber sollte Evas Mutter als Grund dieser Abreise angegeben werden.

So war alles eingerichtet, wie es Eva brauchte, um ihren heimlichen Plänen nachzugehen. Sie hatte sich mit ihren Gedanken in Udos Schilderung der Pariser Erlebnisse verbissen. Eva war entschlossen, allem nachzuforschen. Ihre Liebe hatte sie hellhörig gemacht. Da waren Dinge, die nicht stimmten. Irgend etwas war ungenau und höchst unwahrscheinlich. Ihr Mißtrauen war gestützt auf jene Stelle des Berichtes, daß diese Frau, der man den Geliebten tragisch getötet hatte, im Verlauf weniger Stunden ihr Schweigen gegen eine stattliche Summe verkaufte.

Wie zutiefst Udo erschüttert worden war, wurde bewiesen damit, daß ihn selbst dieses befremdliche Verhalten nicht alarmiert hatte. Gelang es ihr, hier aufklärend zu wirken, würde sie damit das Fundament eines großen Glückes errichten!

*

Brenkens saßen im Garten unter dem breitästigen Kastanienbaum, als Udo am nächsten Vormittag dort ankam. Er wurde herzlich von den beiden begrüßt.

»Warum bringen Sie Hella nicht mit, lieber Graf?« fragte Frau von Brenken mit leichtem Vorwurf.

»Es ist mir heute daran gelegen, mit Ihnen allein zu sprechen.«

»Hm – das klingt feierlich, lieber Udo. Kommen Sie, frühstücken Sie erst mit uns, Sie sind gewiß hungrig«, sagte Herr von Brenken lachend.

Udo nahm Platz am Tisch, und Frau von Brenken rief einen Diener herbei, damit er für den Gast sorge. Udo nahm, um nicht unhöflich zu sein, von den Speisen. Als der Diener außer Hörweite war, sagte er ernst:

»Liebe, verehrte gnädige Frau, wie so manches Mal komme ich auch heute wieder mit einem vollen Herzen zu Ihnen!«

»Soll das vielleicht heißen, daß ich bei dieser Unterhaltung überflüssig bin? Dann sagen Sie es nur rundheraus, ich nehme es nicht übel!« rief Herr von Brenken heiter.

Udo schüttelte den Kopf.

»Das soll es gewiß nicht heißen, lieber Herr von Brenken. Im Gegenteil, ihre Gegenwart ist mir sehr erwünscht.«

»Also heraus mit der Sprache, Udochen, wo drückt der Schuh?«

Graf Udo lächelte.

»Diesmal drückt er nicht. Ich habe, im Gegenteil, etwas für mich sehr Erfreuliches zu verkünden. Auch Sie werden sich über meine Eröffnung freuen, wenn es auch Menschen geben wird, die mich nicht verstehen.«

»Na, zum Donnerwetter, jetzt bin ich aber neugierig wie ein Waschweib. Machen Sie nicht so lange Vorreden, das schlägt mir auf den Appetit, lieber Plessen!«

»Ich bin gleich bei der Sache. Also, Herr von Brenken und liebe gnädige Frau, ich habe mich verlobt.«

Herr von Brenken schlug klatschend auf den Tisch.

»Alle Hagel, solch eine Neuigkeit lasse ich mir gefallen. Was sagst du dazu?«

Frau von Brenken lächelte fein.

»Noch nichts. Erst soll unser lieber Gast seine Neuigkeit vervollständigen. Daß ich mich über seine Verlobung innig freue, weiß er selbst, habe ich's doch schon lange schmerzlich bedauert, daß Plessentin ohne Herrin ist. Nun sagen Sie mir aber auch, wer die Nachfolgerin Ihrer lieben vortrefflichen Mutter werden soll?«

Udo legte Messer und Gabel hin und sah voll in Frau von Brenkens Gesicht.

»Eva Hermsdorf ist meine Braut!« sagte er fest und klar.

»Alle Hagel!« rief Herr von Brenken von neuem und riß vor Erstaunen die Augen weit auf.

Seine Gattin reichte Udo in herzlicher Freude die Hand.

»Lieber junger Freund, ich glaube, Sie haben gut gewählt. Von Herzen meinen Glückwunsch zu dieser Wahl. Manche von unseren Standesgenossen werden sie unbegreiflich finden. Ich nicht! Ihre Braut ist ein wertvoller Mensch und würde einem Fürstenthron zur Zierde gereichen. Wohl Ihnen, daß Sie nach nichts anderem fragen und frei nach Ihrem Herzen wählen dürfen.«

Udo küßte ihr die Hand.

»Liebe gnädige Frau, ich wußte, daß ich, wie so oft schon, Verständnis bei Ihnen finden würde.«

»Na, nun geben Sie aber auch mir einmal Gelegenheit, Udo, meinen Glückwunsch loszuwerden. Wirklich, Sie verstehen sich auf Überraschungen! Also, das liebe Mädchen wird unsere Gutsnachbarin? Na, meinen Segen gebe ich gern dazu. Die andern lassen Sie nur ruhig reden und die hochadeligen Köpfe schütteln! Meine Frau und ich sind ja nun freilich nicht adelsstolz, und alle denken nicht so vernünftig wie wir. Selbst Ihr seliger Vater, mein alter Freund Plessen, hätte sich wohl gegen Ihre Wahl erst ein wenig gestemmt – aber das Evchen hätte ihn besiegt, davon bin ich überzeugt. Also meinen Glückwunsch, Udo, es kommt von Herzen, weiß Gott!«

Udo drückte die gebotene Hand fest und herzlich.

»Ich will Ihnen gleich noch mitteilen, daß meine Braut heute nachmittag mit Hella zu Ihnen herüberkommen wird, um sich zu verabschieden. Unsere Verlobung soll noch geheimgehalten werden.

Der späteren Bekanntgabe der Verlobung soll dann auch bald die Hochzeit folgen; Eva fährt morgen nach Hause, wahrscheinlich für einige Monate. Wir wollen als Grund ihrer Abreise ihre Mutter vorschieben.«

»Sie werden sich das alles schon überlegt haben. Daß wir Fräulein Eva gern so lange zu uns genommen hätten, wissen Sie, nicht wahr?« sagte Frau von Brenken herzlich.

»Gewiß, gnädige Frau, ich hatte auch daran gedacht. Aber es würde nur unnützes Gerede entstehen. Und Eva verlangt nach Hause zu ihrer Mutter, da sie in Plessentin nicht bleiben kann.«

»Wogegen sich natürlich nichts einwenden läßt. Wann wird Hochzeit sein, lieber Graf?«

»Den Tag haben wir noch nicht festgesetzt. Daß ich nicht gern lange warten möchte, verstehen Sie wohl, Eva ist nicht nur mir, sondern auch Hella und meinem Kind unentbehrlich. Aber meine Braut ist einigermaßen aus ihrem seelischen Gleichgewicht – sie will erst wieder zur Ruhe kommen, ehe wir feste Beschlüsse für die Zukunft fassen.«

»Das zeugt dafür, wie ernst sie die Sache nimmt. Sie ist ein lieber, verständiger Mensch, Ihr Evchen. Ich freue mich, daß sie uns heute nachmittag noch einmal besucht. Da können wir ihr unseren Glückwunsch mit auf den Weg geben. Ja, wird unsere Magda Augen machen! Eigentlich haben Sie es doch meiner Tochter zu verdanken, daß Sie nun endlich glücklicher Bräutigam sind. Es war wirklich hohe Zeit. Und trotz meiner Vorliebe für das Bürgertum – leid hätte es mir getan, wenn Ihr altes Geschlecht mit Ihnen untergegangen wäre!«

»Mein Mann hat recht, lieber Graf, es war wirklich hohe Zeit!«

Eva fand am Nachmittag bei Brenkens liebevolle Aufnahme. Die alten Herrschaften zeigten ihr offen, wie sie sich über diese Verlobung freuten. Udo war mit seinen Damen gekommen. Er geizte mit jeder Sekunde, die Eva noch in seiner Nähe war. Auch nach dem Vorwerk hatte er sie begleitet und ihre Rückkehr in der Laube abgewartet. Die beiden Menschen hatten wohl noch viel miteinander zu besprechen ...

Eva hatte nach Hause geschrieben und ihre Ankunft angemeldet. Auch daß sie Udos Braut geworden war, hatte sie der Mutter mitgeteilt, damit die alte Dame sich nicht unnötige Sorgen über ihre plötzliche Heimkehr machte.

Sonderbarerweise kam Eva noch einmal auf Liliane Clermont zu sprechen, fragte allerlei, und erst, als Udo die Stirn zusammenzog und sie bat: »Laß diese Frau, mein Lieb, die Gedanken an sie quälen mich!«, da hatte sie ihre Wange an seine Schulter geschmiegt.

»Ich will nie mehr von ihr reden, Udo – es ist nur – weißt du – sie hat einst deine Liebe besessen –, ich möchte natürlich über diese Frau noch so manches wissen!«

»Mein Lieb – es war wohl nicht Liebe, was ich für sie empfand. Es war Leidenschaft – ein glühender, verzehrender Rausch –, nie glich es dem tiefen klaren Gefühl, mit dem ich dich umfasse. Denke nicht mehr an jene Frau.«

Sie hatte seine Bitte erfüllt und nicht mehr von ihr gesprochen, wenn sie sich auch in Gedanken sehr viel mit ihr beschäftigte.

Am anderen Morgen reiste Eva Hermsdorf ab. Graf Udo brachte sie selbst nach dem Bahnhof.

Als der Zug anfuhr, reichte sie Udo die Hand vom Abteilfenster aus. Lange ruhten die Augen ineinander.

»Laß mich nicht zu lange allein, Eva«, bat Udo mit umflortem Blick.

Sie sah ihm tief in die Augen. »Nicht länger, als ich muß, Liebster. Vertraue mir!«

»Das will ich tun. Nicht wahr, du weißt, daß ich die Minuten zähle, bis ich dich wiederhabe?«

»Ich weiß es.«

Noch ein Händedruck zwischen ihnen, ein Grüßen und Winken, dann entschwand die geliebte Gestalt.

Still kehrte Udo nach Plessentin zurück. Eva hatte eine schmerzliche Lücke hinterlassen.

# XI

Frau Hermsdorf war nicht wenig überrascht, als sie den Brief ihrer Tochter gelesen hatte. Sie konnte es nicht fassen, daß ihr Kind die Braut des Grafen Plessen sein sollte.

Wieder und wieder las sie die Wote: »Ich habe mich gestern mit Graf Plessen verlobt. Mutterle, kannst Du es fassen? Und wir lieben uns treu und innig und wollen nicht voneinander lassen, bis der Tod uns trennt. Und morgen komme ich nach Hause, Mutterle, und bespreche alles mit Dir!«

War es denkbar, daß ihre Eva Gräfin Plessen werden sollte?

Freilich, wie seinesgleichen hatte sie der Graf schon zu Weihnachten behandelt. So ritterlich und liebenswürdig war er zu ihr gewesen. Aber daran –, nein – daran hatte sie nie gedacht.

Ob es denn auch wirklich ein echtes und rechtes Glück für ihr Kind war? Ach, nun mußte sie sich schon wieder Sorgen machen! Eva würde sie auslachen. Es war auch zu töricht von ihr; statt zu jubeln und sich zu freuen suchte sie eifrig, ob sie nicht ein Quentchen Sorge in dieses Glück mischen konnte.

Graf Plessen würde schon wissen, was er an ihrem Kind hatte, wie brav und gut und lieb es war. Und Brenkens und Hohenaus mochten auch ihre Partei nehmen, wenn die anderen adligen Herrschaften über diese Verbindung die Achseln zucken würden.

Und dann war da Komteß Hella mit dem warmen Herzen

und dem fröhlichen Sinn. Die würde ihrer Eva eine Schwester sein. Es würde schon gutgehen, sie wollte alles dem lieben Gott überlassen, der würde es zum Besten führen.

Und nun mußte sie sich tummeln und für Evas Ankunft alles herrichten. Ein paar Blumen wollte sie kaufen und diese dem Kind zum Willkommen auf den Tisch stellen.

Am Ende konnte sie auch noch schnell einen Napfkuchen backen, wie ihn Eva so gern aß, mit viel Mandeln und Rosinen drinnen und die Form recht gut ausgebuttert.

Ach, wie schön das sein würde, wenn sie ihr Kind wieder einmal hier haben konnte, so ganz für sich allein.

Die alte Dame lief ziellos hin und her, nahm dies und jenes in die Hand und legte es wieder hin – sie wußte in ihrer freudigen Unruhe nicht, wo sie zuerst anfangen sollte.

Eva war inzwischen in der Heimat angekommen und sah, als sie dem Zug entstieg, ihr liebes Mütterchen auf dem Bahnsteig stehen. Da gab es ein Herzen und Küssen, daß sich die übrigen Fahrgäste lächelnd nach den beiden umdrehten.

Als dann die beiden Frauen zu Hause in dem gemütlichen kleinen Wohnzimmer saßen, der Kaffee und der lecker duftende Napfkuchen auf dem Tisch standen, da wurde Eva rührend zumute.

»Mutterle, wahrhaftig, ich könnte jetzt vor Rührung weinen wie ein Schulmädel. So traut und lieb ist es zu Hause. Und auf dem Sofaplatz darf ich sitzen? Wie ein Ehrengast!«

»Bist du auch, Kind. Beinahe wird mir angst, wenn ich daran denke, daß du Gräfin werden wirst!«

Eva lachte.

»Brauchst keine Angst zu haben, Mutterle. Und wenn ich Kaiserin würde, ich bliebe doch dein Kind, das in Liebe und Verehrung zu dir aufschaut.«

»Aber nun erzähl mir doch, wie alles kam, Eva. So schnell ist das gegangen!«

»Ja, Mutterle, sehr schnell. Da ist Feuer auf dem Vorwerk ausgebrochen, und die Frau Verwalterin, weißt, ich schrieb dir von ihren verbrannten Füßen – die wäre beinahe in den Flammen umgekommen, wenn – wenn Udo sie nicht gerettet hätte.

Ich sah das alles, und wie er gerade sich selbst in Sicherheit bringen wollte, da brach die brennende Decke über ihm zusammen. Ich wußte schon, wie lieb ich ihn hatte, Mutter, und dachte, ich müßte sterben vor Schmerz. Ich wurde ohnmächtig.

Sieh, die kleine Schmarre hier, da streifte mich die fallende Leiter. Und als ich wieder zu mir kam, da hielt mich Udo in seinen Armen, er war heil und unversehrt – er hatte sich mit einem tollkühnen Sprung gerettet – wie durch ein Wunder. Und – ach, Mutter – na, du weißt doch, was dann geschah. Wie du meines lieben Vaters Braut wurdest – gelt, da habt ihr euch doch auch geküßt, so haben wir es auch getan. Und ich habe gar nicht daran gedacht, welch ein hoher vornehmer Herr Udo ist – ich wußte nur, daß ich ihn liebhatte und er mich, und alles andere war Nebensache!«

Die alte Dame streichelte immerfort die Hand ihres Kindes.

»Eva, wenn das dein Vater erlebt hätte – ich möchte doch wissen, was er wohl dazu sagen würde.«

Eva nahm die Mutter lächelnd beim Kopf und küßte sie herzhaft ab.

»Das kann ich dir ganz genau sagen; Mutterle. Vater hätte gesagt: ›Na, Mädel – nun schau, daß du als Gräfin auch ein braver ehrlicher Mensch bleibst. Du wirst jetzt Herrin über viele Menschen, denen kannst du nützen und Gutes tun, und ich weiß, daß du dir dazu keine Gelegenheit entgehen lassen wirst. Und vergiß nicht, daß eine Gräfin sich noch viel mehr im Zügel halten muß als gewöhnliche Sterbliche, also sei gut und nimm dich zusammen, mein Mädel!‹ – Gelt, Mutterle, so hätte Vater gesagt?«

Die alte Dame nickte; mit feuchten Augen sah sie auf ihr Kind, und ein bißchen stolz war sie ganz sicher auf ihr Prachtmädel, wenn sie sich's auch nicht merken ließ.

»Was haben denn die Brenkens dazu gesagt?« fragte sie gespannt.

»Oh, die waren lieb und gut wie immer, Mutter. Und zu Hohenaus gehe ich morgen und sag ihnen, wie es um mich und Udo steht. Aber sonst soll niemand darum wissen!«

»Warum nicht, Eva? Hat der Graf irgendwelche Rücksichten zu nehmen?«

Eva sah ernst und sinnend vor sich hin.

»Nein, Mutter, es ist mein Wunsch – und nun muß ich zum erstenmal in meinem Leben vor dir ein Geheimnis haben. Ich weiß nicht, ob du mich verstehen wirst, daß ich dieses eine Mal nicht offen sein kann. Mutter, ehe ich Udos Frau werden kann, habe ich eine Mission zu erfüllen! Davon wird es zwar nicht abhängen, ob ich Udos Frau werde, aber daß wir beide ein volles schönes Glück finden – das hängt von dieser Mission ab.«

Frau Hermsdorf sah ihre Tochter betreten an.

»Was soll das, Eva – du machst mich bange! Also, noch ist dein Glück nicht ohne Zweifel, ohne Wenn und Aber?«

»Mutter, wessen Glück wäre das? Nun mach nicht so ängstliche Augen, Herzensmutter. Ich habe mir selbst eine Aufgabe gestellt, von deren Erfüllung es abhängt, ob mein und Udos Glück ohne Schatten bleibt. Und diese Aufgabe werde ich lösen. Dazu brauche ich aber deine Hilfe, Mutti, und du mußt mir zuerst versprechen, mich nicht mit Fragen und Sorgen zu quälen, mich ruhig meinen Weg gehen zu lassen und mir zu vertrauen. Willst du, gute liebe Mutter? Ich bitte dich von Herzen darum.«

»Kind, das ist alles so seltsam. Darf ich denn auch nicht

wissen, worin die Mission besteht – was du tun willst?« Eva verschränkte die Hände im Schoß und sah darauf nieder.

Dann hob sie den Kopf und sah ihrer Mutter mit herzlicher Bitte in die Augen.

»Eins kann ich dir sagen, Mutter, und damit mußt du zufrieden sein, bis ich dir einmal alles anvertrauen kann. Also höre – ich muß verreisen – vielleicht sehr weit –, ich weiß es noch nicht, wohin. Ich muß eine Frau aufsuchen, deren Aufenthalt ich noch nicht kenne. Von dieser Frau hängt das Glück deines Kindes ab, Mutter. Und mein Verlobter darf nicht ahnen, was ich vorhabe, er würde sich sonst sehr beunruhigen. Und nur, wenn meine Mission erfüllt ist, wie ich's mir wünsche, nur dann soll er von mir selbst hören, wo ich war und was ich getan habe!«

»Aber wie soll das möglich sein, Eva? Ach Gott, ich kann mir nicht helfen, mir ist angst und bange bei deiner ganzen Geschichte.«

»Ganz ohne Grund, liebe, beste Mutter. Gib acht, wenn ich diese Reise mache, sende ich dir die Briefe, die ich für Udo bestimme, und du sendest sie ihm, und mir die seinen. Ich werde es einrichten, daß wir nur jeden Monat zwei Briefe wechseln und daß mir Zeit genug bleibt, seine Briefe zu beantworten.«

»Aber die Hohenaus, Eva, und Herr von Trachwitz? Von denen würde Graf Hessen doch erfahren, daß du nicht hier bist.«

Eva wurde nachdenklich.

»Du hast recht, Mutter – daran habe ich nicht gedacht.«

»Kind, gib diesen unheimlichen Plan auf«, bat die alte Dame beschwörend.

Eva sah sie fest und entschlossen an.

»Mutter, du weißt, wie verhaßt mir Winkelzüge sind. Daß ich mich trotzdem damit befasse, mag Beweis sein, daß ich tun muß, was du verhindern möchtest. Sei gut, Herzensmutter, mache mir keine Schwierigkeiten, hilf mir! Was tue ich, um Hohenaus zu täuschen?«

»Kannst du dich Frau von Hohenau nicht anvertrauen, mein Kind?«

»Nein, gute Mutter, kein Mensch darf darum wissen, sonst würde ich dich zuerst einweihen. Du bist mir doch die nächste.«

Frau Hermsdorf zupfte unruhig und erregt an den Fransen der Tischdecke.

Sie kannte ihre Tochter zu gut und wußte wohl, daß diese einen einmal gefaßten Entschluß auch durchführen würde.

»Du kannst nicht allein reisen, Kind. So ohne Schutz in die Welt hinaus – das geht nicht. Nimm mich wenigstens mit.«

Eva lächelte wehmütig.

»Herzensmutter – du meinst es gut und willst mir ein großes Opfer bringen. Reisen ist nie deine Sache gewesen. Nein, du würdest mir eher hinderlich sein als nützlich. Und ich habe gelernt, auf eigenen Füßen zu stehen. Mach dir keine Sorge um mich. Und nun weiß ich auch, was wir den Hohenaus sagen. Du hast da unten in Bayern eine alte Tante wohnen, die muß uns aus der Not helfen. Für Hohenaus reise ich zu der alten Tante, um diese zu besuchen.«

»Wie wird es aber mit deinen Briefen?«

»Richtig. Sieh, Mutterle, wie gut, daß ich dich habe. An alles denkst du gleich. Natürlich würde mir Udo dorthin schreiben wollen. Das muß jedoch verhindert werden. Aber wie? Laß mich mal nachdenken. Ach, armes Mutterle, nun verwickle ich dich gar in allerlei Heimlichkeiten und Unwahrheiten – aber –«, sie machte ein ernstes, entschlossenes Gesicht, »es muß sein, ich kann dir nicht helfen.«

Sie erhob sich und ging nachdenklich in dem kleinen Zimmer hin und her. Ihre Mutter sah mit bekümmerten Blicken zu ihr hinüber. Ihr war gar nicht behaglich bei dem allen, und sie hätte Eva gern von ihrem Vorhaben abgebracht.

Aber wie? Wenn sie nur wenigstens in dieser Angelegenheit hätte klar sehen können. Ihr Mutterherz klopfte so bang und unruhig.

War das nun das große Glück, welches sie vom Schicksal für ihr einziges Kind erfleht hatte? Schwere Tränen stahlen sich aus ihren Augen, sie rollten über die schmalen Wangen herab in den Schoß. Aber die alte Frau rührte sich nicht, um sie zu trocknen, damit Eva nicht darauf aufmerksam gemacht wurde. Diese sah aber gerade hinüber, und beim Anblick der weinenden Mutter erschrak sie. Sie kniete schnell neben der alten Dame nieder und umschlang sie herzlich.

»Mutter – liebe Mutter, weine nicht, du machst mir das Herz so schwer damit.«

»Ich weine ja gar nicht, Kind.«

Eva trocknete gerührt die Tränen der Mutter und küßte sie auf die Augen.

»So, nun sind sie fort, die bösen, lieben Tränen. Geh, Mutti, sei vernünftig. Weil dein großes starkes Mädel einmal allein eine Reise machen will, bist du so verzagt?«

»Nicht um diese Reise; aber das Ungewisse, Heimliche schreckt mich. Ich weiß nicht, ob du dich nicht in Gefahr begibst.«

Eva suchte ihre Mutter zu beschwichtigen, indem sie sagte:

»Ich will dir Gewißheit darüber geben, weshalb ich verreise, Mutter. Du mußt aber ganz ruhig dabei bleiben.

Udo quält ein Ereignis aus der Vergangenheit, und dieses Ereignis hängt mit jener Frau zusammen, die ich aufsuchen und finden muß. Ich will nichts, als ihr eine Frage vorlegen, und hoffe, eine Antwort zu bekommen, die Udo seine Herzensfreude wiedergibt. Da ich aber nicht bestimmt weiß, ob ich mein Ziel erreiche, soll er nichts davon wissen. Er würde mich hindern wollen oder in furchtbarer Unruhe sein. Beides darf nicht geschehen. Verstehst du mich nun besser? Bist du nun beruhigt?«

Die alte Dame küßte Eva auf die Stirn.

»Ich muß wohl, Kind.«

»Nicht so verzagt, Mutter. Weißt du, was Vater jetzt zu dir sagen würde? Mutting, wo ist dein Gottvertrauen? Wenn eine innere Notwendigkeit einen Menschen zu etwas treibt, soll man ihn nicht hindern, es zu tun!«

Frau Hermsdorf seufzte.

»Ja, und du bist deines Vaters echte Tochter! Der ließ sich auch nie von einem Entschluß abbringen, wenn er ihn einmal gefaßt hatte. Ich sehe ein, ich muß mich fügen, muß dich gewähren lassen. Du sollst dich nicht über mich beklagen; ich will nichts dagegen sagen, der liebe Gott wird dich beschützen und behüten.«

»Gute Mutter, ich danke dir.«

Lange hielten sich beide umschlungen. Dann erhob sich Eva und trat ans Fenster. Sie sah nachdenklich auf die stille Straße hinunter. Endlich wandte sie sich um.

»Ich hab's, Mutter! Wir berichten Udo, daß ich mit der alten Tante eine Reise mache. Er kann mir dann seine Briefe postlagernd dahin senden, wo ich mich aufhalte. Es ist ja möglich, daß ich hin und her reisen muß, um jene Frau zu finden. So wird es am besten gehen. Aber damit hat es noch Zeit, heute und morgen reise ich noch nicht. Nun habe ich jedoch noch eine Bitte an dich. Ich brauche Geld für mein Vorhaben, vielleicht sehr viel. Das mußt du mir geben. Ich muß für alle Fälle einen größeren Betrag in den Händen haben. Mach keine Sorgenaugen, Mutter. Das Geld bekommst du von Udo zurückerstattet, sobald er weiß, wozu ich es ausgegeben habe. Ach, du brauchst dann überhaupt keins mehr. Du wirst natürlich bei uns in Plessentin wohnen. Schön, wunderschön wird das. Und wenn dir die Zeit lang wird, wenn ich fort bin, dann denkst du dir das aus. Du bekommst ein paar hübsche helle Zimmer, natürlich nach dem Garten gelegen; du sollst sehen, es wird herrlich, Mutter!«

Frau Hermsdorf seufzte.

»Wenn es nur erst soweit wäre!«

»Heute übers Jahr, so Gott will, sind wir alle in Plessentin vereint. Also gibst du mir das Geld, Mutti?«

»Gewiß, mein Kind, das ist selbstverständlich. Du mußt, was du nehmen willst, beim Bankier holen. Weißt ja damit besser Bescheid als ich. Und ich habe in diesem Jahr die Zinsen nicht aufgebraucht. Du hast mir immer Geld geschickt.«

»Dafür solltest du dir etwas zugute tun!«

»Aber, Eva, du weißt, daß ich dein selbstverdientes Geld nicht aufbrauche. Ich dachte, du würdest mal eines Notpfennigs bedürfen. Wer hätte denn gedacht, daß du solch eine Partie machen würdest? Nein, alles ist wie ein Märchen! Denk nur mal, was die Freunde hier sagen werden, wenn es bekannt wird, daß du Udo, Graf Plessen, heiraten wirst.«

Eva ging lächelnd auf diese Idee ein. Sie lenkte ihre Mutter ab von trüben Gedanken.

Sie plauderte unbefangen mit ihrer Mutter und verstand es, dieser zu verbergen, welche Sorgen und Unruhe in ihrem Herzen wohnten. Und immer flogen dazwischen ihre Gedanken nach Plessentin.

Sie wußte, Udo litt unter ihrer Abwesenheit mehr, als er zugestand. Und auch über Hella war sie nicht ganz beruhigt. Wie eine sorgende Mutter dachte sie an die beiden.

Über das alles siegte aber jene grübelnde Unruhe, die sie schon einige Zeit empfand und die sie nun hinaustrieb in die Welt. Und sie sehnte sich danach, fortzukommen. Jede Minute, die sie hier zu Hause nutzlos verbrachte, war verloren. Sie durfte nicht säumen, ihren Entschluß bald auszuführen.

Am nächsten Tag ging sie, um Frau von Hohenau aufzusuchen. Auf dem Weg dorthin ging sie erst zur Bank, die das kleine Vermögen ihrer Mutter verwaltete. Dort gab sie die Weisung, ihr in den nächsten Tagen einige tausend Mark auszuzahlen.

Dann trat sie unterwegs noch in eine Buchhandlung. Dort blieb sie sehr lange und suchte sich Zeitschriften und Zeitungen aus, bestellte auch einiges und bat, daß man ihr die Sachen gleich nach Hause schickte. Nun erst ging sie zu Hohenaus.

Frau Magda empfing sie lachend und mit herzlicher Umarmung.

»Ein Vöglein ist bereits vom Brenkenhof zu mir geflogen und hat mir ein artig Liedlein gesungen! Nun kommen Sie schnell ans Fenster. Ich muß mir die künftige Herrin von Plessentin genauer betrachten.«

»Sie sieht nicht anders aus als die alte Eva Hermsdorf, liebe gnädige Frau.«

»Schön, ich will es glauben. Wäre ja auch jammerschade darum. Just die alte Eva hat mir immer so gut gefallen. Aber Augen habe ich gemacht, liebes Fräulein Eva. Daß Sie Graf von Plessen von seiner Ehescheu geheilt haben, darauf dürfen Sie sich etwas einbilden. Schade nur, daß mein Mann nicht zu Hause ist. Wissen Sie, was er gesagt hat, als Mama uns die große Neuigkeit schrieb?«

»Nun? Ich möchte es wohl wissen!«

Magda lachte.

»Jetzt muß ich mir aber mal die Eva Hermsdorf recht genau anschauen. Wenn der Plessen Feuer fängt, dann muß schon eine ganz Besondere kommen. So hat er gesagt. Und nun machen Sie sich gefaßt, daß er Sie durch das Vergrößerungsglas anschaut.«

Sie lachten beide. Magda zog Eva neben sich auf den Ruhesitz.

»Nun erzählen Sie nur ein bissel ausführlich, ja?« bat sie lebhaft.

Eva tat ihr den Willen. Frau Magdas Augen glänzten aufgeregt.

Als das junge Mädchen dann mit ihrem dramatischen Bericht zu Ende war, sagte Frau von Hohenau:

»Nun freue ich mich, daß Sie einige Monate hierbleiben wollen. Gelt, dann kommen wir recht oft zusammen?«

»Daraus kann leider nichts werden, gnädige Frau. Ich reise schon in den nächsten Tagen wieder ab.«

Magda sah sie erstaunt an.

»Mama schrieb doch, Sie blieben einige Monate zu Hause?«

»So war es auch bestimmt. Aber eine alte Verwandte von uns wünscht, daß ich einige Zeit zu ihr komme. Wahrscheinlich werde ich mit ihr auf Reisen gehen.«

»Das ist recht schade. Erhebt da Ihre Frau Mutter keinen Einspruch?«

»Lieb ist es Mama natürlich nicht, aber wir können diese Einladung nicht zurückweisen.«

»Das müssen Sie natürlich nach eigenem Ermessen einrichten. Aber leid tut es mir sehr. Nun, jedenfalls kommen Sie noch einen Abend zu uns heraus und bringen Ihre Frau Mutter dann auch mit.«

»Gern, vielleicht morgen schon, wenn es Ihnen recht ist.«

»Sehr recht, natürlich. Ja, was ich noch sagen wollte, man muß noch tiefes Stillschweigen beachten über Ihre Verlobung? Darf auch unser Freund Trachwitz nicht eingeweiht werden?«

»Doch, Hans von Trachwitz wird es ohnedies durch Hella erfahren. Sie bat darum, ihm darüber schreiben zu dürfen.«

»Ach, richtig – Trachwitz schreibt sich ja jetzt – mit seiner Quellnymphe.«

Eva sah überrascht auf.

»Sie wissen ...?«

»Natürlich –, ich bin hinter sein Geheimnis gekommen. Was meinen Sie, liebe Eva, wird aus den beiden wohl ein Brautpaar?«

Eva sah der jungen Frau ernsthaft in die Augen.

»Vielleicht – aber man darf an eine so zarte Angelegenheit nicht rühren.«

Magda faßte nach ihrer Hand.

»Keine Sorge, ich würde mich ja schrecklich freuen, wenn das zustande käme. Ich werde nicht daran rühren – mein Wort darauf. Jedenfalls will ich Trachwitz aber morgen abend auch zu uns bitten, und dann trinken wir ganz still ein Glas Sekt auf das Glück von Plessentin. Soll's gelten?«

Eva atmete tief auf. Und jetzt ging von ihr auch wieder die frische, zupackende Entschlossenheit aus, die ihren stärksten Reiz ausmachte.

»Ja, darauf trinke ich mit.«

Trachwitz hatte bereits einen ausführlichen Bericht von Hella über die wichtigen Ereignisse in Plessentin erhalten, als er sich am nächsten Abend bei Hohenaus einfand.

Mit einigen herzlichen Worten sprach er Eva seinen Glückwunsch aus zu ihrer Verlobung.

Das junge Mädchen war allein gekommen. Frau Hermsdorf war nicht recht wohl; so ließ sie sich durch ihre Tochter entschuldigen.

Der kleine Kreis plauderte sehr angeregt und vergnügt. Hauptsächlich Frau Magda, die sich viel darauf zugute tat, daß sie es gewesen war, die Eva nach Plessentin gebracht hatte.

Ihr Mann neckte sie damit und ließ sich's lachend gefallen, daß sie ihn dafür an den Ohren zog.

Auf das Glück von Plessentin wurde wirklich getrunken,

und alle vier meinten es ehrlich, jeder trank sein Glas leer – selbst Eva, die sonst immer nur zu nippen pflegte, tat es mit großer Feierlichkeit.

Trachwitz begleitete Eva nach Hause. Der Mond schien hell auf die schmalen, stillen Gassen herab. Die Luft war kühl, aber still und unbewegt. Die Häuser lagen alle schon im Dunkel. In der kleinen Stadt ging man zeitig ins Bett.

Eva und Hans Trachwitz plauderten natürlich davon, wovon ihnen das Herz voll war. Von Plessentin – von Hella und Udo. Trachwitz sprach in warmen Worten über Udos Verhalten ihm gegenüber, wie er ihm so fein und gütig das Zagen aus der Seele genommen hatte. Er dankte es ihm mit schrankenloser Ergebenheit. Und Eva hörte beglückt zu. Ja, so war der Mann, dem ihr Herz in Liebe gehörte, edel und groß. Wie freute sie sich, daß Trachwitz so gut von ihm dachte.

Und als Trachwitz dann zögernd und scheu auf Hella zu sprechen kam, auf ihre herzenswarme, natürliche ungestüme Art, auf ihre Holdseligkeit, da glitt ein stilles Leuchten über Evas Gesicht. Der sonst so lustige, übermütige Trachwitz fand so echte Herzenstöne – da klang die Liebe zu Hella durch jedes Wort. Sie fühlte es mit Gewißheit, hier schlug ein treues, warmes Herz für ihre kleine Schwägerin.

Als sie sich vor Evas Haustür trennten, mit festem Händedruck, da wußten die beiden ganz genau, daß sie sich verstanden und daß sie für die Zukunft Verbündete waren.

*

In den nächsten Tagen saß Eva fast ausschließlich vor einem gewaltigen Stoß Zeitungen, die sie suchend durchblätterte. Lange fand sie nichts. Immer ungeduldiger irrten ihre Augen durch die Spalten. Endlich, eines Tages, hatte ihr Suchen aber doch Erfolg. Lange haftete ihr Blick an einer Zeitungsnotiz. Dann schnitt sie sie sorgsam aus der Zeitung heraus und legte sie in ihr Geldtäschchen.

Darauf packte sie die Zeitungen zusammen und trug sie fort in ein Kämmerchen, wo Frau Hermsdorf altes Papier aufzubewahren pflegte. Dann trat sie zu ihrer Mutter.

»Morgen früh reise ich, Mutter.«

»Morgen schon?«

»Ja, ich habe da eine Spur gefunden, die darf ich nicht verwischen lassen.«

»Wie lange willst du fortbleiben, Eva?«

»Das weiß ich nicht, Mutti. Ich kann nicht bestimmen, ob ich Tage, Wochen oder Monate zu meinem Vorhaben brauche.«

»Monate?« rief die alte Dame erschrocken.

»Ich sage ja, es kann sein. Für den Fall, daß ich weiter reisen muß, sollst du wissen, daß du dich nicht zu sorgen brauchst.«

»Du schreibst mir doch immer, wie es dir geht?«

»Gewiß, Mutter, du erhältst immer Nachricht von mir und sendest mir deine Briefe vorläufig postlagernd. Aber vergiß nicht, Mutter, daß ich mit unserer alten Tante unterwegs bin. Niemand außer uns beiden darf ahnen, daß ich allein reise und einen Zweck verfolge. Nicht wahr, du bist vorsichtig?«

»Gewiß, Kind, ich sehe doch, wieviel dir daran liegt«, erwiderte die alte Dame, und seufzend fuhr sie fort: »Ich wollte, du wärst schon wieder zurück.«

»Vielleicht bin ich schneller wieder hier, als du denkst. Und nun will ich meine Sachen packen, Mutter. Ich nehme nur das Nötigste mit. Überflüssiges Gepäck könnte mir hinderlich sein. Brauche ich noch etwas, dann schreibe ich darum, und du schickst es mir nach.«

Es wurde nun nicht mehr viel zwischen den beiden Frauen gesprochen. Am Nachmittag kamen zwei Briefe für Eva, einer von Hella, der andere von Udo. Beide strömten herzliche Liebe aus. Aber in Udos Worten lag eine so grenzenlose Sehnsucht, daß Eva ganz erschüttert war. Sie setzte sich sofort hin, um zu antworten.

*»Mein teurer, geliebter Udo!*

*Dein lieber, lieber Brief ist soeben in meine Hände gelangt. Mein Herz sehnt sich in gleichem Maße nach Dir, Liebster. Und dennoch kann ich jetzt nicht zu Dir kommen, muß Dir fernbleiben. Ich halte es zu Hause nicht aus – ich habe nichts zu tun hier, und meine Gedanken umfliegen Plessentin wie aufgescheuchte Vögel. Deshalb habe ich die Einladung einer alten Verwandten angenommen, die mich mit auf Reisen nehmen will. Und da ich eigentlich noch nichts von der schönen Welt kenne, ist es mir ganz lieb. So vergehen die Monate der Trennung schneller.*

*Ich schreibe Dir immer fleißig, und Du schickst mir deine Briefe postlagernd, wie ich Dir aufgebe. Nicht wahr, Udo, Du hältst Dein Versprechen und bist nicht traurig?*

*In Gedanken bin ich immer bei Dir – immer! Wenn ich abends einschlafe, denke ich Dein, und wenn ich morgens erwache, bist Du mein erster Gedanke. Glaube mir, daß diese kurze Trennung für uns beide notwendig ist, und die Vereinigung ist dann um so schöner. Liebster – wie ich Dich liebe – Du mein Licht, mein Leben. Ich fühle eine Sehnsucht in mir, Dich glücklich zu machen, voll und ohne Schranken. Mein ganzes Dasein soll diesem Zweck geweiht sein, und all meine Kraft will ich dafür einsetzen. Ich küsse Deine lieben traurigen Augen, damit sie wieder froh werden – ich küsse Deinen lieben Mund, Du mein herzlieber Liebster. In treuer, inniger Liebe.*

*Deine Eva.«*

# XII

Eva hatte alles geregelt, daß nach menschlichem Ermessen alles gutgehen mußte, daß keiner ihrer Lieben Angst erduldete, daß aber auch nicht bekannt wurde, welch großem Vorhaben sie sich zugewandt hatte. Sie wußte, daß es darum ging, ihr und Udos Glück vollkommen zu machen.

Gewiß – sie hätte auch dann ihr Treuewort gehalten, wenn sich herausgestellt hätte, daß seine Selbstbezichtigungen wahr waren, daß er wirklich in einem Anfall besinnungsloser Wut einem anderen Menschen das Leben geraubt hatte – aber sie wollte um Udos willen den großen Schatten löschen, und sie glaubte daran, ihn löschen zu können. Das sagte ihr mehr noch als ihr klärender und untersuchender Verstand der Instinkt, der oft mehr weiß.

So reiste sie am nächsten Tage ab in jene Stadt, in der sie mit der Frau zusammentreffen mußte, die das Wissen barg, das Wissen und die Geheimnisse von Paris, von dem Häuschen in St. Denis, das Wissen um die Schuld oder Unschuld des Grafen Udo.

Eva hatte sich in die Kissen des Abteils zurückgelegt und nahm das Zettelchen aus ihrer Geldtasche, das sie aus der Zeitung geschnitten hatte. Sie faltete es auseinander und las:

*»Mit dem in den nächsten Tagen eintreffenden Zirkus Saltoni wird auch das rühmlichst bekannte Schulreiterpaar Liliane und Henry Clermont zu uns kommen. Die Vorstellungen finden in der Alberthalle, unserem schönen und mas-*

*siven Zirkusbau statt. Man darf den Darbietungen mit großem Interesse entgegensehen.«*

Eva legte den Zettel wieder in das Täschchen zurück. Ein Ausdruck unbeugsamer Willensstärke erschien auf ihrem Gesicht. Sie hatte sich eine sehr schwere Aufgabe gestellt, das wußte sie. Sie wußte aber auch, daß sie dieselbe erfüllen würde – um jeden Preis.

Am Ziel angekommen, bestieg sie einen Wagen und bat den Fahrer, sie zu einem anständigen Hotel zu fahren. Der nickte verständnisvoll und brachte seinen Fahrgast zum Ziel.

Der Wagen hielt vor einem großen vierstöckigen Haus. Aus der Tür kamen ein Pförtner und ein Hausdiener an den Wagen. Der Pförtner betrachtete die Dame mit prüfenden Blicken.

Eva trug ein schlichtes, aber tadelloses Reisekleid und machte einen entschieden vornehmen Eindruck. Als sie nun ruhig und bestimmt ein gutes Zimmer verlangte, führte der Pförtner sie mit einer tiefen Verneigung in das Haus. Er drückte auf eine Klingel, und gleich darauf erschien ein Kellner, der die junge Dame in den zweiten Stock hinaufführte.

Dort erhielt sie ein hübsches großes Zimmer mit freundlicher Einrichtung. Dann fragte der Kellner nach ihren Wünschen.

Eva bestellte sich etwas zu essen und ein Glas Tee. Dann fragte sie, ob man ihr für den Abend noch einen guten Platz im Zirkus Saltoni besorgen könne.

»Sehr wohl, gnädiges Fräulein; zufällig hat eben ein Herr die Eintrittskarte zurückgegeben, da er plötzlich abreisen mußte. Wenn Sie diese benutzen wollen?«

»Schön. Ist es weit von hier bis zum Zirkus?«

»Etwa zehn Minuten.«

»Wo befindet er sich?«

Der Kellner beschrieb ihr sachlich den Weg. »Gnädiges Fräulein können gar nicht fehlgehen.«

»Es ist gut. Ich danke Ihnen.«

Der Kellner ging hinaus. Evas ruhige und bestimmte Art sowie der Umstand, daß sie nicht knauserig schien, hatte ihm Achtung abgenötigt und seine Dienstbeflissenheit erhöht.

Als Eva allein war, legte sie Hut und Jacke ab, säuberte sich Gesicht und Hände vom Reisestaub und ordnete das Haar vor dem Spiegel. Dann entnahm sie ihrem Koffer eine Bluse, die sie abends im Zirkus tragen wollte.

Als sie soweit war, trat sie ans Fenster, um einen Blick auf die Straße hinabzuwerfen.

Drunten eilten geschäftige Menschen vorbei. Wagen rasselten vorüber, und die Straßenbahnen sausten dahin. Eva war solches Leben und Treiben nicht gewöhnt und sagte sich, daß sie hier nicht ohne einige Unruhe über die Straße zu gehen vermochte. Und dann mußte sie über sich selbst lächeln. Würden ihr nicht ganz andere Schwierigkeiten in den Weg treten bei ihrem Vorhaben, denen sie mutig begegnen mußte? Da hieß es tapfer sein, ohne Scheu und Zagen.

Sie richtete sich straff empor, ihre Augen blitzten. Fast freute sie sich darauf, daß sie mit Schwierigkeiten zu kämpfen haben würde.

Später machte sie sich zum Ausgehen fertig. Sie wollte erst noch ein wenig durch die Straßen schlendern und sich an das laute Treiben zu gewöhnen suchen, ehe sie in den Zirkus ging.

Die Eintrittskarte hatte ihr der Kellner gebracht und sich nach weiteren Wünschen erkundigt. Sie dankte, ließ sich nur noch sagen, wann die Vorstellung beginnen würde. Als sie nach der Uhr sah, merkte sie, daß bis dahin noch zwei Stunden Zeit blieben. Sie ging ein Stück die Anlage entlang, bis sie den Anfang der Gartenstraße erreichte.

Langsam schritt sie dieselbe hinab, bis sie das vorspringende Glasdach über dem Eingang erblickte. An den beiden Seiteneingängen, die direkt in den Zirkus führten, standen jetzt schon die Zirkusbesucher, die sich durch frühzeitiges Kommen einen guten Platz sichern wollten.

Langsam ging Eva am Zirkusgebäude entlang. Plötzlich blieb sie stehen. Da hing ein Kasten mit Bildern am Eingang. Sicher waren es solche von Zirkuskünstlern und -künstlerinnen. Eva betrachtete sie mit unruhigem Forschen. Und da – in der Mitte – das schöne Frauenbild mit dem dämonischen Ausdruck –, da – das war sie, die sie suchte. Liliane Clermont!

Wie verzaubert stand das junge Mädchen und starrte in das schöne Gesicht dieser Frau. Ihr war zumute, als wenn sich daneben Marinas süßes Kinderköpfchen drängte. Nur der Ausdruck des Gesichts war bei beiden grundverschieden. Eva fühlte, wie ihr Herz in wilden Schlägen klopfte. Mit einem Male kam ihr das Vorhaben ganz ungeheuerlich vor.

Aber diese Entmutigung hielt bei Eva nicht lange vor. Sie beruhigte sich schnell, und mit der Ruhe kam auch der Mut zurück.

Sie sah nun auch die anderen Bilder an. Ah – hier dieser kühne, scharf geschnittene Männerkopf – Henry Clermont! Also das war der Gatte von Liliane. Auch dieses Gesicht zeigte einen leidenschaftlichen, fast wilden Ausdruck. Bestimmt kein Mann, der einer Frau das Leben leichtmachte. Wie mochte diese merkwürdige Frau nach der tragischen Liebesgeschichte an diesen unangenehmen Feuerkopf geraten sein?

Eva wollte möglichst frühzeitig im Zirkus sein, um sich, soweit es erlaubt war, in den Ställen umzusehen. Ihre heimliche Hoffnung, vor der Vorstellung vielleicht schon Liliane Clermont zu Gesicht zu bekommen, erwies sich als trügerisch. Sie knüpfte ein Gespräch mit einer der Ankleidefrauen an und fragte beiläufig, wann die Künstlerinnen zu kommen pflegten.

Das sei verschieden, erhielt sie zur Antwort.

Ob der Zugang zu den Ankleideräumen erlaubt wäre, erkundigte sie sich weiter.

Nein! Es sei niemand der Zugang gestattet, der nicht die Erlaubnis vom Direktor hätte.

»Fräulein sind so wißbegierig – Sie möchten wohl gar selbst zum Zirkus gehen?« fragte die Frau mit zwinkerndem Lächeln.

Eva zuckte nur leicht die Achseln, sagte nicht ja, nicht nein. Sie war sich noch nicht ganz klar, in welcher unverfänglichen Weise sie sich Frau Clermont nähern wollte. Nur daß es geschehen mußte, stand bei ihr fest. Für heute mußte sie ihre Nachforschungen einstellen, sie durfte um keinen Preis auffallen.

Eva suchte ihren Platz auf.

Überrascht sah sie sich in dem mächtigen Raum um. Der kleine Wanderzirkus, der zuweilen in ihre Heimatstadt kam, war freilich das reinste Spielzeug gegen diesen Bau.

Langsam, aber stetig füllte sich der weite Raum. Ein leises Summen und Sausen schwirrte durch die Luft von den vielen gedämpften Menschenstimmen. Und über dem allen lagerte der eigenartige Geruch der Stallungen.

Inzwischen wurden Vorkehrungen zum Beginn der Vorstellung getroffen. Die Musik schmetterte flotte Märsche.

Dann begann die Vorstellung. Eva folgte mit Spannung, wenn auch der Hauptanziehungspunkt für sie erst im zweiten Teil des Programms lag.

In der Pause ging Eva hinaus in den breiten Gang, der zu den Ställen führte. Als sie da auf und ab schlenderte, kam von den Ankleideräumen eine unscheinbar aussehende Frauensperson mit einer weißen Schürze. Das blasse Gesicht verriet starkes Unbehagen. Tiefe dunkle Ringe unter den Augen gaben der Frau ein elendes Aussehen. Sie trat zu der Ankleidefrau, mit der Eva vorhin gesprochen hatte. Unwillkürlich ging Eva näher heran und hörte eben, wie diese sagte:

»Es tut mir furchtbar leid, Fräulein Marie, aber ich kann nicht von meinem Posten weg, sonst recht gern.«

Eva zuckte zusammen.

Marie? Den Namen hatte sie oft zu Anfang von Marina gehört. ›Gute Marie‹, hatte die Kleine oft mit ihrem zärtlichen Stimmchen im Halbschlaf gesagt. Und sofort war ihr klar, daß dieses Fräulein Marie die Dienerin der Clermonts sein müsse.

Gespannt horchte Eva, was diese nun der Frau antwortete.

»Haben Sie nicht einen anderen Boten für mich? Ich kann jetzt nicht fort. Die Tropfen muß ich aber haben, ich kann die Schmerzen nicht mehr ertragen.«

Suchend blickte sich die Ankleidefrau um. Da trat Eva kurz entschlossen herbei.

»Ich höre, Sie bedürfen eines Boten nach der Apotheke. Sie sind krank? Geben Sie mir das Rezept, ich besorge Ihnen die Medizin«, sagte sie freundlich und blickte teilnahmsvoll in das kranke Gesicht.

Marie sah überrascht auf.

»Sie wollen selbst? Oh, meine Dame, Sie werden etwas von der Vorstellung versäumen«, sagte sie, noch halb abwehrend, Eva lächelte. »Geben Sie nur – ich sah hier in der Nähe eine Apotheke. Da bin ich schnell zurück. Muß die Medizin erst bereitet werden?«

»O nein, sie ist fertig. Es sind nur schmerzstillende Tropfen. Wenn Sie wirklich so gütig sein wollen?«

Ehe Marie sich noch besinnen konnte, war Eva schon verschwunden.

Als sie zurückkehrte, wollte ihr die Ankleidefrau die Tropfen abnehmen.

»Die Ärmste holt sie sich dann hier ab.«

»Hat die Frau öfter solche Anfälle?« fragte Eva teilnehmend.

»Ja, ich glaube, sie ist sehr krank. Es ist die Kammerzofe von Frau Clermont. Sie möchte gern in ihre Heimat nach Frankreich zurückkehren, weil sie zu leidend ist. Aber Frau Clermont hat noch keinen Ersatz für sie gefunden.«

Eva hörte gespannt zu. Ein kühner Gedanke durchzuckte ihren Kopf. Nur einen Augenblick überlegte sie. Dann sagte sie äußerlich ruhig, aber mit klopfendem Herzen:

»Das ist ein seltsamer Zufall. Ich suche gerade eine Stellung und möchte furchtbar gern einer so berühmten Künstlerin meine Dienste anbieten. Meinen Sie, ob ich es wagen kann, das Fräulein um ihre Vermittlung zu bitten?«

»Aber natürlich! Sie tun der armen Kranken damit einen großen Gefallen. Doch da kommt sie selbst. Vielleicht können Sie gleich mit ihr reden.«

Eva reichte Marie das Fläschchen, wovon diese hastig einige Tropfen auf ein Stück Zucker träufelte und zu sich nahm.

Währenddessen brachte Eva ihr Anliegen vor. Marie hörte sichtlich erfreut zu.

»Oh, es wäre eine große Wohltat für mich, wenn Sie sich dazu eigneten und Frau Clermont Gefallen an Ihnen finden würde! Wenn Sie sich morgen um elf Uhr vormittag im Hotel einfinden wollten; bis dahin könnte ich Frau Clermont vorbereitet haben.«

»Ich werde bestimmt kommen, Fräulein. Bitte, vielleicht sagen Sie mir, ob irgendwelche bestimmten Fähigkeiten notwendig sind, um diesen Posten ausfüllen zu können.«

»Können Sie französisch sprechen?«

»Gewiß, perfekt.«

»Auch englisch?«

»Ja.«

»Nun, das ist die Hauptsache. Ihre Kleidung in Ordnung zu halten ist nicht schwer, und ihr Haar trägt sie ähnlich wie Sie selbst. Werden Sie auch reisen wollen? Frau Clermont ist immer unterwegs, und in einiger Zeit geht sie auf drei Monate nach Paris.«

Evas Augen blitzten auf.

»Das habe ich mir schon immer gewünscht!«

»Gut, gut, also auf elf Uhr. Ich werde Ihr Gesuch befürworten. So kann ich mich Ihnen dankbar erweisen dafür, daß Sie mir die Arznei besorgt haben.«

Sie ging grüßend davon. Eva nickte freundlich der Ankleidefrau zu und suchte dann ihren Platz auf.

Die ersten Nummern des zweiten Teiles hatte Eva versäumt, zum Glück nicht das Auftreten der Clermonts. Aber selbst das hätte Eva jetzt nicht mehr bedauert. Sie überlegte sich nach allen Seiten den Plan, den die Krankheit der Zofe in ihr geweckt hatte. Ihr Hirn arbeitete fieberhaft. Was sie vorhatte, war ungewöhnlich, fast abenteuerlich. Aber danach durfte sie nicht fragen. Es galt einen hohen Preis, den höchsten für sie. Da durfte sie kleinlichen Bedenken nicht Raum geben.

War es nicht eine gütige Fügung des Himmels, daß sie der Zofe den kleinen Dienst leisten konnte? Wer weiß, wie schwer es ihr andernfalls geworden wäre, an Frau Clermont heranzukommen.

Erhielt sie die Stelle einer Zofe bei Liliane Clermont, dann mußte ihr Plan gelingen. Sie konnte dann jedes Wort, jede Miene ihrer Herrin belauschen, und wenn wirklich ein Grund zu jenem Verdacht vorhanden war, der sich seit Udos Beichte in ihrer Seele festgesetzt hatte, dann mußte sie die Bestätigung dieses Verdachtes erlangen, und dann – dann hielt sie Udos Erlösung in den Händen!

Die Musik setzte ein. Eva schrak empor aus ihrem Brüten, und da sprengte auch schon Frau Clermont in die Manege. Evas Augen saugten sich fest an dem schönen stolzen Gesicht mit den glühenden, leidenschaftlich blickenden Augen.

Also so sah sie aus, diese Liliane Clermont, die Udos Schicksal geworden war. Eva hörte die Herren neben sich in Entzücken geraten über die Schönheit der Reiterin. Welcher Zauber mußte von dieser Frau auf Männerherzen ausstrahlen? Nach einer Weile erschien auch Henry Clermont in der Manege. Eva sah deutlich, wie Lilianes Augen bei seinem Erscheinen aufleuchteten; wie heiße Flammen zuckten ihre Blicke in die seinen.

Diese Blicke gaben Eva zu denken. So sah eine Frau nur den Mann an, den sie glühend, verzehrend liebte.

Widerwillig riß sie endlich den Blick von Liliane, um auch Henry Clermont prüfend zu betrachten.

Auch seine Augen redeten eine stolze, leidenschaftliche Sprache. Auch er warf glühende Liebesblicke auf seine Frau. Diese beiden Menschen schienen alles um sich her zu vergessen, schienen nur füreinander auf der Welt zu sein und machten keinen Hehl daraus.

Wie unter einem Zauberbanne saß das Publikum in atemlosem Schweigen und sah auf die beiden schönen Menschen hinab.

Erst als die Nummer der Clermonts zu Ende war und die beiden hinausritten, löste sich dieses Schweigen in einem donnernden Beifallssturm.

Als das Reiterpaar noch einmal zurückkam und Henry Clermont seine Frau aus dem Sattel hob und sich Hand in Hand mit ihr vor dem Publikum verneigte, kannte der Jubel keine Grenzen. Eva sah, daß Clermont seine Frau, als er sie vom Pferd hob, einen Augenblick fest an sich preßte und daß die beiden Augenpaare ineinander tauchten in stolzer

Freude. Das war die große Leidenschaft, dies erkannte auch eine in der Liebe so unerfahrene Frau wie Eva Hermsdorf.

Nach Schluß der Vorstellung bestieg sie einen Wagen und fuhr in ihr Hotel zurück. Es war ihr unangenehm, so spät abends allein durch die Straßen zu gehen.

Erst wollte sie noch an Udo schreiben, aber dann überlegte sie es sich anders. Es war besser, sie wartete bis morgen nach der Unterredung mit Frau Clermont. Dann konnte sie ihren Bericht vollkommener abfassen.

*

Frau Clermont saß mit ihrem Gatten im Hotelzimmer am Frühstückstisch. Sie trug ein loses Gewand aus weicher Seide, das den Hals frei ließ und von den Armen in weiten Falten zurückfiel. Ihr Haar war noch nicht aufgesteckt. Es hing in glänzenden Locken auf den Rücken hinab.

Henry Clermont hatte den Kopf in die Hand gestützt und sah finster und drohend aus. Liliane umklammerte mit beiden Händen seinen Arm.

»Henry!«

Welch ein süßer, betörender Klang in diesem Worte lag.

Henry Clermonts Augenbrauen zuckten, er veränderte aber seine Stellung nicht.

Da rückte sie näher an ihn heran. Wie ein Kätzchen schmiegte sie sich dicht an ihn und umfaßte ihn.

»Henry, sieh mich an, nur ein einziges Mal! Quäl mich nicht, ich liebe dich, nur dich«, flüsterte sie voll glühender Zärtlichkeit.

Da wandte er sich schnell nach ihr um und preßte sie an sich, daß ihr der Atem verging.

Mit einem glücklichen Seufzer sah sie voll lächelnder Wonne in sein Gesicht, das sich ihr jetzt mit dem Ausdruck finsteren Forschens zuwandte.

»Töte mich, wenn du willst, aber sei lieb zu mir, ich ertrage nicht, daß du mich so ansiehst«, bat sie voll hinreißender Zärtlichkeit.

Da bedeckte er ihr Gesicht, ihren Nacken mit wilden, leidenschaftlichen Küssen.

»Was wollte der Besucher von dir gestern abend?« fragte er rauh.

Sie schmiegte sich noch fester an ihn. Ihr Gesicht bekam einen wilden, dämonischen Ausdruck.

»Was sie alle wollen! Oh, wie ich sie hasse! Diese eingebildeten Frechlinge, wie ich sie verabscheue! Ich könnte jeden ins Gesicht schlagen, der mit mir spricht, denn in ihren Augen funkelt Begierde. Und ich weiß, daß sie dich quälen. Henry, ich liebe nur dich! Kein Mensch außer dir besitzt mein Herz! Henry – küsse mich, küsse mich –, sei nicht so fremd und finster zu mir.«

Zitternd und glühend vor Leidenschaft schmiegte sie sich fester und fester an ihn. Ihr bebender Körper schien sich in Leidenschaft auflösen zu wollen. Da riß er sie empor und trug sie wie ein Kind auf den Armen. Ganz fest preßte er den schönen, blühenden Frauenkörper an sich und, halb sinnlos zärtliche Worte flüsternd, küßte er ihn wieder und wieder.

Sie umfaßte seinen Kopf und drückte ihn fest an sich.

So endeten all die zahlreichen Eifersuchtsszenen zwischen diesem leidenschaftlich liebenden Paar. Es herrschte dann ein glühend zärtlicher Ton zwischen ihnen, bis Henry Clermonts Eifersucht von neuem durch irgendeinen geringfügigen Zufall geweckt wurde.

In zärtlichem Tändeln und Kosen blieben die beiden Ehegatten Clermont aneinandergeschmiegt, bis es zehn Uhr schlug.

Da erhob sich Henry.

»Schon zehn Uhr, Liliane. Es wird Zeit, sich zurechtzumachen.«

Sie sprang auf und strich seufzend das Haar aus der Stirn.

»Ja, richtig. Um elf Uhr will sich eine neue Zofe vorstellen. Es ist recht ärgerlich, daß Marie krank geworden ist. Sie hatte sich so gut eingelebt und war mit all unseren Eigenarten vertraut.«

»Das wird eine andere auch lernen. Es ist jedenfalls ungemütlich, wenn man das kranke, elende Gesicht immer um sich haben muß.«

»Wenn wir nur erst in Paris wären. Dort fände ich leichter eine geschickte Person als hier.«

Er fuhr zärtlich zausend in ihr Haar.

»Bei deiner Schönheit bedarf es keiner geschickten Pariserin. Kunstgriffe anzuwenden hast du nicht nötig.«

Sie seufzte ein wenig.

»Bald bin ich sechsundzwanzig Jahre. Was tue ich nur, wenn ich alt und häßlich werde? Dann liebt mich mein Henry nicht mehr.«

Er umfaßte sie stürmisch.

»Wenn du alt bist, bin ich's auch. Dann fließt unser Blut vielleicht träger und ruhiger durch die Adern. Ach – daran laß mich nicht denken. Daß diese weiche glänzende Haut schlaff und welk werden könnte, diese Augen ihr süßes stolzes Feuer verlieren – welch furchtbarer Gedanke!«

»So will ich dir einen Vorschlag machen. Wir sterben gemeinsam, sobald sich die ersten Spuren des Alters bei uns einstellen. Wir nehmen dann ein schnell wirkendes Gift, und Arm in Arm, Mund auf Mund, gehen wir in den Tod.«

Er küßte sie fest.

»Ein seliges Sterben – ja, so wollen wir es tun, wenn wir den Becher des Genusses gekostet haben. Du bist ein stolzes, herrliches Weib. Aber noch blühst du in voller Schönheit, noch hält dich mein Arm in ungebrochener Jugendkraft.«

Nach einer Weile löste sie sich seufzend aus seinen Armen.

»Nun muß ich dich fortschicken. Marie wird gleich kommen.«

»Ich gehe schon. Auf Wiedersehen. In einer Stunde hole ich dich zur Probe ab.«

Er ging hinaus.

Gleich darauf trat die Zofe ein.

Liliane warf sich nachlässig in einen Sessel vor den Spiegel, und Marie trat hinter sie.

Liliane saß lange mit geschlossenen Augen da. Ein Lächeln umspielte ihre Lippen. Dann sah sie auf. Im Spiegel bemerkte sie das elende Aussehen der Zofe.

»Schon wieder Schmerzen, Marie?« fragte sie ungeduldig.

»Oh – sie werden immer unerträglicher, Frau Clermont. Sie sollten das junge Mädchen auf alle Fälle nehmen; ich kann nicht mehr. Ich bitte sehr darum.«

Dann half sie ihrer Herrin in ein schlichtes, aber elegant gearbeitetes schwarzes Tuchkleid, welches sich knapp an die herrlichen Formen schmiegte.

»Wenn das junge Mädchen kommt, führe sie sofort zu mir, Marie.«

»Sehr wohl, Frau Clermont. Haben Sie sonst noch Wünsche?«

»Jetzt nicht.«

Marie zog sich zurück.

Liliane ging langsam im Zimmer auf und ab. Gut, wenn diese Marie ging. Die einzige, die über Marina Bescheid wußte. Manches Mal waren Liliane die mit dem Kind verknüpften Erinnerungen unerträglich – Udo von Plessen und Marina!

Ihre Bewegungen hatten etwas von der geschmeidigen Grazie eines Raubtiers. Sie war in tiefe Gedanken versunken. Diese Gedanken waren nicht so erfreulich wie vorhin. In ihren Augen zuckte und wetterleuchtete es zornig ...

Wenn er damals meinen Weg nicht gekreuzt hätte, dann wäre ich wohl in den Fluten der Seine umgekommen. Aber er hat sich dafür bezahlen lassen, er hat meinen Ehrgeiz benutzt, um mich schwach zu machen. Ah, wenn ich ihn töten könnte, welch eine Wohltat! Diesen einzigen Menschen, vor dem Liliane Clermont sich schämen muß. Seine Frau sollte ich werden, eine deutsche Gräfin, damit hat er mich gelockt. Oh, wenn ich das auslöschen könnte aus meinem Leben, diese Schmach tilgen, mich reinwaschen davon!

Henry zweifelt noch immer zuweilen, er glaubt, ich habe Plessen wirklich geliebt. Deshalb mußte ich das Kind fortbringen. Er haßte es – und ich liebte es nicht, diesen Zeugen meiner Schmach. Nur Plessen ist schuldig, daß Henry wieder und immer wieder an mir zweifelt! Nur er, der mich bei meinem Ehrgeiz faßte, um mich zu verderben. Ich glaubte, mein Henry sei tot, werde nie wieder erwachen – ach – Henry –, wie ich dich liebe! Ich würde Plessen mit kaltem Blute den Dolch ins Herz stoßen, wenn Henry es verlangte.

Aber nur Zeit lassen, das letzte Wort ist noch nicht gesprochen, und Rache muß kalt genossen werden. Er soll sich nur sicher wähnen! Mitten in der Sicherheit sollen Angst und Grauen ihn packen. Jede unruhige Stunde, die er mir bereitet hat, soll er tausendfach büßen in zitternder Qual. Henry hat recht – nur so wird meine Rache vollkommen.

Mitten in diesem Gedankengang blieb sie plötzlich stehen.

Sie hörte Schritte vor der Tür. Sie warf den Kopf mit einer stolzen Bewegung zurück, das unheimliche Funkeln in ihren Augen erlosch. Sie nahm ihre ruhige, stolze Miene an. Gleich darauf trat Marie ein.

»Das junge Mädchen ist hier«, sagte sie leise.

Liliane Clermont warf sich in einen Sessel.

»Laß sie eintreten, und entferne dich dann wieder.«

Marie neigte den Kopf und ging wieder hinaus. Sie ließ Eva eintreten und schloß die Tür hinter ihr.

Frau Clermont musterte Eva scharf und schweigend einige Augenblicke.

»Wie heißen Sie?«

»Eva Hermsdorf.«

»Wie alt?«

»Dreiundzwanzig Jahre.«

»Haben Sie schon eine ähnliche Stelle bekleidet, wie Sie sie bei mir einzunehmen wünschen?«

Evas Augenlider zuckten.

Sie sah unruhig auf die schöne Frau, deren Anblick ohnehin ihre Fassung zu zerstören drohte.

»Nein, gnädige Frau, ich war bisher zu Hause. Mein Vater starb vor einem Jahr, und deshalb muß ich mir nun selbst meinen Unterhalt verdienen. Ich würde mir aber sehr viel Mühe geben, Ihre Zufriedenheit zu erringen.«

»Haben Sie noch Angehörige?«

»Meine Mutter.«

»Lebt diese hier?«

»Nein, gnädige Frau. Ich bin hierhergekommen, weil ich hoffte, hier leichter eine Stellung zu finden als in unserer kleinen Stadt«, erwiderte Eva.

»Sie sprechen englisch und französisch?«

»Ja, auch etwas italienisch. Dieses jedoch nur mangelhaft.«

»Können Sie nähen und bügeln?«

»Ja.«

»Würden Sie mit ins Ausland gehen?«

»Gewiß, sehr gern.«

»Welches Gehalt beanspruchen Sie?«

»Ich überlasse es Ihnen, dasselbe zu bestimmen.«

»Wann könnten Sie antreten?«

»Diese Stunde noch, wenn Sie es wünschen, gnädige Frau.«

»Gut, ich will den Versuch mit Ihnen wagen. Wie Sie wissen, ist meine jetzige Zofe krank und möchte so bald wie möglich nach Hause zurückkehren. Holen Sie also bitte sofort Ihre Sachen hierher und treten Sie Ihre Stellung noch heute an. Ihr Gehalt werde ich nach Ihren Leistungen bemessen. Ich hoffe, daß Sie sich bemühen, mein Vertrauen zu verdienen.«

Eva verneigte sich stumm und ging. Sie war in begreiflicher Aufregung.

Durch ihre Anstellung als Kammerzofe Liliane Clermonts war sie ihrem Ziel ein gut Stück nähergekommen.

Zuerst begab sie sich auf das Postamt, um nach Briefen zu fragen. Sie erhielt wirklich ein Schreiben von Udo, das sie mit klopfendem Herzen in Empfang nahm.

Um Zeit zu behalten, noch an Udo und ihre Mutter zu schreiben, nahm sie gleich einen Wagen und fuhr ins Hotel:

Dort öffnete sie zuerst Udos Brief. Er schrieb:

»*Heißgeliebte, teure Eva!*

*Deinen lieben Brief erhielt ich, und ich will tun, wie Du wünschest. Ich will nicht traurig sein, sondern froh und dankbar, da ein gütiges Geschick Dich mir in den Weg führte. Daß Du reisen willst in Begleitung Deiner Verwandten ist mir Deinetwegen lieb.*

*Und wenn Du nicht in Plessentin bei mir sein kannst, ist es gleich, wo Du bist. Deiner Liebe bin ich sicher. Oh, mein holdes Lieb, wie bin ich Dir dankbar, daß ich es sein darf. Daß ich in heißer Sehnsucht den Tag erwarte, der Dich mir als mein unsagbar geliebtes Weib in die Arme führen wird, kannst Du Dir denken.*

*Wann wird es sein, Geliebte? Wann darf ich Dich erwarten? Zürne mir nicht, daß ich Dich schon jetzt mit Fragen quäle, aber Plessentin ist so leer und öde ohne Dich. Auch Hella und die Kleine haben Sehnsucht nach Dir und zählen die Tage bis zu Deiner Wiederkehr. Manchmal packt mich die Angst, daß Du nicht zu mir zurückkehrst.*

*Nicht, daß ich Deiner Liebe mißtraute, aber ich sehe Dich von tausend feindlichen Gewalten zurückgehalten und finde keine Ruhe.*

*Ich glaube, wenn Du erst wieder bei mir bist, kommt auch der Glaube an mein Glück wieder. Schilt den Kleingläubigen nur tüchtig aus. Nun leb wohl für heute, meine geliebte Eva. Schreibe mir recht oft, dann wird mir die Trennung leichter.*

*Ich küsse Dich im Geiste. Könnt ich's doch wirklich tun. Ach, Herzlieb, alle eingesargten Wünsche, aller Lebensdrang sind wieder in mir wach geworden, seit ich Dich an meinem Herzen hielt.*

*In heißer, treuer Liebe Dein* Udo.

Eva drückte den Brief mit inbrünstiger Gebärde an die Lippen. Wie gern wäre sie nach Plessentin geeilt in seine sehnsüchtig ausgestreckten Arme! Aber sie mußte ausharren, mußte tun, was ihre opferwillige Liebe für ihn heischte. Eva erhob sich und packte entschlossen ihre Sachen. Dann beantwortete sie Udos Brief, so lieb und herzlich, wie es ihr die Liebe eingab, versprach ihm, möglichst jeden Tag an ihn zu schreiben, und deutete an, daß sie in einigen Wochen mit ihrer Verwandten nach Paris gehen würde. Von dort aus hoffe sie heimzukehren. Im Frühling wolle sie seine Frau werden. Auch an ihre Mutter schrieb sie, daß sie ihrem Ziele näher gerückt sei, daß sie aber in einigen Wochen nach Paris reisen müsse.

Diese beiden Briefe trug sie sofort zum Briefkasten. Dann bezahlte sie im Hotel ihre Rechnung und fuhr mit ihrem Gepäck nach dem Kaiserhof.

Marie erwartete sie schon mit Ungeduld. Die Clermonts

waren zur Probe in den Zirkus gegangen. So blieb den beiden Zeit, über Evas Obliegenheiten zu sprechen.

Das kleine Zimmer, welches Marie bewohnte, war bereits für Eva vorgerichtet. Marie hatte inzwischen ihre Sachen gepackt und sie in ein anderes Zimmerchen gestellt.

Eva richtete sich sogleich mit ihren Sachen ein.

Während sie auspackte, saß Marie in sich zusammengesunken auf einem Stuhl und gab Eva Unterweisungen.

Schließlich fragte Eva die Zofe noch nach allerlei und erhielt bereitwillig Auskunft.

Ihr Tagewerk würde darin bestehen, Frau Clermont aus- und anzukleiden, ihr abends in den Zirkus zu folgen und dort Handreichungen zu machen. Außerdem mußte sie die Kleider in Ordnung halten und das Ehepaar beim Frühstück und Abendessen bedienen.

Mittags speisten die Herrschaften nach Belieben im Hotel oder auswärts. Für Eva würden die Mahlzeiten vom Hotel aus geliefert werden.

Während dieser Zeit bekam Marie wiederholt ihre Schmerzensanfälle. Eva stand ihr dann jedesmal liebreich bei, gab ihr die Tropfen und strich ihr mitleidig das feuchte Haar aus der Stirn.

»Haben Sie das Leiden schon lange?«

»Seit mehr als einem Jahr. Damals kam es plötzlich zum Ausbruch; es ist ein Herzleiden.«

»Oh, sicher haben irgendwelche traurigen Ereignisse dieses Leiden verschuldet.«

»Doch nicht ganz. Die Anlage dazu bestand schon seit Jahren. Aber, nun, ich kann Ihnen das ja anvertrauen, Sie werden keinen Gebrauch davon machen: Frau Clermont hat ein kleines Töchterchen – oh, einen kleinen süßen Engel –, ich habe mein ganzes Herz an die kleine Marina gehangen, sie war so lieb, so reizend, und ich hatte sie den ganzen Tag bei mir. Seit einem Jahr hat nun Frau Clermont das

Kind fortgegeben, zu – Verwandten –, es sollte nicht mehr so ruhelos von Ort zu Ort herumziehen. Und der Abschied von dem Kinde wurde mir so schwer. Damals bekam ich den ersten Anfall.«

Eva nahm ergriffen ihre Hand.

»Gute Marie«, sagte sie leise.

Diese hob den Kopf. Ein Lächeln verschönte ihr Gesicht.

»Gute Marie! So sagte mein kleiner Liebling immer zu mir. Oh, wenn ich meine süße Kleine nur noch einmal sehen könnte!«

»Ist das nicht möglich?«

Marie schüttelte den Kopf.

»Nein – ich –, es geht nicht. Frau Clermont würde es auch nicht erlauben.«

»Oh, ich verstehe. Sie ist etwas eifersüchtig auf Sie. Die Kleine hat Sie gewiß sehr lieb.«

»Das wohl. Aber nein, eifersüchtig ist sie nicht, sie liebt ihr Kind nicht.«

Eva machte ein ungläubiges Gesicht.

»Oh, das kann ich nicht glauben; eine Mutter, die ihr Kind nicht liebt, das ist unmoglich.«

Marie faßte ihre Hand und zog sie zu sich herab.

»Frau Clermont liebt nur eins auf der Welt – ihren Mann. Sie werden hier manches sehen und hören. Beide lieben sich so sehr – so sehr –, ganz angst kann einem dabei werden.«

»Aber deshalb kann sie doch ihr Kind auch lieben, gerade erst recht.«

Marie schüttelte heftig den Kopf.

»Nein – nein – Herr Clermont ist nicht der Vater des Kindes! Er haßt es und ließ nicht Ruhe, bis es fortgebracht war. Oh, er ist eifersüchtig, er bringt sie um vor Eifersucht.«

»Sie sagen, die Kleine ist nicht das Kind des Herrn Clermont? War Frau Clermont schon einmal verheiratet?«

Marie zuckte mit den Schultern.

»Nein, Marinas Vater ist ein deutscher Aristokrat; ich weiß nicht, wie es gekommen ist. Frau Clermont ist sonst sehr tugendhaft. Der Herr hütet sie auch mit Argusaugen. Aber das mit dem Kinde, das quält ihn, das macht er ihr oft zum Vorwurf. – Sie werden es auch hören. Und dann weint sie und stößt furchtbare Verwünschungen aus gegen den Vater des Kindes. Sie haßt ihn – ich weiß nicht, wie das zusammenhängt.

Aber er haßt diesen Mann noch viel mehr! Wie toll ist er oft und knirscht mit den Zähnen und verlangt nach Rache. Ich sage Ihnen das alles, damit Sie bei solchen Szenen nicht zu sehr erschrecken. Sie gehen meist schnell vorüber.«

Eva hatte mit fieberhafter Aufmerksamkeit zugehört. Nun sagte sie leise:

»Wie gut, daß die Kleine fort ist. Solch armes Kind kann nichts dafür, daß es auf der Welt ist.«

»Ja, es ist gut, so weh es mir auch getan hat, mich von ihr zu trennen. Aber ich will Ihnen auch noch das verraten – Sie müssen mir aber vorher versprechen, zu schweigen.«

»Ich verspreche es Ihnen.«

»Nun, die Kleine ist bei ihrem Vater; ich habe sie selbst dorthin gebracht.«

»So gehen Sie zu ihr und überzeugen Sie sich, daß es ihr gutgeht.«

Die Zofe schüttelte traurig den Kopf.

»Nein, das geht nicht. Das wage ich nicht.«

Eva sah sinnend in das unscheinbare Gesicht Maries.

»Sie müssen mir Ihre Adresse geben. Vielleicht höre ich hier etwas von der Kleinen, dann mache ich Ihnen Mitteilung.«

»Oh, wirklich? Wollen Sie das tun? Frau Clermont mag ich nicht darum bitten, sie spottet über mich.«

»Ich tue es bestimmt, verlassen Sie sich darauf.«

Eva meinte es ernst mit ihrem Versprechen. Sobald sie ihre Aufgabe gelöst hatte, wollte sie Marie Nachricht senden. Das hatte die treue Person verdient.

Marie brach nun das Gespräch ab.

Kurze Zeit darauf kehrten Clermonts von der Probe zurück. Marie nahm Eva mit ins Zimmer ihrer neuen Herrin. Als sie eintraten, stand das Ehepaar innig umschlungen am Kamin. Sie nahmen zunächst keine Notiz von den beiden Mädchen. Eva wollte sich bescheiden zurückziehen; da rief ihr Liliane ganz unbefangen über die Schulter zu, sie möge sich von Marie zeigen lassen, in welcher Weise sie sich für die Tafel umkleidete.

Dann erst löste sie sich aus den Armen ihres Mannes.

»Das ist die neue Zofe, Henry. Wie heißen Sie mit dem Vornamen?«

»Eva.«

Henry Clermont warf einen kurzen prüfenden Blick auf Eva und nickte seiner Gattin, wie beistimmend, zu. Sonst nahm er keine Notiz von der neuen Angestellten.

Er küßte seine Gattin ungezwungen und zog sich dann zurück, solange sie sich ankleidete.

Eva waltete zum ersten Male ihres neuen Amtes. Marie gab ihr einige Winke, und da sie ernstlich bemüht war, Frau Clermonts Zufriedenheit zu erwerben, ging alles ganz gut.

Liliane Clermont war in gnädiger Laune, scherzte sogar mit den beiden Mädchen und war auch zu Marie sehr liebenswürdig.

Während Eva vor ihr kniete und an ihrem Kleid etwas in Ordnung brachte, strich Liliane Clermont lächelnd über ihr Haar.

»Was haben Sie für schönes Haar, Eva.«

Diese sah lächelnd auf.

»Gefällt es Ihnen, gnädige Frau?«

Liliane nickte.

»So – meinen Schirm, bitte – diesen – so. Handschuhe – das Taschentuch. Recht so, Eva. Ist es Ihnen sehr, sehr unangenehm, wenn ich ›du‹ sage? Ich bin so sehr daran gewöhnt.«

Eva stieg das Blut zu Kopfe. Trotz aller Selbstbeherrschung konnte sie das nicht vermeiden. Es war nicht angenehm für sie, sich von ihrer Herrin duzen zu lassen. Doch schnell zwang sie die Erregung nieder.

»Bitte sehr.«

Frau Clermont hatte sehr wohl das Erröten bemerkt.

»Nein, ich sehe Ihnen an, daß es Ihnen nicht angenehm wäre. Sie sind es noch nicht gewöhnt – nun, so werde ich mich auch an das ›Sie‹ gewöhnen. Wenn ich zuweilen entgleise, soll Sie das nicht kränken.«

»Sie sind sehr gütig«, antwortete Eva.

*

Seit zwei Wochen war Eva nun schon in ihrer Stellung bei Liliane Clermont. Sie hatte sich bereits die Zufriedenheit ihrer Herrin erworben, wenn diese auch nicht immer gnädiger Laune war.

Daß Lilianes Benehmen von ihres Gatten Stimmung abhängig war, merkte Eva sehr bald. Sie war auch schon Zeugin einiger leidenschaftlicher Auftritte geworden.

Weder Henry noch seine Frau legten sich ihretwegen die geringsten Schranken auf. So konnte sie oft mit anhören, wie Clermont seine Gattin mit Eifersucht quälte und wie er dann wieder reumütig und verzweifelt um Verzeihung bat.

Zum Schluß vereinigten sich beide regelmäßig in wilden Verwünschungen gegen Marinas Vater.

Eva litt innerlich dabei, erkannte aber auch, daß ihr Hiersein notwendiger war, als sie geahnt. Sie entnahm aus den

Reden des Ehepaares, daß es Rachepläne gegen Udo von Plessen schmiedete. Es galt also, diese zu vereiteln. Zu diesem Zweck war es notwendig, das Ehepaar fortwährend zu beobachten.

Leicht fiel das Evas redlichem Sinn nicht. Aber der Preis, den es galt, war ein hoher; dafür durfte sie kein Mittel scheuen. An Udo schrieb sie täglich, wenn es auch nur wenige Zeilen waren. Sie erhielt auch fast jeden Tag einen Brief von ihm. Während Frau Clermont mit ihrem Gatten zur Probe war, holte sie ihre Briefe vom Postamt. Auch von Hella und ihrer Mutter waren zuweilen welche dabei.

Eines Abends, als Eva den Zirkus betrat, um ihre Handreichungen zu tun, trat ein elegant aussehender Herr auf sie zu.

»Bitte, verzeihen Sie – Sie sind die Zofe von Frau Clermont – nicht wahr?«

Eva sah abweisend in das Gesicht des Lebemannes.

»Was wünschen Sie?« fragte sie kühl.

»Hm – Fräulein – Sie sind ja außerordentlich ungnädig für ein so reizendes Zöfchen. Seien Sie ein bißchen gemütlicher, Kleinchen.«

Eva war dunkelrot geworden und warf den Kopf stolz und abweisend zurück, ohne zu antworten, wollte sie weitergehen.

»Erlauben Sie – nicht so stolz, kleine Krabbe. Da – dies für eine kleine Gefälligkeit. Sie sollen Frau Clermont nur einen Brief von mir übergeben, wenn ihr Gatte abwesend ist.«

Er haschte nach Evas Hand und wollte ein Geldstück und einen Brief hineindrücken. Sie schleuderte beides von sich und sah ihn mit zornig blitzenden Augen an.

»Frau Clermont empfängt keine Briefe, am wenigsten in Abwesenheit ihres Gatten.«

Sie stieß den Brief und das Geldstück verächtlich mit der

Fußspitze beiseite und schritt ruhig an dem Verblüfften vorbei.

In demselben Augenblick waren Clermont und Liliane hinter ihr in den Zirkus getreten. Die beiden sahen noch den Brief und das Geldstück fallen.

Liliane ahnte sofort, was dieser Auftritt bedeuten sollte, und sah erschrocken in ihres Gatten Gesicht. Dieser schien den äußerst betroffen dastehenden Kavalier mit seinen Augen durchbohren zu wollen.

Henry ließ dicht vor seinen Augen die Reitgerte zischend durch die Luft sausen und trat im Vorbeigehen auf den Brief – wie aus Versehen; zugleich bückte er sich danach, hob ihn auf und las mit höhnischem Lächeln die Adresse.

Mit einem jähren Riß zerteilte er den Brief und warf ihn dem Absender vor die Füße. Dann holte er in nicht mißzuverstehender Weise mit der Reitgerte aus. Ehe sie jedoch niedersauste, war der sprachlose Lebemann entflohen.

Henry lachte hohnvoll hinter ihm her und eilte seiner Gattin nach, die sich mit angstvoll klopfendem Herzen entfernt hatte.

Ehe sie jedoch ihren Ankleideraum erreichen konnte, rief ihr Mann sie gebieterisch beim Namen. Sie blieb stehen und sah ihm furchtsam entgegen.

Eva hatte nicht zurückgesehen und war in den Ankleideraum getreten, wo sie sich zitternd vor Schrecken über den Unverschämten in einen Stuhl fallen ließ.

Als jetzt kurz nach ihr Henry Clermont mit seiner Gattin eintrat, erhob sie sich erschrocken, denn sie hatte noch nichts vorbereitet. Eiligst wollte sie das Versäumte nachholen. Im selben Augenblick fühlte sie sich wie mit eisernen Klammern am Handgelenk gepackt und daran herumgezogen.

Henry Clermont sah mit glühenden, durchbohrenden Augen in ihr Gesicht.

»Was wollte der Laffe von Ihnen?« herrschte er sie an.

Sie biß vor Schmerz über seinen Griff die Zähne zusammen.

»Erst lassen Sie mich bitte los, Sie tun mir weh«, sagte sie, so ruhig wie sie konnte, und sah ihn furchtlos an.

Da lockerte er seinen Griff und gab sie ganz frei. Der furchtlose Blick brachte ihn zur Besinnung.

»Antworten Sie!« befahl er rauh.

Eva sah zu Liliane hinüber, die bleich und ängstlich aussah.

Er trat zwischen die beiden Frauen.

»Sie sollen mir antworten und sich nicht erst mit meiner Frau durch Blicke verständigen!«

»Das lag auch durchaus nicht in meiner Absicht. Ihre Frau würde sich auch in keiner Weise hinter dem Rücken ihres Mannes mit ihrer Kammerzofe verständigen wollen«, antwortete Eva, nun ganz beherrscht.

Er sah sie forschend an, wurde aber augenblicklich ruhiger.

»Was wollte der Mensch von Ihnen?«

»Ein Unverschämter! Er wollte mir einen Brief geben für Frau Clermont und wollte mich dafür bezahlen. Ich habe ihm Geld und Brief vor die Füße geworfen, denn Frau Clermont empfängt ebensowenig derartige Briefe, als ich mich für solche Dienste anwerben und bezahlen lasse.«

Henry sah sie durchdringend an. Sie hielt seinen Blick ruhig aus. Da drehte er sich kurz auf dem Absatz um und wandte sich zu seiner Frau. Sie sah ihm zagend und bittend entgegen. Er nahm sie ohne weiteres in die Arme und küßte sie herzlich.

»Hast du dich geängstigt, Liliane?«

Sie sah ungläubig, aber sehr glücklich in sein Gesicht. Er war nicht wild und zornig wie sonst nach ähnlichen Vorkommnissen.

»Henry – ich kann wirklich nichts dafür!«

Er preßte sie fest an sich. Dabei wandte er das Gesicht nach Eva um.

»Woher wissen Sie, daß meine Frau derartige Briefe nicht empfängt?« fragte er sie.

Eva wandte sich ihm zu.

»Eine tugendhafte Frau empfängt nur Briefe, deren Annahme ihr Gatte erlaubt. Und daß Frau Clermont sehr tugendhaft ist und mir zürnen würde, wenn ich ihr solche Briefe brächte – das weiß ich.«

Er hatte seine Frau inzwischen losgelassen. Nun preßte er sie noch fester an sich und sah ihr zärtlich in die strahlenden Augen.

»Das weiß sie! Deine neue Zofe ist ein sehr kluges und braves Mädchen, Liliane«, sagte er so laut, daß es Eva hören mußte.

Liliane nickte beistimmend. Dann gab Clermont seine Frau frei.

»Nun ist es aber Zeit, daß du dich fertig machst. Du wirst dich beeilen müssen. Lebe wohl, bis nachher, Schatz – ah – heute abend wollen wir reiten, daß es eine Lust ist. Nicht wahr, Liliane?«

Sie nickte ihm lächelnd zu, und er ging hinaus. Draußen sah er sich noch einmal nach dem Fremden um. Von diesem war aber nichts mehr zu sehen. Nur die Papierfetzen und das Geldstück lagen noch im Sande.

Als Liliane mit Eva allein war, trat sie schnell auf sie zu und faßte ihre Hand.

»Sie haben mir einen großen Dienst erwiesen, Eva; ich danke Ihnen. Ihr Benehmen war sehr taktvoll. Es hat Ihnen mein ganzes Vertrauen gewonnen!«

Dann setzte sie sich nieder. Eva begann lächelnd Frau Clermont zu frisieren.

»Es freut mich, daß ich Ihnen meine Ergebenheit beweisen konnte. Sie dürfen mir Ihr volles Vertrauen schenken. Ich habe es oft mit angesehen, wie der Herr bei kleinen Anlässen heftig gegen Sie wurde, obwohl er Sie über alles liebt.«

»Ja, liebe Eva, so ist es. Seine große Liebe zu mir ist daran schuld. Vielleicht erzähle ich Ihnen das später einmal – Sie sind ein gebildetes und vernünftiges Mädchen. Ich habe von Anfang an Vertrauen zu Ihnen gehabt Sie sollen eines Tages meine Geschichte erfahren – sie kann auch Ihnen vielleicht von Nutzen sein, denn auch an Sie wird eines Tages die Versuchung herantreten. Arme und hübsche Mädchen sind vogelfrei für eine gewisse Sorte Männer.«

»Ich werde mich sehr glücklich schätzen, wenn Sie mir einen so großen Beweis Ihres Vertrauens geben werden, Frau Clermont«, sagte Eva anscheinend ruhig. Ihr Herz jedoch klopfte stürmisch.

Nicht die leiseste Ahnung durfte Liliane Clermont bekommen, welchen Wert Eva auf ihre Vertraulichkeit legte.

Oh, wenn sie ahnte, in welchem Zusammenhang Eva mit Udo von Plessen stand – dann wäre Evas Plan gescheitert, ehe sie ihn zur Ausführung bringen konnte.

Liliane Clermont war Udos Feindin, und als solche mußte sie auch Evas Feindin sein. Aber jetzt, da Eva Liliane kannte und täglich Zeuge war, was diese Frau ihres Fehltrittes wegen von ihrem Manne, den sie über alles liebte, zu leiden hatte, jetzt konnte sie dieser Frau ein gewisses Mitleid nicht versagen.

Und Udo selbst hatte eingestanden, daß Liliane nicht so schuldig gewesen, wie er es im ersten Augenblick geglaubt hatte.

Ihre ganze Schuld bestand darin, daß sie ihren Geliebten verschollen und untreu wähnte, den Verlockungen, eine reiche vornehme Frau zu werden, nicht widerstehen konnte und sich ohne Liebe Udo zu eigen gegeben hatte.

Daß sich, durch ihren Mann angefacht und geschürt, ihr Haß gegen einen Unschuldigen richtete und ihre Rachegelüste nicht davor zurückschreckten, den Vater ihres Kindes zu verderben – das war eine Folge ihrer leidenschaftlichen, wilden Gemütsart und ihrer Liebe zu ihrem Manne.

Diese Frau war in Haß und in Liebe ebenso maßlos wie ihr Gatte. Zwei feurige Naturen waren hier zusammengekettet durch gleiches Empfinden. Vergeblich grübelte Eva darüber nach, wann Clermont in das Leben seiner Frau getreten war und wer jener Mann war, an dem Udo zum Mörder wurde.

Und mehr, um Henry ihre Liebe zu beweisen, als aus eigenem inneren Drange hegte Liliane Rachegelüste gegen Plessen, dessen ganzes Vergehen darin bestanden hatte, sie zu sehr geliebt zu haben, so sehr, daß er in der Verzweiflung über ihre Treulosigkeit zum Mörder wurde.

Evas Aufgabe mußte es sein, Liliane und Clermont abzulauschen, welche Pläne sie hatten und was die Vergangenheit verbarg. Und diese Aufgabe wollte sie lösen, mochte sie noch so schwer sein.

Als die Vorstellung zu Ende war und Liliane mit ihrem Gatten bereits nach dem Hotel zurückgefahren war, verließ auch Eva den Zirkus.

Das peinlichste an ihrer Stellung waren ihr diese einsamen Gänge vom Zirkus nach Hause.

Auch heute betrat sie zagend die Straße und eilte mit flüchtigem Fuße über den Fahrweg, um drüben um die Straßenecke zu biegen. Der Weg bis zum Hotel war nicht weit, aber etwas winkelig und einsam. Die Straßenbeleuchtung war mangelhaft, zumal, wenn man aus der blendenden Helle der Hauptstraße heraustrat.

Als Eva einige Schritte in der stillen, schmalen Straße zurückgelegt hatte, löste sich plötzlich aus dem Schatten der Häuser eine dunkle Gestalt und vertrat ihr den Weg.

»Nicht so eilig, schönes Kind!«

Eva zuckte furchtsam zusammen und sah erschrocken in das Gesicht des Mannes. Sie erkannte sofort den Galan von vorhin.

Eilig wollte sie an ihm vorüberstreben, aber er faßte nach ihrer Hand und hielt sie fest.

»Seien Sie nicht so grausam, Kleine. Sie haben mich vorhin schon so schlecht behandelt. Aber da hatten Sie ein Recht. Ich war mit Blindheit geschlagen, daß ich Ihre Schönheit neben Ihrer Herrin nicht bemerkte. Erst vorhin, da Sie so stolz und unnahbar wie eine Königin an mir vorbeischritten, habe ich bemerkt, daß Sie bildhübsch sind.«

Eva hatte vergeblich versucht, ihre Hand zu befreien.

»Lassen Sie mich los, oder ich rufe um Hilfe!« sagte sie bebend vor Zorn und Angst.

»Aber ich denke nicht daran. Sie sind ja viel zu reizend in Ihrem Zorn. Überlegen Sie erst – es ist mein Ernst. Ich will Ihnen alle Wünsche erfüllen und für Sie sorgen. Sie gefallen mir nun einmal, und ich habe es mir in den Kopf gesetzt, Sie zu besitzen!«

»Lassen Sie mich los, oder ich rufe um Hilfe!« sagte sie voller Zorn!

»Kleine Spröde, du kommst nicht los – komm! Laß dich küssen – meine Küsse sollen deine Kälte besiegen. Zier dich doch nicht!«

Er legte seinen Arm um sie und wollte sie an sich ziehen. Eva schrie laut auf und wehrte sich mit der freien Hand.

»Unverschämter, lassen Sie mich los!« schrie sie laut.

Er zog sie noch fester an sich. Schon spürte sie seinen Atem, der Weingenuß verriet. Sie bog sich weit zurück und stemmte ihren Arm gegen seine Brust. In demselben Augenblick wurde ihr Hilfe zuteil.

Ein herbeigeeilter Herr packte den Lebemann am Kragen und riß ihn zurück, daß er taumelte. Dann stellte er sich wie selbstverständlich neben Eva und bot ihr den Arm.

»Kommen Sie, Fräulein, ich begleite Sie nach Hause.«

Eva sah aufatmend in das Gesicht ihres Retters.

»Oh, gottlob, Herr Engels! Sie haben mir einen großen Dienst erwiesen.«

»Das merke ich. Ich sah Sie vor mir den Zirkus verlassen und kam, wie es scheint, zur rechten Zeit!«

Er sah sich nach dem Frechling um. Dieser hatte es vorgezogen, sich zu entfernen. Er lachte im Fortgehen nur höhnisch.

»Aha, die Kleine ist schon in festen Händen – dann muß ich allerdings zurücktreten«, rief er den beiden zu und ging eiligst davon.

Herr Engels war ein Stallmeister aus dem Zirkus. Er hatte Eva schon die ganze Zeit, seit sie im Zirkus ein und aus ging, mit Wohlgefallen betrachtet.

Nun schritt sie stumm an seiner Seite dem Hotel zu. Er fühlte, wie ihre Hand auf seinem Arm zitterte.

»Sie haben sich wohl sehr geängstigt, Fräulein Hermsdorf?«

Sie nickte.

»Der Unverschämte hat schon vor der Vorstellung meinen Weg gekreuzt. Ich bin Ihnen sehr dankbar, Herr Engels. Gottlob, daß Sie zufällig in der Nähe waren.«

Der große schlanke Mann mit dem schmalen, blassen Antlitz sah lächelnd in ihr Gesicht. Er wußte, daß es nicht Zufall war, was ihn in ihre Nähe führte. Er folgte ihr doch schon seit einiger Zeit unbemerkt jeden Abend, aber das verriet er natürlich nicht.

»Es ist nicht angenehm für Sie, diesen Weg stets allein machen zu müssen!«

Eva seufzte.

»Nein, wahrhaftig nicht. Ich fürchte mich auch jedesmal davor. Aber es läßt sich leider nicht ändern.«

»Doch, sehr leicht. Ich habe denselben Weg wie Sie, wir verlassen ja auch den Zirkus fast zur gleichen Zeit, da können Sie mir erlauben, Sie jedesmal zu begleiten. Ich tue es gern.«

Eva errötete.

»Sie sind sehr liebenswürdig, Herr Engels, allein, das kann ich nicht annehmen. Ich – es würde vielleicht bemerkt und falsch verstanden werden.«

Er sah sie an. Sie gingen gerade an einer Laterne vorbei. Es war ihm ganz eigen zumute. Er hatte dieses Mädchen in ihrer stillen, zurückhaltenden Art die ganze Zeit schon beobachtet. Sie war so ganz anders als die Frauen, mit denen er sonst im Zirkus zusammenkam.

»Dann müssen Sie mir schon gestatten, daß ich Ihnen in einer gewissen Entfernung folge. In Zukunft brauchen Sie also nicht mehr ängstlich zu sein. Ich werde am Ausgang stets auf Sie warten und Ihnen folgen. Dabei kann nichts mißdeutet werden.«

Sie löste ihre Hand von seinem Arm und reichte sie ihm.

»Ich danke Ihnen! Danke Ihnen von ganzem Herzen. Sie sind ein so guter Mensch, Herr Engels. Und nun bin ich am Hotel und in Sicherheit. Gute Nacht und nochmals herzlichsten Dank.«

Eva eilte die Treppe hinauf in das Zimmer ihrer Herrin, die sie bereits erwartete.

Liliane saß mit ihrem Manne beim Nachtessen, und Eva mußte dabei zur Hand sein.

»Ich meine, Sie wären heute recht lange ausgeblieben, Eva«, sagte Liliane ein wenig ungehalten.

»Verzeihung, ich konnte wirklich nichts dafür.«

Sie erzählte, noch sehr aufgeregt, ihr erlebtes Abenteuer.

Clermont biß die Zähne aufeinander und sah finster in Evas Gesicht.

»Das Herrchen soll sich in acht nehmen! Wenn er mir wieder in den Weg läuft, lasse ich meine Reitpeitsche auf seinem Gesicht tanzen«, zischte er wütend.

Eva erzählte unbefangen, daß Engels dazugekommen war und sie von dem Lästigen befreit hatte. Auch daß er sie bis ans Hotel begleitet hatte, erzählte sie. Nur nichts von seinem Anerbieten, sie jeden Abend zu begleiten; das verschwieg sie, um Engels keiner Mißdeutung auszusetzen.

Liliane hatte Eva bei ihrer Erzählung scharf beobachtet.

»Ich werde jetzt abends im Zirkus warten, bis Sie fertig sind, damit Sie sich uns auf dem Nachhauseweg anschließen können. Nicht wahr, Henry, auf die paar Minuten darf es uns nicht ankommen!«

»Natürlich nicht«, entgegnete dieser kurz, und als Eva einmal hinausgegangen war, sagte er lächelnd:

»So werden wir in Zukunft deine Kammerjungfer beschützen müssen, das ist immerhin drollig.«

Als Liliane später mit Eva einen Augenblick allein war, sagte sie warnend:

»Sehen Sie sich vor, Eva! Der Flegel scheint sehr hartnäckig zu sein. Er wird es noch auf andere Weise versuchen, sich Ihnen zu nähern. Bleiben Sie standhaft und lassen Sie sich auf nichts ein. Derartige Männer lassen es nicht an allerhand Versprechungen fehlen. Sie verfolgen meistens mit großer Ausdauer ihr Ziel und scheuen vor nichts zurück.«

Eva richtete sich stolz auf.

»Machen Sie sich keine Sorgen. Ich habe den Wert dieses Unverschämten genau erkannt und werde ihm auszuweichen wissen.«

»Er ist allerdings ziemlich plump zu Werke gegangen.

Vielleicht versucht er es nun auf feinere Art«, versetzte Liliane Clermont.

»Ich werde auf der Hut sein und danke für Ihre Warnung.«

Da trat Henry Clermont wieder ein, und das Gespräch verstummte.

# XIII

Auf Plessentin ging indessen alles seinen alten Gang, nur daß Graf Udo jetzt unruhiger und wechselnder in seinen Stimmungen war. Zuweilen schaute er glücklich verträumt in die Ferne, daß Hella ihn voller Freude betrachtete.

»Jetzt denkst du an Eva, Udo?« fragte sie dann wohl zuweilen.

»Woraus schließt du das, Schwesterchen?«

»Ach, wenn du solch ein Gesicht machst, denkst du immer an Eva, das weiß ich. So siehst du überhaupt nur aus, seit Eva deine Braut ist. Nun wollte ich nur, sie wäre erst deine Frau. Gelt, dann siehst du immer so glücklich aus?«

»Vielleicht, – ich hoffe es!«

»Es ist sehr gut, daß du Trachwitz zur Jagd eingeladen hast. Das ist auch für dich eine Zerstreuung. Da wird dir das Warten auf Eva nicht so lang.«

»Und dir auch nicht, Liebling«, sagte er lächelnd.

Sie errötete und machte sich an ihrem Kleide zu schaffen.

Als Hans von Trachwitz kam, wurde er herzlich von den Geschwistern begrüßt. Udo trug ihm schon am nächsten Tage das brüderliche »Du« an, und Trachwitz dankte ihm mit leuchtendem Blick.

Er hatte nur einige Tage Urlaub. Hella gegenüber war Trachwitz etwas befangen. Es fiel ihm schwer, ihr nicht sagen zu dürfen, wie ihm ums Herz war. Wenn sie ihn dann so unruhig-fragend und erwartungsvoll ansah, und er mußte statt der zärtlichen Worte gleichgültige Reden hervorbringen, dann konnte er sich kaum noch beherrschen.

Als er eines Morgens wieder mit Udo auf den Anstand ging, sagte dieser:

»Du könntest dieses Jahr das Weihnachtsfest bei uns verleben, Hans. Oder hast du schon anders darüber verfügt?«

Trachwitz sah nachdenklich aus. Dann wandte er sein hübsches, männliches Gesicht mit ernstem Ausdruck dem Grafen zu.

»Nein, ich habe noch nicht darüber verfügt. Trotzdem bitte ich dich, mich zu entschuldigen – ich möchte nicht kommen.«

Udo sah ihn forschend an.

»Warum nicht?«

»Weil ich deine Schwester liebe!«

Udo faßte Trachwitz unter den Arm.

»Das ist für mich keine Neuigkeit. Ich weiß es längst und habe dir schon zu verstehen gegeben, daß ich nichts dagegen einzuwenden habe. Das ist kein Grund, Weihnachten nicht zu kommen.«

»Du hast mir damals zu verstehen gegeben, daß deine Schwester noch zu jung ist, daß ich sie nicht beunruhigen soll mit meinem Liebeswerben. Und darin hast du recht. Aber ich halte es nicht mehr aus, mich ihr gegenüber zu verstellen. Halte mich für eitel oder sage meinetwegen, ich leide an Selbstüberhebung, aber ich weiß es, daß deine Schwester mich wiederliebt. Und wenn dann mein Gefühl mit mir durchgehen will, wenn sie mich so lieb mit ihren schönen Augen ansieht, dann muß ich mit irgendeinem Scherz mein wahres Empfinden verstecken. Dann bekommen ihre Augen einen ängstlichen, betrübten Ausdruck. Ich weiß, sie zweifelt in solchen Augenblicken an meiner Liebe, und das halte ich nicht aus. Ich darf nicht eher wieder mit ihr zusammenkommen, als bis du mir erlaubst, ihr offen zu sagen, was sie mir ist. Verstehst du das, Udo?«

Der Graf antwortete nicht gleich. Er blickte nachdenklich zu Boden. Dann sagte er unsicher:

»Wenn ich jetzt Eva um Rat fragen könnte, Hans. Was du sagst, ist alles gut und richtig. Und ich weiß auch längst, daß Hella dich liebt und nie von dir lassen wird. Verbiete ich dir, ihr zu sagen, daß du sie liebst, so schaffe ich nur Unruhe. Gestatte ich es aber, so weiß ich nicht, ob ich recht tue. Hella sehe ich immer noch als Kind an, obgleich sie recht erwachsen aussieht. Wir beiden Männer können hier schwer entscheiden, was recht ist. Dich macht dein Herz parteiisch, und ich bin vielleicht zu ängstlich. Unsereiner kann sich in ein junges Mädchen nicht hineindenken. Das kann nur eine Frau. Du weißt, daß ich dich als Schwager herzlich willkommen heißen werde, weißt auch, daß Hella dir nicht verlorengeht. Soll ich nun Eva um Rat bitten? Wollen wir uns dem unterwerfen, was sie für gut hält? Sie kennt dich und meine Schwester.«

»Ja, frage sie! Ich glaube, daß sie die richtige Antwort findet. Und, lieber Udo, du weißt nicht, wie dankbar ich bin, daß du mich so aufnimmst und mir dieses köstliche Gut fürs Leben anvertrauen willst. Mir, dem armen Kerl, der nichts hat und nichts ist ...«

»... als ein ehrlicher Mensch, der Hella von Herzen liebt und nicht zuerst nach ihrem Reichtum sieht, wie es die meisten machen würden! Das ist mir genug, Hans.«

Trachwitz drückte Udo die Hand.

»Ich danke dir, Udo. Aber eins mußt du mir noch erlauben: Ehe ich abreise, darf ich Hella eine Andeutung machen, die sie beruhigt, die ihr erklärt, warum ich mich in Stillschweigen hülle?«

»Gut, diese Erlaubnis gebe ich dir. Du wirst schon die rechten Worte finden.«

Am Nachmittag desselben Tages war die Sonne herausgekommen. Trachwitz spielte mit Hella Tennis.

Am nächsten Tag sollte ein Ball in der Nachbarschaft stattfinden, und den Morgen darauf mußte Trachwitz abreisen, Hella spielte unaufmerksam; sie ließ viele Bälle vorbeifliegen, die sie gut hätte zurückschlagen können. Trachwitz merkte, daß sie nicht bei der Sache war.

»Sind Sie zu müde zum Spielen, Hella?« fragte er, im Spiel einhaltend.

Sie ließ den Arm mit dem Schläger sinken.

»Nein, nicht müde.«

»Aber unlustig. Wollen wir lieber ein wenig im Park spazierengehen?«

So schritten sie über das raschelnde Laub in den Park hinein. Sie kamen auch an jener Stelle vorbei, wo sie sich zuerst gesehen hatten. Die Sonne schien sehr warm. Hella setzte sich auf die Bank, um zu rasten.

Trachwitz stand an einen Baum gelehnt und sah zu Hella hinüber.

»Warum sprechen Sie nicht, Trachwitz?«

»Ich glaubte, Sie in Ihren Gedanken zu stören.«

»Oh, so wichtige Sachen denke ich nie. Wissen Sie, was mir eben einfiel?«

»Nun?«

»Wie wir uns das erste Mal hier sahen. Mir ist, als wäre das schon hundert Jahre her. Damals war ich noch ein richtiges Kind.«

Er sah sie ernst an.

»Und heute sind Sie eine junge Dame. Sie haben sich sehr verändert in dieser verhältnismäßig kurzen Zeit.«

»Sie aber auch!«

»Ich?«

»Ja, Sie sind nicht mehr lustig – wenigstens selten.«

»Und das mißfällt Ihnen, nicht wahr?«

»Mißfallen? Nein, das ist nicht das rechte Wort. Aber es macht mich ein bißchen verzagt. Wissen Sie, was ich denke?«

»Nun?«

»Mir kommt es vor, als – als wenn es Ihnen in Plessentin nicht mehr gefiele, als sehnten Sie sich fort.«

Sie sah ihn ängstlich und forschend an bei diesen Worten.

Er richtete sich gerade auf und sah ihr fest in die Augen.

»Sie haben recht geraten, Hella. Ja – ich möchte fort von Plessentin!«

»Warum? Wer hat Ihnen hier etwas zuleide getan?« fragte sie leise, mit blassen Lippen.

Da saß er schon neben ihr und hielt ihre Hand fest zwischen der seinen. Er fühlte, daß sie kalt war und leise bebte.

»Zuleide hat mir hier niemand etwas getan. Im Gegenteil, alle sind so gut zu mir. Aber trotzdem – sehen Sie, Hella, ich bin ein unzufriedener Mensch und verlange mehr vom Schicksal, als es mir geben will. Und das treibt mich fort!«

»Warum sagen Sie es mir nicht, was Sie vom Schicksal erflehen, Herr von Trachwitz?« fragte Hella atemlos.

»Weil ich es versprochen habe.«

»Wem?«

»Ihrem Bruder.«

»Oh, ich will ihn bitten, daß er Ihnen Ihr Wort zurückgibt.«

»Nein, tun Sie es nicht, Hella, er hat ein Recht. Er tut es nicht für immer. Ich soll warten, bis – bis Sie älter geworden sind und besser imstande sind, zu beurteilen, ob Sie mir einen innigen Herzenswunsch erfüllen wollen und können. Manchmal hat sich diese Frage schon vorwitzig über meine Lippen drängen wollen – es ist so schwer für mich zu schweigen, zumal, wenn Sie mich so ansehen wie jetzt. – Deshalb möchte ich fort von Plessentin, und – und wenn ich lange nicht wiederkomme, dann wissen Sie, weshalb ich fortbleibe. Ich komme wieder, wenn ich Ihnen diese – diese Bitte vortragen darf. Aber Sie sollen wissen, daß ich nur aus diesem Grunde fortbleibe. Udo hat mir erlaubt, Ihnen das zu sagen, damit Sie nicht denken, ich bleibe aus anderen Gründen fort. Ich könnte es nicht ertragen, wenn Sie mich falsch beurteilen. Verstehen Sie mich nun, Hella?«

Sie sah zu ihm auf. Tränen funkelten in ihrem Blick, aber ein liebes Lächeln umspielte ihren Mund. Sie seufzte tief auf. Dann sagte sie leise:

»Ja, nun verstehe ich alles. Auch, warum Sie mir manchmal haben weh tun müssen.«

Er drückte ihre Hand fest und lange in der seinen.

»Hella – wenn Sie wüßten, wie mir zumute ist.«

»Oh, ich weiß es«, sagte sie ehrlich.

»Und Udo wollte auch an Eva schreiben«, fuhr Trachwitz fort. »Er hat gleich Ihnen die Überzeugung, daß seine Braut am besten raten kann. Von ihrer Antwort wird es abhängen, ob ich Weihnachten in Plessentin verbringe.«

»Dann weiß ich bestimmt, daß Sie kommen«, sagte sie leise.

Und dann saßen sie beide, Hand in Hand, und sahen den tanzenden Sonnenlichtern auf dem Wasser zu.

Und als Trachwitz leise die kleine Hand drückte, gab sie mit selig verträumtem Lächeln den Druck zurück. So saßen sie, bis Hans mit erneutem Druck ihre Hand freigab. Gleichzeitig sprangen sie auf, um ins Schloß zurückzukehren.

*

Eva trat aus dem Postgebäude. Sie hatte, wie jeden Tag um diese Zeit, nach Briefen gefragt und auch zwei erhalten. Sie trugen Udos und Hellas Schriftzüge.

Mit schnellen Schritten ging sie dem Hotel zu, denn zu diesem Weg holte sie nie Erlaubnis ein. Sie hielt es für besser, Liliane nicht merken zu lassen, daß sie einen regen Briefwechsel unterhielt.

Als sie schnell in das Hotel eintrat, sah sie bei dem Pförtner jenen Lebemann von neulich abends stehen. Er musterte sie mit eingehenden Blicken, die sie zwar nicht sah, da sie zur Seite blickte, jedoch unwillkürlich fühlte.

Während sie eilig die Treppe hinaufging, sah ihr der Mensch in aufdringlicher Weise nach. Erst als sie verschwunden war, fragte er den Pförtner: »Sagen Sie mal, empfängt die hübsche kleine Zofe der Frau Clermont zuweilen Besuche?«

»Nicht, daß ich wüßte, Herr Lünefeld.«

»Wird sie auch nicht abgeholt oder nach Hause gebracht?«

»Abgeholt nie, aber neulich abends wurde sie von einem Stallmeister aus dem Zirkus begleitet. Er verabschiedete sich jedoch sehr höflich von ihr an der Tür. Überhaupt – ich halte das junge Mädchen für eine anständige Person.«

Lünefeld lachte höhnisch.

»Na ja – Sie Wickelkind! Die Weiber sind alle gleich – alle. Eine ziert sich bloß ein bißchen länger als die andere. Und darin liegt eben der Reiz für mich. Hier, Männchen – da haben Sie einen Goldfuchs. Dafür leisten Sie mir wohl eine kleine Gefälligkeit, hä?«

»Selbstverständlich, Herr Lünefeld. Wo es was zu verdienen gibt, bin ich immer zu haben. Das wissen Sie doch. Ich habe schon manches für Sie besorgt.«

Eva war inzwischen in ihrem Zimmerchen damit beschäftigt, die Briefe zu lesen, die sie von der Post geholt hatte. Sie ahnte nicht, welche Absichten Lünefeld betreffs ihrer Person hegte.

Udo schrieb ihr von der Unterredung mit Trachwitz und bat sie, ihm zu raten, was er mit den beiden jungen Leuten anfangen sollte. Über Evas Gesicht huschte ein sonniges Lächeln. Sie sah im Geiste ihre kleine herzige Hella und Trachwitz zusammen. Ach, sie wußte so gut, was in dem jungen unberührten Mädchenherzen vorging, hatte sie doch darin gelesen wie in einem aufgeschlagenen Buche.

Dann nahm sie Hellas Brief und las:

*»Meine innigst geliebte Eva! Ach, daß Du jetzt fort bist, jetzt, da ich Dich so notwendig brauche.*

*Liebe gute Eva – Udo wird einen Rat von Dir erbitten, ich weiß es. Und da Du nicht hier bist und ich Dich nicht mündlich sprechen kann, so bitte ich Dich brieflich – rate ihm gut, Herzens-Eva! Ich habe Trachwitz lieb, so lieb, wie ein Mensch den anderen nur haben kann. Und er liebt mich ebenso, ich weiß es, obwohl er es mir nicht sagen darf. Udo erlaubt es ihm nicht.*

*Er denkt, ich bin zu jung, um mich zu verloben. Denk nur – dabei bin ich bald siebzehn! Sag ihm bitte, er soll es erlauben. Trachwitz kommt nicht eher wieder nach Plessentin, bis er mir sagen darf, wie lieb er mich hat. Das weiß ich. Und ich möchte so furchtbar gern, daß er Weihnachten mit uns verlebt. Denk doch – da Du Weihnachten noch nicht hier sein willst –, wie traurig soll das werden! Und Udo braucht Trachwitz' Gesellschaft auch – sie haben beide Freundschaft geschlossen und sagen ›Du‹ zueinander.*

*Du verstehst mich sicher besser als Udo in dieser Sache. Vertrauensvoll komme ich zu Dir und bitte Dich: Hilf mir, liebe gute Eva! Bitte, schreibe mir recht bald. Für heute nichts mehr, der Brief muß mit dem von Udo an Dich abgehen. Trachwitz ist heute morgen wieder abgereist. Tausend herzliche Grüße!*

*Deine Hella.«*

Evas Augen waren feucht.

»Meine liebe Hella, wann werde ich wieder bei euch sein können?« flüsterte sie wehmütig.

Und dann nahm sie Udos Brief noch einmal und las ihn

durch. Jedes Wort darin atmete Liebe und Sehnsucht. Ach, welche Wohltat, wenn sie endlich nicht mehr nötig haben würde, vor ihren geliebtesten Menschen Versteck zu spielen!

Wie befreit würde sie aufatmen, wenn sie Udo sagen könnte: Sieh, ich habe das alles nur für dich getan. Mein Herz hat viel mehr unter der Trennung gelitten als das deine, denn ich mußte mich hinter allerlei Unwahrheiten verstecken und durfte mir nicht anmerken lassen, wie groß meine Sehnsucht war!

Sie malte sich aus, wie schön das sein würde, wenn sie nach Plessentin zurückkäme mit einer Botschaft, die vollen Sonnenschein über Plessentin bringen würde.

Udo sollte ruhig Trachwitz die Erlaubnis geben, sich Hella gegenüber auszusprechen. War Hella auch noch jung, so war sie beständig in ihren Neigungen. Warum sollten sich die beiden jungen Leuten herumquälen? Das schadete Hella mehr als die ruhige Sicherheit eines Verlöbnisses.

Mit der Hochzeit eilte es dann nicht. Damit konnte man warten, bis Hella sich mehr entwickelt hatte. Trachwitz war auch noch sehr jung. Vor zwei – drei Jahren brauchte man an eine Hochzeit nicht zu denken.

In diesem Sinne schrieb sie am Nachmittag. Sie sorgte für Hella, als wäre sie ihr Kind. Ihr Briefchen an sie war lieb, mütterlich, gut und verständig gehalten. Ihr ganzes Herz, ihre treue Fürsorge gab sie darin mit auf die Reise.

Auch für Udo fand sie die richtigen Worte. Frisch und fröhlich und dabei voll herzlicher Liebe, ihr Brief mußte ihm Ersatz sein für vieles.

Die Briefe steckte sie zu sich, um sie auf dem Wege zum Zirkus in den Briefkasten werfen zu können.

Als die Clermonts vom Essen ins Hotel zurückkamen, merkte Eva, daß es wieder Sturm gegeben hatte.

Henry Clermont ging wie ein gereizter Löwe im Zimmer

auf und ab und warf finstere Seitenblicke auf Liliane. Diese sah verweint aus und starrte mit zusammengezogenen Augenbrauen auf das Teppichmuster. Als Eva fragte, ob sie noch Befehle hätte, schüttelte sie den Kopf.

»Sie können sich auf Ihr Zimmer zurückziehen, Eva, ich will jetzt schlafen«, sagte Liliane mit erzwungener Ruhe. Eva trug noch einige Kleidungsstücke beiseite und holte frisches Trinkwasser herein. Als sie damit ins Zimmer trat, sah sie Henry Clermont auf den Knien neben seiner Frau liegen. Diese zeigte ein völlig verändertes, glückstrahlendes Gesicht und wühlte mit den weißen Händen in seinem dunklen Haar.

Es war wieder alles eitel Liebe und Sonnenschein.

Eva wunderte sich schon nicht mehr darüber. Es mußte wohl auch solche Liebe geben ...

Als sie ihr Zimmerchen betrat, schlug ihr ein starker Duft entgegen. Auf dem Tisch stand ein prachtvoller Blumenstrauß.

Sie trat an den Tisch heran und betrachtete die Blumen. Da mußte wohl ein Irrtum vorliegen. Plötzlich fiel ihr ein Briefchen in die Augen, halb versteckt unter den Blumen. Darauf stand mit großen deutlichen Buchstaben ihr Name.

*Mit spitzen Fingern nahm sie den Brief aus den Blumen und öffnete ihn. Eine schmale Karte lag in dem Umschlag. Auf der einen Seite stand gedruckt der Name* Kurt Lünefeld, *auf der anderen war mit sehr kleinen Buchstaben geschrieben:*

*»Sehr geehrtes Fräulein! Diese Blumen sollen um Verzeihung bitten für meine Kühnheit von neulich abends. Ich kann nichts zu meiner Entschuldigung anführen als Ihre Schönheit. In schrankenloser Ergebenheit. D. U.«*

Eva warf die Karte von sich, als verbrenne sie sich damit die Finger. Sie klingelte dem Zimmermädchen. Als dieses eintrat, sagte Eva kurz und bestimmt:

»Bitte, nehmen Sie die Blumen hinaus. Wer hat sie in mein Zimmer gestellt?«

Das schnippische Zimmermädchen, das sich schon längst über Evas stolze Zurückhaltung geärgert hatte, zuckte spöttisch mit den Schultern.

»Die Blumen sind vom Pförtner heraufgeschickt worden mit der Weisung, sie in Ihr Zimmer zu stellen. Das habe ich auch getan.«

»Bitte, nehmen Sie sie sofort wieder mit hinaus! Ich mag sie nicht im Zimmer haben.«

»Wo sollen sie hingebracht werden?«

»Meinetwegen werfen Sie die Blumen auf den Müll.«

Das Zimmermädchen lachte spöttisch.

»Die kommen gewiß von einem Anbeter, dem Sie nicht gewogen sind«, sagte sie höhnisch.

»Bitte, behalten Sie derartige Vermutungen für sich«, erwiderte Eva.

Das Zimmermädchen nahm den Strauß und ging hinaus.

Eva war voll Zorn. Daß der unverschämte Mensch glaubte, ihr solche Frechheiten bieten zu dürfen, lag wohl auch in der Hauptsache darin, daß er sie für eine Dienerin, nicht für eine Dame hielt. Derartig freche Patrone glauben, gegenüber schutzlosen Angestellten sich solche Ungezogenheiten erlauben zu dürfen. Er dachte vielleicht im Ernst, seine Flegelei durch Übersendung der Blumen gutzumachen.

Jedenfalls beschloß Eva, keinerlei Notiz davon zu nehmen. Nur mit Frau Clermont sprach sie davon.

Liliane nickte. »Dachte ich's doch, daß er sich mit seinem ersten Mißerfolg nicht zufrieden geben würde. Oh, ich kenne diese Sorte Männer, die schrecken vor nichts zurück, wenn einmal ihre Begierde geweckt ist. Sehen Sie sich vor, Eva, er hat ganz sicher das letzte Wort noch nicht gesprochen in dieser Angelegenheit«, sagte sie zu Eva.

Diese glaubte jedoch die Sache abgetan, doch weit gefehlt! Als sie am nächsten Mittag zum Postamt ging, stand Lünefeld am Hoteleingang. Er stand dicht an der Treppe, mit dem Rücken dieser zugewendet.

Eva, die ihn sofort erkannte, mußte dicht an ihm vorüber. Sie raffte ihr Kleid zusammen, um ihn nicht streifen zu müssen. In demselben Augenblick wandte er sich rasch um, trat schnell zur Seite und zog den Hut. Sein Blick umfaßte dabei ihre Erscheinung mit begehrlichen Blicken.

Eva dankte auf seinen Gruß nicht. Sie ging schnell und ohne ihn anzusehen hinaus. Über Lünefelds Gesicht flog ein widerwärtiges Lächeln.

Kleine Spröde, dich mache ich schon noch zahm, nun erst recht! dachte er in unverfrorener Siegesgewißheit.

Er setzte sich behaglich in einen Sessel und zwinkerte vielsagend nach dem Pförtnerraum hinüber. Das rote runde Gesicht des Pförtners hatte während dieses Vorganges durch das Fenster gesehen.

Als Eva hinaus war, klingelte der Pförtner nach einem Zimmerkellner. Diesem übergab er Blumen und ein Briefchen, welche er in Evas Zimmer tragen sollte.

Das Zimmermädchen hatte ihm berichtet, in welcher Weise die Zofe der Frau Clermont die Blumenspende aufgenommen hatte, deshalb wollte er diese nicht wieder damit beauftragen.

Als Eva vom Postamt zurückkam, saß Lünefeld noch auf seinem Platz. Helle Zornesröte stieg ihr ins Gesicht. Sie schlug die Augen voll zu ihm auf und sah ihn kalt und abweisend an.

Unter ihrem Blicke rötete sich seine Stirne, aber seine Augen funkelten eroberungslustig in die ihren. Er sah ihr mit entzücktem Blick nach, bis sie oben an der Treppe verschwunden war, dann trat er zu dem Pförtner heran.

»Handeln Sie weiter nach meinen Wünschen«, sagte er zu ihm.

Der Pförtner legte diensteifrig die Hand an die Mütze.

»Wird genau befolgt, Herr Lünefeld, verlassen Sie sich darauf.«

Eva war inzwischen in ihr Zimmer getreten und hatte die Blumen erblickt. Dunkelrot vor Empörung stand sie davor und wußte im Augenblick nicht, was sie tun sollte.

Nach dem Zimmermädchen klingeln und die Blumen hinaustragen lassen, wollte sie nicht.

Wie konnte sie sich vor weiteren Zudringlichkeiten schützen?

Sie beschloß, Frau Clermont um Rat zu fragen.

Als sie dieser von den Blumen erzählte und sie bat, ihr zu sagen, wie sie sich verhalten sollte, sah Liliane nachdenklich vor sich hin.

»Wenn mein Mann bei solchen Anlässen nicht so furchtbar jähzornig wäre, würde ich ihm davon erzählen, er könnte dann dem Pförtner, der sicher mit diesem ehrenwerten Herrn Lünefeld im Bunde ist, einmal den Standpunkt klarmachen. Aber ich weiß nicht, ob sich meines Mannes Zorn dann nicht auch gegen mich kehren würde. In diesem Punkt ist er unberechenbar.«

»Ich will um keinen Preis, daß Sie dadurch Unannehmlichkeiten haben; dem gnädigen Herrn dürfen wir mit dieser Angelegenheit nicht lästig fallen.«

»Nein, Eva, leider dürfen wir meinem Manne nichts von dem aufdringlichen Menschen sagen«, meinte Liliane, »obwohl ich diesem Flegel ein paar Hiebe mit der Reitgerte gönnte. Oh, diese elenden Frechlinge, etwas wie Schamgefühl können sie unmöglich besitzen. Nun – zum Glück reisen wir bald ab, dann sind Sie diesen Flegel los. Wissen Sie was? Werfen Sie Blumen und Brief einfach in den Papierkorb in Ihrem Zimmer. Haben Sie den Brief gelesen?«

»Nein! Ich wüßte nicht, was mir dieser Mensch zu sagen hätte.«

»Gut – werfen Sie also den geschlossenen Brief mit den Blumen in den Papierkorb. Das Zimmermädchen wird dem Pförtner gewiß darüber Bericht erstatten.«

»Ich will es tun. Ich danke für Ihren Rat.«

Liliane lächelte bitter.

»Dergleichen habe ich oft erleben müssen – ach –, der Ekel könnte einen packen vor diesem ganzen Gesindel. Ich sage Ihnen noch einmal, Eva, hüten Sie sich – halten Sie sich den Menschen so fern wie möglich.«

Da jetzt Herr Clermont eintrat, sprachen die beiden Frauen nicht mehr darüber. Eva tat, wie ihr Liliane geraten. Sie warf Blumen und Brief in den Papierkorb.

Das Zimmermädchen fand beides am nächsten Morgen beim Aufräumen. Neugierig erbrach sie den Brief und las ihn. Er lautete:

*»Angebetetes Fräulein! Seien Sie nicht grausam gegen Ihren ergebenen Sklaven. Ich liebe Sie wahnsinnig. Befehlen Sie über mich. Ich wünsche nichts, als Ihnen dienen zu können, Sie der unwürdigen Stellung zu entreißen, in der Sie sich befinden. Sie sind zum Herrschen geboren, nicht zum Dienen.*

*Ich kann nicht davon ablassen, Sie zu bestürmen, denn ich liebe Sie, Ihre Schönheit berauscht mich. Gewähren Sie mir einen Blick, wenn Sie mich morgen wiedersehen. Das soll mir ein Zeichen sein, daß ich hoffen darf.*

*Ihr ergebener Sklave Kurt Lünefeld.«*

Das Mädchen kicherte in sich hinein.

Na, so eine dumme Gans – wirft so etwas weg wie einen Lumpen! Das sollte mir passieren – hm – na, der Stolz legt sich auch noch, dachte sie und stopfte Blumen und Brief in den Müllkasten.

Der Pförtner fragte sie später aus, wie die Zofe die Blumen diesmal aufgenommen hätte. Das Mädchen lachte verschmitzt.

»Für ein gutes Trinkgeld verrate ich's dem Herrn Lünefeld«, sagte sie schlau.

»Woher wissen Sie, daß die Blumen von Lünefeld kommen?« fragte der Pförtner lachend.

Sie zuckte lachend mit den Schultern.

»Das Fräulein Zofe hat mich den Brief lesen lassen!« log sie unverfroren.

»So? Nun, und – was sagte sie dazu?«

Das Zimmermädchen hielt lachend die offene Hand hin. Er legte schnell einen Taler darauf, den sie ebenso schnell verschwinden ließ.

»Gar nichts hat sie gesagt! Aber die Blumen hat sie diese Nacht im Zimmer behalten. Wenn dem Herrn Lünefeld so viel daran liegt, will ich gern weiter Bericht erstatten. Ich weiß von früher, als Herr Lünefeld noch hier im Hotel wohnte, daß er sehr reichliche Trinkgelder gibt, und daß Sie diese allein einstecken wollen, finde ich nicht in der Ordnung! Geben Sie mir etwas ab davon, dann bin ich auch zu Diensten bereit.«

Der Pförtner überlegte. Dem Mädchen von seinem Verdienst abzugeben, fiel ihm natürlich nicht ein. Aber man konnte ja Lünefeld über die Bedingungen des Mädchens in Kenntnis setzen Er würde sich schon bereit finden, etwas für sie auszugeben.

Anscheinend verrannte sich der reiche Müßiggänger immer mehr in den Gedanken, die hübsche Zofe für sich zu gewinnen. Mochte er es sich also immerhin noch etwas mehr kosten lassen ...

So versprach der Pförtner dem Zimmermädchen, Lünefeld ihren Wunsch zu unterbreiten. Sie möge nur inzwischen sehen, die Zofe ein wenig zu Lünefelds Gunsten zu stimmen.

Das Zimmermädchen war eine schlaue Person. Sie gab sich den Anschein, als wenn das nicht außerhalb ihrer

Macht läge. Jedenfalls wollte sie von Lünefelds Verliebtheit und Evas stolzer Abwehr ihren Vorteil ziehen.

Als am nächsten Tage Lünefeld wieder einen Blumenstrauß und außerdem ein Schächtelchen mit einem Ring übersandte, übergab ihr der Pförtner beides und zugleich einen Brief Lünefelds. Das Zimmermädchen trug es in Evas Zimmer.

Dort betrachtete sie zuerst mit begehrlich funkelnden Augen den Ring, steckte das Schächtelchen dann tief in die Blumen, daß es nicht zu sehen war. Den Brief legte sie spöttisch obenauf und verließ dann Evas Zimmer.

Wie sie richtig vermutet hatte, lag am nächsten Morgen der ungeöffnete Brief samt den Blumen und Etui im Papierkorb. In den Blumen steckte unversehrt das Schächtelchen mit dem Ring, das von Eva nicht bemerkt worden war.

Natürlich eignete sich das Zimmermädchen den Ring ohne Gewissensbisse an – er lag ja im Papierkorb. Was darin lag, war für andere wertlos! Sie hatte ihn einfach gefunden. Selbstverständlich erbrach sie auch Lünefelds Brief.

Er verriet noch glühendere Leidenschaft, beschwor Eva, den Ring anzunehmen und ihn zu tragen, und bat ganz bescheiden nur um ein freundliches Wort, daß sie ihn erhalten habe.

Das Zimmermädchen wußte, daß Clermonts mit ihrer Zofe bereits in zwei Tagen abreisten. Daraufhin wagte sie die folgende Dreistigkeit:

Sie ging hinunter zum Pförtner, erzählte ihm, daß Eva den Ring erhalten habe, sich sehr darüber freue und an einer Schnur um den Hals trage, um ihrer Herrin nicht durch den kostbaren Ring aufzufallen.

Frau Clermont sei sehr streng in solchen Sachen. Die Zofe selbst lasse Herrn Lünefeld herzlich danken, er möge sich jedoch zurückhalten. Frau Clermont beobachte sie zu scharf.

Dieser Bericht, den der Pförtner in Erwartung eines guten Trinkgeldes seinerseits auch noch ein gutes Teil mehr ausschmückte, entlockte Lünefeld ein triumphierendes Lächeln. Der Pförtner bekam für sich und das Zimmermädchen ein reichliches Trinkgeld, und für Eva kamen am nächsten Tag abermals Blumen und ein kostbares Armband. In dem begleitenden Brief beschwor er Eva leidenschaftlich um ein Stelldichein.

Das Zimmermädchen verfuhr ohne Gewissensbisse genauso damit wie mit der Sendung am vorhergehenden Tage. Als besonderen Glücksumstand betrachtete sie es, daß die Clermonts noch am selben Abend direkt nach der Vorstellung abreisen wollten.

Lünefeld wußte nicht, daß die Abreise schon für diesen Abend festgesetzt war. Er fieberte danach, Eva zu sprechen, und hoffte, noch an diesem Abend von ihr Bescheid zu erhalten.

Wenn nicht, war er bereit, ihr zu folgen. Seine Leidenschaft war geschürt worden, und er wollte alles daransetzen, die reizende Zofe zu erobern.

Das Zimmermädchen berichtete dem Pförtner, daß Eva am Abend nicht mit Clermonts abreisen würde, sondern erst am nächsten Morgen folgen sollte. Sie wollte Herrn Lünefeld nach Abgang des Nachtschnellzuges am Ausgang des Bahnhofs treffen, wohin sie ihre Herrschaft begleite. Dann sei sie frei ... Kurt Lünefeld war hoch erfreut über diese Botschaft. Hatte er Eva einmal so weit, dann fiel es ihm wohl nicht schwer, diese Abreise überhaupt zu verhindern. Sie mußte bei ihm bleiben! Mochte Frau Clermont dann in Paris sehen, wo ihre Zofe bliebe ...

Eva wußte von alledem natürlich nichts.

Ahnungslos, welche Hoffnungen das verschmitzte Zimmermädchen in Lünefeld betreffs ihrer Person geweckt hatte, bestieg sie nach der letzten Zirkusvorstellung den Wagen, der sie mit dem Gepäck zum Bahnhof bringen sollte. Lünefeld stand am Hoteleingang und schaute sie an, bereit, ihr gleich darauf in einem anderen Wagen zu folgen, um sie dann, wie er glaubte, am Bahnhof zu treffen.

Als sie ihn stehen sah, flog ein erlöstes Lächeln über ihr Gesicht. Er deutete dies Lächeln jedoch zu seinen Gunsten.

Clermonts waren bereits vorausgefahren. Sie erwarteten Eva am Bahnhof.

Als diese fortgefahren war und nach ihr auch Lünefeld, kam das schlaue Zimmermädchen anscheinend in größter Eile zum Pförtner gestürzt.

»Wo ist Herr Lünefeld? Ich muß ihn sprechen, ehe er zum Bahnhof fährt!« rief sie aufgeregt.

»Er ist bereits fort. Was gibt es?«

»Ach, die Zofe Frau Clermonts hat soeben von ihrer Herrin erfahren, daß sie doch heute abend schon mit abreisen muß! Ich sollte Herrn Lünefeld melden, daß es ihr leid tue, ihn nicht mehr treffen zu können. Schade, daß er schon fort ist. Ich wurde oben noch eine Weile von einem Gast aufgehalten und konnte nicht gleich herunterkommen.«

Der Pförtner machte ein unbeschreibliches Gesicht und pfiff durch die Zähne. Dann sahen sich die beiden eine Weile wie ratlos an. Schließlich zuckte der Mann mit den Schultern.

»Läßt sich nicht ändern – na, unser Trinkgeld haben wir ja weg. Aber unangenehm ist es doch. Wissen Sie was? Ich glaube, das Fräulein Zofe war eine ganz Geriebene. Die hat es schließlich schon eher gewußt, daß sie heute mit abreist. Die hat Lünefeld einfach an der Nase herumgeführt und die schönen Geschenke eingesteckt. Eigentlich zum Lachen. Na, das reiche Kurtchen wird ein schlaues Gesicht machen, wenn seine Angebetete nicht auf der Bildfläche erscheint. Das möchte ich sehen.«

Das Zimmermädchen machte ein entrüstetes Gesicht.

»Ach, gehen Sie – Sie sind auch zu schlecht. Mir tut er leid«, sagte sie heuchlerisch.

»Ach was, wenn er es vor Herzweh nicht aushalten kann, braucht er ihr ja nur nachzureisen!«

»Das wird er doch nicht?« stotterte sie verlegen.

»Das wird er ganz sicher – ich kenne ihn, er läßt nicht locker«, erwiderte der Pförtner lachend.

Das Mädchen überlegte. Konnten ihr daraus nicht Unannehmlichkeiten erwachsen? Aber wieso? Die Schmucksachen hatte sie einfach gefunden, daraus konnte man kein Verbrechen machen, höchstens Fundunterschlagung.

Vorläufig war die Zofe fort und Lünefeld hatte das Nachsehen. Sie selbst aber hatte ein feines Geschäft gemacht. Sollte diese Angelegenheit aber noch ein Nachspiel haben, dann würde sie sich schon herauslügen können.

Kurt Lünefeld wartete vergeblich auf Eva. Erst unruhig und sehnsüchtig, dann aufgeregt und enttäuscht.

Trotzdem verharrte er fast noch eine Stunde auf dem Platz, ehe er ins Hotel zurückfuhr.

Dort teilte ihm der Pförtner wortreich mit, daß die Zofe der Frau Clermont untröstlich gewesen sei, daß ihre Herrin in letzter Minute noch ihre Bestimmung geändert habe. Das Zimmermädchen hätte die Botschaft leider nicht zeitig genug überbringen können.

Kurt Lünefeld biß sich auf die Lippen.

Nachdem er eine Weile nachdenklich vor sich hingebrütet hatte, richtete er sich auf.

Er hatte den Entschluß gefaßt, am nächsten Tag schon nach Paris zu reisen.

»Die Kleine soll dennoch mein werden, nun erst recht! Da der ganze Zirkus nach Paris übersiedelt, geht mir ihre Spur nicht verloren. Darauf rechnet sie wohl auch, daß ich folge, der süße kleine Racker.«

So dachte er und reiste tags darauf nach Paris ab.

# XIV

Eva hatte Udo und ihrer Mutter mitgeteilt, daß sie nach Paris abgereist war. Mit schwerem Herzen legte sie diese Reise zurück. Noch hatte sie nichts erreicht. Frau Clermont wurde zwar ihrer Zofe gegenüber täglich vertraulicher und gab Eva immer neue Beweise ihres Wohlwollens, auch Henry Clermont milderte sein herrisches Wesen – aber kein Wort fiel, das sie ihrem Ziele näher brachte.

Und nun fuhr sie mit diesen beiden Menschen in ein fremdes Land.

Sie fand die ganze Nacht keinen Schlaf.

In Paris angekommen, fuhr Eva zunächst mit ihrer Herrschaft in ein Hotel.

Da der Zirkus auf Monate hinaus in Paris bleiben würde, hatten die Clermonts beschlossen, während dieser Zeit eine Privatwohnung zu mieten.

Schon am nächsten Tag fand sich eine hübsche Wohnung, bestehend aus zwei Wohn- und einem Schlafzimmer, einem kleinen, aber sauberen und freundlichen Stübchen für Eva und einer niedlichen Küche, in der Eva Frühstück und Tee für ihre Herrschaft bereiten sollte. Die Hauptmahlzeiten wollte das Ehepaar Clermont auch hier außer dem Hause einnehmen, und Eva sollte von der Wirtin beköstigt werden, die den Clermonts die Wohnung überließ.

Als Eva einige Tage darauf ausging, das erste Mal allein in der großen Stadt, um einzukaufen, war ihr doch recht verzagt zumute.

Ohne sich nochmal umzusehen, schritt sie zögernd durch

die Straßen. Sie kam sich grenzenlos einsam und verlassen vor.

Zugleich war sie unruhig, wo sie das Hauptpostamt finden würde. Während sie in Gedanken verloren auf das fremde Stimmengewirr lauschte, schlugen plötzlich deutsche Worte an ihr Ohr.

»Guten Tag, Fräulein Hermsdorf!«

Überrascht sah sie auf.

Engels stand vor ihr und sah lachend in ihr Gesicht.

»Ach – guten Tag, Herr Engels. Ich freue mich wahrhaftig, ein bekanntes Gesicht zu sehen. Eben kam ich mir noch vor wie losgelöst von allem.«

Er schüttelte herzlich ihre Hand und ging neben ihr her.

»Ich kenne das Gefühl aus Erfahrung. So ging es mir auch, als ich das erste Mal unser gutes Vaterland verlassen hatte. Sie sind zum ersten Mal im Auslande, nicht wahr?«

»Ja.«

»Und unternehmen gleich einen Ausflug auf eigene Faust?«

»Ich muß wohl! Frau Clermont hat mich beauftragt, Einkäufe zu machen. Übrigens wollte ich auch aufs Postamt, um nachzusehen, ob Briefe für mich von zu Hause angekommen sind. Sie kennen Paris, Herr Engels; habe ich weit zum Hauptpostamt?«

Er sah immerfort in ihr reizvolles Gesicht.

»Nein, nicht weit. Wenn Sie mir gestatten, zeige ich Ihnen den Weg und begleite Sie.«

Sie sah verlegen aus.

»Ich möchte Ihre Zeit nicht in Anspruch nehmen«, sagte sie leise.

Es zuckte um seinen Mund.

»Sagen Sie lieber: Meine Begleitung ist Ihnen lästig.«

Sie sah ihn mit ihren schönen ehrlichen Augen erschrocken an.

»Oh, bitte – ich will Sie gewiß nicht kränken, Herr Engels. Sie sind immer gut und freundlich zu mir gewesen, und – ich fühle auch, Sie sind ein guter ehrlicher Mensch. Aber gerade darum, ich – ich möchte nicht – ach –, ich weiß nicht, wie ich Ihnen das sagen soll.«

Er blickte von ihr fort, geradeaus, aber sie bemerkte den schmerzlichen Ausdruck in seinen Augen.

»Sie brauchen gar nicht mehr zu sagen – ich weiß es auch so. Ihr ganzes Verhalten hat es mich ja schon gelehrt, daß ich Ihnen nicht zu nahe kommen soll. Ich bin nicht so schwer von Begriff, um mir trotzdem Hoffnungen zu machen. Seien Sie ganz ruhig, ich habe mich in mein Schicksal gefunden – ich weiß, daß Sie einen anderen lieben!«

Eva zuckte zusammen und sah glühendrot und erschrocken zu ihm auf.

»Sie wissen – was wissen Sie?«

»Nicht viel, nur genug, um mich nicht länger falschen Hoffnungen hinzugeben. Ich habe einmal gesehen, wie Sie einen Brief geküßt haben, das ist alles. Verzeihen Sie meine Offenheit, ich will Ihnen die Angst nehmen, daß ich etwas von Ihnen will, das Sie mir verweigern müssen.«

Eva bot ihm mit warmem Blick die Hand. »Verzeihen Sie!«

Er lächelte gutmütig.

»Daß Sie mich nicht mögen?«

»Nein, daß ich Sie nicht hoch genug eingeschätzt habe. Aber nun will ich mich Ihnen auch anvertrauen. Ja – ich bin heimlich verlobt. Widrige Verhältnisse zwingen mich zur Trennung von meinem Verlobten. Und ich möchte nicht, daß jemand davon erfährt, vor allem Clermonts nicht. Darf ich auf Ihre Verschwiegenheit rechnen?«

»Das bedarf keiner Versicherung.«

»Ich danke Ihnen.«

»Und nun darf ich Sie zur Post begleiten?«

»Gern.«

Sie schritten wie gute Freunde plaudernd nebeneinander her. Bald hatten sie die Post erreicht. Engels trat mit ein, um Eva gleich den Schalter für postlagernde Sendungen zu zeigen. Er wartete an der Tür, bis sie zurückkam.

Schweigend gingen sie den Weg zurück. Eva überlegte, ob sie versuchen sollte, ihm irgendeine Erklärung zu geben. Die Wahrheit konnte sie ihm nicht sagen, und ihn zu belügen, fiel ihr schwer, denn sie fühlte, daß er ein guter Mensch war.

»Warum sind Sie plötzlich still geworden, Herr Engels? Was denken Sie von mir?« fragte sie endlich.

Er sah sie mit einem langen Blick an.

»Was ich denke? Ich denke, daß Sie nicht in den Wirkungskreis hineingehören, in dem Sie jetzt leben, und – daß Sie wohl Ihre Gründe dazu haben müssen. Für die Kammerzofe einer Kunstreiterin sind Sie mir immer reichlich vornehm erschienen«, sagte er ernst.

Sie war blaß geworden und rang nach Fassung. Er merkte es.

»Seien Sie unbesorgt, Fräulein Hermsdorf – ich behalte meine Vermutungen für mich. Meiner Verschwiegenheit können Sie in allen Lagen versichert sein!«

Eva atmete tief auf.

»Ich will Sie nicht zu täuschen versuchen, wenn ich Ihnen auch keine Erklärung geben kann. Jetzt wenigstens nicht. Vielleicht – nein, gewiß später einmal. Bitte, denken Sie deshalb nicht schlimm von mir.«

Er lächelte gutmütig.

»Von Ihnen? Nein. Das sollte mir schwerfallen.«

Sie reichte ihm die Hand mit herzlichem Dank.

»Ich wollte, ich könnte mich dankbar erweisen für all Ihre Freundlichkeit.«

»Wollen Sie das wirklich?«

»Gewiß.«

»Dann versprechen Sie mir, sich stets daran zu erinnern, daß ich Ihr ergebener Freund bin. Es wird mich immer freuen, wenn ich Ihnen irgendwie behilflich sein kann.«

Sie gingen eine Weile schweigend weiter. Plötzlich fragte Eva:

»Sind Sie schon lange beim Zirkus?«

Seine Stirn rötete sich.

»Nein, erst einige Jahre. Ich war früher Offizier, mußte aber den Abschied nehmen, als mein Vater nach dem Zusammenbruch seines Geschäftes starb.«

Sie sah ihn teilnehmend an.

»Das war ein schwerer Schlag für Sie.«

»So dachte ich damals auch; jetzt denke ich anders. Ich habe das Leben inzwischen von einer anderen Seite kennengelernt, und die gefällt mir fast besser. Was ich jetzt bin, bin ich durch mich selbst. Wenn auch frühere Kameraden nach der anderen Seite schauen, wenn sie mir begegnen, – darüber muß ich lächeln und finde mich leicht damit ab. Das einzig Bittere in meiner Lage ist, daß es meine Mutter nicht verwinden kann, daß ich beim Zirkus bin. Es zehrt an ihr. Nun, angenehm finde ich es auch nicht. Aber ich fand keinen anderen Posten, der mich ernährt und mir die Möglichkeit bietet, meine Mutter zu unterstützen. Da habe ich zugegriffen. Was blieb mir sonst übrig?«

»Und haben Sie nie versucht, eine andere Stellung zu finden im Laufe der Jahre?«

Er lächelte bitter.

»O ja, ich hatte auch die Wahl, Versicherungsagent oder Weinreisender zu werden. Aber da sind mir meine Pferde denn doch lieber, wenn es auch Zirkuspferde sind.«

»Und Ihre Mutter lebt in Deutschland, nicht wahr?«

»Ja, in einem kleinen Nest, wo sie niemand kennt. Sie hat viel mehr unter dem Zusammenbruch gelitten als ich. Sie war eine stolze Frau. Nun ist sie verbittert. – Aber davon wollen wir nicht mehr reden, das wird Ihnen gleichgültig sein.«

»Nein, das ist es gewiß nicht. Aber jetzt muß ich Sie verabschieden, den Rückweg finde ich allein. Herr Engels, nochmals herzlichen Dank! Vielleicht kann ich eines Tages meine Dankbarkeit erweisen.«

Er nahm ihre Hand und hielt sie mit warmem Druck fest.

Dadurch brachte er zum Ausdruck, daß er sie nicht für eine gewöhnliche Dienerin hielt.

Als Eva nach Hause kam, las sie ihre Briefe. Ihre Mutter schrieb ängstlich. Es war ihr furchtbar, Eva in Paris zu wissen, ohne jeden Schutz und Schirm. Und Udo schrieb auch nicht erfreut. Seine Sehnsucht nahm von Tag zu Tag zu.

An demselben Abend war die erste Vorstellung im Zirkus. Eva begab sich mit den Clermonts zu den Garderoben, um ihrer Herrin beim Ankleiden behilflich zu sein.

Engels kam in seiner Stallmeisterkleidung gerade von den Ställen herüber, als sie zum Ankleideraum ging.

Sein schmales edles Gesicht mit den guten Augen erschien ihr wie das eines treuen Freundes. Sie kehrte sich nicht mehr daran, daß Frau Clermont sie mit diesem ›stillen Anbeter‹ neckte. Wußte sie doch nun, daß er sich in bezug auf ihre Person keinen falschen Hoffnungen hingab.

Liliane und ihr Mann verabschiedeten sich mit großer Zärtlichkeit. Es war wieder eitel Sonnenschein zwischen ihnen.

Eva kleidete ihre Herrin schnell an, und Liliane scherzte dabei mit ihr.

Als Frau Clermont nach Beendigung ihres Auftritts den Ankleideraum betrat, blieb sie vor Eva stehen und sah diese forschend an.

»Wissen Sie, wen ich im Zuschauerraum gesehen habe?«

Eva sah sie fragend an.

»Wen?«

»Ihren unverschämten Blumenspender!«

Eva erschrak.

»Lünefeld? Nicht möglich, Frau Clermont.«

»Und doch wahr! Ich habe ihn gewiß nicht verkannt. Der ist mehr als ausdauernd. Nehmen Sie sich in acht, Eva. Den werden Sie ohne Skandal nicht mehr los.«

»Sie glauben doch nicht, daß er meinetwegen hier ist?« stammelte Eva betreten.

»Das glaube ich ganz bestimmt. Was soll er sonst hier?«

»Vielleicht ein Zufall. Nein – ich kann es unmöglich glauben, daß er noch immer nicht gemerkt hat, daß ich ihn verachte.«

»Sie werden es erleben. Ich müßte mich sehr täuschen, wenn er nicht bald Ihren Weg kreuzte.«

»Ist man denn machtlos gegen solche Unverschämtheit?« rief Eva schmerzlich.

»Dagegen ist man als Frau immer machtlos. Die einzige Sprache, die solche Männer verstehen, ist die mit der Reitpeitsche. Nun – wenn er es zu toll treiben sollte, dann werde ich es doch meinem Mann sagen. Jedenfalls rechnen Sie auf meinen Schutz, Eva.«

»Ich danke Ihnen, Frau Clermont.«

»Schon gut, Eva, Sie sind ein gutes Mädchen. Und morgen sollen Sie mich auf eine Fahrt begleiten, nach Saint-Denis hinaus.«

Eva zuckte unmerklich zusammen.

»Nach Saint-Denis?« stammelte sie verwirrt.

»Ja – nach Saint-Denis. Dort besitze ich ein kleines Haus – eigentlich nur ein Gartenhäuschen. In ihm wohnt jetzt die Mutter meines Mannes; es stünde sonst leer.«

Eva nestelte mit fliegenden Händen an dem Kleide Lilianes.

»Ah – und die wollen Sie begrüßen? Ich wußte nicht, daß

Herr Clermont noch eine Mutter hat. Sie wird sich gewiß freuen, ihre Kinder wiederzusehen.«

Liliane lachte hart auf.

»Sie kleine, schwärmerische Deutsche, nun reimen Sie sich gleich eine rührende Wiedersehensszene zusammen. Mein Mann stammt gleich mir aus den ärmlichsten Verhältnissen. Unsere Eltern haben uns sehr wenig Liebe entgegengebracht. Dazu hatten sie keine Zeit. Sie mußten arbeiten, um Geld zu verdienen, damit sie trinken konnten. Und wenn sie betrunken waren, dann schlugen sie uns und jagten uns aus der armseligen Wohnung hinaus, damit wir uns ein Stück Brot erbettelten.«

»Ach, wie furchtbar muß das für Sie gewesen sein!«

Liliane lachte wieder hart und trocken auf.

»Ja, schön war es nicht. Ich erzähle Ihnen das nächstens ausführlicher. Nur noch soviel: Von unserer ganzen ehrenwerten Verwandtschaft ist nur noch meines Mannes Mutter übrig. Und die lebt in jenem Häuschen, das uns gehört, damit es nicht leer steht. Dort trinkt sie sich täglich in den Schlaf. Wir fahren morgen hinaus, um einmal nach dem Rechten zu sehen. Erschrecken Sie also nicht vor meiner achtbaren Schwiegermutter«, schloß sie höhnisch.

Eva klopfte jetzt das Herz bis in den Hals hinauf. Sie beschloß aber trotzdem, noch eine Frage zu wagen.

»Warum bewohnen Sie nicht selbst das Haus, solange Sie sich in Paris aufhalten, Frau Clermont?« fragte sie wie beiläufig.

Lilianes Gesicht bekam einen düsteren Ausdruck.

»Fragen Sie mich danach nicht – nicht jetzt! Wenn ich Ihnen meine Geschichte erzähle, werden Sie es verstehen.«

Die Unterhaltung wurde abgebrochen, weil Henry Clermont eintrat, um seine Frau abzuholen.

*

Am nächsten Vormittag fuhren die Clermonts mit Eva nach Saint-Denis. Das Ehepaar saß schweigend, mit düsteren Gesichtern im Wagen nebeneinander.

Liliane hatte Furcht vor diesem Ausflug, der jedesmal trübe Erinnerungen weckte und ihren Mann bis zur Raserei aufregte.

Sooft sie in Paris weilten, mußte Liliane einen Tag mit ihm in diesem Haus verbringen, und bei dieser Gelegenheit wurden die Rachegelüste gegen Udo von Plessen stets aufs neue angefacht.

Liliane nahm jedesmal ihre Zofe mit, unter dem Vorwand, draußen einige Bequemlichkeit zu haben, in Wirklichkeit, um den Wutanfall einzudämmen, der ihren Gatten in dem kleinen Haus zu befallen pflegte.

Liliane war schwarz gekleidet, als wollte sie einen Friedhof, ein Grab, besuchen. Ihr schönes Gesicht war bleich, und in den Augen zuckte es unruhig und gequält.

Henry Clermont sprach auf der ganzen Fahrt kein Wort. Seine Stirn war finster zusammengezogen, und in den Augen glühte ein unheimliches Funkeln des Hasses, der Rachsucht ...

Endlich hielt der Wagen vor einem hohen Heckenzaun. Er sah verwildert aus. Clermont lohnte den Kutscher ab und befahl ihm, um fünf Uhr nachmittags wiederzukommen.

Eva ergriff ein Körbchen mit Eßwaren, das man mitgenommen hatte, und stieg aus, um einen Schirm für Frau Clermont zu öffnen.

Schweigend schritten die Clermonts dann vor ihr her durch die schmale Tür im Zaun. Ein verwilderter Garten lag vor ihnen, den sie durchquerten.

Nun hatten sie das Haus erreicht. Es war ebenso vernachlässigt wie der Garten. Die Fensterläden waren geschlossen bis auf zwei, die schief in den Angeln hingen.

Das Gebäude bestand aus Erdgeschoß und Obergeschoß. Die Tür war verschlossen.

Henry Clermont zog einen Schlüssel hervor und öffnete.

»Warte hier, ich will erst Luft und Licht schaffen und sehen, wo die Alte steckt«, sagte Clermont zu seiner Frau.

Liliane nickte nur.

Als Clermont im Haus verschwunden war, umfaßte sie plötzlich Evas Hand.

»Verlassen Sie mich nicht, Eva! Was Sie auch immer sehen und hören werden, bleiben Sie in meiner Nähe. Es mag Ihnen heute manches sonderbar erscheinen, lassen Sie sich durch nichts beirren – morgen erkläre ich Ihnen alles«, flüsterte sie, heiser vor Aufregung.

Eva war selbst einer Ohnmacht nahe vor Aufregung. Lilianes Angst gab ihr jedoch die äußere Ruhe wieder.

»Sie können sich auf mich verlassen. Ich sehe, der Herr ist heute schlimmer aufgeregt als sonst. Ich stehe Ihnen bei, wenn es nötig ist.«

»Danke. Oh, der Arme, der Arme, er leidet, Eva – er ist krank!«

Das klang wie ein Aufschrei. Die Frauen klammerten sich, ihnen selbst unbewußt, aneinander.

»Still – er kommt zurück.«

Henry Clermont war inzwischen in das Zimmer getreten, vor dem die Läden nicht befestigt waren. Es lag rechts vom Hausflur und war wohl ehemals ein Wohnzimmer gewesen. Seine Einrichtung war wohnlich, aber nicht sauber gehalten. Auf dem mit geblümtem Stoff überzogenen Sofa lag eine alte Frau und schnarchte.

Vor ihr auf dem Tisch stand eine halbgeleerte Schnapsflasche.

Clermont stieß das Fenster auf und warf die Flasche durch das Fenster hinaus in den Garten. Dann rüttelte er die Alte unsanft an den Schultern.

»Steh auf!« herrschte er sie rauh an.

Jetzt ermunterte sich die Alte und richtete sich langsam auf.

»Henry – du?«

»Ja! – Du hast wieder getrunken, Mutter! Du sollst den verdammten Fusel beiseite lassen!«

»Ich? Keinen Tropfen, mein Junge; wahrhaftig keinen Tropfen, du tust deiner armen, alten Mutter unrecht!« jammerte sie gekränkt.

»Schon gut, schon gut«, wehrte er ungeduldig ab. »Steh auf, schnell, hilf, die Fensterläden und Fenster öffnen, Liliane ist draußen mit ihrer Zofe.«

»Ach, das liebe Kind! Ich will sie schnell begrüßen!«

Er hielt sie am Arm zurück.

»Erst schaffe hier Luft und Licht und räume etwas auf!«

Nun schoß die Alte ein wenig taumelnd und unsicher ins Nebenzimmer, immer halblaut vor sich hinschwatzend und in sich hineinlachend.

Henry starrte ihr mit finsteren Augen und fest zusammengepreßten Lippen nach. Dann ging er langsam in den Hausflur zurück. Schweigend half er seiner Frau, die Überkleider abzulegen, und zog selbst den Überrock aus. Ohne auf die alte Frau weiter zu achten, ging er dann mit Liliane in das Obergeschoß hinauf. Auf einen Wink folgte ihnen Eva mit dem Körbchen.

Schnell waren auch oben die Fensterläden der beiden Zimmer zurückgeschlagen. Diese Zimmer waren freundlich eingerichtet und auch leidlich sauber. Eine feine Staubschicht lag freilich auf den Möbeln.

Eva war froh, eine Beschäftigung zu haben. Sie entdeckte ein Staubtuchkörbchen mit einem sauberen Tuch. Damit reinigte sie die Möbel und schien so in ihre Arbeit vertieft, daß sie scheinbar gar nicht auf das sonderbare Betragen des Ehepaares achtete.

Liliane lehnte bleich und ängstlich am Kamin und sah mit angstvollen Blicken hinter ihrem Mann her, der ruhelos im Zimmer auf und ab wanderte. Plötzlich blieb er vor Eva stehen.

»Lassen Sie das! Kommen Sie mit in die Küche, Sie können uns Tee bereiten!« befahl er schroff.

Eva gehorchte. Als sie an Liliane vorbeiging, warf diese ihr einen beschwörenden Blick zu. Eva nickte nur und folgte dann Clermont.

Unten kam ihnen seine Mutter entgegen. Sie hatte die struppigen grauen Haarsträhnen etwas geglättet und eine saubere Bluse angezogen. Ihr gedunsenes Gesicht glühte jedoch, und die Augen glänzten verschwommen: das typische Aussehen der Gewohnheitstrinkerin!

Sie fragte nach Liliane.

»Hilf jetzt unserer Dienerin in der Küche. Liliane wird später herunterkommen, wenn alles fertig ist zu einem Imbiß. Sie können den Tisch in diesem Zimmer decken«, fuhr er zu Eva gewendet fort, auf die Türe zu dem Zimmer deutend, in dem er seine Mutter schlafend angetroffen hatte.

Eva folgte der alten Frau, von der ein widerlicher Schnapsdunst ausging, in die Küche. Ehe sie die Türe zögernd hinter sich schloß, sah sie sich noch einmal um. Da stand Henry Clermont in der eben geöffneten Tür eines Zimmers, das dem Wohnzimmer gegenüberlag. Er hatte die Hände geballt und von sich gestreckt. Sie erschrak, soviel Wut und Zorn lagen in dieser Gebärde. In demselben Augenblick wandte er sich nach der Küchentür um.

Zusammenzuckend schloß Eva schnell vollends die Tür, denn sie sah in seinem Gesicht einen Ausdruck, den sie nie wieder vergessen konnte. Schmerz, Wut, Haß – alles lag darin, und die Augen funkelten wie die eines Wahnsinnigen. Zitternd trat Eva an den Herd. Da hörte sie ihn die Treppe hinaufstürmen.

Gleich darauf begann einer jener Auftritte, die sie nun schon zur Genüge kannte. Aber heute schien es besonders arg zu werden. Eva hörte Clermont toben und schreien, und dazwischen Lilianes weinende Stimme.

Unruhig lauschte sie hinauf. Die alte Frau kicherte blöde in sich hinein.

»Hören Sie nicht hin, so treiben sie es immer. Er ist toll vor Eifersucht, hihihi – so ein Dummkopf – so ein Dummkopf ... hören Sie nicht hin.«

Jetzt schrie Liliane oben laut auf. Eva sprang zur Tür und öffnete. Die Alte hielt sie fest.

»Lassen Sie doch. Sie bekommt jetzt Schläge – hihi – ist nicht schlimm – nachher vertragen sie sich wieder – lassen Sie nur.«

Eva zitterte am ganzen Körper; sie hörte deutlich ein schweres Stöhnen und Röcheln, mit einem Ruck machte sie sich von der Alten frei und sprang die Treppe hinauf. Das Stöhnen hörte nicht auf. Ohne sich länger zu besinnen, riß sie die Tür auf.

Da lag Liliane dumpf röchelnd auf dem Sofa, über sie gebeugt Clermont, mit beiden Händen ihren Hals umfassend und mit wahnsinnig verzerrtem Gesicht auf sie niederstarrend. Eva konnte nur denken, daß hier ein hilfloses Weib in Not war. Mit Aufwand ihrer ganzen Kraft zog sie Clermont bei den Schultern zurück.

»Aber, Herr Clermont, Sie bringen Ihre Frau um!« schrie sie in Todesangst auf, als wenn sie ihn aus seinem Wahnsinn erwecken müßte.

Er schrak empor und taumelte zurück. Sein Gesicht veränderte sich. Wie aus einem bösen Traum erwachend, starrte er um sich und seufzte tief auf.

Eva hatte sich über Liliane gebeugt und öffnete ihr das Kleid am Halse. Da schob sie Clermont entschieden zur Seite.

»Holen Sie schnell Wasser«, sagte er heiser, aber mit völlig verändertem Gesichtsausdruck, und da Eva sah, daß er sich voll überströmender Liebe über sein mißhandeltes Weib beugte, eilte sie nach Wasser in die Küche.

Als sie damit hinaufkam, war Liliane schon wieder klar bei Besinnung, und Henry Clermont lag neben ihr auf den Knien und stammelte heiße Bitten um Verzeihung.

Liliane winkte ihr lächelnd, sich zu entfernen.

Eva wußte, daß vorläufig für Liliane nichts zu befürchten war. Aber ein heimliches Grauen konnte sie nicht loswerden. Clermont hatte vorhin so entschieden den Eindruck eines Geistesgestörten gemacht, daß sie ihn für krank hielt. Wußte dies seine Frau? Welch ein Schicksal!

Warum suchte Clermont mit seiner Gattin dieses Haus auf, wenn es so böse Erinnerungen in ihm weckte? Konnte es wirklich die Eifersucht auf einen ehemaligen Geliebten seiner Frau sein, die ihn hier bis zum Wahnsinn reizte?

Die Wut hatte ihn gepackt, als er vorhin in das Zimmer gesehen hatte. Eva konnte sich nicht versagen, gleichfalls einen Blick hineinzuwerfen. Es war eleganter und üppiger ausgestattet als die anderen Gemächer. Sicher war es jenes Zimmer, in welchem Udo die Geliebte mit dem fremden Mann überrascht und diesen getötet hatte.

Warum hatte gerade der Anblick dieses Zimmers Henry Clermont so aufgeregt? Wußte er etwas, was sich vor Jahren darin zugetragen hatte?

Eva schrak plötzlich zusammen. Die Alte stand neben ihr.

»Das Teewasser kocht. Warum sehen Sie sich dieses Zimmer so genau an?«

»Es ist sehr schön!« antwortete Eva schnell gefaßt. »Ich überlege, ob ich den Tee nicht hier auftragen soll.«

Die Alte zog kichernd die Tür des Zimmers ins Schloß.

»Nein, nein – dieses Zimmer betreten die beiden nicht –, da hausen Gespenster! – Ja ja, Gespenster!«

»Oh, Gespenster gibt es nicht!« sagte Eva mit erzwungenem Lächeln. »Die können mich nicht ängstigen.«

Die Alte kicherte wieder.

»Hihihi – was sind Sie klug, Fräulein – hihihi – Kammerzofe! Jaja, früher brauchte Liliane keine Kammerzofe – keine Kammerzofe. Aber jetzt ist sie vornehm, und nun wollen sie einem das bißchen Schnaps verbieten. Was soll ich mit dem Gelde, das sie mir schicken? Keinen Schnaps – keinen Schnaps! Haben Sie meine Flasche nicht gesehen?«

Eva schüttelte den Kopf und ging in die Küche. Die Stimmung in diesem Haus nahm ihr den Atem. Aus der Alten war nichts herauszubringen, das leuchtete ihr ein.

Sie bereitete eilig den Tee und richtete in dem notdürftig aufgeräumten Wohnzimmer den Teetisch her. Als alles fertig war, stieg sie die Treppe empor, um es der Herrschaft zu melden. Aus dem Zimmer drangen leise, kosende Worte. Eva blieb erst einen Augenblick aufatmend stehen, ehe sie klopfte. Liliane rief ihr zu, einzutreten. Sie öffnete und machte ihre Meldung. Das sonderbare Ehepaar saß innig umschlungen auf dem Sofa. Clermont streichelte immerfort die Hände seiner Frau und küßte sie zärtlich, abbittend.

Er sah nicht auf Eva, aber Liliane blickte freundlich und dankbar zu ihr hinüber.

»Wir kommen sofort, Eva. Haben Sie die Eßwaren ausgepackt?«

»Ja, Frau Clermont!«

Langsam ging sie wieder hinunter. Die Alte strich suchend durch das Haus. Als Eva an ihr vorbeiging, starrte sie ihr blöde ins Gesicht.

»Meine Flasche – wo ist denn meine Flasche? Haben Sie sie nicht gesehen? Sie war doch noch vorhin da!«

Eva schüttelte sich vor Grauen. Zum erstenmal begegnete sie der Verkommenheit. Zitternd ging sie in die Küche zurück. Sie stellte sich ans Fenster und sah hinaus in den nassen, verwilderten Garten. Und ihre Gedanken suchten sich um Jahre zurückzuversetzen, in jene Zeit, da Udo voll zärtlicher Ungeduld täglich hier herausgeeilt war, um Liliane aufzusuchen.

Und sie hatte wohl hier inzwischen voll Grauen und Abneigung dem Besuch des ungeliebten Mannes entgegengesehen, dem sie sich nur aus Berechnung zu eigen gab und nur, weil sie den Geliebten für tot hielt.

Wie mußte ihr zumute gewesen sein, als dieser dann eines Tages plötzlich vor ihr gestanden hatte? Sie war ihm untreu geworden inzwischen und liebte ihn doch noch. Welche Verzweiflung mußte sie erfaßt haben, als ihn Udo niederschoß!

Und dann – nachdem Udo in wilder Reue und Verzweiflung davongestürmt war – was hatte sie mit dem toten Geliebten angefangen?

Die Spuren verwischt?

War das möglich – und wie? Wie hatte sie das tun können? Eine schwache Frau – nur mit Hilfe einer Zofe?

Freilich, hier draußen war es still und einsam. Hatten die beiden Frauen den Toten im Garten eingegraben, in diesem verwilderten, melancholischen Garten? Lag der Tote da draußen unter der nassen Gartenerde?

Und Liliane sollte dann den Mut haben, hierher zurückzukehren, mit einer neuen Liebe im Herzen, mit der Liebe zu Henry Clermont? Und welche Rolle hatte der in der gemeinsamen Jugend gespielt?

Konnte ein Weib einen Mann so lieben wie sie ihren Gatten, wenn sie zuvor einen anderen geliebt hatte? Aber hatte sie sich nicht auch Udo zu eigen gegeben? Nein – ihn hatte sie nie geliebt, obwohl sie die Mutter seines Kindes geworden war. Welch ein rätselhaftes Weib, diese Liliane Clermont!

Sie kannte ihren Gatten seit frühester Jugend – das ging auch aus den Reden der Alten hervor. War es da nicht möglich, nicht wahrscheinlich, daß jener Verdacht, der schon bei Udos Erzählung in Eva aufgestiegen, sich bewahrheitete? Oh, daß sie klarsehen könnte, daß sie diese Zweifel bannen könnte! – Wer war der Tote?

»Haben Sie meine Flasche nicht gesehen?« winselte in diesem Augenblick die Alte neben ihr. Eva schrak zusammen und trat vom Fenster zurück. In diesem Augenblick öffnete Clermont die Küchentür.

»Komm herüber, Mutter, Liliane will dich begrüßen«, sagte er ruhig.

Eva las aber den schlecht verhehlten Ekel in seinem Blick.

Scheu schlich die Alte an ihr vorbei hinaus. Sie hatte offenbar eine heilige Scheu vor ihrem Sohn.

Henry Clermont ließ seine Mutter erst hinaus, dann trat er in die Küche und reichte Eva die Hand.

»Sie sind ein braves und sehr tapferes Mädchen. Ich danke Ihnen! Sie haben mich aus einem krankhaften Anfall zur Besinnung zurückgerufen.«

Eva legte etwas unbehaglich ihre Hand in die seine.

»Ich merkte den ganzen Tag schon, daß Sie nicht wohl waren. Das schlechte Wetter ist schuld«, sagte sie befangen.

Er nickte und ging schnell wieder hinaus. Eva sah ihm sinnend nach.

Der Tag verlief dann ziemlich ruhig. Liliane und Clermont saßen mit der Alten im Wohnzimmer.

Pünktlich um fünf Uhr hielt der bestellte Wagen vor dem Gartenzaun.

Mit einem Gefühl der Erleichterung folgte Eva dem Ehepaar durch den Garten.

Am Zaun, als Eva vorlief, um ihrer Herrschaft die Tür zu

öffnen, hörte sie, wie Clermont, noch einen Blick nach dem Haus zurückwerfend, zu seiner Frau sagte:

»Er soll uns auch diese Stunde büßen, Liliane. Unsere Rache soll ihn rastlos suchen – und endlich treffen!«

Eva erblaßte. Sie wußte, daß Udo gemeint war. Scheu sah sie in Lilianes Gesicht. Auch in ihren Augen glühte jetzt wilde Rachsucht.

Die Fahrt wurde ebenso schweigend zurückgelegt wie am Vormittag. Nur hielt Clermont seine Frau umschlungen, und sie sah mit innigen Blicken zu ihm auf.

Als am Abend Liliane mit Eva im Ankleideraum des Zirkus allein war, sagte sie mit ernstem Ausdruck zu ihr:

»Sie haben mir heute von neuem einen großen Dienst geleistet, Eva; ich danke Ihnen.«

»Es bedarf keines Dankes, Frau Clermont, aber – verzeihen Sie, wenn ich ungefragt einen Rat erteile – ich würde einen Arzt fragen. Ihr Gemahl scheint mir krankhaft erregt.«

Liliane seufzte.

»Das wird morgen wieder besser sein, Eva.« Wie fast alle Menschen, wich auch die schöne Frau den Möglichkeiten tragischer Erkenntnisse aus. »Ich kenne diese Anfälle. Sie haben heute so manches Sonderbare miterlebt – ich will Ihnen morgen alles erklären. Schon längst versprach ich Ihnen, die Geschichte meines Lebens zu erzählen. Morgen soll es bestimmt geschehen, damit Sie das Ungewöhnliche in unserem Leben verstehen. Daß ich mich auf Ihre Verschwiegenheit verlassen kann, das weiß ich.«

Evas Hände zitterten vor Aufregung. Sie fühlte sich kurz vor dem Ziel.

»Morgen nachmittag hat mein Mann geschäftlich mit dem Direktor zu verhandeln. Er wird eine Stunde früher fortgehen als ich. Diese Zeit wollen wir dazu benützen. Ich möchte nicht, daß er weiß, daß ich Ihnen alles sage. Niemand soll wissen, daß ich schuldig bin – das kränkt ihn zu sehr. Aber mir wird es eine Erleichterung sein, mich Ihnen anzuvertrauen. Meine frühere Zofe wußte alles, und ich habe es nie bereut, ihr mein Vertrauen geschenkt zu haben.«

Eva vermochte nicht zu antworten.

Liliane wurde zum Glück in diesem Augenblick abgerufen, und Eva blieb allein mit ihrer zitternden Unruhe.

Als sie eben dabei war, die Kleider ihrer Herrin aufzuhängen, klopfte es an die Tür des Ankleideraumes. Eva öffnete und sah hinaus. Ein kleiner Stallbursche stand draußen, schob ihr mit verschmitztem Lächeln schnell ein Briefchen in die Hand und verschwand eilig wieder.

Eva sah betroffen auf den Brief herab. Er trug ihre Adresse.

Im Augenblick wußte sie nicht gleich, woher er kommen mochte. Hatte ihr vielleicht Engels eine Mitteilung zu machen?

Mit ihren Gedanken noch halb bei der Aussicht auf die bevorstehende Eröffnung Lilianes riß sie den Umschlag auf und las:

*»Angebetete Eva! Ich bin Ihnen gefolgt. Nachdem Sie mir durch Annahme meiner Geschenke Hoffnung auf Erhörung meiner Bitten gemacht haben, wäre ich Ihnen bis ans Ende der Welt gefolgt. Da Sie zu der mir versprochenen Zusammenkunft nicht kommen konnten, werden Sie mir hier eine neue gewähren und mich unaussprechlich glücklich machen. – Senden Sie mir Antwort nach meinem Hotel, und lassen Sie mich nicht zu lange warten.*

*Ihr sehnsüchtig harrender*
*Kurt Lünefeld, Hotel Imperial.«*

Eva starrte entgeistert auf das Schreiben. Sie verstand den Inhalt nicht, da sie ja nichts von den Geschenken Lünefelds und dem Ränkespiel des Zimmermädchens wußte. Was sollte sie tun? Wie sich dagegen schützen?

Frau Clermont konnte ihr nicht helfen, und deren Mann in seiner krankhaft erregten Stimmung war jetzt unberechenbar.

Wieder kam ihr der Gedanke an Engels, aber was sollte sie ihm sagen? Dieser Brief Lünefelds bezichtigte sie, diesem eine Zusammenkunft versprochen und Geschenke von ihm angenommen zu haben. Wie kam er dazu? Geschenke?

Damit konnte er nur die Blumen meinen, die er wieder und wieder aufdringlich in ihr Zimmer hatte stellen lassen.

Nach langem Überlegen kam sie zu dem Entschluß, Frau Clermont doch Mitteilung von dem Brief zu machen. Wenn diese auch ihrem Mann nichts davon sagte, so würde sie selbst Eva unter ihren Schutz nehmen. Und morgen erfuhr Eva vielleicht schon alles, was sie wissen wollte, dann konnte sie heimkehren. Heim – ach, heim ...

Als Frau Clermont nach der Vorstellung wieder zurückkam, erzählte Eva ihr von dem Brief und gab ihr denselben zu lesen. Liliane ballte wütend die Hände.

»So ein Flegel, so ein unverschämter Mensch! Natürlich ist das alles Spiegelfechterei, mit den Geschenken und der versprochenen Zusammenkunft. Er will Sie unbedingt dazu bringen, ihm zu antworten, und er fängt es auf diese gemeine Weise an. Warten Sie, Eva – dieser Mensch verdient wirklich einen Denkzettel. Lassen Sie mir den Brief – ich werde mit meinem Mann darüber reden.«

»Der Herr ist aber ohnehin jetzt so unruhig«, warf Eva besorgt ein.

»Das geht in wenigen Tagen vorüber. Ich werde eine günstige Stunde abpassen. Vorläufig bleiben Sie bei Ihrem alten Verfahren und hüllen sich diesem sauberen Herrn Lünefeld gegenüber in Schweigen. Sollte er Ihnen in den Weg treten, wenn Sie am Tage ausgehen, dann werden Sie ihm schon auszuweichen wissen. Und abends sind wir bei Ihnen.«

Am nächsten Tag, als Eva zur Post ging, sah sie von weitem Lünefelds lange Gestalt auf sich zukommen.

Schnell bog sie in eine Nebenstraße ein und versteckte sich in einem Hausflur. Kurze Zeit darauf sah sie ihn von ihrem Schlupfwinkel aus eiligst am Hause vorüberlaufen. Er hatte sie erkannt und wollte ihr folgen.

Unruhig wartete sie nun noch eine Weile, ehe sie das Haus verließ, um nun schnell ihren Weg fortzusetzen.

Auf der Post traf sie Engels. Sie begrüßten sich wie gute Freunde. Eva entschloß sich, ihn um seine Begleitung zu bitten. Erfreut, aber auch verwundert über diese Aufforderung des sonst so zurückhaltenden jungen Mädchens, ging er neben ihr her.

Eva war sich zuerst nicht im klaren, ob sie ihre Bitte näher begründen sollte. Schließlich tat sie es doch.

»Sie werden sich denken können, daß ich einen besonderen Grund hatte, Sie um Ihre Begleitung zu bitten, Herr Engels.«

Dieser fuhr auf.

»Hat jemand Sie zu belästigen gewagt?«, fragte er drohend und sah sie erwartungsvoll an.

Sie errötete.

»Erinnern Sie sich noch des Abends, an dem Sie mich von einem Unverschämten befreiten?«

»Ja, gewiß.«

»Nun, dieser Mensch hat mich noch weiter mit seinen Unverschämtheiten verfolgt. Er sandte mir Blumen ins Hotel, die ich in den Papierkorb warf, ebenso seine Briefe, die ich nicht einmal öffnete. Trotzdem ist er mir nach Paris gefolgt. Ich erhielt gestern einen Brief, den ich, ahnungslos, von wem er sei, öffnete! Er verlangt darin in ungezogener Weise eine Zusammenkunft. Ich gab den Brief Frau Clermont, die mir sehr liebenswürdig schon immer ihren Schutz angedeihen ließ. Sie will ihren Mann auffordern, diesem Herrn Lünefeld den Standpunkt klarzumachen. Als ich nun vorhin zur Post ging, konnte ich einer Begegnung mit ihm nur ausweichen, indem ich mich in einem Hausflur versteckte. Ich fürchtete, ihm auf dem Rückweg wieder zu begegnen, deshalb bat ich um Ihre Begleitung.«

»Warum haben Sie mir nicht längst einen Wink gegeben? Diesem sauberen Patron kann ein Denkzettel nicht schaden.«

»Ich wollte Sie nicht in Unannehmlichkeiten verwickeln.«

»Wieso? Solchen Burschen schlägt man die Reitpeitsche um die Ohren. Feige genug ist er, ich glaube, er wehrt sich kaum, sondern schleicht davon wie ein geprügelter Hund.«

»Ich hoffe, Herr Clermont wird ihn zu verscheuchen wissen, damit ich Ruhe vor ihm habe.«

»Nun, außerdem werde ich mir das Privatvergnügen leisten, ein wenig seinen Spuren zu folgen. Ertappe ich ihn auf Abwegen, dann geht es ihm nicht gut. Ich werde es als Sport betreiben, ihn ein bißchen aufs Korn zu nehmen und ihm gelegentlich eine Lektion über den guten Ton zu erteilen. Vielleicht habe ich Glück und erwische ihn schon heute.«

Eva nahm sich kaum Zeit, Udos Brief zu lesen, den sie von der Post geholt hatte. Sie wußte, daß Liliane jeden Augenblick heimkehren konnte. Und heute nachmittag sollte sie die Leidensgeschichte dieser Frau erfahren.

Sie hatte den Gedanken nicht zu Ende gedacht, da wurde er schon Ereignis. Eva hatte kaum Zeit, den Brief zu verbergen, als Liliane vor ihr stand und sich anschickte, ihr Versprechen einzulösen.

# XV

Meine Jugend«, so begann sie nach den einleitenden Worten, »war nicht von der besten Art. Die Eltern konnten für mich nichts tun, nicht seelisch und nicht körperlich; sie hatten nichts und waren nichts. Lernen tat ich nichts. Wir wuchsen auf wie Wilde. Nein – schlimmer noch! Zuweilen fanden wir uns mit anderen Kindern zusammen – Schicksalsgenossen. Es war keine ehrenhafte Gesellschaft. Viele davon sind wohl Verbrecher geworden. Unter all diesen Kindern gefiel mir nur einer, ein stiller, finster blickender Junge. Er war viel älter als ich und nahm mich bei Raufereien vor den anderen Kindern in Schutz. Auch teilte er oft sein Brot mit mir, wenn ich hungrig war.

Da blieb er plötzlich fort. Ich sah ihn nicht mehr und empfand darüber einen heftigen Schmerz. Ich suchte ihn überall und fand ihn nicht. Damals war ich ungefähr zwölf Jahre alt.

Eines Tages hockte ich am Straßenrand, da wo das glänzende Paris vorüberging, und bettelte. Da legte sich plötzlich eine Hand auf meine Schulter. Ich erschrak und wollte fliehen, glaubte ich doch, einer von den gefürchteten Polizisten habe mich beim Betteln erwischt. Da hörte ich meinen Namen rufen und sah mich um. Es war mein entschwundener Freund. Ich schaute ihn bewundernd an.

Er sah sauber und ordentlich aus, trug hohe, feste Stiefel und eine Art Dienerkleidung mit einer kurzen Jacke und blitzenden Knöpfen. Ich wagte nicht, ihn anzureden, so vornehm erschien er mir.

›Pfui Liliane, du darfst nicht betteln, du bist zu groß dazu‹, sagte er streng.

Ich blickte verwundert zu ihm auf und entgegnete: ›Ich habe Hunger.‹

›So will ich dir Geld geben, damit du Brot kaufst. Ich komme jeden Tag um diese Zeit hier vorüber. Da bringe ich dir zu essen. Du sollst aber nicht mehr betteln. Ich will es nicht. Es ist eine Schande.‹

Ich sah ihn verwundert an. Er redete aber so lange eindringlich auf mich ein, bis ich ihn begriffen hatte. Und da schämte ich mich plötzlich. Mit einem Male begriff ich mein ganzes Elend. Wir trafen uns nun täglich. Er erzählte mir, daß er als Stallbursche bei einem vornehmen Herrn diene, der ihm für seine Dienste Kleider, Wohnung und Nahrung gab und auch etwas Geld. Das Geld verwendete er nun großmütig für mich.

Zum ersten Male bekam ich ein neues Gewand und neue Schuhe an meinen Körper. Und damit wurde meine Eitelkeit wach. Ich wusch mich unzählige Male am Tage und kämmte mein Haar. Meine Eltern wollten mir die schönen Sachen fortnehmen, um sie zu verkaufen. Ich verteidigte sie trotz aller Schläge und Drohungen. So ging es eine lange Zeit.

Mein junger Wohltäter sorgte weiter für mich, und ich dankte es ihm mit schwärmerischer Anhänglichkeit. Als ich vierzehn Jahre alt war, sagte er mir, daß er mich heiraten wolle. Und ich fand es ganz in Ordnung. Ich war ein früh entwickeltes Kind. Es fiel mir auf, daß sich die Stutzer nach mir umdrehten, und er merkte es auch und knirschte mit den Zähnen vor Eifersucht.

Dann regte sich in mir der Wunsch, selbst meinen Unterhalt zu verdienen. Ich arbeitete in einer Fabrik für geringen Lohn; aber er reichte für meine Bedürfnisse. Im Laufe der Jahre war meine Mutter gestorben und alle meine Geschwister. Es hat mich nicht sonderlich betrübt.

Als ich fünfzehn Jahr alt war, starb auch mein Vater. Er war in der Trunkenheit gestürzt und hatte sich dabei tödlich verletzt. Nun stand ich allein in der Welt. Mein zukünftiger Mann, wie ich meinen jungen Freund nannte, mußte mich nun wieder unterstützen, denn von meinem Verdienst konnte ich nicht auch noch für eine Wohnung sorgen.

Da wurde mir jedoch mein Lohn plötzlich erheblich erhöht in der Fabrik, und ich konnte nun auf seine Hilfe verzichten. Wie stolz war ich damals! Eine für mich herrliche Zeit begann, sonntags ging ich mit Henry spazieren ...

»Mit Ihrem jetzigen Mann?« fragte Eva atemlos. Sie war nicht imstande, diesen Ruf zu unterdrücken. Liliane merkte nichts von Evas zitternder Spannung. Sie lächelte verträumt.

»Ja, mit meinem Mann. Denn er war es, der mich aus Schmutz und Schmach erlöste und mir die Augen öffnete für das Häßliche, was mich umgab. Ach, wie ich ihn liebte, schon damals, und wie ich ihn heute noch liebe! Nur mit meinem ganzen Leben kann ich es ihm danken. Begreifen Sie das?«

Eva nickte nur. Sie schlang die Hände krampfhaft ineinander, um sich Halt und Fassung zu geben. Was Eva vernommen hatte, brachte ihr fast die Gewißheit, daß sie recht gehabt hatte mit ihrer Vermutung über die Vorgänge, die Udos Leben so tragisch verdüsterten.

»Bitte, erzählen Sie weiter!« bat sie leise. Liliane fuhr fort:

»Lange sollte diese selige Zeit nicht anhalten. Henrys Herr hatte wohl zu verschwenderisch gelebt. Er verlor sein Vermögen und beschloß, nach Amerika zu gehen und sein Glück zu machen. Und Henry fühlte den brennenden Wunsch, ihm zu folgen. Er wollte gleich seinem Herrn in Amerika schneller zu Geld kommen, um mich bald heiraten zu können. In zwei bis drei Jahre hoffte er wiederzukommen oder drüben so weit zu sein, daß ich ihm folgen konnte.

Trotzdem war mein Herz schwer und trübe. Der Herr der Fabrik, in der ich beschäftigt war, stellte mir nach. Ich hatte es Henry verschwiegen, weil er schon damals zur Eifersucht neigte. Nun bangte mir vor dem Alleinsein. Henry war mir bisher ein guter Schutz und Schirm gewesen. Aber ich wollte ihm das Herz nicht noch schwerer machen.

Unser Abschied wühlte unsere Seelen zutiefst auf. Wir schworen uns Treue, und er versprach mir, regelmäßig Nachricht zu geben. In spätestens drei Jahren hoffte er zurück zu sein.

Dann war ich allein.

Als wäre mit ihm alles Glück von mir gewichen, so verfolgte mich nun das Mißgeschick. Mein Fabrikherr entließ mich, nachdem ich ihn eindeutig zurückgewiesen hatte. Zwar bekam ich neue Arbeit, aber auch hier war mir meine Schönheit hinderlich. Oh, mein Gott, was habe ich alles an Demütigungen in jener Zeit ertragen müssen! Aber es trug sich leicht, denn Henrys Briefe stützten mich.

Im ersten Jahr erhielt ich jeden Monat einen Bericht. Er war zufrieden und verdiente mehr als zu Hause. Auch im zweiten Jahr bekam ich Nachricht, bis es zur Hälfte verstrichen war. Dann blieb jede Post von ihm plötzlich aus.

Wie ich später von Henry hörte, war er mit Goldgräbern in das Innere des Landes gezogen, und seine Briefe gingen verloren, wie die meinen an ihn.

Er hatte sich das wohl denken können und war nicht weiter beunruhigt.

Aber ich! Ich sah ihn von tausend Gefahren bedroht, und als Jahr um Jahr verstrich, ohne daß ich eine Zeile von ihm bekam, da glaubte ich ihn tot.

Wie schmerzlich ich um ihn weinte! Es half nichts, er kehrte nicht heim. Und ich kämpfte inzwischen einen verzweifelten Kampf um meinen Unterhalt. Ah – damals habe ich diese elenden Mädchenjäger kennengelernt, wie diesen Lünefeld! Sie gierten nach meiner Schönheit und verweigerten mir ehrlichen Verdienst.

Und ich hatte so wenig, fast nichts gelernt. Jahrelang schleppte ich mich hin. Ich wollte nicht schlecht werden, wollte Henry bis zum Tode die Treue halten. Und sie haben es mir schwer genug gemacht, bei Gott!

Schließlich verlor ich die Lust am Leben. Am meisten trug wohl der Schmerz um den verlorenen Geliebten dazu bei, kurzum – eines Abends wollte ich mich in die Seine stürzen. Es sollte aber nicht sein.

Ein junger Mann rettete mich. Es war ein Landsmann von Ihnen Eva, ein deutscher Graf. Er wußte so eindringlich und treuherzig auf mich einzureden und brachte mich in einem anständigen Hause unter. Lange sprach er mir nicht von Liebe. Er war gut und freundlich und suchte mir neuen Lebensmut einzuflößen. In großzügigster Weise sorgte er für mich, und ich wurde schwach und gewann das Leben wieder lieb. Ich fing an, an seine Uneigennützigkeit zu glauben, und faßte Vertrauen zu ihm. Und während dieser Zeit gewöhnte ich mich an das gute, sorglose Leben. So gut war es mir ja noch nie ergangen. Und er behandelte mich ehrerbietig, wie eine vornehme Dame.

Eines Tages warb er um mich und bot mir seine Hand an. Der Versuchung, eine reiche, vornehme und geachtete Frau zu werden, konnte ich nicht widerstehen.

Henry hielt ich für tot. Daß ich nie einen anderen lieben konnte, war mir gewiß. Aber ich wollte als ehrbare Frau in Glanz und Reichtum Ersatz für die Liebe suchen. Ich willigte ein.

Der Graf kaufte mir das Häuschen, das wir kürzlich besuchten. Als ich einzog, lag es wie ein Schlößchen in dem blühenden Garten. Eine Zofe wurde für mich engagiert, und ich lebte wie eine Fürstin.

Der Graf behandelte mich auch weiter voller Ehrerbietung. Er verschwieg mir nicht, daß seine Verwandten nicht ohne weiteres in unsere Verbindung willigen würden. Er wollte jedoch selbst seinen Vater aufsuchen, um ihm die Einwilligung abzuringen. Doch verschob er die Abreise von Tag zu Tag. Schließlich gestand er mir, daß er sich fürchte, mich zu verlassen. Er glaubte nicht recht an meine Liebe, die ich ihm noch nie bewiesen hatte.

Nun, liebe Eva, ich will Ihnen Einzelheiten ersparen – genug, was bisher keinem gelungen war, er erreichte es! Ich glaubte damals wirklich, daß er mich zu seinem Weibe machen wollte. Mein Mann hat mir später diesen Glauben genommen. Er hat es wohl nur schlauer angefangen als die anderen, mich zu betören.«

»O nein, Frau Clermont – nein, das glaube ich nicht!« rief Eva heiser vor Aufregung.

Liliane lachte spöttisch.

»Ich weiß, Sie sind eine kleine Schwärmerin, und Sie wollen Ihren Landsmann verteidigen. Aber bitte, unterbrechen Sie mich nicht mehr.«

Eva biß sich auf die Lippen und schwieg. Liliane erzählte weiter:

»Kurzum – nun er sein Ziel erreicht hatte, wollte er zu seinem Vater reisen und alles ordnen, so sagte er mir damals. Am Tage seiner Abreise lag ich lesend auf dem Sofa. Da meldete die Zofe mir einen Besuch. Verwundert stand ich auf. Die Tür öffnete sich – vor mir stand Henry! Ich schrie auf, umfaßte ihn wie wahnsinnig vor Freude, weinte und sank schließlich bewußtlos an ihm hinab. Er trug mich auf das Sofa. Ich kam wieder zu mir.

›Henry – geliebter Henry –, bist du es wirklich?‹ fragte

ich in seliger Bestürzung. Er lachte herzlich über mein Erstaunen.

›Ja, ich bin's, Liliane – und du, warst du mir treu?‹

In diesem Augenblick wurde die Tür aufgerissen, der Graf stand mit verzerrtem Gesicht auf der Schwelle. Ein Schuß krachte – Henry sank getroffen zu Boden.

Was in den nächsten Minuten geschah, weiß ich nicht mehr. Der Graf war fortgestürmt, ich lag neben Henry am Boden und suchte mit meinen Händen das Blut zu stillen, das seiner Wunde entströmte. Meine Zofe, besonnener und resoluter als ich, schnitt den Rock entzwei, den er trug, und untersuchte die Wunde.

›Das ist nicht gefährlich. Die Kugel hat nur die Schulter gestreift. Der Herr ist wohl mehr vor Aufregung ohnmächtig geworden‹, sagte sie, und ich konnte mich davon überzeugen.

Henry kam auch bald wieder zu sich. Er verlangte eine Erklärung. Ich hatte wahnsinnige Angst, fürchtete, der Graf könnte zurückkommen, und beschwor ihn, mit hinaufzukommen in eines der Oberzimmer, die der Graf nie betrat. Dort wollte ich ihm alles erklären.

Zuerst verband meine Zofe ihn sehr geschickt. Sie war mir treu ergeben. Er selbst erklärte die Wunde für eine Lappalie und schickte die Zofe nach einer Salbe in die Apotheke. Einen Arzt wollte er nicht. Solche Wunden habe er in der Wildnis mehr als einmal selbst geheilt.

Als wir allein waren, beichtete ich ihm und bettelte um seine Verzeihung für den Treubruch. Ach, Eva, wie litt ich unter diesem Geständnis!

Henry tobte, wie Sie ihn neulich draußen gesehen haben, so sah ich ihn damals das erstemal. Er war wie wahnsinnig vor Schmerz und Wut.

Als ich weinte, wurde er ruhiger. Er tröstete mich wie ein Kind. Aber auf den Grafen warf sich sein ganzer Groll. Er erklärte mir, daß dieser nicht daran gedacht hätte, mich zu heiraten. Hätte er ihn damals vor sich gehabt – er hätte ihn umgebracht in Zorn und Schmerz.«

Nach einer kurzen Pause fuhr Liliane in der Erzählung ihrer Lebensgeschichte fort:

»Er hat den Grafen nicht getötet, er hat sich auf eine andere Art gerächt, sich und mich. Das habe ich ihm damals abgebettelt. Er sollte nicht zum Verbrecher werden. Der Graf zahlte uns ein Schweigegeld, und wir ließen ihn in dem Glauben, seinen Rivalen getötet zu haben. So sah unsere Rache aus!«

Eva brauchte alle Kräfte, diese tragischen Enthüllungen zu ertragen, ohne sich zu verraten.

»Wir brauchten Geld, denn Henry war arm zurückgekommen. Er war in Amerika nach mancherlei vergeblichen Versuchen, sich emporzuringen, Kunstreiter geworden und hatte vorläufig keine Stellung. Wir zogen zuerst nach Nancy.

Dort kam ein Kind zur Welt, die Tochter des Grafen. Sie ist jetzt bei ihrem Vater. Nach ihrer Geburt heirateten wir. Henry liebte mich noch wie früher, aber die Eifersucht nahm bei ihm krankhaften Charakter an. Deshalb quält er mich so oft. Hätte ich ihm noch eine kurze Zeit die Treue gehalten, wie glücklich könnte ich sein! Die Erinnerung an meine Untreue warf stets dunkle Schatten in unser Leben. Oh, wie ich den Grafen hasse! Wäre er doch nie in mein Leben getreten!«

»Dann wären Sie ums Leben gekommen in den Fluten der Seine«, sagte Eva leise.

Liliane winkte unmutig ab.

»Ja, ja – alles gut und schön, ich mag ungerecht sein, aber – ich hasse ihn! Doch nun hören Sie noch den Schluß: Mein Mann gab mir Unterricht im Reiten, ich lernte vorzüglich und schnell, und schon nach einem Jahr waren wir zusammen in einem Zirkus. Seitdem führen wir das Leben, das Sie kennen. Obwohl mein Mann weiß, daß ich nur ihn liebe, erfaßt ihn zuweilen diese furchtbare Eifersucht. Dann zweifelt er an mir, glaubt, ich habe jenen Grafen doch geliebt oder ich fände Gefallen an den bewundernden Blicken anderer Männer. Deshalb mußte ich mich von meinem Kinde trennen und es zu seinem Vater geben.«

»Oh, Sie leiden gewiß unter dieser Trennung?« fragte Eva leise. Mühsam rang sie sich Teilnahme und Worte ab.

»Nein«, antwortete Liliane hart, indem ihre Augen unheimlich funkelten. »Ich habe das Kind nie geliebt, so wenig wie seinen Vater, den ich bis zum Tode mit meinem glühenden Haß verfolge.«

Eva, die bei Lilianes Eröffnung bald bleich, bald rot geworden war und der die Gewißheit, den Geliebten unschuldig zu wissen, fast die Besinnung zu rauben drohte, zwang sich mit übermenschlicher Anstrengung zur Ruhe.

Sie hätte jubeln und weinen mögen vor Aufregung. Hatte sie doch nun erreicht, wonach sie all die ganze Zeit gestrebt. Sie durfte heimkehren zu dem Geliebten, durfte ihm sagen:

Du bist unschuldig! Der, den du mit deiner Kugel getötet zu haben glaubst, lebt! Er und die Frau, die du liebtest, haben dich in unerhörter Weise betrogen, um sich an dir zu rächen!

Ach, sie sah im Geiste sein ungläubiges Staunen. Er würde es zuerst nicht fassen können. Aber dann – wenn er begriff –, welcher Wonne würde das Gefühl gleichen, wenn er erlöst und befreit von dem furchtbaren Druck aufatmen konnte?

Zuerst hatte Eva bei Lilianes Erzählungen tiefes Mitgefühl mit dieser Frau erfaßt. Aber jetzt überwog der Zorn. Wie furchtbar hatte Liliane den Mann gequält, der ihr nur Liebes erwiesen hatte ...

»Nun, Eva, Sie schweigen sich aus? Was sagen Sie zu meiner Lebensgeschichte? Fühlen Sie sich in Ihrem Tugendstolz erhaben über mich?« fragte Liliane.

Eva raffte sich auf.

»Nein, Frau Clermont – ich beklage Sie aufrichtig. Meiner Ansicht nach würden Sie aber glücklicher werden, wenn Sie den Groll auf Ihren Retter aufgeben würden und auch Ihren Gatten dazu bekehrten.«

Liliane sah sie finster an.

»Glauben Sie? Ich möchte nicht den Versuch wagen, meinem Mann damit zu kommen. Ich glaube, er erwürgte mich auf der Stelle. Er würde es als Beweis dafür auffassen, daß mein Herz zu Gunsten des deutschen Grafen spricht.«

»Also ist es mehr die Furcht vor Herrn Clermont, die Ihre Rachsucht wachhält?«

Liliane sprang auf und trat mit verzerrtem Gesicht vor Eva hin.

»Nein – ich hasse ihn –, ich könnte ihn töten wegen des Verrates, den ich an mir um seinetwillen beging, ohne Reue. In meinen Adern fließt heißeres Blut als in den Ihren. Er ist schuld, daß mein Henry leidet, und jede Stunde dieser Pein soll er mir vergelten. Sprechen Sie nicht zu seinen Gunsten, ich könnte Sie hassen dafür.«

Eva erhob sich zitternd. Sie durfte kein Wort mehr zu Udos Verteidigung sagen, wenn sie sich nicht verraten wollte. Wozu auch? Diese Frau würde sich nicht umstimmen lassen, sie hatte diesen Haß genährt – über all die Jahre. Der saß fest.

Was konnte sie Udo auch noch anhaben? Sie würde ihn höchstens mit Drohungen schrecken, seinen vermeintlichen Mord zu verraten. Mochte sie es versuchen! Diese Drohungen erfüllten ihren Zweck nicht mehr, denn Udo würde wissen, daß sie grundlos waren. Jetzt galt es nur, sich unbefangen zu zeigen, damit Liliane keinen Verdacht schöpfte, daß

Evas einziges Ziel dieser Komödie erreicht war und damit die Rache der Clermonts alle Kraft verlor.

Eva versuchte zu lächeln.

»Ich meinte es gut mit Ihnen. Der arme Herr tut mir leid. Er könnte so sicher Ihrer Liebe und Treue vertrauen und glücklich sein. Wenn man ihm nur diese Überzeugung geben könnte!«

Lilianes Gesicht nahm den Ausdruck wehmütiger Traurigkeit an.

»Diese Überzeugung hat er, wenn er ruhig und besonnen ist. Doch seine reizbare Eifersucht bringt ihn um Ruhe und Besonnenheit. Ich muß mich darein finden. Unser Glück wäre auch zu hell und strahlend ohne diesen Schatten. Nehmen Sie sich ein Beispiel an mir, Eva. Wenn Sie hoffen, einst die glückliche Frau eines braven Mannes zu werden, so lassen Sie sich durch die glänzendsten Verlockungen nicht vom Pfade der Tugend abbringen. Und vor dem ehrenwerten Herrn Lünefeld werde ich Ihnen Ruhe verschaffen. Schon heute abend will ich mit meinem Mann darüber sprechen. Vielleicht hilft er ihm schon morgen auf den Weg.«

»Sie sind sehr gütig, Frau Clermont.«

»Und Sie werden sich auch nicht mehr erschrecken lasse und recht lange in meinen Diensten bleiben, nicht wahr, Eva?«

»Sie haben mich durch Ihr Vertrauen sehr glücklich gemacht, ich werde bleiben, so lange es irgend möglich ist«, antwortete Eva ausweichend.

Liliane war zum Glück mit dieser Antwort zufrieden. Sie ließ sich von Eva ankleiden und verließ bald das Haus. Eva mußte ihr dann in den Zirkus folgen. Eine kurze Spanne blieb ihr für den Aufruhr in ihrem Herzen.

Als sie allein war, sank sie in die Knie und dankte Gott, daß sie ihr Ziel erreicht hatte.

Als sie kurze Zeit darauf die Straße betrat, löste sich aus dem Schatten eine Männergestalt und vertrat ihr den Weg.

»Endlich treffe ich Sie, kleines Fräulein. Sie haben mich grausam lange auf eine Antwort warten lassen.« Es war Lünefeld, der mit diesen Worten auf sie einsprach.

Eva erschrak heftig. Es war still und menschenleer ringsum, und sie wußte, wozu dieser Mensch fähig war. Ehe sie Hilfe herbeigerufen hatte, konnte er sie umarmt und geküßt haben. Die Schamröte stieg ihr bei diesem Gedanken ins Gesicht. Ängstlich sah sie sich um, ob niemand kam. Es war kein Mensch zu sehen.

»Bitte, lassen Sie mich vorbei! Wenn meine Herrschaft mich mit Ihnen sieht, verliere ich meine Stellung.«

»Aber, süßes Kind, sprechen Sie ein Wort, und ich mache Sie reich und unabhängig von den Launen Ihrer Frau Clermont.«

»Nein, nein – das geht nicht, ich – mein Herr, bitte, lassen Sie mich! Begreifen Sie, daß ich ein ehrbares Mädchen bin. Ich kann Ihnen nicht länger zuhören!«

Lünefeld sah mit funkelnden Augen in ihr reizvolles Gesicht, das ihm in ihrer Angst doppelt begehrenswert erschien.

»Mein Gott, Sie kleines süßes Mädel, begreifen Sie doch lieber, daß ich ganz und gar in Sie vernarrt bin. Ich bin Ihr Sklave, wahrhaftig! Meinetwegen – Sie sollen sogar meine Frau werden, wenn Sie nicht anders wollen. Aber mir müssen Sie gehören, so wahr ich Kurt Lünefeld heiße. Und ich lasse Sie nicht von der Stelle, bis ich die Gewißheit habe, daß Sie mich erhören wollen.«

Eva war vor Angst einer Ohnmacht nahe. Und noch immer war kein Mensch zu sehen.

»Lassen Sie mich jetzt – geben Sie mir nur einige Tage Zeit –, ich kann mich jetzt nicht entschließen.«

»Nicht entschließen? Sie hören ja – ich will Sie zu meiner Frau machen, zur Frau eines mehrfachen Millionärs.«

»Nur einige Tage – es kommt so überraschend.«

Lünefeld lachte. Freilich – das verdrehte dem kleinen Mädel wohl den Kopf. Am Ende nahm sie es für ernst? Na, schließlich kam er noch so weit, sie zu heiraten. Sie war wirklich ein süßes Geschöpf. Jedenfalls beharrte er eigensinnig darauf, ihren Widerstand zu besiegen.

»Na – wie lange soll ich also noch warten, bis Sie einen Entschluß gefaßt haben?« fragte er gönnerhaft.

»Acht Tage – so lange geben Sie mir Bedenkzeit!« bat Eva schnell. Sie wußte, daß Sie nach acht Tagen Paris verlassen haben würde.

»So lange? Sie sind grausam. Nein, so lange dürfen Sie mich nicht in Ungewißheit lassen.«

»Dann einige Tage weniger. Aber jetzt lassen Sie mich ungehindert gehen.«

»Nun gut. Sie geben mir also so bald als möglich Nachricht und bestimmen, wo wir uns treffen können. Ich muß mich doch einmal ungestört mit Ihnen aussprechen können.«

»Ja, ja – aber jetzt bin ich in höchster Eile«, flüsterte Eva. Unfähig, sich noch länger zu beherrschen, rannte sie schnell an ihm vorbei.

Lünefeld ließ sie wirklich gehen. Sie war seiner Ansicht nach ein schlauer kleiner Racker, der es verstand, sich im Preis zu steigern. Er war aber schon so kopflos verliebt in sie, daß er ihr sogar im schlimmsten Falle seine Freiheit opfern wollte.

Eva lief indessen wie gejagt nach dem Zirkus. Daß sie Lünefeld Rede und Antwort hatte stehen müssen, brannte in ihr. Tränen traten in ihre Augen. Der einzige Trost war, daß sie nun eine Weile Ruhe vor Lünefeld haben würde. Daß sie ihre Abreise tunlichst beschleunigen mußte, stand bei ihr fest.

Liliane erwartete sie bereits ungeduldig. Doch Eva verriet nichts von ihrem Zusammentreffen mit Lünefeld, sonst hätte sie ihr Verhalten diesem gegenüber begründen müssen. Frau Clermont durfte noch nicht ahnen, daß ihre Zofe Fluchtgedanken hegte. Sie entschuldigte sich, so gut es ging, ihrer Säumigkeit wegen, und Liliane war auch gleich versöhnt. Während die Künstlerin mit ihrem Mann im Zirkus zu tun hatte, begegnete Eva im Zirkusgang dem Stallmeister Engels.

Er begrüßte sie höflich. Sie dankte ihm freundlich.

»Eine Frage, Fräulein Hermsdorf. Hat sich jener Unverschämte wieder blicken lassen?« fragte er halblaut.

Sie errötete tief. Ihr Zögern verriet sich in ihrem Gesicht. Sie wußte nicht, ob sie sich Engels anvertrauen sollte. Schließlich entschied sie sich dafür.

»Vorhin, als ich auf dem Wege hierher war, stellte er mich. In meiner Herzensangst habe ich zu einer List Zuflucht genommen und mir den Anschein gegeben, als würde ich ihm meine Entscheidung zugehen lassen. Er hat mir nämlich einen regelrechten Heiratsantrag gemacht«, schloß sie lächelnd. Engels' Stirn rötete sich.

»Ach, das ist etwas anderes.«

»Nein, das ist nichts anderes, Herr Engels. Es geschah in reichlich unverschämter Art, als eine Art Köder! Ein Versprechen, das nicht gehalten werden soll!«

Engels ließ die Reitpeitsche durch die Luft sausen.

»Nun, ich werde den Patron nicht mehr aus den Augen lassen, solange ich Sie unterwegs weiß. Ich kenne Ihre Zeiteinteilung zur Genüge.«

»Ich glaube, es wird kaum mehr nötig sein.«

»Vielleicht doch. Gönnen Sie mir diesen kleinen Sport.«

»Gern tue ich das, zumal ich Ihre Hilfe nicht mehr lange in Anspruch zu nehmen brauche.«

Er sah sie fragend an.

»Soll das heißen, daß ...?«

»Es soll heißen, daß ich Sie noch einige Tage um Verschwiegenheit bitte. Dann soll Ihnen alles erklärt werden, lieber Herr Engels. Und hier meine Hand – ich danke Ihnen nochmals herzlich für all Ihre Freundlichkeit.«

Er faßte zögernd ihre Hand und hielt sie dann eine Weile fest.

»Das klingt fast wie ein Abschied«, sagte er leise, und seine Augen forschten mit schmerzlicher Trauer in ihrem Gesicht.

Sie sah ihm voll ins Gesicht mit ihren großen schönen Augen.

»Fragen Sie nicht, lieber Freund«, erwiderte sie bedeutungsvoll. Er ließ ihre Hand los und trat zurück.

»Ich hoffe, es Ihnen beweisen zu können, daß Sie keinen ergebeneren Freund haben als mich«, murmelte er warm.

»Ich glaube es. Beweise braucht es da nicht mehr.«

# XVI

Beim Nachtmahl erzählte Liliane ihrem Mann von Lünefelds Anwesenheit in Paris und gab ihm den Brief zu lesen, den dieser an Eva geschrieben hatte. Clermont sah finster auf das Schreiben hinab.

»Der Kerl muß wirklich einen Denkzettel bekommen. Es ist mir zwar ein bißchen lächerlich, daß ich mich zum Beschützer deiner Zofe aufwerfen soll, aber immerhin, das Mädchen ist nicht wie andere ihrer Art. Und dieser Herr Lünefeld hat ohnedies noch was bei mir gut. Ich werde ein wenig Ausschau nach ihm halten.«

Liliane war hocherfreut, daß Henry so ruhig blieb. Als Eva ihr später beim Auskleiden half, flüsterte sie dieser zu, daß ihr Mann Lünefeld aufs Korn nehmen wolle. Eva gab sich den Anschein großer Dankbarkeit.

Als sie dann für diesen Abend entlassen war, zog sie sich in ihr Zimmer zurück und schrieb an ihre Mutter, daß sie in den nächsten Tagen zu ihr zurückkehren würde. Die Mutter möge jedoch mit niemandem davon sprechen. Auch an Udo wollte sie noch schreiben, daß sie mit ihrer Tante Paris verlassen und vorläufig zu ihrer Mutter heimkehren würde. Er möge ihr keine Briefe mehr nach Paris senden.

Daß sie sich bei ihrer Mutter nicht länger als einen Tag aufhalten wollte, stand bei ihr fest. Anschließend würde sie sofort nach Plessentin reisen, aber ohne Udo ihr Kommen zu melden. Sie wollte ihn überraschen.

Von all den Aufregungen dieses Tages war sie jedoch so müde, daß sie beschloß, Udos Brief erst am nächsten Morgen zu schreiben. Sie legte sich nieder und schlief sofort fest ein.

Am nächsten Morgen stand sie zeitig auf, um ihren Brief noch zu schreiben, ehe Frau Clermont ihre Dienste benötigte. Sie war noch nicht zu Ende mit ihrem Werk, als Liliane schellte, und zwar heftig und ungeduldig. Sie sprang auf, ohne ihr Schreibzeug wegzuschließen, und ging, nachdem sie in ihrem Zimmer das Fenster noch rasch zum Lüften geöffnet hatte, hinüber.

Liliane hatte über Nacht heftiges Kopfweh bekommen, und Eva mußte sofort zur Apotheke, um Tabletten für sie zu holen. Man empfahl ihr größte Eile, und Eva dachte nicht daran, ihren halbvollendeten Brief wegzuschließen. Clermonts betraten ohnedies nie ihr Zimmer, deshalb ging sie ohne Unruhe.

Henry Clermont trieb sie zur Eile an. Dann betrat er selbst die Küche, um frisches Wasser für seine Frau zu holen. In der Küche war das Fenster geöffnet. Der rauhe Novemberwind wehte fauchend herein, schlug die Küchentür weit zurück, und da die Küche Evas Zimmer gegenüberlag und die Tür zu diesem Zimmer nicht sehr gut schloß, so schlug der Wind auch diese Tür weit auf.

In der entstandenen Zugluft flogen Briefbogen und Umschläge durch Evas Zimmer. Einige von den Papieren lagen auf dem Flurgang. Henry Clermont schloß schnell die Küchentür und bückte sich, um die verstreuten Papiere aufzulesen.

Da blieb er plötzlich in gebückter Haltung stehen und schaute mit durchbohrendem Blick auf eine Briefhülle. Sie trug die Aufschrift: *»Graf Udo Plessen von Plessentin.«*

Wie versteinert starrte er darauf. Dann setzte er langsam die Wasserflasche neben sich auf den Boden und faßte nach dem beschriebenen Briefbogen, der neben der Briefhülle lag. Mit einem Ruck richtete er sich auf und las. Während des Lesens knirschten seine Zähne in dumpfer Wut aufeinander. Der Brief lautete:

»*Mein inniggeliebter Udo! Deine Eva kehrt nun bald zu Dir zurück: In den nächsten Tagen reise ich heim zu Mutter. Sende mir also keine Briefe mehr nach Paris. Wann ich nach Plessentin komme, weiß ich noch nicht. Aber wenn Du willst, so rüste unsere Hochzeit für das Weihnachtsfest. Ich habe unmenschliche Sehnsucht nach Dir, mein Lieb. Mich hält nun nichts mehr hier, denn ...*«

Hier brach der Brief ab. Henry Clermont starrte darauf nieder mit glühenden Augen, sein Atem kam stoßweise aus der Brust, wie bei mühsam verhaltener Aufregung. Noch einmal überflog er die Zeilen und legte mit langsamer Gründlichkeit den Briefbogen und den Umschlag zu den anderen verstreuten Papieren auf den Boden von Evas Zimmer. Dann kehrte er langsam, in grimmiges Nachdenken versunken, zu Liliane zurück.

»Weißt du, wer deine Zofe ist, Liliane?«

Seine Frau, die arges Kopfweh hatte, sah matt und verwundert zu ihm auf und zuckte dann betroffen zusammen.

»Mein Gott, Henry, wie siehst du aus – was ist dir?« fragte sie erschrocken.

»Weißt du, wer deine Zofe ist, Liliane?« wiederholte er dumpf.

»Nun, wer denn? – Sag doch, was ist geschehen?«

Er lachte grell auf.

»Eine Spionin vermutlich, und nebenbei die Braut des Grafen Udo von Plessen. Weihnachten ist Hochzeit auf Plessentin.«

Liliane sah ihren Mann an, als zweifle sie an seinem Verstand.

»Du bist krank, Henry!« rief sie ängstlich.

Da ließ er sich in einen Stuhl fallen und erzählte ihr mit heiserer Stimme von dem Brief. Liliane schrie auf und richtete sich auf dem Sofa in die Höhe. Sie umfaßte Henrys Schulter mit jähem Griff.

»Und ich habe ihr gestern erzählt, daß du es bist, den die Kugel des Grafen getroffen hat«, rief sie wie irrsinnig. »Udo von Plessen wird durch sie erfahren, daß er kein Mörder ist!«

»Widerrufe das, oder ich bringe dich um!« keuchte er heiser und faßte nach ihrem Hals.

»Tu mir nicht weh! Mein Kopf – oh – mein Kopf! Henry – sie darf nicht fort, darf auch keinen Brief absenden. Oh, mein Gott, diese Schlange! Ich ahnte nicht, wer sie ist. Sie hat sich mein Vertrauen erschlichen. Nur Ruhe, nur nachdenken! Hörst du? Jetzt ist die Rache in unsere Hand gegeben.«

Er ließ ihr Haar los und starrte mit finster glühenden Augen in ihre entstellten Züge.

»Ja – du hast recht – du hast recht, Liliane. Sie ist in unsere Hand gegeben. Das gab dir dein Glück ein. Komm, hilf mir nachdenken – mir rasen die Gedanken wild durch den Kopf. Er darf unserer Rache nicht entgehen, der Schuft, der dich mir gestohlen, der mich dafür niederschießen wollte! Komm, sei still, sie darf nichts merken, wenn sie wiederkommt.«

Liliane legte sich gehorsam hin und umfaßte ihn mit ihren Armen. Fest aneinandergeschmiegt flüsterten sie miteinander. Ihre Gesichter glühten, die Augen funkelten. Die wilden Triebe, die ihnen in ihrer Jugend in den Verbrecherwinkeln von Paris eingeimpft worden waren, regten sich in diesen beiden Menschen.

Als Eva ahnungslos mit dem Medikament zurückkam, fand sie die Clermonts scheinbar in derselben Stellung, wie sie dieselben verlassen hatte. Rasch löste sie ein Pulver im Wasser und reichte es Liliane. Clermont nahm es ihr aus der Hand.

»Bereiten Sie das Frühstück, und gehen Sie jetzt nicht aus dem Haus. Meine Frau ist leidend, ich brauche möglicherweise einen Arzt, und Sie müssen sofort bereit sein, ihn herbeizuholen«, sagte er, sich mit großer Anstrengung zur Ruhe zwingend. Eva sah in Lilianes blasses Gesicht.

»Soll ich den Arzt nicht gleich holen?« fragte sie dienstwillig.

»Nein, ich will abwarten, ob das Pulver hilft.«

Eva zog sich zurück: In ihrem Zimmer angekommen, sammelte sie schnell die verstreuten Blätter auf und schloß das Fenster. Nicht die leiseste Ahnung stieg in ihr auf, daß fremde Augen auf den Zeilen geruht hatten, die sie an Udo geschrieben.

Sie beeilte sich, das Frühstück zu bereiten, damit ihr nachher noch eine Stunde bliebe, um ihren Brief zu vollenden. Leicht und froh war ihr zumute.

Als das Frühstück fertig war, trug sie es hinein. Sie fand das Ehepaar noch immer dicht aneinandergeschmiegt.

Schnell und lautlos deckte sie den Tisch und fragte nach weiteren Befehlen. Man hatte keine für sie. Nur daß sie zur Hand bleiben solle, prägte ihr Clermont noch einmal ein. Als Eva hinausging, folgten ihr zwei Paar rachsüchtige Augen.

Ahnungslos begab sie sich in ihr Zimmer und beendete den Brief an Udo. Dann begann sie Kleinigkeiten einzupacken. Sie hatte sich ein Kursbuch mitgebracht und studierte darin, um sich die passenden Züge zu notieren. Am besten würde sich ihre Flucht bewerkstelligen lassen um die Zeit, wenn Herr und Frau Clermont zur Probe waren, oder dann, wenn sie zu Tisch gingen.

Da um diese Zeit direkte Züge nicht abgingen, beschloß sie, vorläufig bis zur nächsten Station zu fahren und dort auf den Abendzug zu warten. Sie wollte dann die Nacht durchfahren.

Sorgsam band sie schon jetzt das Täschchen mit dem

Geld, das sie von zu Hause mitgenommen und noch dazuverdient hatte, an einer Schnur um den Hals und barg es in ihren Kleidern.

Dann trat sie an das Fenster und sah hinaus in den jagenden Novembernebel.

*

Clermont hatte mit Liliane einen teuflischen Plan ausgedacht. In beider Augen leuchtete krankhaft-wilde Freude. Sie saßen beim Frühstück und unterhielten sich in erregtem Flüsterton.

Endlich waren sie sich im klaren. Liliane klingelte nach ihrer Zofe und befahl ihr, das Geschirr hinauszutragen und sie dann anzukleiden. Eva tat, wie ihr geheißen.

Während Liliane sich ankleiden ließ, ging Henry Clermont hinaus. Liliane erzählte Eva scheinbar harmlos, daß ihr Mann einen Wagen holen wolle. Sie hatten vor, das kleine Haus in Saint-Denis noch einmal zu besuchen. Eva überkam ein unbehagliches Gefühl. Das Haus war ihr unheimlich, und sie fürchtete einen erneuten Anfall Clermonts.

»Wird es dem Herrn nicht schaden?« fragte sie betreten.

Liliane zuckte die schönen Schultern.

»Hoffentlich nicht. Jedenfalls besteht er darauf, und wir müssen uns fügen.«

»Soll ich Sie wieder dorthin begleiten?«

»Gewiß! Sie wissen, daß ich gerade da draußen Ihrer Hilfe doppelt bedarf. So – geben Sie das schwarze Kleid von neulich. Lassen Sie nur, ich mache mich nun selbst fertig. Sie können sich inzwischen auch ankleiden. Wenn mein Mann mit dem Wagen kommt, wollen wir ihn nicht warten lassen, damit er nicht ungeduldig wird.«

Als Eva hinausgegangen war, sah Liliane starr auf ihr Bild im Spiegel.

»Sie hat mein Vertrauen mißbraucht, ich habe kein Mitleid mit ihr«, zischte sie leise vor sich hin.

Wie das erstemal, wurde zwischen den drei Personen im Wagen auf der Fahrt nach Saint-Denis kein Wort gewechselt. Ebenso wurde am Ziel der Wagen entlassen, doch zu Evas freudiger Überraschung wurde er schon für zwei Uhr zurückbestellt. Also würde der Aufenthalt in dem unheimlichen Hause nur ungefähr eine Stunde dauern.

Eva hatte ihre Briefe noch bei sich, da sie nicht unbemerkt hatte zum Briefkasten gehen können. Stumm folgte sie jetzt Clermonts durch den Garten, der heute einen noch traurigeren Eindruck auf sie machte. Wie beim erstenmal zog Clermont einen Schlüssel hervor und öffnete die Tür.

Die alte Frau lag auch heute wieder halb betrunken auf dem Sofa und schlief. Clermonts nahmen gar keine Notiz von ihr, Liliane schickte Eva in die Küche, um die kleinen Kuchen, die Clermont mitgebracht hatte, auf einen Teller zu legen.

Während Eva diesen Auftrag ausführte, ging Henry Clermont mit seiner Frau schnell in das Zimmer hinüber, das er neulich nicht betreten hatte und dessen Anblick schon genügte, um ihn in Wut zu bringen.

In diesem Zimmer begannen die beiden Menschen ein geschäftiges Treiben. Clermont hatte ein Paket Kerzen aus der Tasche gezogen, dann zündete er eine an und steckte sie auf einen Leuchter. Die anderen legte er daneben hin.

Die Läden vor den Fenstern waren geschlossen und mit Eisenstangen und Schlössern gesichert. Von innen waren sie unmöglich zu öffnen. Trotzdem rüttelte Clermont mit Gewalt daran. Als sie nicht nachgaben, nickte er befriedigt mit dem Kopf. Dann schloß er auch die Glasfenster wieder und nagelte sie zu. Hammer und Nägel führte er ebenfalls bei sich.

Liliane hatte inzwischen das Zimmer durchsucht und

eine Schere, einige Nadeln und ein kleines Taschenmesser zusammengekramt. Dieses übergab sie stumm ihrem Mann, der es zu sich steckte. Nun befand sich nichts mehr im Zimmer, was als Waffe oder Werkzeug hätte dienen können. Das Zimmer hatte nur die eine Tür. Clermont sah sich noch einmal aufmerksam um. Dann nickte er seiner Frau zu und verließ mit ihr das Zimmer.

Eva hatte inzwischen die kleinen Kuchen in das Wohnzimmer getragen und räumte in dem unordentlichen Gemach auf. Die Alte lag noch immer schlafend auf dem Sofa und schnarchte.

Eva überlief ein unheimliches Grauen. Sie war froh, als die Clermonts wieder eintraten. Daß diese in dem sonst gemiedenen Zimmer sich so lange aufhielten, setzte sie in Erstaunen. Ein Blick in Herrn Clermonts Gesicht verursachte ihr Angst. Er sah unheimlich aus mit seinem verzerrten Gesicht. Und auch Liliane flößte ihr Unruhe ein. Sie sah aus wie ein schöner böser Geist.

»Kommen Sie, Eva, Sie müssen drüben das Zimmer heizen, es ist zu kalt«, raunte sie mit heiserer Stimme.

Eva ging in die Küche, um Feuerung in das Zimmer zu tragen. Inzwischen stellte Liliane die kleinen Kuchen hinüber neben die noch brennende Kerze. Sie wartete dann, bis Eva sich am Kamin zu schaffen machte, überzeugte sich, daß genug Feuerung vorhanden war, um das Zimmer zu erwärmen, sah noch einmal mit unheimlichem Ausdruck in Evas Gesicht, das hell von der auflodernden Flamme beschienen war, und ging dann langsam hinaus.

Sobald sie das Zimmer verlassen hatte, drückte Henry, der hinter der Tür gewartet hatte, diese ins Schloß und drehte den Schlüssel schnell zweimal herum. Dann lehnten sich die beiden lauschend gegen die Tür und sahen sich siegesgewiß an.

Eva hatte sich aus ihrer gebeugten Stellung aufgerichtet,

als hinter Liliane die Tür ins Schloß fiel. Ganz deutlich hörte sie das Geräusch, das der Schlüssel verursachte. Eine unbestimmte furchtbare Ahnung durchzuckte sie plötzlich. Mit schnellen Schritten eilte sie zur Tür und drückte auf die Klinke. Verschlossen!

Heiße Angst lähmte sie für den Augenblick. Sie sah starr auf die verschlossene Tür. Dann rüttelte sie in wilder Verzweiflung daran. Sie gab nicht nach. Nun rief sie laut:

»Frau Clermont, ich bin eingeschlossen! Bitte, öffnen Sie mir!«

Ein höhnisches Lachen antwortete ihr von draußen.

»Heute nicht mehr, Fräulein Eva Hermsdorf. Bis morgen früh werden Sie in diesem Zimmer eingeschlossen bleiben. Vertreiben Sie sich einstweilen die Zeit! Später sollen Sie auch Gesellschaft erhalten. Und morgen können Sie dann nach Plessentin reisen und Ihrem Verlobten melden, was Sie ausspioniert und was Sie erlebt haben. Vergessen Sie dann aber auch nicht, ihm die Erlebnisse dieser Nacht zu melden. Aug' um Auge, Zahn um Zahn – so rächt sich Henry Clermont! Graf Plessen hat mir die Braut entehrt – Sie verlassen dieses Zimmer auch nur als eine Entehrte. Dann sind wir quitt, Graf Plessen und ich!«

Diese Worte rief Henry Clermont mit beißendem Hohn und wilder Freude durch die Türspalte. Eva wankte erbleichend zurück. Dann rüttelte sie verzweifelt an der Tür.

»Lassen Sie mich heraus, ich habe Ihnen nichts zuleide getan! Frau Clermont, erbarmen Sie sich, seien Sie doch menschlich! Graf Plessen hat schon genug gelitten durch Sie. Seien Sie gerecht! Oh, bitte, öffnen Sie! Ich flehe Sie an!« rief sie angstvoll.

Liliane antwortete mit einem schrillen Lachen.

»Schlange, hast du spioniert? Nun ernten Sie, was Sie angezettelt haben!«

»Erbarmen, öffnen Sie!«

»Morgen, meine schöne Eva – morgen! Und dann Glück auf die Reise.«

Eva hörte, wie Liliane und Henry sich entfernten und im Wohnzimmer verschwanden. Nachdem sie noch einige Male versucht hatte, mit Gewalt die Tür zu sprengen, lief sie zum Fenster. Entsetzt bemerkte sie, daß sie auch hier nicht entweichen konnte. Es half nichts, daß sie das Glas zerschlug und an den Holzläden rüttelte. Sie waren fest und gaben nicht nach. Voll Unruhe lief sie hin und her, immer wieder versuchend, Tür und Fenster zu öffnen. Sie suchte verzweifelt nach irgendeinem Werkzeug, aber Liliane hatte alles entfernt.

Wie lange sie so verbracht hatte, wußte sie nicht. Die Anspannung ihrer Nerven machte sich schließlich bemerkbar. Sie sank weinend auf das Sofa und überdachte zitternd ihre Lage. Daß Henry Clermont ihren Brief an Udo entdeckt hatte, wurde ihr klar. Aber was hatten sie mit ihr vor? Wie sollte sie ihre Drohung verstehen?

Sie kannte den glühenden Rachedurst dieser beiden Menschen und wußte, daß diese auch vor einem Verbrechen nicht zurückschrecken würden.

Dann sprang Eva wieder auf und durchwühlte alles nach einer Waffe. Sie fand nichts. Da blieben ihre Augen auf den Glasscherben des Fensters haften. Entschlossen trat sie heran und nahm ein Stück Glas. Wie probierend ließ sie es über das Handgelenk gleiten. Es würde genügen, sich die Pulsadern zu durchschneiden.

Wenn sie aber starb, dann erfuhr Udo nicht, daß er schuldlos war, dann trug er den grauenvollen Fluch weiter durchs Leben. Nein, sie durfte nicht sterben, sie mußte ihr Leben verteidigen bis aufs äußerste.

Stunden gingen so hin. Zuweilen schrie sie laut um Hilfe, obwohl sie wußte, daß niemand sie hören würde als die alte betrunkene Frau. Und diese würde von ihrem Sohn schon die nötigen Weisungen erhalten haben. Von dieser Seite war keine Hilfe zu erhoffen.

Henry und Liliane hatten, als sie das Wohnzimmer betraten, die Alte energisch geweckt. Henry machte ihr nun begreiflich, um was es sich handelte. Die Alte erklärte sich mit widerlichem Grinsen bereit, das Amt eines Kerkermeisters zu übernehmen.

Henry machte ihr klar, daß sie heute keinen Tropfen Schnaps mehr trinken dürfe. Gleich nach Anbruch der Dunkelheit, gegen fünf Uhr, werde ein junger Herr erscheinen, der selbst mit dem Schlüssel das Haustor öffnen würde.

Diesem Herrn möge sie vorsichtig die Zimmertür öffnen, ihn eintreten lassen und sofort hinter ihm die Tür wieder zuschließen. Alles weitere möge sie ihm überlassen.

Die Alte schien selbst viel Freude an diesem Bubenstück zu haben. Sie versicherte, Henrys Gebot in allem Folge leisten zu wollen.

Die Clermonts kehrten darauf mit dem Wagen wieder nach der Stadt zurück. Zu Hause angelangt, schrieb Liliane nach Henrys Diktat folgenden Brief:

*»Lieber Herr Lünefeld!*

*Endlich kann ich Ihnen Bescheid zukommen lassen. Meine Herrschaft besitzt ein Landhaus in Saint-Denis. Dort muß ich Ordnung schaffen, da Clermonts hinausziehen wollen. Ich bin heute nachmittag und auch die Nacht bis morgen mittag mit einer alten blöden Frau ganz allein da draußen.*

*Ihre Liebe rührt mich. Ich erwarte Sie deshalb nachmittags gegen fünf Uhr und bin bereit, Sie zu empfangen. Aber bitte, Verschwiegenheit gegen jedermann! Der hier beiliegende Schlüssel öffnet Ihnen die Haustür. Die alte Frau wird Sie zu mir führen. Ein Wagen wird um vier Uhr vor dem Hotel ›Imperial‹ auf Sie warten und Sie zu mir bringen. Der Kutscher wird nach Ihnen fragen.*

*Es hat mich gerührt, daß Sie mir nach Paris gefolgt sind. Wenn ich Ihnen scheu und abweisend entgegenkomme, so kehren sich nicht daran. Ich liebe Sie und harre Ihrer in Sehnsucht.*

*Eva Hermsdorf.*«

Diesen Brief gab Liliane einem Boten zur sofortigen Besorgung. Sie befahl dann einem Fahrer, um vier Uhr nach dem »Hotel Imperial« zu fahren und nach Herrn Lünefeld zu fragen. Diesen Herrn möge er dann nach Saint-Denis fahren. Sie bezeichnete ihm das Haus genau und ließ sich von ihm noch einmal alles wiederholen. Dann kehrte sie nach Hause zurück. Clermont empfing sie mit fragenden Augen.

»Alles besorgt, Liliane?«

»Alles!«

»Wenn unsere Rache vollbracht ist, Liliane, dann sollst du nie über mich klagen, dann werde ich ruhig sein und nie mehr an dir zweifeln.«

»Dann wollen wir glücklich sein, mein Henry!«

*

Kurt Lünefeld stand gelangweilt am Fenster seines Hotelzimmers und sah auf die Straße hinab. Ganz Paris freute ihn nicht. Er konnte an nichts denken als an die süße kleine Zofe. Ungeduldig wartete er auf die Wirkung seiner letzten Unterredung mit ihr.

Da wurde ihm Lilianes Brief mit einem kleinen Päckchen gebracht, aus dem er einen Schlüssel herauswickelte.

»Ich wußte es doch, auf die Dauer widersteht mir keine«, sagte er befriedigt vor sich hin und sah nach der Uhr.

Punkt vier Uhr wurde ihm der Wagen gemeldet. Noch ein selbstgefälliger Blick in den Spiegel, und dann ging er hinab.

»Wer hat Sie bestellt?« fragte er den Kutscher.

»Eine schöne junge Dame«, sagte dieser schmunzelnd.

Lünefeld nickte lächelnd und stieg ein. Es dunkelte, und vor dem Hotel brannten bereits die Lampen, denn der Novembernebel hüllte alles in düsteres Grau. Ein zweiter Wagen folgte gleich darauf demjenigen, in dem Lünefeld saß. Er blieb in einiger Entfernung hinter ihm.

Eva hatte sich schließlich still und ermattet auf einen Stuhl sinken lassen und starrte trübsinnig in die flackernde Kerze, die das Zimmer erhellte. Da es sehr kalt war, hatte sie nochmals den Ofen gefüllt. Trotzdem schlugen ihr die Zähne aufeinander.

Wie spät es war, wußte sie nicht. Sie hörte nur die Alte bisweilen durchs Haus schleichen. Sonst blieb alles still. In Eva stiegen langsam tröstliche Gedanken auf. Man hatte sie bloß ängstigen wollen und würde sie morgen unbehelligt ziehen lassen.

Aber dazwischen flogen Schauer der Angst über sie hin. Die lautlose Stille legte sich beklemmend auf ihre Brust, und mit angestrengten Sinnen lauschte sie hinaus. Da schien es ihr, als höre sie draußen einen Wagen rollen.

Wie gelähmt saß sie da und starrte auf die Tür. Sie hörte, wie draußen im Hausflur der Schlüssel ins Schloß gesteckt und herumgedreht wurde. Dann vernahm sie leise Stimmen. Gleich darauf wurde die Tür geöffnet. Sie sprang auf, um sich hinauszudrängen, aber schon schloß die Tür sich wieder hinter dem Eingetretenen, und das leise Knirschen des Schlüssels verriet ihr, daß sie erneut eingeschlossen war.

Angstvoll starrte sie auf den Eingetretenen. Es war Lünefeld. Sie wich bis an das Fenster vor ihm zurück. Draußen war, nachdem Lünefeld in das Zimmer eingetreten war, Henry Clermont aus der dunklen Küche gesprungen und hatte schnell hinter ihm zugeschlossen.

Dann verließ er das Haus durch den Garten auf der Rückseite, kletterte über den Zaun und lief einige hundert Schritte querfeldein. Auf der gegenüberliegenden Seite der Straße hielt ein Wagen. Er stieg ein, Liliane saß darin.

»Nun?« fragte sie unruhig.

»Wir sind gerächt, Liliane! Dieser Herr Lünefeld ist soeben zu ihr ins Zimmer geschlossen worden. Hier ist der Schlüssel. Der kraftlose Bursche vermag die Tür nicht zu sprengen. Mag er sich nun ein Schäferstündchen erkämpfen oder nicht. Morgen früh werde ich mit einigen Bekannten das Pärchen herauslassen und dafür Sorge tragen, daß der Vorfall bekannt wird.«

*

Eva stand währenddessen mit blassem Gesicht und mit vor Angst weit geöffneten Augen Kurt Lünefeld gegenüber.

»Was wollen Sie? Wie kommen Sie hierher?« fragte sie bebend, sich vergeblich bemühend, ruhig zu bleiben. Lünefeld trat lächelnd einen Schritt näher an sie heran.

»Aber, liebes Kind, Sie fragen recht sonderbar. Wollen Sie auch jetzt noch Verstecken mit mir spielen? Das ist wirklich nicht mehr am Platze. Vor allen Dingen, kommen Sie näher – ich beiße nicht!«

Eva wich noch weiter von ihm zurück und richtete sich hoch auf.

»Ich verstehe Sie nicht, mein Herr, und ich bitte Sie dringend, mir zu erklären; wie Sie hierhergekommen sind.«

Er machte eine ärgerliche Gebärde.

»Spielen Sie nicht mehr mit mir. Für einen dummen Jungen müssen Sie mich nicht halten. Seit Sie mir Nachricht versprachen, habe ich sehnsüchtig genug darauf gewartet. Und als ich heute Ihr Briefchen erhielt, konnte ich kaum die Zeit erwarten, Sie wiederzusehen!«

»Ich habe Ihnen keinen Brief geschrieben!« sagte sie fest.

Er lachte.

»Aber Schätzchen, nun seien Sie vernünftig und ergeben Sie sich endlich. Erzählen Sie mir keine Märchen! Hier ist der Brief. Den Wagen, den Sie schickten, habe ich benutzt, so gut wie den Schlüssel, den Sie dem Brief beifügten. Und die alte Frau draußen wußte auch, daß Sie mich erwarteten. Nun lassen Sie also die törichten Winkelzüge, und seien Sie ein bißchen nett zu mir. Ich bin wahrlich nicht herausgekommen, um mich von Ihnen an der Nase herumführen zu lassen.«

Eva sah ihn ernsthaft an.

»Sie sind allerdings genasführt worden, mein Herr. Ich habe weder einen Brief noch einen Schlüssel an Sie geschickt.«

Es klang so wahr und überzeugend, daß er stutzte und ihr den Brief reichte.

»Na, bitte schön, haben Sie das geschrieben oder nicht?«

Eva nahm den Brief und las ihn. Dunkle Röte schoß ihr ins Gesicht. Sie warf den Brief von sich.

»Oh, das ist gemein! Ich schwöre Ihnen, daß ich den Brief nicht geschrieben habe. Frau Clermont hat ihn geschrieben. Die Clermonts haben mich hier eingesperrt und Ihnen ausgeliefert, weil sie einen Grund zur Rachsucht gegen mich haben. Ich bitte Sie, lassen Sie mich hinaus!«

Lünefeld machte kein sehr geistreiches Gesicht. Er begriff nur halb.

»Aber Kindchen, ich müßte ja ein Narr sein! Seit Wochen folge ich Ihnen, blind und wie toll verliebt! Sie führen mich am Gängelband, Sie machen mir immer von neuem Hoffnung, daß Sie mir gehören wollen, und entschlüpfen mir immer wieder. Ich müßte ein wahrer Esel sein, wenn ich mir diese Gunst des Zufalls nicht zunutze machte. Frau Clermont ist eine liebenswürdige Dame, daß sie mir ein so ungestörtes Beisammensein mit Ihnen verschafft hat.«

Er trat näher zu Eva und wollte ihre Hand fassen.

»Rühren Sie mich nicht an!« schrie sie laut auf.

Er fuhr erschrocken zusammen und lauschte hinaus. Aber nichts regte sich. In seinen Augen glomm beim Anblick der hilflosen reizenden Erscheinung ein begehrliches Funkeln.

»Kleine, du bist zu süß und reizend. Ich wäre ein Narr, wenn ich die Gelegenheit nicht benutzte, mich an deinen roten Lippen satt zu trinken. Sie leuchten gar zu verführerisch. Und meine Glut wird deine Kälte auftauen. Du wirst merken, wie süß Liebe ist. Komm, sträube dich nicht länger, ich habe versprochen, du sollst meine Frau werden. Was willst du noch mehr?«

Er streckte die Arme nach ihr aus. Eva hatte, halb gelähmt vor Entsetzen, seinen Worten gelauscht. Als er sie jetzt fassen wollte, schlüpfte sie unter seinen Armen durch und stieß einen lauten durchdringenden Hilferuf aus. Sie rüttelte verzweifelt an der Tür und schrie immer wieder laut um Hilfe.

»Mädel, bist du verrückt?« rief Lünefeld ärgerlich und wollte sie zurückziehen. Wieder wich sie ihm aus, rannte zum Fenster und schrie, so laut sie konnte, gegen den geschlossenen Laden. In demselben Augenblick wurde von draußen an den Fensterladen gepocht.

»Was geht da drinnen vor? Ist jemand in Not?« rief eine laute, kraftvolle Männerstimme von draußen.

Eva lauschte mit glänzenden Augen. Sie schrie auf vor Freude. Sie hatte Engels' Stimme erkannt!

»Herr Engels – oh, mein Gott, helfen Sie mir! Ich bin's, Eva Hermsdorf!« schrie sie, so laut sie konnte.

»Verdammt!« knirschte Lünefeld zwischen den Zähnen und wollte selbst zur Tür hinaus. Aber diese war verschlossen.

Engels quälte sich inzwischen draußen mit dem Fensterladen ab.

»Halten Sie aus, Fräulein Hermsdorf! Ich komme Ihnen zu Hilfe!« rief er dazwischen.

Bald gelang es ihm, den Eisenstab aus der Wand zu reißen – der Laden sprang auf. Ein Schlag auf das Fensterkreuz zertrümmerte auch dieses, und mit einem kühnen Satz stand Engels mitten im Zimmer.

Eva taumelte mit einem tiefen Atemzug an seine Seite und brach ohnmächtig zusammen. Engels fing sie auf. Sorgsam bettete er sie auf das Sofa am Kamin.

Dann trat er dicht vor Lünefeld hin und maß ihn von oben bis unten mit verächtlichem Blick.

»Ich dächte, wir sollten uns kennen! Diesmal soll die Schandtat nicht so hingehen!«

Und mit weitausholender Bewegung schlug er Lünefeld ins Gesicht, daß dieser in eine Ecke taumelte. Er wollte zurückschlagen, aber Engels umspannte seine Hände wie mit einem Schraubstock.

»Wie kommen Sie hierher? Was ist hier geschehen? Stehen Sie mir Rede, oder ich schlage Sie nieder!«

Kurt Lünefeld verlor alle Haltung, er wirkte kindisch und erbärmlich.

»Ich kann nichts dafür. Ich bin das Opfer einer Täuschung geworden. Ein Brief bestellte mich hierher zu einem Stelldichein. Er war mit Eva Hermsdorf unterzeichnet. Ich glaubte, im Recht zu sein. Fräulein Hermsdorf bestreitet, den Brief geschrieben zu haben; sie behauptet, er sei von Frau Clermont geschrieben«, brachte Lünefeld stotternd hervor.

»Und trotzdem betragen Sie sich einem wehrlosen jungen Mädchen gegenüber so, daß es um Hilfe rufen muß? Pfui Teufel! Sie wären wert, daß ich Sie windelweich prügelte. Aber jetzt soll es mit diesem Denkzettel genug sein. Erst will ich Fräulein Hermsdorf in Sicherheit bringen. Und gnade Ihnen Gott, wenn Sie ihr etwas zuleide getan haben!«

Er stieß Lünefeld verächtlich von sich und wandte sich Eva zu. Diese kam von selbst wieder zu sich, als die kalte, feuchte Luft über sie hinstrich.

»Gott sei Dank – Sie kamen zur rechten Zeit!« flüsterte sie weinend.

Er küßte ihr die Hand.

»Ich folgte diesem ehrenwerten Herrn vom Hotel aus in einem anderen Wagen, da ich ihm nicht über den Weg traute und Sie in dieser Stunde nicht in unbedingter Sicherheit wußte. Als ich mich hier umgesehen hatte und mir nicht denken konnte, daß Sie sich hier aufhielten, wollte ich gerade wieder umkehren, als ich Ihren Hilferuf vernahm. Aber wie kommen Sie in diese abgelegene Gegend?«

»Das erzähle ich Ihnen nachher. Bitte, helfen Sie mir, das Haus zu verlassen. Mir droht hier Gefahr. Ich erkläre Ihnen alles unterwegs. Jetzt nur fort von hier, ich bitte darum!« raunte Eva mit fliegendem Atem.

»Die Tür ist verschlossen?«

»Ja.«

»Haben Sie den Schlüssel?« fragte Engels Lünefeld.

»Nein.«

»Dann müssen wir die Tür sprengen«, entschied Engels ruhig und wollte sogleich beginnen. Eva hielt ihn zurück.

»Lassen Sie – ich klettere lieber durchs Fenster. Wenn Herr Clermont im Hause versteckt wäre ...«

»Droht Ihnen von diesem Gefahr?« fragte Engels erstaunt.

Eva nickte.

»Ich schütze Sie!«

»Trotzdem – wählen wir lieber den Weg durchs Fenster, er ist einmal frei. Hier müssen wir erst Zimmer- und Haustür sprengen und verlieren Zeit.«

Engels sah ihre Angst und fügte sich.

»So kommen Sie!«

Sorgsam entfernte er die Trümmer des Fensters, damit Eva sich nicht daran verletzte. Dann sprang er zuerst hinaus und bat Eva, aufs Fensterbrett zu steigen und ruhig herabzuspringen. Sie tat es, und Engels fing sie sorgsam auf.

Um Lünefeld kümmerten sie sich beide nicht mehr. Dieser zog es vor, auf demselben Wege ins Freie zu gelangen. Er ließ Engels und Eva jedoch erst aus dem Garten. Als er den Wagen rollen hörte, der die beiden zur Stadt zurückbrachte, schlich auch er hinaus. Da er seinen Wagen entlassen hatte, mußte er zu Fuß nach dem Bahnhof, um von da nach Paris zurückzukehren. Das verbesserte natürlich seine Laune nicht.

Der schwer enttäuschte Liebhaber fluchte auf die Weiber der ganzen Welt. Und von seiner Leidenschaft für Eva Hermsdorf schien er gründlich geheilt zu sein, als er mit geschwollener Backe im einsamen Hotelzimmer saß und kühlende Umschläge machte. Engels hatte gründlich dafür gesorgt, daß Lünefeld seinen Denkzettel erhielt.

Eva fuhr inzwischen mit Engels zur Stadt und beichtete unterwegs. Nichts verschwieg sie ihm, auch nicht, weshalb sie Kammerzofe bei Frau Clermont geworden war. Teilnahmsvoll hörte er zu, und voll Wehmut erkannte er, wie heiß und innig Evas Liebe für Udo von Plessen war. Sie bat ihn dann, sie zum Bahnhof zu begleiten, da sie Paris sofort verlassen wollte, noch ehe die Clermonts etwas von ihrer Flucht erführen.

Er erklärte sich dazu bereit. Eva konnte bequem den Abendzug erreichen. Unterwegs ließ Engels den Wagen vor einem Modehaus halten und betrat dasselbe, um für Eva Hut und Mantel zu erstehen. Sie war entflohen, wie sie ging und stand.

Eva blieb im Wagen, bis Engels mit den Sachen zurückkehrte. Lächelnd half er ihr beim Ankleiden. Beim Licht der Laternen, das in den Wagen fiel, konnte er sich von der

Kleidsamkeit der gekauften Gegenstände überzeugen und sagte dieses Eva in scherzendem Ton.

Durch seine scheinbare Heiterkeit wollte er Eva beruhigen. Sie war begreiflicherweise noch immer sehr aufgeregt. Engels drang darauf, daß sie in einem Gasthaus nahe am Bahnhof erst noch etwas zu sich nahm. Dann bat Eva ihren Retter, ihr Geld einzuwechseln. Die Summe, die sie zum Glück bei sich trug, bestand in deutschen Banknoten.

Engels hatte genug Geld bei sich, um Eva für die Fahrt zu versehen, und nahm in ernsthafter Geschäftigkeit in der Höhe des Betrages deutsches Geld von ihr. Überhaupt vermied er alles, was ihr den Zustand seines Herzens verraten konnte. Eine wehmütige Freude, dem geliebten Mädchen behilflich sein zu dürfen, paarte sich mit dem Schmerz, sich nun für immer von ihr trennen zu müssen, denn es war anzunehmen, daß er sie nie wiedersah.

Sein Vorhaben, Clermont zur Rechenschaft zu ziehen, gab er auf Evas Bitten auf. Er mußte ihr versprechen, in keiner Weise zu verraten, daß er an ihrer Flucht beteiligt war. Sie fürchtete, Clermonts Rache auf ihn zu lenken.

Er fragte, was aus ihren Sachen werden sollte, die in Clermonts Wohnung zurückgeblieben waren. Eva erklärte ihm, daß sie nichts Wertvolles zurückgelassen hätte, außer ihren Briefen, auf die sie allerdings verzichten müsse. Doch dann erinnerte sie sich der früheren Zofe. Dieser wollte sie ohnedies Mitteilung über das Kind zugehen lassen. Marie konnte sich ihre Sachen von Frau Clermont ausliefern lassen und für sich behalten. Auf diese Weise bekam Eva vielleicht auch ihre Briefe zurück.

Schließlich gab Eva ein Telegramm an ihre Mutter auf, das ihre Rückkehr meldete; sie brachte auch den Brief, der ihr zum Verhängnis geworden war, zur Bahnpost. Engels versprach ihr, in den nächsten Tagen auf der Post nachzufragen, ob Briefe für sie angekommen wären und ihr dieselben nachzusenden.

Und dann war es Zeit zur Abfahrt. Engels brachte seinen Schützling in einem Abteil bequem unter, versorgte sie noch mit einer Erfrischung und einem Buch. Dann sagte er ihr voll tiefer Wehmut Lebewohl.

»Ich danke Ihnen jetzt nicht, lieber Freund – in Worten läßt sich meine Dankbarkeit nicht ausdrücken. Versprechen Sie mir, daß ich immer weiß, wo Sie sich aufhalten und wie sich Ihr Leben gestaltet!«

Er lächelte in seiner gutmütigen Art.

»Sie werden im Glück bald vergessen, daß ich Ihren Weg einmal gekreuzt habe«, nickte er mit etwas unsicherer Stimme. Sie sah ihn vorwurfsvoll an. Ihre Augen glänzten feucht.

»Für so undankbar und schlecht halten Sie mich im Ernst gewiß nicht«, erwiderte sie herzlich.

Er zog nur stumm ihre Hand an seine Lippen.

Wenige Augenblicke später setzte der Zug sich in Bewegung. Engels sah ihm lange nach. Dann verließ er langsam mit gesenktem Haupt den Bahnsteig. In sein Gesicht prägte die entsagungsvolle Liebe tiefe Linien. Es war höchste Zeit geworden, sich vom Bahnhof aus in den Zirkus zu begeben.

Vor den Ställen begegnete er Henry Clermont, der mit unruhigen Schritten auf und ab ging. Er pflegte sonst um diese Zeit noch nicht anwesend zu sein. In Engels regte sich, trotz seines Versprechens, der Wunsch, ihn zur Rede zu stellen. Aber er bezwang sich und wollte stumm grüßend vorübergehen. Clermont trat jedoch mit liebenswürdigem Lächeln auf ihn zu.

»Lieber Engels, ich habe eine Bitte an Sie: Würden Sie mich morgen vormittag nach Saint-Denis begleiten?«

Engels stutzte.

»Nach Saint-Denis?«

»Ja. Ich besitze dort ein Landhäuschen, das ich zu verkaufen gedenke. Ich habe noch einige andere Herren aufgefordert, mitzugehen. Ich möchte Ihr Urteil hören; wieviel das Haus mit Grundstück wert ist.«

Engels stocherte mit der Reitpeitsche im Sand herum und hielt den Kopf gesenkt, um das drohende Funkeln seiner Augen zu verbergen. Er ahnte, zu welchem Zweck Clermont ihn und die anderen Herren zu dem Ausflug aufforderte. Es galt sicher, Eva bloßzustellen. Clermont ahnte nicht, daß sie längst in Sicherheit war. Engels beschloß, auf alle Fälle Clermonts Anerbieten anzunehmen.

»Ich verstehe zwar nichts vom Wert eines Grundstückes, doch kann ich Ihnen ja den Gefallen tun.«

»Sie würden mich zu Dank verpflichten. Ja, was ich noch sagen wollte, Sie haben wohl nicht zufällig die Zofe meiner Frau irgendwo gesehen?«

»Die Zofe Ihrer Frau? Nein!«

»Sonderbarerweise ist diese schon seit einigen Stunden verschwunden. Meine Frau wird sich allein ankleiden müssen.«

Engels sah ihn scharf an.

»Es wird doch kein Unglück geschehen sein?« fragte er ernst.

Clermont lachte.

»Ein Unglück? O nein, ich glaube eher an etwas anderes. Sie hat eine kleine Liebschaft mit einem Lebemann, der schon früher mit ihr angebändelt hat. Wahrscheinlich hat sie mit ihm ein zärtliches Stelldichein und vergißt darüber ihre Pflicht. Man kennt das ja.«

Auf Engels' Stirn schwollen die Zornesadern an.

»Sie hegen falsche Vermutungen, Herr Clermont. Fräulein Hermsdorf hat durchaus keine Liebschaften mit dem Laffen, vor dessen Zudringlichkeit ich sie zufällig in Schutz nehmen konnte. Sie ist ein sehr anständiges Mädchen«, sagte er drohend.

Clermont legte lachend seine Hand auf Engels' Arm.

»Ich weiß, Sie haben eine Schwäche für die Kleine, das schlagen sie sich aber aus dem Sinn. Sie ist bestimmt nicht mehr für Sie zu haben.«

Engels wandte sich schroff ab und ging. Er konnte sich nicht länger beherrschen. Clermont sah ihm höhnisch nach.

Der wird morgen Augen machen, wenn ich seine angebetete Schöne mit Herrn Lünefeld aus dem Käfig lasse, dachte er voll Befriedigung, im Bewußtsein erfüllter Rache. Er hatte noch einige Herren veranlaßt, ihn zu begleiten. Ganz zufällig wollte er in deren Gegenwart Lünefeld und Eva in dem verschlossenen Zimmer entdecken. Die beiden würden natürlich keinen Glauben finden, wenn sie versuchen wollten, die Sache aufzuklären.

Jedenfalls würde Lünefeld überhaupt nicht eingestehen wollen, daß er genasführt worden war. Solche Stutzer fürchten, der Lächerlichkeit anheimzufallen. Und Evas Verteidigungsreden würde man bestenfalls belächeln und nicht glauben.

# XVII

Am anderen Morgen um neun Uhr holte Clermont die Herren mit dem Wagen ab. Außer Engels waren es noch zwei. Clermont unterhielt sich mit ihnen. Nur Engels blieb ernst und schweigsam und mußte sich deshalb verspotten lassen.

Als der Wagen vor dem Gartenzaun in Saint-Denis hielt, stiegen die Herren aus und betraten den Garten. Die Fenster jenes Zimmers lagen nach der Rückseite hinaus. Clermont konnte also nicht wahrnehmen, daß das eine Fenster zertrümmert und der Laden geöffnet war. Scheinbar ruhig plaudernd, schritt er neben den anderen Herren auf das Haus zu. Er pochte laut an die Tür und wartete, bis sie geöffnet wurde.

Seine Mutter hatte von ihm den Auftrag erhalten, sich während der Nacht um nichts zu kümmern, was im Hause vorging. Sie sollte nur am Morgen bereit sein, ihm zu öffnen, und sich dann ruhig zurückziehen. Die Herren sollten nicht wissen, daß dieses Weib seine Mutter war. Er schämte sich ihrer.

Während er die Herren in das Wohnzimmer führte, benutzte er einen Augenblick, wo er den Schlüssel unbemerkt in das Schloß der gegenüberliegenden Tür stecken konnte.

Engels war dies jedoch nicht entgangen. Ein spöttisches Lächeln zuckte um seinen Mund. Er durchschaute das ganze Vorhaben; durch diese Geste Clermonts wurde seine Vermutung zur Gewißheit. Eiskalt überfiel ihn der Gedanke, wie ihm zumute sein würde, wäre die Schurkerei nach

Wunsch gelungen. Jetzt freute er sich auf Clermonts Enttäuschung, wenn er seinen Racheplan vereitelt sah.

Während Clermont die Herren weiterführte zur Besichtigung der Erdgeschoßräume, lauschte er heimlich angestrengt nach dem Zimmer hinüber, in dem er Lünefeld und Eva eingeschlossen vermutete. Einigermaßen befremdete es ihn, daß er keinen Laut vernahm. Seine Augen blickten unruhig, die Hände bebten vor unterdrückter Aufregung. Endlich trat er schnell an die Tür, schloß leise und unbemerkt auf und behielt die Klinke in der Hand. Ein fast irrsinniges Funkeln brach aus seinen Augen, als er den Herren zurief:

»Und hier ist noch ein letztes Zimmer!«

Er öffnete die Tür mit jähem Ruck und riß sie weit auf. Der Ausdruck teuflischer Freude, der sein Gesicht in diesem Augenblick verzerrte, machte einem erstarrten Schrekken Platz, als er statt in einen halbdunklen Raum in ein taghelles Zimmer blickte.

Mit dem Ausdruck maßloser Wut sprang er ins Zimmer und starrte auf das zertrümmerte Fenster. Ein grelles, wahnsinniges Lachen entrang sich dann seiner Brust. Er rannte wie von Sinnen im Zimmer umher, riß Kissen, Decken und Vorhänge zu Boden, als wenn sich darunter jemand versteckt haben könnte, durchwühlte das Sofa, warf Möbel um und zertrümmerte in maßloser Wut alles, was ihm in die Hände fiel.

Dabei schrie und tobte er wie ein Besessener, schimpfte und schlug um sich, als die Herren ihn, sich von ihrer Bestürzung erholend, beruhigen wollten. Schaum trat ihm vor den Mund, er raste hin und her und gebärdete sich tobsüchtig,

»Er ist wahnsinnig geworden; wir müssen ihn zu bändigen versuchen«, sagte Engels leise zu den anderen. Sein Gesicht war blaß und ernst. Tiefes Mitleid prägte sich darin aus.

Nur mit Mühe gelang es den drei Männern, den Tobsüchtigen zu überwältigen und zu fesseln. Er biß auch dann noch um sich, schrie und schimpfte und wälzte sich am Boden. Durch den Lärm angelockt, kam seine Mutter herbei. Sie winselte in ihrer halbblöden Art.

»Er ist verrückt geworden wie sein Vater, ich hab's immer kommen sehen. Er ist verrückt geworden! Verrückt! Verrückt!«

Die Herren sahen sich betroffen an.

»Woher wissen Sie, daß sein Vater wahnsinnig war?« fragte der eine.

Sie schluchzte auf und taumelte dann zu Clermont hin.

»Mein Sohn – mein armer Henry, nun geht es dir wie deinem Vater! – Ach, wer sorgt nun für deine arme Mutter?«

Die Herren sahen sich unbehaglich an.

»Henry Clermont ist Ihr Sohn?« fragte Engels.

Sie nickte täppisch und tastete nach Clermonts Kopf. Er biß zähnefletschend nach ihrer Hand.

Tieferschüttert standen die drei Männer dabei. Der Wahnsinnige riß fortwährend an seinen Fesseln, die nur aus Tüchern bestanden. Man mußte Stricke herbeiholen, um ihn unschädlich zu machen. Einer der Herren fuhr in größter Eile zu einem Arzt. Fast eine Stunde dauerte es, bis er mit diesem und einigen handfesten Männern zurückkam.

Der Arzt stellte fest, daß Clermont geistesgestört sei und daß sich eine Unterbringung in einer Anstalt notwendig machte. Er leitete selbst die Überführung. Engels erbot sich schweren Herzens, Liliane Clermont schonend von dem Vorgefallenen zu unterrichten.

Die schöne Frau empfing ihn verwundert, als er an ihrer Wohnungstür klingelte. Sie öffnete ihm selbst.

»Ich glaubte, Sie seien mit nach Saint-Denis hinausgefahren, Herr Engels? Haben Sie sich verfehlt?«

»Nein, Frau Clermont, ich komme von Saint-Denis«, sagte er ernst. Sie blickte unruhig in sein Gesicht. Mit einem Male richtete sie sich kerzengerade auf und streckte wie abwehrend die Hände aus.

»Was ist geschehen? Ich sehe Ihnen an, es ist etwas Furchtbares geschehen!« flüsterte sie, vor Aufregung und Angst undeutlich lallend. Engels fuhr sich mit dem Taschentuch über die Stirn. Der Ausdruck der entsetzten Frauenaugen erschütterte ihn. Sein Amt erschien ihm furchtbar schwer.

»Fassen Sie sich, Frau Clermont – ein Unfall –, Ihr Herr Gemahl ...«

Liliane sprang auf und faßte ihn bei den Schultern. Sie wankte.

»Wo ist er?« beharrte sie und zerrte mit nervöser Ungeduld an ihrem Kleid. Engels seufzte.

»Der Arzt hat ihn mit sich genommen. Er mußte sofort in klinische Behandlung.«

»So sagen Sie mir endlich, wo er ist und was geschehen ist?« schrie sie gequält.

»Wir waren nach Saint-Denis hinausgefahren. Er zeigte uns das Haus; zuletzt ein leeres Zimmer – hören Sie, Frau Clermont: ein leeres Zimmer, mit zertrümmerten Fenstern! Da wurde er plötzlich sonderbar, sprach wirres Zeug, schrie und tobte und schlug alles entzwei. Wir mußten ihn fesseln. Der Arzt hat ihn mit sich genommen.«

Liliane hatte ihm die Worte vom Mund abgelesen. Leichenhafte Blässe überzog ihr Gesicht. Sie griff taumelnd in die Luft, schrie jammernd auf und brach ohnmächtig zusammen.

*

Frau Hermsdorf empfing ihre Tochter am Bahnhof. Erst jetzt, als sie dieselbe wieder in den Armen hielt, löste sich die unbestimmte Angst und Sorge der alten Dame in heißen

Tränen. Sie hatte bange Wochen hinter sich. Eva suchte sie zu beruhigen, so gut es ging.

»Mutter – nun sei ruhig! Ich bin ja nun wohlbehalten wieder bei dir. Und froh und glücklich bin ich über alle Maßen. So gut war es, daß ich die Reise unternahm. Deine Eva hat da draußen ein volles schönes Glück errungen für sich und ihren Verlobten. Nun, weine nicht mehr, Mutter – liebe, liebe Mutter, es ist alles gut. Wunderbar – und schwer erkämpft –, aber gut!«

Sie drückte die alte, schluchzende Frau in ihre Arme und küßte sie wieder auf die blassen Wangen.

Die Mutteraugen ließen sich nicht täuschen, Frau Hermsdorf sah Eva an, daß sie Schweres erlebt haben mußte. Sie kam offenbar als Siegerin, aber wie teuer mochte dieser Sieg erfochten sein?

Schon zwei Stunden später saß Eva wieder im Zug. Ihre Gedanken eilten in sehnsüchtiger Hast voraus. Sie hatte sich ausgerechnet, daß sie nachmittags gegen vier Uhr in dem kleinen Städtchen eintreffen würde. Von dort aus wollte sie einen Wagen nehmen und bis zum Plessentiner Park fahren. Es würde längst dunkel sein, wenn sie dort eintraf.

Sie würde durch den vertrauten Park gehen, den Garten durchkreuzen und ungesehen Udos Arbeitszimmer betreten. Er war stets um diese Zeit allein in diesem Raum.

Ganz wie Eva es sich ausgedacht hatte, verliefen die nächsten Stunden. Sie war auf Plessentin.

Leise drückte sie die Glastür auf und stand auf der Schwelle. Udo sah sich verwundert um. Dann ging ein Ruck durch seinen Körper, er sprang auf und riß mit einem unterdrückten Jubelruf die schlanke, bebende Mädchengestalt in seine Arme.

»Eva – meine Eva – du?«

Sie sah blaß und selig lächelnd zu ihm auf. Ein tiefer Seufzer entfloh ihrer Brust.

»Nun bin ich wieder bei dir«, hauchte sie leise, voll tiefer Bewegung. Er schaute ihr in die Augen.

»Und wie kommst du zurück, mein geliebtes Mädchen?« fragte er mit bangem Forschen. Sie schmiegte sich an ihn.

»Mit der alten, großen Liebe, Udo – und mit einem großen Glück!«

Er küßte ihre schönen, liebevollen Augen und zog sie fest an sich; sie fühlte, wie seine Arme zitterten.

»Du ließest mich so lange allein.« Ein schmerzlicher Vorwurf zitterte in seiner Stimme.

Sie fühlte daraus, wie sehr er unter der Trennung gelitten hatte. Mit ernsten Augen sah sie zu ihm auf.

»Es mußte sein. Ich mußte fort – um dir das Glück heimzuholen.«

»Darf ich denn wirklich so unsagbar glücklich sein? Und kann mich deine Liebe vergessen machen, was in der Vergangenheit Trübes auf mir lastete?«

»Nicht nur vergessen machen, Liebster – nein, ganz auslöschen will ich all das Schlimme, was dich bedrückte. Froh und frei soll dein Gemüt werden! Wie ein böser Traum soll alles hinter dir liegen. Ach, Udo, wie glücklich werden wir sein!«

Udo sah sie erstaunt an.

»Ich weiß nicht, was es ist, mein Lieb – aber etwas in deinem Verhalten ist mir unverständlich. Du willst auslöschen, was mich all die Jahre quälte? Mein geliebtes Mädchen – so glücklich ich auch bin über deine Wiederkehr, so dankbar dem Geschick, daß du trotz allem mir gehören willst – über eines darfst du dich nicht täuschen –, auslöschen läßt sich nie, was mir die Seele wund gemacht hat. Du wirst noch manches liebe Mal mit den dunklen Mächten kämpfen müssen, die mich gefangenhalten. Ich darf nicht zugeben, daß du ungewarnt mein Schicksal auf dich nehmen willst. Vergiß nicht, daß du den Fluch teilen wirst, der auf mir ruht.

Liebling – heiße Angst foltert mich noch immer, es könnte dir zu schwer werden, das Los eines heimlichen Mörders zu teilen.«

»Ich bringe Erlösung von diesem Fluch. Nein – sprich jetzt nicht –, höre mich erst ruhig an!

Als du mir damals erzähltest, was sich vor Jahren in dem kleinen Hause in Saint-Denis zugetragen, wachte unbestimmter Argwohn in mir auf gegen Frau Clermont. Was du damals in leicht begreiflicher Aufregung glaubhaft fandest, erschien mir unklar und unverständlich. Ein Gedanke ließ mich nicht mehr los. Er war es, der mich von dir trieb. Ich glaubte nicht an deine Schuld. Mir war, als trieb mich eine unergründliche Macht hinaus in die Welt, um die Wahrheit zu finden. Und Gott war mit mir. Udo – Geliebter – ich bringe dir die Wahrheit –, du hast keines Menschen Tod auf dem Gewissen!«

Udo machte sich mit einem Ruck los und sprang auf. Mit beiden Händen umkrampfte er die Lehne seines Sessels und beugte sich dann weit vor, um mit brennendem Blick in Evas Gesicht zu sehen. Er war bleich bis in die Lippen, alle Muskeln seines Gesichtes waren angespannt in zuckender Aufregung.

»Was soll das? Was sprichst du da?« rief er rauh und heiser, und seine Augen bohrten sich in Evas Gesicht.

Sie hatte sich gleichfalls erhoben und trat zu ihm. Mit beiden Armen umfaßte sie ihn, als müßte sie ihm Halt geben.

»Udo – du bist grausam getäuscht worden von Liliane Clermont. Der Mann, an dessen Tode du dich schuldig glaubtest, er lebt – er ist Lilianes Gatte Henry Clermont. Dein Schuß verursachte ihm nur eine unbedeutende Wunde, von der er bald genas.«

Er barg erschüttert sein Gesicht an ihrer Brust und umfaßte sie mit heißer Inbrunst. Minuten hielten sie sich stumm umklammert.

»Du – weißt du, was mir diese Botschaft ist?« fragte er heiser vor Erregung. – »Frei! – Eva! – Frei!«

Sie nickte und lehnte ihre Wange an die seine.

»Ich weiß es. Und deshalb wäre mir kein Opfer zu groß geworden, den Glauben an deine Unschuld zu erringen. Ich sehe noch immer Zweifel in deinen Augen. Ich muß alles erzählen, um dich ruhig und glücklich zu machen.«

»Ich kann es noch nicht fassen! Eva! – Eva!«

Eng aneinandergeschmiegt saßen Graf Udo und Eva zusammen. Letztere erzählte in gedrängter Kürze alles, was sich zugetragen, seit sie Plessentin verlassen hatte.

Da umschlang er sie zitternd und außer sich. Seine Augen blitzten zu ihr empor, und seine Lippen preßten sich wieder und wieder auf ihren Mund.

Und sie mußte ihm noch auf viele Fragen Antwort geben. Über jede Minute, die sie fern von ihm war, wollte er Aufschluß haben. Auch von Engels mußte sie ihm ausführlich erzählen, das Geringste wollte er ausführlich wissen.

Endlich kannte er alles, auch die unwichtigsten Nebensächlichkeiten.

»So, Liebster, jetzt habe ich dir nichts, gar nichts mehr zu erzählen. Und nun laß mich zu meinen geliebten Kindern gehen. Meinst du, törichter Mann, ich habe nur Sehnsucht nach dir gehabt? Komm, laß uns zu Hella und Marina gehen; die beiden haben auch ein Recht auf mich.«

»Und du versprichst mir, daß Weihnachten unsere Hochzeit ist?«

Eva war am Ende ihrer Kräfte. Sie konnte mit blassem Gesicht nur feierlich bejahend nicken.

»Und daß du mir nicht weiter als bis nach Benkenhof gehen willst?«

»Auch das, Ungenügsamer.«

»Und morgen geben wir unsere Verlobung bekannt.«

»Wenn es sein muß«, neckte sie.

»Das muß sein«, versicherte er lächelnd.

Und dann führte er sie die Treppe hinauf in Hellas Zimmer. Er öffnete die Tür und sah hinein. Hella saß mit dem Kind am Tisch und kleidete Puppen an.

»Darf man eintreten?« fragte Udo lächelnd. Hella nickte. »Natürlich, weshalb fragst du erst?«

»Weil ich Besuch mitbringe. Schaut nur auf, ihr beiden!«

Damit schob er Eva ins Zimmer. Da gab es ein Jubeln und Herzen ohne Ende. Marina strich immer wieder kosend über Evas Wange und kuschelte sich in ihre Arme. Und Eva umschloß das Kind mit doppelter Zärtlichkeit und gelobte sich von neuem, ihm die Mutter zu ersetzen.

Udo Plessen fand in dieser Nacht keinen Schlaf. Das Glück hielt ihn wach. Es war ein so unsagbar herrliches Gefühl, sich nicht mehr als Mörder fühlen zu müssen und die Geliebte nahe zu wissen, daß er die Stunden zu kostbar fand, um sie zu verschlafen.

*

Henry Clermont mußte in einer Zelle für sich bleiben.

Auf Lilianes dringende Bitte hatte ihr der Arzt ein Wiedersehen mit ihrem Manne in Aussicht gestellt.

»Also morgen darf ich ihn sehen?« fragte sie mit tonloser Stimme.

»Ja – morgen um elf Uhr, bitte, gnädige Frau.«

»Und – und ist es ganz ausgeschlossen, daß er je wieder gesund wird?«

Der Arzt zuckte bedauernd die Schultern.

»Wenn kein Wunder geschieht.«

Liliane verzog die Lippen ein wenig.

»Ein Wunder? – Es geschehen keine Wunder mehr«, sagte sie leise.

Noch ein Blick streifte das Gesicht des Arztes. Sie las darin das Todesurteil ihres Glückes. – Wie hart strafte das Geschick die ungerechte Rachgier dieser leidenschaftlichen Menschen!

Am nächsten Tage stand Liliane ihrem Gatten gegenüber. Er saß im Bett, das Gesicht zur Seite gekehrt, und kratzte mit seinen Fingernägeln an der Wand. Dabei sprach er halblaut in atemloser Hast unzusammenhängendes Zeug vor sich hin und beachtete sie nicht. Liliane mußte sich an die Tür lehnen, um nicht umzusinken vor Schmerz und Grauen. Ein trostlos gequälter Blick flog durch das Zimmer mit dem vergitterten Fenster.

Nach einer Weile, in der sie mühsam nach Fassung gerungen hatte, trat sie einen Schritt vor.

»Henry!«

Er achtete nicht auf ihren Ruf. Noch einen Schritt ging sie weiter. Wieder rief sie ihn mit herzdurchbebter Zärtlichkeit. Er hörte sie nicht. Da trat sie dicht an sein Bett und faßte seine Hand.

»Henry, sieh mich ein einziges Mal an. Liliane ist bei dir. Liliane – deine unglückliche Liliane.«

Er riß seine Hände los, fletschte die Zähne nach ihr und wurde noch unruhiger. Mit einem tiefen, trostlosen Seufzer trat sie zurück. Minutenlang stand sie mit hängenden Schultern. Aus! *Verspielt! Liebe und Glück! Dann kam plötzlich Leben in ihre Gestalt.*

*Hastig nahm sie ein kleines weißes Päckchen aus der Tasche.* Es enthielt ein Pulver, das sie schnell in ihren Mund gleiten ließ. Sie murmelte:

»Jetzt tue ich dir den letzten Liebesdienst, mein geliebter Henry – uns bleibt nur ein Weg, den wir gemeinsam gehen können.«

Ein schneller Griff in die Tasche, ein leise schnappendes Geräusch – ein Knall! – noch einer – noch einer –

Drei Schüsse aus nächster Nähe auf Henry Clermont abgegeben, erlösten ihn von seinem Leiden.

Liliane umklammerte mit beiden Armen den Zusammensinkenden und küßte ihn mit heißer Zärtlichkeit.

»Wir sterben zusammen, Henry – hörst du mich –, Liliane geht mit dir!«

Es war, als ob seine Augen in aufflammendem Verständnis in die ihren trafen. Sie lächelte ihm zu wie in früheren Tagen.

Inzwischen waren erschrockene Wärter in das Zimmer eingedrungen. Zwei Ärzte folgten.

»Was ist geschehen, was haben Sie getan?«

Da richtete sich Liliane schwerfällig auf. Ihr schmerzverzerrtes Gesicht enthüllte den Ärzten das Unheil.

Liliane sah sie mit herzzerreißendem Lächeln an.

»Uns beide – in ein Grab – bitte –, ich tötete meinen Mann, weil er nicht leiden soll – ah – bald wird alles vorbei sein. – Uns beide in ein Grab – wir haben uns so sehr geliebt!« –

Sie wand sich vor Schmerzen, fiel wieder über Henry und umkrampfte ihn mit beiden Armen. Ihre Lippen preßten sich auf die seinen. Das war das Ende einer leidenschaftlichen Liebe – der Schlußstrich unter zwei verfehlte Leben.

*

Als die Kunde von dem furchtbaren Ende der beiden Clermonts im Zirkus eintraf, war gerade der größte Teil des Personals bei der Probe. Engels lief ein Schauer über den Rücken. Still ging er nach Hause, um Eva von dem Vorgefallenen Mitteilung zu machen.

*»Liebes, sehr verehrtes Fräulein Hermsdorf!*

*Zugleich mit den Briefen, die ich, Ihrem Wunsche gemäß, von der Post holte, muß ich Ihnen Nachricht senden von dem, was sich hier nach Ihrer Abreise zugetragen hat.*

*Henry Clermont wurde am nächsten Morgen beim Anblick des von Ihnen verlassenen Zimmers wahnsinnig. Da ich bei dieser Gelegenheit erfuhr, daß er vom Vater her erblich mit dieser Krankheit belastet sei, überzeugte ich mich, daß wohl ein großer Teil seiner Sonderbarkeiten krankhaft war. Sie werden milder über alles urteilen und dem Unglücklichen verzeihen, zumal, wenn Sie hören, was weiter geschehen ist.*

*Liliane Clermont brach haltlos zusammen bei der Nachricht von der Erkrankung ihres Mannes. Als der Leiter der Anstalt, in der Clermont untergebracht war, ihr enthüllte, daß sein Leiden unheilbar sei, ist ein düsterer Entschluß in ihrer Seele wach geworden. Vor wenigen Stunden erhielten wir im Zirkus die Nachricht, daß Liliane ihren geistesgestörten Gatten durch drei Revolverschüsse getötet, nachdem sie selbst ein schnellwirkendes Gift genommen hatte.*

*Ihre letzte Bitte an den Arzt war, daß man sie mit ihrem Gatten in einem gemeinsamen Grab bestatten möge. Sie hat nicht ertragen, den geliebten Mann zum Tier herabsinken zu sehen. Darum ist sie mit ihm gemeinsam aus dem Leben geschieden. Vor soviel Liebe müssen alle Anklagen und Vorwürfe schweigen, nicht wahr, verehrtes Fräulein Hermsdorf?*

*Ich bin Ihrer und Ihres Verlobten großherziger Verzeihung so sicher, daß ich nachher in Ihrem Namen Blumenspenden für das gemeinsame Grab bestellen werde. Ich hoffe, daß Sie glücklich und wohlbehalten im Kreise Ihrer Lieben angekommen sind. Noch einmal wünsche ich Ihnen von Herzen Glück auf Ihrem ferneren Lebensweg. Möge Lilianes und Clermonts Tod der letzte Schatten sein, der darauf fällt. Das neidische Glück wird nun versöhnt sein.*

*In herzlicher Verehrung Ihr treu ergebener*

*Adolf Engels.«*

Als Eva diesen Brief gelesen hatte, sah sie blaß und ergriffen zu Udo empor. Dieser trat schnell an ihre Seite.

»Eva? Schlechte Nachricht?«

Sie reichte ihm stumm den Brief. Udo las. Und in seinem Gesicht malte sich tiefe Ergriffenheit. Eva umschlang ihn mit beiden Armen.

»Sorge für Engels, Udo, ich bitte dich darum!«

## XVIII

Die Verlobungsanzeige des Grafen Udo von Plessen mit Eva Hermsdorf hatte begreiflicherweise überall großes Aufsehen erregt. Am zweiten Weihnachtsfeiertag fand die Hochzeit statt.

Wider Erwarten hatten alle Nachbarn und Standesgenossen Udos die Einladung zur Hochzeitsfeier angenommen. So erschien eine zahlreiche Schar von Festteilnehmern in Plessentin.

Auswärtige Gäste trafen schon am Tage vorher ein. Der erste jedoch war Hans von Trachwitz. Er war schon am Tage vor dem Christabend nach Plessentin gekommen. Hella sah mit begreiflicher Aufregung seiner Ankunft entgegen. Sie wußte, daß sich nun ihr Geschick erfüllen würde. Es hielt sie nicht mehr im Hause, seit Udo nach dem Bahnhof gefahren war, um Trachwitz abzuholen. Sie sagte Eva, daß sie in den Park gehen wolle. Man möge nach ihr schicken, wenn Udo mit Trachwitz zurückkäme.

Eva umfaßte das junge Mädchen, und ein schelmisches Lächeln umspielte ihren Mund.

»Geh nur, Liebling, es ist herrlich draußen im Park. Und die Luft ist klar und sonnig, ein echter, heller Wintertag. Ich schicke rechtzeitig nach dir, wenn sie zurückkommen.«

Hella nickte errötend und ging. Eva sah ihr lächelnd nach.

Etwa eine Stunde war vergangen, seit Hella im Park spazierenging. Da sah sie Hans Trachwitz mit raschen Schritten den Hauptweg vom Schloß her kommen. Eva hatte ihm verraten, wo er Hella finden würde. Da hatte er sich nicht erst Zeit genommen, den Reisestaub abzuschütteln. Wie er ging und stand, lief er davon.

Eva und Udo sahen ihm glücklich lachend nach.

»Jetzt gibt es kein Halten mehr, jetzt holt er sich die Braut!« lächelte Eva leise. Und Udo nickte und zog sie mit sich ins Wohnzimmer, wo Mama Hermsdorf mit Marina Bilderbücher betrachtete.

*

Hella war stehengeblieben, als sie Trachwitz kommen sah. Ihre Füße versagten ihr plötzlich den Dienst. Sie lehnte sich an einen Baum und sah dem Geliebten mit vor Aufregung blassem Gesicht entgegen.

Unter dem sehnsüchtig strahlenden Blick seiner Augen kehrte ihr jedoch langsam die Farbe wieder zurück.

Nun stand er dicht vor ihr. Stumm blickten sie sich in die bewegten Züge. Einer suchte im Auge des anderen die Bestätigung seiner Hoffnung.

Und die Sprache mußte wohl deutlich genug sein. Wie es geschehen war, daß Hans von Trachwitz die schlanke Mädchengestalt in den Armen hielt und ihre Lippen küßte – das wußte nachher keines von beiden mehr zu sagen.

Nur daß sie sich hielten und unaussprechlich glücklich waren, das wußten sie genau.

Im Schloß mußte man lange auf die beiden warten. Sie hatten sich, als sie die Sprache wiedergefunden, unendlich viel zu sagen, daß sie gar nicht daran dachten, heimzukehren. Und trotz der klaren kalten Luft glühten beider Gesichter; und die Augen strahlten in seliger Lust, als sie endlich im Schloß anlangten, von zärtlichen Vorwürfen über ihr Ausbleiben empfangen.

*

Zur allgemeinen Freude gab Udo bei der Hochzeitstafel die Verlobung seiner Schwester Hella mit Hans von Trachwitz bekannt.

Brenkens und Hohenaus hatten im voraus eine Ahnung und beglückwünschten natürlich mit großer Herzlichkeit das junge Paar.

Frau von Hohenau neckte Trachwitz mit seiner Quellnymphe und lachte über das ganze Gesicht, als sie mit ihm auf das Wohl seiner Braut anstieß.

Dem Brautpaar gegenüber saßen zwei ältere Damen mit glückseligen Gesichtern und sahen sich von Zeit zu Zeit mit feuchten Augen an.

Es waren Mama Hermsdorf und Frau von Trachwitz, die man eiligst zur Verlobung des Sohnes nach Plessentin hatte kommen lassen. Sie hatten sich schnell angefreundet im gemeinsamen Glück und wurden nach ihrer eigenen Ansicht von ihren Kindern schrecklich verwöhnt.

Und noch ein Bekannter saß an der Hochzeitstafel: Adolf Engels.

Auf Udos Verwendung hatte er eine glänzende Anstellung als Gestütsmeister beim Fürsten H. erhalten, und so glücklich, wie er werden konnte, fühlte er sich nun.

Er hatte der herzlichen Einladung Udos und Evas nicht widerstehen können und befand sich nun auf der Durchreise in Plessentin, da er zum Jahresanfang seine neue Stellung bereits antreten sollte.

Das junge Paar zeichnete ihn sehr aus, und wenn auch noch immer leise Wehmut sein Empfinden beherrschte, so fühlte er doch mit freudiger Genugtuung, daß ihm das junge Paar freundschaftlich gesinnt war. Evas stummer Dank aber beglückte ihn.

Eva und Udo lebten in Zukunft den größten Teil des Jahres in Plessentin, und ihr Glück blieb ungetrübt.

Im Anschluß an ihre Hochzeitsreise berührten sie auch

Paris. Das gräfliche Paar besuchte das Doppelgrab des unglücklichen Paares, das sich so heiß geliebt und das Glück doch nicht gefunden hatte.

Liliane Clermont ruhte, ihrem Wunsche gemäß, an der Seite ihres Gatten.

Eva legte frische Blumen auf das Grab. Hand in Hand schritt sie dann mit ihrem Gatten aus dem Friedhof hinaus, dem blühenden Leben entgegen.

*Bestsellerautorin Lesley Pearse mit einer bewegenden Saga um eine mutige Frau*

Lesley Pearse
WO DAS GLÜCK
ZU HAUSE IST
Roman
720 Seiten
ISBN 3-404-15288-3

London im Jahre 1840. Als die 16-jährige Blumenverkäuferin Mathilda beherzt einem kleinen Mädchen das Leben rettet, kann sie nicht ahnen, dass dies der Beginn einer verheißungsvollen Zukunft ist. Nachdem sie bei der dankbaren Familie eine gut bezahlte Anstellung findet, führt das Schicksal sie schon bald nach Amerika. Als Mathilda in New York ihrer ersten großen Liebe begegnet, glaubt sie, das Glück gefunden zu haben ...

Bastei Lübbe Taschenbuch